Zum Buch:

Die Vorhänge offen lassen und von Touristen beim Schlafen beobachtet werden, zwanzig Minuten rennen, um die bestellte Pizza vor dem Tor abzuholen – so etwas passiert der 26-jährigen Maggie Moore gar nicht so selten. Aber das Leben könnte schlimmer sein, und wenn ihr Exfreund endlich aufhört, ihr vor dem Tower aufzulauern, wäre schon mal ein Problem gelöst. Überhaupt, ein neuer Mann in ihrem Leben wäre nicht verkehrt. Und so nimmt sie die Hilfe des Grenadiers Freddie beim Überarbeiten ihres Profils in der Dating-App an. Prompt interessieren sich viele Männer für Maggie – und trotzdem schlägt ihr Herz plötzlich immer verdächtig schneller, wenn sie Freddie sieht ...

Zur Autorin:

Megan Clawson ist in der Grafschaft Lincolnshire geboren und aufgewachsen. Als Tochter eines Beefeaters hat sie sich schon früh in die Stadt London verliebt und lebt dort seit 2018. Heute wohnt sie wie ihr Vater selbst im Tower von London und hat ihren persönlichen Royal Guard an ihrer Seite sowie ihren kleinen Hund Ethel. Megan dokumentiert ihr Leben im Tower bei TikTok und hat etwa 300.000 Follower. Neben ihrer schriftstellerischen Tätigkeit ist sie auch als Englischlehrerin sowie als TV- und Filmstatistin tätig.

Megan Clawson

Falling Hard for the Royal Guard

Eine königliche Liebeskomödie

Roman

Aus dem Englischen von
Anita Sprungk

HarperCollins

Die Originalausgabe erschien 2023 unter dem Titel
Falling Hard for the Royal Guard bei Avon,
an imprint of HarperCollins Publishers, UK.

1. Auflage 2023
© 2023 by Megan Clawson
Deutsche Erstausgabe
© 2023 für die deutschsprachige Ausgabe
by HarperCollins in der
Verlagsgruppe HarperCollins Deutschland GmbH, Hamburg
Published by arrangement with
HarperCollinsPublishers Ltd., London
Umschlagabbildung von Shutterstock.com
Umschlaggestaltung von Zero Media
Gesetzt aus der Stempel Garamond
von GGP Media GmbH, Pößneck
Druck und Bindung von GGP Media GmbH, Pößneck
Printed in Germany
ISBN 978-3-365-00464-7
www.harpercollins.de

Für Gingers, Red Heads, Carrot Tops und Gingas,
also für alle Menschen, die ständig zu hören
bekommen, wie ähnlich sie diesem oder jenem
rothaarigen Prominenten sehen – weil es uns zusteht,
selbst ab und zu die Hauptrolle zu spielen, mit
Sommersprossen und allem Drum und Dran.

1. KAPITEL

Die Sonne verlässt immer als Erstes die östlichen Kasematten. Sie wird von der Westseite des White Towers verschluckt, in seinen Kerker gesperrt und im Morgengrauen durch die Rufe der Raben wieder befreit. Bewegt man sich um diese Zeit durch die Festung, stört einen niemand. Die Bewohner suchen Zuflucht an ihren Herdfeuern und geben sich keine Mühe, zwischen einem nächtlichen Wanderer und einem ruhelosen Geist zu unterscheiden, besteht doch sowieso kaum ein Unterschied zwischen beidem.

Ich gehe allein über den südlichen Rasen; die taufeuchten Grashalme schlüpfen zwischen meine nackten Zehen und streifen meine Fußknöchel, während ich mich frei im Mondlicht bewege. Im Schatten des White Towers bleibe ich stehen, lasse die im Mondlicht schimmernden Mauern auf mich wirken und verliere mich selbst in der Betrachtung der dunklen Fensterbögen, während die frühe Morgenbrise mich sanft in eine Richtung drängt.

Ein leises Lachen scheucht mich auf. Ich fahre herum, meine feuchten roten Haare legen sich für einen Moment wie ein Schleier um mein Gesicht. Aber ich sehe niemanden, spüre niemanden. Das Lachen wird lauter, regelrecht aufdringlich, und als ich beginne, mich zu regen, wird es nur noch lauter und lebhafter.

Lachen, Lecken, Lachen, Lecken.

Erschrocken reiße ich die Augen auf, nur um sie sofort wieder zu schließen, als grelles Sonnenlicht mir vom Fenster her schmerzhaft in die Augen sticht. Das feuchte Gefühl an meinen Füßen ist real, es wandert an meinen nackten Beinen hoch und landet schließlich in meinem Gesicht. Ich nehme meine ganze Kraft zusammen, um vorsichtig und stöhnend meine Augen wieder zu öffnen, und sehe mich dem felligen Gesicht meines Katers Cromwell gegenüber, der absolut keinen Sinn für Privatsphäre hat. Die Füße, die er mir geleckt hat, versuche ich am Laken zu trocknen, während ich ihn liebevoll zwischen den Ohren kraule. Ich bringe gerade genug Zorn auf, um mein Gesicht beim Anblick des Speichels an meinen Zehen zu verziehen, denn mit dem schildpattfarbenen flauschigen Ball auf meiner Brust kann ich einfach nicht schimpfen.

Kicher, kicher, kicher.

Schlaftrunken, wie ich bin, nehme ich das fiese Lachen plötzlich als ... ach, du Schreck! Ein Blick über Cromwells pelzigen Kopf hinweg aus dem Fenster zeigt mir zwei Jungen im späten Teeniealter mit ihrer hochmodernen Digitalkamera auf der östlichen Mauer, und natürlich spähen sie zu mir herüber. Mein dummerweise weit offen stehendes Fenster gibt mir keinerlei Deckung. Meine Brüste haben sich aus meinem Tanktop befreit und winken den beiden Jungen regelrecht zu, als ich in Hektik gerate. Das hinterhältige Grinsen in den Gesichtern hinter der wuchtigen Touristenkamera ist verräterisch genug, um mich dazu zu veranlassen, mich spontan aus dem Bett auf den Boden zu werfen.

Ich krieche bäuchlings über den Teppich, weiche dabei leeren Gläsern und diversen Kleidungsstücken aus, als wäre ich auf einem militärischen Hindernisparcours, um dem Gelächter zu entfliehen, das immer noch von der inneren Festungsmauer widerhallt. Als ich sicher bin, dass man mich von draußen nicht mehr sieht, drehe ich mich ächzend auf den Rücken und ärgere mich über mich selbst, weil mir jetzt all die Möglichkeiten einfallen, wie ich die Situation besser hätte meistern können. Zum Beispiel, indem ich mich einfach in meine Bettdecke gewickelt hätte, rechtzeitig daran gedacht hätte, die

Vorhänge zuzuziehen, oder – wie jeder normale Mensch – einfach nur das Tanktop zurechtgerückt hätte, das mich im Stich gelassen hatte. Zu dumm, dass mir all diese Lösungen erst jetzt einfallen, nachdem ich meine Brust bereits am Teppich wund gescheuert habe.

Ohne Vorwarnung höre ich im Geiste die Stimme meiner Mutter, und ich zucke zusammen, so klar und deutlich ist sie. Beinahe könnte ich glauben – ja, hoffen –, sie wäre im Zimmer: »Weißt du, Maggie, für ein intelligentes Mädchen hast du bemerkenswert wenig gesunden Menschenverstand.« Ach ja, dieser Satz verfolgte mich in jedem Augenblick der Torheit meiner Teenagerzeit. Heute, mit Mitte zwanzig, empfinde ich ihn als noch ein wenig tragischer.

»Mags, bist du das? Gehst du heute nicht zur Arbeit?«, ruft mein Vater von unten, während ich noch immer nur in babyrosa Nachtwäsche rücklings auf dem Teppich liege. Die Sache ist mir so peinlich, dass ich mich noch nicht weiterbewegt habe.

Moment mal – wie spät ist es? Hastig greife ich nach der burgunderroten Arbeitsbluse, die seit dem gestrigen Feierabend zusammengeknüllt auf dem Fußboden liegt. Das zerknitterte Kleidungsstück schützt mich vor den Blicken von Zuschauern, sodass ich es wage, mir mein Handy zu holen und auf die Zeitanzeige zu schauen: 9:53 Uhr. Schon vor einer Stunde hätte ich meine Arbeit antreten sollen. Laut stöhnend lasse ich das Gesicht auf den Teppich sinken, was meinen Vater, der inzwischen in der Tür meines Zimmers steht, zum Lachen bringt. Genau wie ich ist er noch nicht vollständig bekleidet für die Arbeit. Das grässliche T-Shirt mit dem Spruch, der nur zu einem dicklichen Dad mittleren Alters passt, schreit mir in großen Buchstaben entgegen: »Wer braucht schon Haare, wenn er solch einen Körper hat?« Die marineblaue Hose sitzt gerade eben über seinem Bauch, mühsam an Ort und Stelle gehalten von roten Hosenträgern. Sein roter Bart, durchzogen von Weiß, hängt noch teilweise im Halsausschnitt seines T-Shirts, das er anscheinend einfach übergeworfen hat, ohne darüber nachzudenken. Das Tudor-Barett und der blaue Uniformrock fehlen noch. Im Augenblick sieht er eher wie der aufmüpfige jüngere Bruder des Weihnachtsmannes aus, ganz und gar nicht wie der durchtrainierte, immer adrette Soldat der Britischen Streitkräfte, als der er zweiundzwanzig Jahre gedient hatte.

Ich hätte nie gedacht, dass mein Vater noch exzentrischer werden könnte als damals, als er sein Haus verkaufte, um auf einem engen Boot zu leben. Aber da sind wir: Wir wohnen im Tower von London, wo er den obskursten Job ergattert hat, den er finden konnte – als Beefeater oder, um es vornehmer auszudrücken, als königlicher Leibgardist. Was das bedeutet? Er verbringt die meisten Tage damit, Touristen im Tower von London herumzuführen, damit zu prahlen, dass er zur Leibwache des Monarchen gehört, und dabei geflissentlich das »Zeremonien-« in seinem Titel zu unterschlagen. Ich bin mir ziemlich sicher, dass er sich für diesen Job entschieden hat, weil es keinen anderen gibt, bei dem er eine so bizarre Uniform tragen kann. Er hatte sich mehr darauf gefreut, als er jemals zugeben würde, die Halskrause und die Strumpfhosen seiner Zeremonienuniform anziehen zu dürfen, die mit feinstem Goldgarn zusammengenäht wurde. Folgerichtig präsentierte er stolz seinen roten Bart und seinen runden Bauch, sowie er seinen Dienst antrat, und eignete sich seine neue Rolle methodisch an. Es dauerte nur wenige Wochen, bis er so aussah wie das Motiv auf einem der Geschirrtücher, die man in den Andenkenläden überall in London kaufen kann. Und er liebt das.

»Verdammter Mist!« Ich flitze in meinem Zimmer herum, auf der verzweifelten Suche nach meiner Hose, die ich irgendwo im Dunkeln ausgezogen und liegen gelassen hatte, nachdem ich um drei Uhr morgens von meinem »zehn

Minuten die Augen schließen« aufgewacht war. Nachdem ich sie endlich auf dem Fußboden hinter meinem Bett gefunden habe, bleibt mir nur gerade genug Zeit, mir die Zahnbürste zu schnappen und mich beim Zähneputzen sehr kurz und kaum verständlich von Dad zu verabschieden, bevor ich die fünf Treppen zur Haustür hinunterrenne. Trotz meiner Eile bringe ich es nicht übers Herz, meiner Mutter nicht wie üblich »Ich liebe dich« zuzuflüstern, und ich bleibe auf dem Weg nach draußen im Flur stehen und verbringe wertvolle Sekunden damit, ihr Foto anzusehen. Sie sieht genau so aus, wie ich sie in Erinnerung habe: die Haare vom Wind zerzaust, so breit lächelnd, dass ihre Augen über den Wangen kaum noch auszumachen sind. Seufzend wende ich mich widerwillig ab, lächle ihr dabei traurig zu und werde wieder hektisch. Ich bin bereits viel zu spät dran, um mir eine Jacke überzuwerfen. Deshalb renne ich weiter und hoffe, dass die Märzbrise meine Haare wenigstens ein bisschen zu bändigen hilft.

»Morgen!«, rufe ich jedem der Beefeaters zu, an denen ich vorbeilaufe. Richie, unser unmittelbarer Nachbar, gießt die wild wuchernden Blumen in seinem kleinen Vorgarten. Noch nicht vollständig angezogen, wirkt er wie ein Spiegelbild meines Vaters mit seinem T-Shirt, den Hosenträgern und dem grau gesprenkelten Bart. Mit der freien Hand winkt er mir zu und schüttet sich dabei mit der anderen Wasser über die Stiefel, ohne es zu wollen und zu bemerken. Ich renne an Linda vorbei, die gerade aus der breiten offenen Tür des Brass Mount in der östlichen Ecke der Kasematten tritt. Sie dürfte ziemlich sicher der einzige Mensch auf der Welt sein, der von sich behaupten kann, in einem alten Artillerieturm zu wohnen, von dem aus früher Kanonen abgefeuert wurden. Während sie sich ihr Tudor-Barett auf den perfekten Haarknoten drückt, ruft sie mir einen Gruß zu, wohl wissend, dass es keinen Sinn hat, mich auf meinem täglichen Rennen zur Arbeit in ein Gespräch verwickeln zu wollen.

Nachdem ich das Kopfsteinpflaster hinter mir habe, erreiche ich den Pfad über die Zugbrücke. Es kostet mich all meine Willenskraft, nicht stehen zu bleiben, um Timmy, den Neufundländer des Beefeaters Charlie, zu streicheln. Die beiden kommen gerade aus dem Festungsgraben, wo Timmy jeden Morgen mit Begeisterung die Seemöwen scheucht.

»Morgen, Schätzchen!«

»Morgen, Charlie. Keine Zeit, Kev reißt mir sonst den Kopf ab!« Er lacht und salutiert scherzhaft, als ich an ihm vorbeirenne.

Timmy will unbedingt mitlaufen. Da er etwa so groß ist wie ein Schwarzbär, trommeln seine Pfoten hörbar auf den Boden, und sein Körper bewegt sich dabei wie eine Welle. Mit seinem wild wedelnden Schwanz könnte er mich glatt umwerfen, und ich muss darüber hinwegspringen. Seine mächtige Zunge hängt ihm seitlich aus dem Maul und hinterlässt einen Speichelfleck auf dem Saum meiner Hose.

Mein Arbeitsplatz ist bereits in Sichtweite, und ich muss nur noch den Gärtner Ben grüßen.

»Guten Morgen, Ben! Der Rasen heute Morgen ...« Ich küsse mir die Fingerspitzen in einer übertriebenen Geste absoluten Entzückens.

Er lacht nur und spornt mich an, weiterzulaufen.

Außer Atem betrete ich das Gebäude mit den Ticketschaltern, viel zu spät, als dass es verzeihlich gewesen wäre, und so verschwitzt, als wäre ich in einer Sauna eingeschlafen. Während ich mich an meinen Platz zu schleichen versuche, schaue ich mich verstohlen um. Vielleicht habe ich ja Glück und komme trotz heftiger Verspätung ungeschoren davon? Hoffen darf man ja.

»Margaret Moore ...« Ich zucke zusammen – nein, leider Pech gehabt. »Wie kann jemand, der buchstäblich an dem Ort wohnt, an dem er arbeitet, dennoch zu spät kommen? Du magst vielleicht in einer Burg leben, aber erwarte ja nicht, dass ich dich wie die Prinzessin behandle, für die du dich offenbar hältst.« Ich kann meinen Boss hören, bevor ich ihn sehe.

»Es tut mir leid, Kevin, wirklich sehr, sehr leid. Ich habe nicht bemerkt, wie spät –« Er unterbricht mich und fuchtelt mit seiner Hand so dicht vor meinem Gesicht herum, dass ich es riechen kann: Er war bereits im Café, um sich ein Schinkenspecksandwich zu gönnen, und hat anschließend hinter dem Lagerhaus heimlich eine geraucht.

Ich kapituliere. Wenn Kevin in dieser Stimmung ist, hat es keinen Zweck, mit ihm zu reden, und ich weiß bereits, welche Strafe mich erwartet: ein Abstecher in den Keller des White Towers, um die Tageseinnahmen dort in den Safe einzuschließen. Bei dem Gedanken schaudert es mich. Es wäre nur halb so schlimm, wenn dieser Keller nicht schon fast tausend Jahre alt und die Beleuchtung darin nicht wesentlich neuer wäre. Nicht, dass eine modernere Beleuchtung einen großen Unterschied machen würde: Niemand wagt sich die knarzende Treppe hinab, ohne erst die Augen zu schließen und wie ein kleines Kind vor den Ungeheuern davonzurennen, die nach seinen Füßen greifen, wenn es zu Bett geht, und niemand wagt sich tiefer in diesen Keller hinein als unbedingt nötig. Jahrhundertealte Weine, die von längst toten und begrabenen Adligen dort eingelagert wurden, bleiben deshalb unangetastet liegen, weil die instinktive Furcht des Menschen vor der Dunkelheit sie schützt.

Mit einem knappen Schlenker seiner Hand scheucht Kevin mich zu meinem Ticketschalter. Sein unechter Goldreif klappert dabei gegen seine ebenso unechte Rolex. Glücklicherweise sind die einzelnen Schalter durch Wände getrennt und nur von der Straßenseite aus durch die Schalterfenster einzusehen. Man kann mich also nur von draußen dabei beobachten, wie ich seine Gesten spöttisch nachahme. Ich lasse mich auf meinen Stuhl plumpsen und versuche beim

Anblick meines Spiegelbildes in der Glasscheibe vergebens, meine wild gekräuselten Haare zu bändigen. Feuchte Strähnen kleben mir im Gesicht, rote Locken kitzeln meine Nase. Also stecke ich mir meine Mähne, so gut es geht, hinten in den Halsausschnitt, damit sie mir bei der Arbeit nicht in die Quere kommt – und schon beginnt es, am Rücken bis hinab zum Hosenbund zu jucken.

Ich setze ein unechtes Lächeln auf und begrüße meinen ersten Kunden des Tages: »Guten Morgen und willkommen im Königlichen Festungspalast Seiner Majestät, dem Tower von London. Wie viele Tickets darf ich Ihnen ausstellen?«

Der Tag vergeht wie jeder andere: Ich wiederhole immer wieder denselben Satz, so oft, dass ich den Sinn kaum mehr heraushöre, drücke Tasten auf dem Computer, drucke Dinge aus, weiche meinen Kollegen aus und gebe alles, um mir die letzten Reste meiner Seele zu bewahren, bevor dieser Job sie frisst. Heute jedoch wird die Routine unterbrochen durch ein wenig Aufregung, weil ich meinen Slip in der morgendlichen Eile verkehrt herum angezogen habe und diesen immer unbequemer werdenden Fehler bei einer kurzen Toilettenpause beheben muss.

Und als die Zeiger der Uhr endlich langsam dem Ende des Arbeitstages entgegenkriechen, genauer gesagt fünf Minuten vor Schluss, drückt natürlich noch jemand sein Gesicht gegen die Scheibe meines Schalters. Völlig vertieft in das Facebook-Profil einer Frau, die in der Grundschule meine Mitschülerin gewesen war und mit ein paar kryptischen Bemerkungen über den Vater ihrer Kinder meine Neugier geweckt hatte, leiere ich meinen üblichen Text herunter, ohne aufzublicken: »Es tut mir leid, aber der Tower schließt heute um fünf Uhr. Er wird morgen früh um neun wieder geöffnet. Dann können Sie ihn besuchen.«

»Margo, ich bin es ...«

Ich erstarre. Nur ein Mensch nennt mich Margo, und genau dem möchte ich jetzt am allerwenigsten begegnen – zumal in meinem derangierten Zustand. Nein, so hatte ich mir das absolut nicht vorgestellt. Noch viel weiter von dem entfernt, was ich mir in den letzten Wochen in meinen Tagträumen als erstes Gespräch nach der Trennung ausgemalt hatte, von meinem »Es-geht-mir-wirklich-großartig-ohne-dich-und-ja-ich-habe-schon-einen-anderen-siehst-du-nicht-wie-ich-Strahle«, könnte diese Situation nicht sein. Dabei hatte ich mich für dieses Zusammentreffen gewappnet. Ich blicke auf in die Augen meines Exfreundes.

Er beugt sich dicht Richtung Glasscheibe. Das Drachen-Tattoo an seinem Handgelenk, das wir zusammen entworfen haben, ist teilweise von mehreren Flechtbändern, ein paar alten Festivalbändern und dem Ärmelbund seines zerknitterten rosa Hemdes verdeckt. Die Ringe, die er an Daumen und Zeigefinger trägt – und die ich ihm nach und nach in den sieben Jahren unserer Beziehung zu Geburts- und Jahrestagen geschenkt habe –, schlagen aufeinander, als er sich die dunklen Haare hinters Ohr streicht.

»Wenn dich irgendwer hier sieht, Bran, endest du verscharrt von zweiunddreißig Beefeaters in dem Festungsgraben hinter dir. Siehst du die Kamera über mir? Ich kann dir garantieren, dass Lesley und Simon vom Sicherheitsdienst dich bereits gesehen und erkannt haben und die Grenadier-Garde in Alarmbereitschaft versetzen, während wir miteinander reden.« Das entspricht nicht ganz der Wahrheit. Lesley und Simon schütten sich vermutlich eher vor Lachen aus, während ihre eigene kleine Realityshow ein ganz klein bisschen interessanter wird. Spätestens morgen früh wissen alle, wirklich alle, dass Bran hier war.

»Margo –«

»Nenn mich nicht so.«

»Maggie, ich möchte doch nur mit dir reden. Die Wohnung fühlt sich so fremd an ohne dich. Es tut mir leid, dass du so empfindest, aber ich habe dir einen Monat Zeit gelassen, genau wie versprochen.«

Eine Zeit lang nach unserer Trennung, nachdem er alle anderen Optionen ausgeschöpft und erkannt hatte, dass sie nicht so verlockend waren, wie sie ihm vorgekommen waren, als sie noch mit dem Adrenalinkick einhergegangen waren, sie hinter dem Rücken seiner Freundin auszukosten, tauchte er mit absoluter Regelmäßigkeit unangemeldet hier auf.

Zu meinem Pech hat Bran einen Job in einem langweiligen Büro im Finanzdistrikt gleich auf der anderen Seite des Flusses gefunden, ist also nur eine Brücke davon entfernt, mir den Tag zu versauen. Ich weiß wirklich nicht, worin seine Arbeit besteht, irgendwas mit Zahlen und Steuern, aber er scheint genug freie Zeit zu haben, um mich zu belästigen. So wichtig kann es also nicht sein. Auf den Tag genau vor einem Monat hatte er mir angekündigt, dreißig Tage lang nicht kommen zu wollen, vermutlich ein Versuch, mich umzustimmen, heißt es doch: »Die Liebe wächst mit der Entfernung.« Und jetzt geht das Theater von vorn los.

Wirklich schlimm aber ist, dass es beinahe funktioniert. Nachdem ich sein Gesicht sieben Jahre lang fast täglich gesehen habe und plötzlich allein gelassen bin mit meinen Grübeleien über alte Erinnerungen, die durch die rosa Brille der Nostalgie strahlender und glücklicher erscheinen, hat er mir tatsächlich gefehlt.

»Komm bitte einfach nach Hause. Dorthin, wohin du gehörst.«

Beinahe muss ich darüber lachen. Ich muss den Versuch meines Exfreundes bewundern, mich davon zu überzeugen, dass unsere Wohnung am Stadtrand von London mit ihren schimmeligen Wänden und heimgesucht von den Gespenstern seiner Untreue mir ein besseres Zuhause ist als mein jetziges in einer königlichen Festung. Es gab einmal eine Zeit, in der eine einzige Sekunde von Feingefühl ausgereicht hätte, um mich zu allem zu überreden – und er weiß das. Das ist sein Trojanisches Pferd, eine Fassade von Intimität, hinter der sich der Schmerz verbirgt, den er mir erst dann zufügen wird, wenn er mich dazu verführt hat, ihm Einlass durch die Mauer zu gewähren, die nur zu einem einzigen Zweck errichtet wurde: ihn draußen zu halten. Während er das Gesicht verzieht wie ein gebrochener Mann, muss ich mich mit aller Gewalt daran erinnern, dass ich lieber bis ans Ende meiner Tage in der steinernen Zelle im Bell Tower verbringen würde, in der Rudolf Heß 1941 vier Tage lang gefangen gehalten wurde, als in dem Bett zu schlafen, das Nacht für Nacht meinen Kummer schlucken musste. Ich will das glauben, will an meine Stärke glauben.

»Ich brauche dich«, haucht er zur Krönung seiner emotionalen Sturmattacke auf mich.

Eine Träne löst sich von seinen dunklen Wimpern und rinnt über sein sonnengebräuntes Gesicht. Er wischt sie nicht weg, lässt sie dort trocknen, um die Mauern zu belagern, die ich seinetwegen errichtet habe. In dieser Träne sehe ich uns, sehe sieben Jahre meines Lebens, sieben Jahre voller Erinnerungen. Er ist alles, was ich kenne, seitdem ich erwachsen bin. Er ist mein Kummer und mein innerer Friede zugleich.

Mein Herz handelt, bevor mein Verstand es aufhalten und an die Reste von Würde und Vernunft ketten kann, die mir geblieben sind. Ich öffne die Tür des Kartenverkaufs, und bevor ich zur Besinnung komme, berührt meine Hand schon sein Gesicht und fängt seine Tränen auf. Das verdammte Trojanische Pferd.

Irgendwo in meinem Hinterkopf schrillen die Alarmglocken, aber es ist bereits zu spät. Es macht mich wütend, wie selbstverständlich sich das anfühlt. Dass ich mich so wohlfühle wie seit Wochen nicht mehr, nur weil ich ihn berühre. Früher konnten wir tagelang im Haus bleiben, in engster Gemeinschaft, zufrieden damit, einfach nur zusammen zu sein. Wenn einem von uns beiden nicht danach war, sich der Welt zu stellen, dann taten wir es eben nicht. Dazu bedurfte es keines einzigen Wortes, wir wussten ganz einfach, wie dem anderen zumute war. Also kuschelten wir uns gemeinsam unter die Bettdecke, sammelten neue Kraft und schafften es so, das nötige Gleichgewicht zu erlangen, um den nächsten Tag zu bewältigen. Als ich Mum verlor, wechselten wir drei Tage lang kein Wort miteinander. Er nahm sich arbeitsfrei und hielt mich einfach fest, bis …

Als er mich in die Arme nimmt, fällt mein Blick auf eine der Kameras, und endlich finde ich in die Wirklichkeit zurück. Die Paranoia gewinnt die Oberhand, und ich muss daran denken, dass jeder, der im Moment am Monitor sitzt und mir dabei zusieht, wie ich meine Würde und meine Kraft verliere, wieder ein wenig mehr die Achtung vor mir verliert. Auch wenn ich glaube, dass sie nicht noch schlechter über mich denken können, als ich das selbst schon tue. In meinem Kopf überschlagen sich die Gedanken, die widerlichen Beleidigungen, mit denen ich mein eigenes Verhalten verdamme, aber sie schwimmen einfach nur in seinen Tränen herum und werden von der Themse davongetragen.

Er löst sich von mir, mustert mich, beobachtet mich genau. Innerlich fluche ich darüber, wie sehr das Ganze nicht nach Plan verläuft: Es war mir gelungen, mich in der Pause in der Behindertentoilette zu waschen, aber keine Mühe der Welt konnte meine Haare bändigen, und auch die Lavendel-Handseife schaffte es nicht, nach dem morgendlichen Sprint zur Arbeit den Schweißgeruch meiner Bluse zu übertünchen. Mein Spiegelbild in der Scheibe meines Ticketschalters, das ich den ganzen Tag vor Augen hatte, trägt sein Übriges dazu bei, dass mir klar ist: Ich sehe fix und fertig aus.

»Ich hatte ja keine Ahnung, dass unsere Trennung dich so schwer getroffen hat, Margo«, erklärt er nach kurzem Schweigen.

»Ähm ... wie bitte?« Sein Griff ist schwach. Es kostet mich also nicht allzu viel Kraft, mich von ihm zu lösen.

»Du weißt schon: So schwer, dass du dich gehen lässt und so; dass du dir keine Mühe gibst, weil dein Herz gebrochen ist. Du brauchst nicht einmal etwas zu sagen, ich weiß auch so, dass ich dir gefehlt habe.«

Ich starre ihn an. Als ich nicht weiter reagiere, legt er mir die Handflächen auf die glühend roten Wangen und spricht eifrig weiter. »Hast du etwa auch den Appetit verloren? Du wirkst, als hättest du Gewicht verloren ... Sieht irgendwie sexy aus.«

Jetzt muss ich mich nicht einmal mehr selbst aus meinem schwachen Moment reißen; er hat es geschafft, das für mich zu tun – einfach, indem er so ist, wie er nun mal ist. Inzwischen muss mein Gesicht puterrot sein. Das ist der Nachteil, wenn man rothaarig ist; ganz gleich, wie gut mir ein Pokerface gelingt, meine sommersprossige Haut lässt sich durch nichts daran hindern, die Farbe zu wechseln wie ein Chamäleon und damit unweigerlich jedes Mal zu offenbaren, was wirklich in mir vorgeht.

»Margo? Ich würde aber doch wenigstens Parfüm verwenden. Du hast doch noch das teure, das ich dir vor ein paar Jahren zum Geburtstag geschenkt habe, nicht wahr?« Er plappert weiter. Das One-Direction-Parfüm, das er mir vor sechs Jahren gekauft hat, steht im Badezimmer meines Vaters und dient dort als Lufterfrischer ... »Das mit dem natürlichen Duft ist nicht ganz so sexy.«

Ich gerate ins Schwanken. Am liebsten hätte ich ihm ins Gesicht geschrien, hätte ihm jedes Schimpfwort entgegengeschleudert, das ich dank meiner Kindheit auf den verschiedensten Militärstützpunkten aufgeschnappt habe. Aber Bran scheint es immer zu gelingen, mich sprachlos zu machen. Ich traue meinen eigenen Gefühlen nicht, und die Worte bleiben mir im Halse stecken.

Bevor ich meine Sprache wiederfinde, lenkt mich ein rappelndes Geräusch ab. Kevin klopft ungeduldig an das Fenster meines Ticketschalters. Statt das Mikrofon einzuschalten, schreit er unhörbar durch die Sicherheitsverglasung, um mich ohne jeden Zweifel an die Bestrafung zu erinnern, die wegen meiner Verspätung am Morgen auf mich wartet. Und diese Verspätung ist natürlich der wahre Grund, warum ich so aussehe, als ließe ich mich gehen.

Bran streicht mir die Haare zurück, einer seiner Ringe bleibt an einem Knoten hängen. Ich zucke zusammen, weil es ziept, aber – wenig überraschend – er scheint das gar nicht zu bemerken. Er küsst mich auf die Stirn, murmelt etwas wie, er wolle mich nicht länger von der Arbeit abhalten und werde mich bald wiedersehen. Da meine Zunge mich immer noch im Stich lässt, antworte ich mit einem schwachen Lächeln. Und damit dreht er sich auf dem Absatz seines schwarzen Chelsea-Boots um, stolziert davon und ist kurz darauf über den Tower Hill verschwunden. Endlich wieder in der Lage, klar zu denken, und frustriert über meine Schwäche, rufe ich ihm nach beziehungsweise vage in die Richtung seines Abgangs, denn dank seiner verdammt langen Beine ist er inzwischen bestimmt schon an der Tube-Station.

»Ich habe verdammt noch mal kein Gewicht verloren, das sind einfach nur weite Hosen!«

2. KAPITEL

Es gibt nichts, was ich nach einer überraschenden Begegnung mit einem Gespenst aus meiner nicht gar so weit zurückliegenden Vergangenheit weniger gern täte als das, was mir jetzt bevorsteht, nämlich, mich direkt in ein Abenteuer mit ein paar echten Gespenstern im White Tower zu stürzen. Leider bleibt mir keine andere Wahl; Kevin hat mich bereits mit einer schäbigen Tasche beladen, die die Tageseinnahmen enthält, und zog bereits an der Bushaltestelle an einer Zigarette, bevor ich auch nur um Gnade flehen konnte.

Also rede ich mir Mut ein und marschiere entschlossen die Water Lane hinunter, während ich in Gedanken alle möglichen Verteidigungsmaßnahmen gegen ein in seiner Ruhe gestörtes Gespenst durchzugehen versuche, das seit ein paar Jahrhunderten in einem Kerker gefangen ist. Die einzige Waffe, die mir zur Verfügung steht, ist ein halb geschmolzener Riegel Snickers aus dem Verkaufsautomaten im Ticketbüro. Damit habe ich keine Chance, es sei denn, der körperlose Geist reagiert allergisch auf Erdnüsse.

Seufzend suche ich nach einer anderen Taktik und rufe mir den weisen Rat meines Vaters in Erinnerung: »Wir stammen aus dem Norden«, pflegte er zu sagen. »Wenn wir es schaffen, eine Unterhaltung mit Londonern zu führen, dann ist es für uns ein Klacks, mit ein paar herumspukenden Geistern zu reden. Sie werden in dir tatsächlich einen Freund sehen, und wir sind es gewohnt, dass man uns nie antwortet.«

Als er mir zum ersten Mal verriet, mit welcher Taktik er Geistern entgegentritt, und das mit todernster Miene, lachte ich über ihn. Ich glaubte, es handle sich um einen jener wunderlichen Einfälle, die er im Fernsehen aufgeschnappt hatte, schaute er sich doch regelmäßig die Dokus zu Verschwörungstheorien auf Channel Twelve an. Aber seitdem er mir das erzählt hat, frage ich jeden Tag den in der Luft schwebenden Staub in meinem Schlafzimmer, wie es ihm geht, wenn ich ein Geräusch höre, das ich mir nicht erklären kann – und er hat recht. Das wirkt beruhigend.

Das Geld lastet unbequem schwer in der Tasche, die ich mir über die Schulter gehängt habe. Die losen Münzen darin klirren bei jedem Schritt, und aller Augen richten sich auf mich, als ich den Mauern meiner Arbeitsstätte entfliehe. Ich kann nichts dagegen tun – dass ich so viel Geld bei mir trage, macht mich ein bisschen nervös. Ich bin Colonel Blood, der einzige Mann, der es jemals geschafft hat, die Kronjuwelen zu stehlen, indem er sie sich in die Hosen steckte, und ich warte nur darauf, dass König Kevin mich gefangen nimmt und ins Verlies wirft. Wenn ich die Wahl zwischen dem Kerker im Bloody Tower und dem Keller im White Tower hätte, würde ich den Kerker jederzeit vorziehen.

Als ich den White Tower erreiche, muss ich zuerst die Waffenkammer durchqueren. Sehnsüchtig schaue ich zu den endlosen Reihen alter Rüstungen, Schilde und Waffen hinüber, während ich immer weiter in den Unterbauch der Festung vordringe. Mit jeder Treppenwindung, die ich tiefer steige, wird das Licht dunkler, bis ich den Keller erreiche, der im Dämmerlicht orange leuchtender Lampen liegt.

Zögernd bleibe ich vor der Tür stehen. Die uralte Eichenholztür ist voller Macken. Obendrein hat man absichtlich tiefe x-förmige Runen oder Hexenzeichen hineingeschnitten, die dazu dienen sollten, böse Geister zu bannen. Nach ein paar Erfahrungen mit den kalten Luftzügen hinter jener Tür glaube ich jedoch, dass der Tower von den mittelalterlichen Zimmerleuten, die diese Zeichen hinterlassen haben, sein Geld zurückfordern sollte.

Ich nehme all meinen Mut zusammen, drücke den Hebel am Türgriff hinunter, rüttele ein wenig daran und kann hören, wie die Verriegelung auf der anderen Seite hochspringt. Metall klirrt auf Metall, und das Geräusch hallt im leeren Raum hinter der Tür mehrfach wider. Mit der Schulter stemme ich mich gegen die Tür, um sie zu öffnen, sie quietscht laut, das Echo wird im Gang mehrfach von den Wänden zurückgeworfen bis in den schwach beleuchteten Bereich, in dem ich stehe.

Die Tasche mit den Münzen an die Brust gedrückt, betrete ich vorsichtig die Treppe. Ich könnte schwören, dass selbst sie es auf jeden abgesehen hat, der sie betritt. Die Stufen sind schief und uneben, fordern einen Sturz geradezu heraus, und ich wünschte, meine Augen würden sich schneller an die Dunkelheit gewöhnen.

Nach fünf Schritten abwärts verspüre ich einen leichten Druck auf meiner Schulter, als hätte jemand seine Hand daraufgelegt. Ich kann nicht sagen, ob sie mich führen oder bedrohen will. Das Herz schlägt mir bis zum Hals.

»Hallo, du«, sage ich in die Finsternis und hoffe verzweifelt, dass keine Antwort kommt. »Ich werde dich nicht lange stören, versprochen. Kevin zwingt mich dazu – du weißt ja, wie er ist. Ein ... echtes ... verdammtes ... Arschloch!« So plappere ich ins Leere, wechsele immer sprunghafter das Thema, in der Hoffnung, dass die Geister hier unten dieselbe Vorliebe für Genörgel und Gezicke haben wie die Mädchen im Pausenraum.

Ein kalter Windzug streift mein Ohr und bläst mir die Haare ins Gesicht.

»Okay, okay, ich beeile mich, kein Problem. Nein, wirklich, no problemo. Ich werde mich jetzt wirklich beeilen.« Damit renne ich den Rest der Treppe hinunter und schaffe es tatsächlich bis zur letzten Stufe, bevor ich stolpere und mit dem Kopf voran gegen den massiven Stahlsafe falle. Da ich die Tasche mit dem Geld wie einen Schild in den Händen halte, knallt meine Stirn gegen das kalte Metall. Ich muss mehrfach blinzeln, bevor ich wieder etwas sehen kann – so weh tut es.

Unter Flüchen, die die ehemaligen Marinesoldaten in der königlichen Garde mit Stolz erfüllen würden, werfe ich die Tageseinnahmen in den Safe, schlage die Safetür zu und nehme Reißaus. Auf allen vieren krabbele ich die Treppe hinauf.

»Ich wünsche euch noch einen schönen Abend, Nacht allerseits!«, rufe ich meinem Geisterpublikum zu und werfe schwungvoll die Tür hinter mir zu. So schnell meine zitternden Finger es erlauben, verriegele ich die Tür wieder, renne die drei Wendeltreppen hinauf und trete schwer atmend ins Freie. Meine schweißbedeckte Stirn verfärbt sich bereits von dem Zusammenprall mit dem Safe.

Ich sehe mich im Innenhof um. Er liegt verlassen da, nur die Raben hocken noch zusammen. Im Tower ist man nie allein, immer wird man von mindestens einem Paar wachsamer schwarzer Augen beobachtet. Praktisch gehört ihnen die Anlage. Nach einer alten Prophezeiung werden der White Tower einstürzen und das Königreich untergehen, wenn die Raben den Tower von London verlassen. So gesehen, ist es also durchaus beruhigend, sie Sandwichbrocken aus den Abfalleimern stehlen zu sehen oder morgens laut krächzen zu hören – bedeutet es doch angeblich, dass wir alle einen weiteren Tag lang in Sicherheit leben werden.

Ich begegne dem Blick von Regina, einem der Raben, und laufe rot an; offensichtlich hat sie beobachtet, wie ich völlig durch den Wind aus der Tür der Festung geschossen bin, und sich ihr Urteil über mich gebildet. Mit Sicherheit haben auch die Kameras die Szene eingefangen. Ich versuche, diesen Gedanken abzuschütteln, zupfe meine Bluse zurecht und eile über das Kopfsteinpflaster. Die frische Wunde an meiner Stirn brennt unter der Frühlingsbrise, pochender Schmerz zieht sich bis in meine Schläfen. Ich streichle sie leicht mit den

Fingern, um den Schmerz zu lindern, wie meine Mutter es tat, als ich noch ein Kind war. Der Placeboeffekt scheint aber nicht so gut zu wirken, wenn ich das selbst tue. Da ich jeden Tag und jede Nacht in diesem alten Gemäuer verbringe, würden meine Füße auch bei geschlossenen Augen den Weg durch das Labyrinth finden, also verstecke ich mich unter meinen Haaren, viel zu peinlich berührt, um meine Dämlichkeit an einem so glanzvollen Ort offen zur Schau zu stellen.

Als ich dem einschüchternden Blick des White Towers entkommen bin, bereite ich mich darauf vor, wie Cinderella die Broadwalk Steps hinabzufliehen – sie liegen jetzt direkt vor mir. Diesen Augenblick meines Tages verkläre ich beinahe jede Nacht in meinen lebhaften Träumen, also schließe ich im Gehen die Augen und beruhige meine Nerven, indem ich mich meiner Fantasie hingebe.

»Au. Oh, Mist. Verdammte Scheiße!«

Wenn ich mir nicht bereits am Safe eine Gehirnerschütterung geholt habe, dann mit Sicherheit jetzt. Eine der viktorianischen Straßenlaternen hat es anscheinend geschafft, etwa zwei Meter nach vorn zu wandern, und ich glaube, dass ich mir beim Zusammenprall sämtliche Knochen neu sortiert habe.

»Du blödes Stück, was in aller Welt machst du nur!«, schimpfe ich mit mir selbst, voller Wut über meine Ungeschicklichkeit.

»Wie bitte?«, faucht die Laterne mich empört an. Ich reiße die Augen auf. Auch wenn ich vielleicht an Geister glaube, bin ich definitiv nicht benommen genug, um zu glauben, dass Straßenlaternen reden können.

Ich streiche mir die Haare aus dem Gesicht, um die Quelle der Stimme besser sehen zu können. Ein Mann starrt zurück, und er ist wütend. Er hat sein Mobiltelefon ans Ohr gedrückt, sein Gesichtsausdruck ist starr vor Zorn, seine Kiefermuskeln zucken, so fest beißt er die Zähne zusammen. Auf den ersten

Blick verleiht ihm sein maßgeschneiderter, offen getragener Blazer, unter dem ein tadellos gebügeltes weißes Hemd hervorleuchtet, eine gewisse Autorität; vor mir steht einer der Männer, denen man sich sofort unterordnet. Aber bei näherer Betrachtung kann er kaum älter sein als ich. Sein kastanienbraunes Haar ist an den Seiten kurz und sauber rasiert, aber oben auf dem Kopf sitzen weiche Locken, die er offensichtlich, aber vergebens zu zähmen versucht hat.

Was mir wirklich für einen Moment den Atem verschlägt, sind jedoch seine Augen, Feuerräder aus Jade und Pietersit, die wie polierte Edelsteine unter seinen dunklen Wimpern hervorblitzen. Ich folge ihren winzigen Bewegungen wie dem Pendel eines Hypnotiseurs. Nur sein immer stärkeres Stirnrunzeln reißt mich aus meiner Trance, und mir wird schlagartig klar, dass ich ihn schon einige Zeit mit offenem Mund anstarre. Na, toll, Maggie, das hast du fein hingekriegt. Jetzt stehst du nicht nur wie ein Clown vor dem attraktivsten Mann, der dir jemals vor Augen gekommen ist, nein, er muss dich obendrein für eine komplette Idiotin halten.

Endlich komme ich wieder zur Besinnung, und mir wird bewusst, dass ihm durch den Zusammenstoß mit mir ein glänzendes Holzkästchen aus den Händen gefallen ist, das jetzt mit aufgesprungenem Deckel auf dem Pflaster liegt. Der eindeutig teure Inhalt schimmert im schwachen Licht der Nacht. Mir wird ganz anders. Gleichzeitig bücken wir uns eilig, um das Kästchen aufzuheben; seine Lockenmähne hilft leider nicht, den Zusammenprall abzumildern, als wir dabei mit den Köpfen zusammenstoßen. Meinen ohnehin schon geschundenen Schädel durchzuckt ein stechender Schmerz, und vor meinen Augen sehe ich Sterne. Der Fremde verzieht ebenfalls vor Schmerz das Gesicht, als mir auffällt, dass er mit den Händen meine Arme gepackt hat und nur dieser Umstand mich davor bewahrt, rücklings aufs Pflaster zu fallen.

Unbeholfen befreie ich mich aus seinem Griff und versuche erneut, das Kästchen aufzuheben, aber natürlich ist er dank seiner langen Glieder schneller als ich, klappt den Deckel zu und klemmt meine Finger ein, bevor ich sie zurückziehen kann. Das tut so weh, dass ich zischend die Luft einziehe und die Fingerspitzen mit den abgekauten Nägeln in die Handfläche presse, um den Schmerz zu lindern. Der einzige positive Aspekt dieser Begegnung besteht darin, dass meine gemarterten Fingerspitzen es gut schaffen, mich von den pochenden Schmerzen in meinem Kopf abzulenken.

Sein Telefon noch immer mit der Schulter ans Ohr gedrückt, nimmt der Mann ohne sichtbare Regung die Unterhaltung mit seinem unsichtbaren Gesprächspartner wieder auf. Er achtet nicht darauf, wie ich meine schmerzenden Fingerspitzen umklammere.

»Ich rufe dich zurück, Vater. Ja, ich habe es bei mir. Ja, Sir.« Er richtet sich zu voller Größe auf und schiebt sein Mobiltelefon in seine Tasche.

»Oh, verflixt, nein. Es tut mir so leid, ich habe nicht ... ich wollte nicht ... ich«, gerate ich ins Stottern, als er mir seine volle Aufmerksamkeit schenkt.

»Wofür halten Sie sich eigentlich, so mit mir zu reden? Und schauen Sie nicht, wohin Sie gehen?«

Seine Aussprache ist Silbe für Silbe perfekt, von Umgangssprache keine Spur. Er könnte vermutlich sogar den König beleidigen, und dieser wäre beeindruckt von seiner Aussprache und Betonung. In dem Moment fällt mir wieder ein, wo wir uns befinden – in Sichtweite vom King's House, der Residenz des Konstablers des Towers. Der Mann, der in diesen Mauern wohnt, ist Lord Herbert, die Augen und Ohren des Monarchen. Der Ruhestand des ehemaligen Oberbefehlshabers der gesamten Britischen Armee besteht darin, im Tower Dinnerpartys für jeden wichtigen Mann, jede wichtige Frau und jedes wichtige Kind zu veranstalten, die ihren Fuß auf britischen Boden setzen. Und ich bin mir fast hundertprozentig sicher, dass ich gerade einen seiner Gäste beleidigt habe. Vielleicht handelt es sich um einen Gentleman von Adel? Oder doch mindestens um einen reichen Botschafter irgendeines Landes, das mich verschwinden lassen kann, bevor am nächsten Morgen die Sonne aufgeht.

Er wirft einen Blick auf das Holzkästchen in seinen Händen; auf einer Seite ist es leicht beschädigt, unter abgeplatztem Lack zeigen sich Holzsplitter. Sichtlich betrübt, streicht er sich mit der Hand durchs Haar. Er wendet den Blick nur von mir ab, um sich in die Nasenwurzel zu kneifen, und grummelt etwas vor sich hin. Seine harte Selbstbeherrschung gerät ins Wanken, als er sich erneut bückt, um die Holzsplitter aufzusammeln, die noch am Boden liegen. Mir schnürt sich die Kehle zu, und ich weiß selbst nicht, ob ich weinen soll oder mir übel wird.

»Nein, Sir, so war es wirklich nicht. Ich habe Sie nicht beleidigt. Ich habe mit mir selbst geredet!« Ich gebe mir allergrößte Mühe, meinen Yorkshire-Dialekt in meiner Entschuldigung zu unterdrücken, aber ich habe keine Chance, mein Vergehen wiedergutzumachen. Ich bin erledigt. Dennoch deute ich auf das Kästchen. »Ich kann bezahlen! Für ein neues ...«

Das ist eine glatte Lüge. Wenn das Kästchen so teuer ist, wie es aussieht, müsste ich eine Bank ausrauben, um es ersetzen zu können. Glücklicherweise reagiert er nicht auf mein Gestammel und öffnet das Kästchen, um seinen Inhalt unter die Lupe zu nehmen. Eine Reihe von Saphiren, aufgereiht auf einer zarten Silberkette, glitzert darin. Der Mann stößt einen Seufzer aus, der anscheinend Erleichterung ausdrückt, während ich angstvoll so tief Luft hole, dass es mir fast den Boden unter den Füßen wegzieht. Nachdem er die kostbaren Edelsteine wieder ordentlich zurechtgerückt hat, fährt er sich mit der Hand durch die Haare, und bevor ich noch irgendetwas sagen kann, um mich aus dem Schlamassel zu befreien, in den ich mich hineingeritten habe, dreht sich dieser einschüchternd attraktive Mann einfach um und marschiert in seinen auf Hochglanz polierten Schuhen davon.

Meine Hände zittern ein wenig, während ich zusehe, wie er über den Innenhof geht; die Fingerspitzen schmerzen, als ich sie ausschüttele, um das leichte Stechen loszuwerden, das mir diese Begegnung eingetragen hat. Während ich ihm noch nachschaue, schlägt die goldene Uhr des Waterloo Blocks sechs. Sie thront zwischen zwei Türmen über dem Haupteingang des größten Einzelgebäudes der Festung, das sich entlang des inneren Festungsrings fast über die ganze Nordseite erstreckt. Hinter diesem Gebäude verschwindet der Fremde. Als ich seinen breiten Rücken nicht mehr sehe und den harten Klang seiner Schritte auf den Pflastersteinen nicht mehr höre, fliehe ich so schnell, dass ich völlig außer Atem durch unsere Haustür stolpere.

»Alles in Ordnung, Maggie, Schätzchen?«, ruft Dad mir von seinem Ohrensessel im Obergeschoss zu. »Hast du dich verlaufen?« Ich kann das Lächeln in seiner Stimme hören.

»Kevin ... schon wieder ...«, rufe ich nach oben. Er antwortet nicht, aber ich höre seinen tiefen Bass und stelle mir vor, wie er vor sich hin grummelt, was ihm alles an meinem Boss ganz und gar nicht gefällt.

Tatsächlich ist Dad der Grund, warum Kevin schon wenige Wochen nach meinem Arbeitsantritt eine solche Antipathie gegen mich entwickelt hat. Mein Dad hat ihn in einer heiklen Situation mit dem Deputy Governor hinter dem Waterloo Block erwischt. Dad erzählte weder mir noch sonst jemandem davon – jedenfalls nicht, bevor ohnehin bereits der Klatsch blühte und alle Bescheid wussten –, aber als die Affäre ein paar Wochen später bekannt wurde, rechnete Kevin zwei und zwei zusammen, kam dabei auf fünf und erwählte mich spontan zu seinem Sündenbock. Seitdem gibt er sich allergrößte Mühe, mir meine Arbeitstage unangenehmer zu machen als eine Nacht mit Heinrich VIII., und natürlich folgen all seine loyalen Untergebenen – also meine Kolleginnen – seinem Beispiel.

Ohne Dads Überlegungen zu diesem Thema zu unterbrechen, stelle ich mich sofort unter die Dusche. Das heiße Wasser geht bereits zur Neige, als ich endlich spüre, wie mein Blutdruck zum ersten Mal seit dem Aufwachen heute Früh auf ein gesundes Niveau absinkt.

Jetzt, wo ich nicht länger rieche wie die Jungenumkleide in meiner alten Highschool, sitze ich schweigend auf meinem Balkon, vor mir auf der Brüstung eine dringend benötigte dampfende Tasse Tee mit Milch und einem Stückchen Zucker.

Lucie, die jüngste und lebhafteste der Raben, hockt auf einer Zinne und beobachtet mich. Ihre schwarzen Federn leuchten blau im Mondlicht, als sie sich schüttelt und sie mit ihrem langen Schnabel sorgsam ordnet. Hinter mir stößt Cromwell ein leises Jaulen aus, während er aus dem Fenster meines Schlafzimmers starrt. Sein Frust, hinter einer Glasscheibe gefangen zu sein, statt dem frechen Vogel draußen an die Federn gehen zu können, ist seinem felligen Gesicht anzusehen. Er hat ja keine Ahnung, dass ich damit in Wirklichkeit ihn schütze. Lucie, immerhin so groß wie ein Jack Russell, thront majestätisch auf ihrer Zinne. Wenn sie Gelegenheit dazu erhielte, würde sie meinen Kater als pelzigen Snack im Ganzen schlucken.

Sie hüpft über die Mauer, schwatzt mit mir, bevor sie leicht mit ihrem Schnabel gegen den Ärmel meines Schlafanzugs tippt. Ich streiche ihr mit einem Finger über den Kopf, so wie sie es am liebsten mag, und sie lässt ein zufrieden-melodisches Klicken vernehmen. Cromwell bearbeitet immer noch mit den Pfoten die Fensterscheibe und leckt ab und zu daran, um seine Bitte um Hilfe zu betonen. Er ist eifersüchtig, weil ich ihn nicht beachte.

»Er ist genauso ein Dummerchen wie seine Mutter.« Mit

dem Kopf deute ich kurz auf die Speichelspuren am Fenster. Lucie starrt mich weiter an, als ob sie mir zuhört und versteht, was ich sage.

»Warum kann ich nicht wenigstens einmal einen normalen Tag haben, hmm? Ich schätze, der heutige toppt aber alles.«

Bei diesen Worten reibe ich mir die Beule an der Stirn und kann nicht sagen, ob ich zusammenzucke, weil es wehtut oder weil der Schmerz mich daran erinnert, wie peinlich das Ganze war. Ich führe die dampfende Teetasse an meine Lippen und seufze leicht. Der Lufthauch bläst den Dampf aus meinem Gesicht.

»Weißt du, manchmal wünschte ich mir, ich wäre auch ein Vogel. Ich würde wegfliegen, bevor mir jemand zu nahe kommen kann, einfach auf der höchsten Mauer sitzen und das Chaos von oben beobachten. Obwohl, so, wie ich mich kenne, wäre ich vermutlich der erste Vogel, der unter Höhenangst leidet, und würde ewig im Nest hocken bleiben, bis mich schließlich ein Sturm hinausbläst.«

Lucys glänzende schwarze Augen sind immer noch fest auf mich gerichtet, als sie den Kopf fragend schief legt.

»Also gut, pass auf, ich erzähle dir, was passiert ist.«

3. KAPITEL

Erst als der Wecker am nächsten Morgen zum dritten Mal klingelt, reißt er mich endlich aus meinen nächtlichen Träumen. Ich quäle mich aus dem Bett; unter keinen Umständen gönne ich Kevin die Befriedigung, mir schon wieder eine Strafe aufzuhalsen, weil ich zu spät komme. Ein Blick in den Spiegel verrät mir, dass aus der Beule ein hübsches schwarz-purpurnes Veilchen geworden ist, das mein rechtes Auge umfasst, als hätte ich versucht, mir mit geschlossenen Augen mit Filzstift ein Tattoo à la Mike Tyson nach einem Boxkampf zu malen. Die Ereignisse vom Abend zuvor gehen mir immer noch durch den Kopf, als ich unter die Dusche gehe. Mich arbeitsfertig zu machen kostet eine gute Stunde. Ich flechte mir die Haare, um sie aus dem Gesicht zu bekommen, und bügle meine Uniform, während ich zugleich versuche, die Erinnerung an die zornig blickenden Augen des Fremden abzuschütteln.

Kurz stecke ich den Kopf durch die Tür ins Wohnzimmer und verabschiede mich von Dad. Er sitzt in seinem Lehnstuhl in der Ecke, einen leeren Teller in der Hand, der wenig dazu beiträgt, die Krümel der Doppelkekse mit Vanillefüllung aufzufangen, die in seinem Bart hängen bleiben wie Fliegen in einem Spinnennetz. Seine roten Hosenträger spannen sich heute über ein anderes grellbuntes T-Shirt. Er winkt mir geistesabwesend zu, viel zu vertieft in die Wiederholung eines Krimis aus den Achtzigern, und murmelt, dass er früher die gleichen Schuhe und die gleiche Frisur trug wie der Kommissar im Film.

Pünktlich wie immer ist Richie bereits draußen und versorgt sein Blumenbeet.

»Morgen!«, rufe ich ihm lächelnd zu. Er ist so damit beschäftigt, die verwelkten und abgefallenen Blütenblätter seiner Rosen aufzusammeln, dass er überrascht wirkt, als er mich sieht – obwohl, ganz ehrlich, der Umstand, dass ich tatsächlich halbwegs wie ein Mensch aussehe und heute Morgen nicht wie üblich aus der Haustür sprinte, könnte ohne Weiteres der wahre Grund für seine Überraschung sein. Er winkt mir zu und antwortet etwas mit breitem cornischem Akzent, sodass ich einen Moment brauche, um im Geiste zu übersetzen, was er gesagt hat. In einem anderen Leben könnte ich ihn mir als Bauern vorstellen, der Tag für Tag die Reihen seiner neuen Ernte abschreitet und dabei mit einem Akzent vor sich hinmurmelt, den nur der Boden und die Vögel verstehen können.

Da ich bis zum Schichtbeginn noch zehn Minuten Zeit habe, entscheide ich mich für die landschaftlich schöne Route zur Arbeit. Dieses Mal schlüpfe ich hinter die Garagen, bevor ich die östliche Bastion erreiche, und gehe die Treppe hinauf, die zu einem versteckten Durchgang gehört. Wie jede Treppe an diesem Ort hat sie ihr eigenes eingebautes Verteidigungssystem mit einer beinahe hundertprozentigen Erfolgsquote: Die Stufen sind so unregelmäßig und schief, dass ich kaum drei Stufen nacheinander bewältigen kann, ohne mich auf die Nase zu legen. Der Durchgang ist breit, aber ein von allen Seiten umschlossener Tunnel. Die nackten Ziegelsteine sind ständig feucht, und der gespenstische Klang fallender Tropfen mischt sich mit dem Echo meiner Schritte. In der Ecke glimmt ein oranges Licht und wirft Schlagschatten überall dort, wo es auf Ecken und Unebenheiten trifft.

Erst als ich das Licht am Ende des Durchgangs erblicke, überfällt mich ein leiser Anfall von Furcht. Wo der Tunnel sich oben öffnet, hängen ein paar Paviansculpturen aus feinem Maschendraht an den Wänden. Ihre Mäuler sind zu einem urzeitlichen Schrei geöffnet, ihre grausamen Zähne funkeln in der Morgensonne. Diesen Tunnel benutze ich genau aus diesem Grund niemals nachts. Im Mondlicht scheinen sich die Körper nämlich zu verwandeln. Die Sterne leuchten durch die aus Maschendraht geformten Augen, und die Figuren wirken plötzlich bedrohlich. Unweigerlich muss ich mir vorstellen, dass sie dann zum Leben erwachen, so wie in »Nachts im Museum«, auf dem Gelände des Towers Chaos und Verwüstung anrichten und dabei alle vernichten.

Vor langer Zeit lebten im Tower wirklich solche Kreaturen, damals, als es noch eine Menagerie dort gab. Sie beherbergte allerlei exotische Tiere, Geschenke von Monarchen an Monarchen, in Ketten hinter den Mauern: Elefanten, Löwen, Eisbären und Affen, alle gleichermaßen gefangen und sich selbst überlassen, sodass sie sich gegenseitig töten und alles andere gleich mit zerstören konnten. Sie hätten mir ja leidgetan, wenn die Skulpturen, die zur Erinnerung an sie hier angebracht wurden, mir – einer erwachsenen Steuerzahlerin – nicht Angst vor feinem Maschendraht eingejagt hätten.

Als ich die Pavianparade hinter mir habe, bin ich wieder im Innenhof und stehe erneut vor dem White Tower. Im Morgenlicht sieht das steinerne Gemäuer besonders erhaben aus. Jeder bröckelnde Stein leuchtet wie die Juwelen in einer Krone: jeder für sich betrachtet wunderschön in seiner Einzigartigkeit, aber zusammen ein Gebäude von blendender Pracht. Ganz oben weht der Union Jack stolz über der Stadt. Obwohl er längst von gläsernen Wolkenkratzern voller eintönig in Beige und Rosébeige gehaltener Büros überragt wird, wehrt der Tower sich standhaft dagegen, vor dieser Kulisse unterzugehen. Mag er auch nicht so hoch und elegant sein wie seine Nachbarn, so wohnt ihm doch eine historische Stärke inne, die sich nicht nachahmen lässt. Wenn man vor ihm steht, gibt es kein imposanteres, kein prachtvolleres Gebäude als den White Tower. In seinem Schatten fühlt man sich, als wäre man in eine andere Zeit zurückversetzt; ihn anzuschauen kommt einem bereits wie ein Privileg vor, das eigentlich nur der königlichen Familie zusteht.

Von Kopf bis Fuß in Schwarz gekleidet und mit Besen und Müllgreifern ausgestattet, fechten die Reinigungskräfte ihren nie endenden Kampf gegen den Unrat aus, damit der Boden der Schönheit des Towers keinen Abbruch tut. Ich wünsche jedem einzelnen von ihnen einen guten Morgen, und sie lächeln so fröhlich, dass man ihnen nicht ansieht, dass ihr Arbeitstag schon lange vor Sonnenaufgang begonnen hat.

Einer der Arbeiter schaltet seinen Laubbläser aus, um mich anzusprechen. »Ich habe gesehen, wie du gestern Abend gestürzt bist! Geht es dir gut?« Ich habe weder sein Gesicht schon mal gesehen, noch kenne ich seinen Namen, aber vermutlich weiß er dank der Rund-um-die-Uhr-Überwachung mehr über mich als ich selbst. So etwas passiert häufig, genau deshalb sind meine Träume von Abgeschiedenheit so tröstlich für mich. Auf diesen Kopfsteinpflasterstraßen zu gehen, in dem Wissen, immer Zuschauer zu haben, macht selbst einen Abstecher zum Einkaufen zu einem Angst einflößenden Unterfangen, zumal wenn man so tollpatschig ist wie ich.

Um mein Gesicht zu wahren, deute ich auf mein blaues Auge und lache. »Nur ein kleines Veilchen, das hauptsächlich meinen Stolz verletzt. Ansonsten geht es mir gut, danke.« Mein Lächeln ist übertrieben und falsch, als er lacht. Ich bleibe nicht stehen, um mich mit ihm zu unterhalten. Es ist nett von ihm, mich nach meinem Befinden zu fragen, aber er hat mir damit nur wieder vor Augen geführt, wie peinlich das Ganze ist.

Als ich mich dem Waterloo Block mit dem Jewel House darin nähere, stelle ich fest, dass die Königliche Garde bereits auf ihren Posten steht. Die Gardisten sehen alle exakt gleich aus, unbeweglich in ihrer vorgeschriebenen Haltung. Ich kann kaum einen Funken Leben in ihnen erkennen, obwohl noch gar keine Touristen da sind, die jede ihrer Bewegungen mit Argusaugen beobachten und Ausschau nach Lebenszeichen halten. Ihre roten Uniformröcke sind mit goldenen Knöpfen besetzt, die so blank geputzt sind, dass sich der Tower in jedem einzelnen Knopf spiegelt. Jeder Gardist trägt ein Gewehr, aufgestützt in der linken Handfläche, das scharfe Bajonett am Rand ihres Gesichtsfeldes. Es ist ersichtlich, dass die Bajonettklingen von ihren jeweiligen Besitzern stundenlang poliert werden; die Klingenspitzen fangen das Licht ein und scheinen zu glühen. Die Bärenfellmützen verbergen weitestgehend ihre Gesichter, und ich bin sicher, dass das tiefschwarze Fell an den Ohren kitzelt. Es sieht jedenfalls wie der lästigste Haarpony aus, den man sich vorstellen kann. Ich würde diesen Dienst keine Minute durchhalten, ohne zu versuchen, mir die Haare wie ein frustriertes Kleinkind aus den Augen zu pusten.

Fünf verschiedene Infanterieregimenter stellen reihum die Gardisten, die hier Wache stehen: die Coldstream-, die Grenadier-, die Schottische, die Waliser und die Irische Garde. Sie halten rotierend jeweils ein paar Tage lang Wache bei den königlichen Palästen von London, sichern die Anlagen, die Gebäude und deren kostbaren Inhalt. Manchmal übernehmen auch die Royal Air Force, die Royal Navy und die Gurkhas eine Wachperiode; dann bieten die blaugrauen Uniformen der Royal Air Force, die blendend weißen Mützen der Royal Navy und die krummschneidigen Khukuri der Gurkhas eine willkommene Abwechslung.

Ein Blick auf meine Armbanduhr verrät mir, dass ich immer noch Zeit habe. Also beobachte ich die beiden Gardisten, die heute Wache stehen, eine Weile und versuche zu erkennen, zu welchem Regiment sie gehören. Anhand ihrer Uniformen komme ich zu dem Schluss, dass sie zur Grenadier-Garde gehören. Das unkundige Auge sieht in den Uniformen der verschiedenen Regimenter keine Unterschiede, aber ich kann erkennen, dass diese Jungs Grens sind, denn eine weiße Feder steckt seitlich an ihrer Bärenfellmütze, und ihre Kragen sind beidseitig mit dem »grenade fired proper«, einer stilisierten feuernden Granate, bestickt, die für mich allerdings eher aussieht wie ein Federball.

Ohne die Touristen wirkt die Szene zeitlos, und wie die beiden Gardisten dastehen, sind sie ein inspirierendes Motiv für ein Ölgemälde; wenn ich diesen Augenblick so festhalten könnte, wäre es nicht weiter schwierig, jemanden davon zu überzeugen, dass das Gemälde Jahrhunderte alt ist.

Schließlich gehe ich weiter, an ihnen vorbei, und mustere ihre Uniformen wie ein Offizier, der bereit ist, sie zu seiner Majestät zu schicken, damit er sie inspiziert. Ich bin beim zweiten der beiden angelangt, und mir fällt auf, dass er etwas größer ist als der andere. Seine Nase ist stark und gerade, seine Kieferpartie so scharf geschnitten, dass es aussieht, als könnte sie die Kinnkette seiner Bärenfellmütze durchschneiden. Er ist in jeder Hinsicht das perfekte Modell eines Soldaten. Das Blaugrün seiner Augen scheint aus seinem blassen Gesicht zu leuchten, während er versucht, sie möglichst wenig zu bewegen; lediglich ein langsamer Lidschlag unterbricht hin und wieder den disziplinierten Blick nach vorn.

Etwas an diesen Augen kommt mir bekannt vor. Die Uniform und die Haltung habe ich schon Tausende Male an vielen Männern gesehen, aber diese Augen fallen mir unwillkürlich auf ... Ich schüttele den Kopf. Vermutlich bin ich ihm einfach schon mal hier begegnet. Es gelingt mir ganz gut, mir einige der gut aussehenden Soldaten, die abwechselnd hier Wache stehen, einzuprägen (und meiner Fantasie freien Lauf zu lassen); da war zum Beispiel eine geradezu umwerfende Gruppe Kanadier, die nur einmal hier Dienst tat, und ich weiß noch sehr gut, dass es mir in der Zeit noch schwerer als sonst fiel, pünktlich zur Arbeit zu erscheinen, weil ich mich einfach zu lange damit aufhielt, ihre herrlich breiten Schultern zu bewundern. Gelegentlich frage ich meinen Dad, ob geplant sei, dass sie bald mal wiederkommen, aber es macht mir auch nicht das Geringste aus, mich mit diesen beiden Grenadieren zufriedenzugeben, die heute hier stehen.

Kurz nachdem ich an dem Gardisten vorbeigegangen bin, bleibe ich abrupt stehen. Nein. Das kann nicht sein. Er kann es einfach nicht sein. Diese Augen. Ich erinnere mich glasklar an diese Augen. Einen Augenblick lang vergesse ich, wo ich bin, und gehe ein paar Schritte rückwärts, bis ich dem Gardisten gegenüberstehe. Seine breite Brust in der roten Uniformjacke überragt mich, während ich ihm angestrengt ins Gesicht schaue. Tatsächlich, er ist es. Lord Laternenpfahl – der furchterregende piekfeine Herr, den ich in meiner Blödheit beinahe über den Haufen gerannt hätte. Unbewusst reibe ich meine Fingerspitzen, deren blutunterlaufene Nägel mich daran erinnern, dass ich die unangenehme Begegnung nicht nur geträumt habe.

Aber wie ist das möglich? Ein Gentleman, dessen Aussprache und Betonung jedem Prinzen zur Ehre gereichen würde und von dem ich geglaubt hatte, er könne die politische Macht haben, mich verschwinden zu lassen, ist ein ... Gardist? Ein Infanteriesoldat? Nicht falsch verstehen, das ist ein sehr respektabler Job, aber einer, der normalerweise von Vertretern der Arbeiterklasse ausgeführt wird, die es in der Schule nicht gerade leicht hatten und ein wenig mehr Disziplin gebrauchen können. Obwohl, wenn ich an seine Unfreundlichkeit denke, dann wirkt auch er wie jemand, dem ein paar zusätzliche Unterrichtsstunden in Höflichkeit ganz guttäten.

Bevor ich die Information verarbeiten kann, dass man mich nicht dafür verhaften wird, aus Versehen ein Mitglied der königlichen Familie angegriffen zu haben, sehe ich etwas in diesem starren Gesicht ... *ein Zwinkern?*

Er hat mir gerade zugezwinkert!

Ich quietsche überrascht auf, stolpere über meine eigenen Füße und sehe zu, dass ich so schnell wie möglich fortkomme.

Warum zum Teufel bin ich so dumm zu vergessen, dass unter all der Wolle und dem Pelz tatsächlich ein Mensch steckt? Ein Mensch, der mich genauso gut sehen kann wie ich ihn! Mit den Händen fächle ich mir Luft ins Gesicht, das vor Scham knallrot angelaufen ist. Kann ich nicht wenigstens einen Tag lang einfach nur sein, ohne dass es zu einem katastrophalen sozialen Zwischenfall kommt? Es ist noch nicht mal neun Uhr morgens!

Als ich meinen Arbeitsplatz erreiche, muss Kevin natürlich alles noch schlimmer machen, indem er kommentiert, wie rot mein Gesicht sei, was natürlich dazu führt, dass ich noch tiefer erröte. Aber ich bin viel zu sehr damit beschäftigt, dieses dumme Zwinkern immer wieder vor meinem geistigen Auge abzuspielen, um auf seine Bemerkung zu reagieren, und lasse mich auf meinen Stuhl fallen. Der heftige Aufprall, zweifellos noch verstärkt von der stetig wachsenden Last meiner Scham, entlockt dem alten Stuhl eine Art dämonisches Kreischen, und ich bete still zu den Göttern, dass er mich aus meinem Elend erlöst und das kratzige Stuhlkissen mich einfach schluckt. Obwohl, wenn ich darüber nachdenke, dann bin ich mir fast sicher, dass Kevin mir seinen Stuhl untergejubelt hat wie schon so ziemlich jedem im Büro, weil er das Sitzmöbel unbedingt loswerden will. Der Gedanke, einer Sache so nahe zu sein, auf der er mit seinem breiten Hintern gesessen hat, gefällt mir ganz und gar nicht.

Ich logge mich in meinen Computer ein, und im Browser öffnen sich automatisch die mir wohlvertrauten Tabs. Ich habe vier verschiedene Seiten für die Jobsuche ständig offen und nutze jede freie Minute am Tag, mich auf Stellen zu bewerben, die ich gern für den Rest meines Lebens ausfüllen würde. An diesem Morgen erscheint auf den Seiten auch nach mindestens dreimaligem Neuladen nicht ein Angebot, das mir den dringend benötigten Ausweg aus meiner Beschämung oder meiner Stagnation eröffnen könnte.

Kurz darauf hält mich ein Kunde am Fenster davon ab, weiter die Liste der Absagen auf meine Bewerbungen durchzugehen, die mittlerweile schon schrecklich lang ist. Ein Mann klopft an die Scheibe, die Lippen missbilligend gekräuselt und mürrisch vor sich hin grummelnd. Ich schätze, mir bleibt nichts anderes übrig, als meinen Job zu tun. Also setze ich mein bestes gekünsteltes Lächeln auf und zu meinem üblichen Gruß an: »Guten Morgen, Sir. Willk–«

»Zwei Erwachsene, drei Kinder. Sie haben mich schon lange genug warten lassen, also ein bisschen Beeilung, bitte.«

Mein Lächeln wird zur Grimasse, als ich mich meinem Computer zuwende. Ich minimiere den Tab »Jobs: Denkmalpfleger«, reduziere mich auf meinen derzeitigen Job und tue, was mein wunderbarer Kunde verlangt.

Nach dem hundertsten Kunden, einer so charmant wie der andere, ist mein Mund trocken vom gezwungenen Lächeln. Ich flüchte mich in die Küche, und im Geiste bin ich wieder bei heute Morgen und nehme meine Selbstgespräche wieder auf, die trotz zahl- und abwechslungsreicher Formulierungen nur eine immer gleiche Aussage haben: Du dämlicher Pavian!

Da mir heute keine quälende Strafe auferlegt ist, entscheide ich bei Feierabend um fünf, einen Spaziergang zum Haustierfriedhof des Towers zu machen – der praktischerweise so weit von den Schilderhäuschen der Gardisten entfernt liegt wie nur möglich. Ich habe zwar keine Vorliebe für schaurige Friedhofsausflüge im Stil von Mary Shelley, aber der Haustierfriedhof ist ein abgeschiedener, sehr friedlicher Ort. Nicht viele wissen von seiner Existenz, sodass man hier seine Ruhe finden kann, wenn einem der Trubel im Dorf hinter den Mauern zu viel wird. Auch hier begleitet einen immer das rot blinkende Auge der Kamera in der Ecke, aber dem entkommt man sowieso nur auf der Toilette. Man gewöhnt sich also daran, ständig beobachtet zu werden.

Der Haustierfriedhof liegt in einem ruhigen, überwucherten Abschnitt des Festungsgrabens. Vor ein paar Hundert Jahren musste der Verteidigungsgraben in einen Garten umgewandelt werden, nachdem er zu Londons größter Jauchegrube verkommen war und schließlich mehr Menschen im Tower tötete als widerrechtliche Eindringlinge von außen. Dieser Teil des Festungsgrabens ist nicht ganz so breit wie der Rest, und die dichte Vegetation, gesäumt von hohen Mauern, vermittelt ein Gefühl der Abgeschiedenheit – wie ein winziger Wald mitten in der Innenstadt.

Kleine Grabsteine säumen den Fuß der Mauern, und die eingemeißelten Namen von Katzen und Hunden aus vergangener Zeit lugen unter ihren Decken aus Moos hervor. An der Rückseite des Friedhofs steht eine Bank, die vom Efeu verschluckt worden ist. Die Ranken winden sich so fest um die Holzplanken, dass es so aussieht, als wäre die Bank direkt aus dem Boden gewachsen und Mutter Natur selbst hätte sie gebaut.

In diese Landschaft eingebettet ist die Rabenmeisterin. Die Frau sitzt in einer Ecke der Bank, eingehüllt in Blattwerk, und ihre salbeigrüne Strickjacke bietet eine so gute Tarnung, dass sie fast mit ihrer Umgebung verschmilzt. Ihr schwarzes Haar ist durchzogen von drahtigen weißen Strähnen, und trotz der frühlingshaften Wärme trägt sie einen burgunderroten Schal, einen rindenbraunen Rock und eine Wollstrumpfhose. Ihre Füße stecken in abgewetzten Lederstiefeln und stehen so fest auf dem Boden, als wären es die Wurzeln eines Baumes. Ich habe noch nie jemanden gesehen, der so eins mit der Natur wirkt wie sie. Man könnte direkt an ihr vorbeigehen und käme nicht auf die Idee, etwas anderes zu glauben, als dass sie hier gewachsen sei, genau wie die Blumen und das Unkraut.

Manchmal kann ich mich hier völlig entspannen, einfach nur schweigend neben ihr sitzen, während die Raben kommen und sanft nach den Samen in ihren Haaren picken, und dabei jedes Zeitgefühl verlieren. Sie sagt sehr wenig – aber wenn sie etwas sagt, dann hört jeder zu, als lausche er den Worten einer Prophetin. Wenn sie sich unterhält, dann meistens mit ihren Vögeln. Ich habe erlebt, dass sie stundenlang hier sitzt, mit ihnen redet, ein Päckchen Vollkornkekse mit ihnen teilt. Ihren Anteil tunkt sie in einen Becher kalten Tees, den der Raben in einen Plastikbecher mit Tierblut. Ich bin mir auch absolut sicher, dass die Raben mit ihr reden. Sie verfügt über eine fremdartige Weisheit, als würde sie alles, was sich im Tower abspielt, aus der Perspektive eines Vogels betrachten.

Wie üblich lasse ich mich wortlos neben ihr nieder. Sie bevorzugt es so, denn belangloses Geplauder hält sie für Wortverschwendung. Stattdessen legt sie ein paar Sonnenblumenkerne auf meinen Oberschenkel, und nachdem ich eine Weile still dagesessen habe, landet eine Amsel auf meiner Uniformhose und frisst einen Kern nach dem anderen. So schnell, wie sie gekommen ist, fliegt sie wieder davon, und keine Spur deutet darauf hin, dass das Ganze tatsächlich geschehen ist.

So sitzen wir eine Weile da, bis eine leichte Abendbrise kühl durch meine Bluse streicht. Ich stehe auf, da erklingt ihre harsche Stimme. »Hab keine Angst vor großen Höhen, Kind. Deine Flügel werden dich immer tragen, bevor du auch nur daran denken kannst, mit ihnen zu schlagen.« Das ist wieder eine ihrer abstrakten Weisheiten.

Da ich nie sicher bin, was ich dazu sagen soll, deute ich auf mein Veilchen im Gesicht und lache. »Ich wünschte, Sie hätten mir das gestern Abend gesagt.«

Sie verdreht gut gelaunt die Augen, aber es reicht nicht für ein Lächeln. Ich hebe meine Hand, um ihr einen guten Abend zu wünschen, und sie tut es mir gleich.

4. KAPITEL

Perlen schmiegen sich wie kalte Fingerspitzen an meinen Hals. Ein Windstoß erfasst die verblühenden Bäume, ganze Wolken von winzigen Blütenblättern wirbeln über den Hof und legen sich auf mein Haar wie Konfetti, das man auf eine Braut niederregnen lässt. Mein Korsett verhindert, dass ich in mich zusammensinke, als ich mich auf die steinerne Mauer setze. Durch das eingenähte Fischbein zu einer geraden Haltung gezwungen, bleibt mir nichts anderes übrig, als mit Blick auf das Tower Green, die Rasenfläche vor dem King's House, aufrecht und stolz dazusitzen. Die dunklen Fachwerkbalken hüllen die strahlend weißen Gefache in Schatten. Auch das Gebäude sieht so aus, als sei sein sehnlichster Wunsch, sich von seinen Fesseln zu befreien. Das Schilderhäuschen davor ist unbewacht, das Haus ungeschützt. Aber hier ist auch niemand, vor dem es geschützt werden müsste. Die Stille der unbeleuchteten Stadt wacht über mich. Die kerzenlose Nacht hüllt mein Lächeln in Dunkelheit und verbirgt mein Gesicht vor fremden Blicken. Die Anonymität der Nacht ist mein größter Trost.

Dunkelheit verwandelt das hohe Fenster mitten im Beauchamp Tower in gähnendes Nichts, im Schatten wirkt es unverglast und endlos tief. Die steinerne Treppe wird von einer hohen Gaslaterne beleuchtet. Eine Gestalt hält sich darunter auf, beleuchtet nur vom ungleichmäßig flackernden Licht der Gasflamme. Abend für Abend bin ich allein auf diesen Mauern umhergewandert; ich finde Trost darin, unbeobachtet umherzustreifen. Obwohl jemand in mein Allerheiligstes eingedrungen ist, macht der Anblick eines Fremden mich nicht nervös. Statt zu fliehen, fühle ich mich zu ihm hingezogen. Ich fürchte ihn nicht, fürchte auch nicht, von ihm gesehen zu werden.

Langsam schleiche ich mich heran, sehe, wie das Licht die Konturen eines fein geschnittenen Gesichts betont. Scharfe Wangenknochen werfen Schatten über seine maskulinen Züge, und das Mondlicht scheint in seinen grünblauen Augen zu baden. Dunkle Locken, von schimmernden roten Strähnen durchzogen, kräuseln sich auf seinem Haupt. Inzwischen bin ich ihm so nah, dass ich ihn berühren kann. Ich strecke meine Hand aus, aber genau in dem Moment, in dem meine Fingerspitzen beinahe sein Baumwollhemd berühren, verschwindet er, als wäre er nie da gewesen.

Ich schrecke aus dem Schlaf hoch. An diesen Traum habe ich mich so sehr gewöhnt, dass ich ihn als angenehm empfinde – ich bin darin wie zu Hause. Jede Nacht verläuft er gleich. Ich bin allein, ich bin immer allein. Wie konnte er mir in meine Träume folgen? Ich bin mir fast sicher, dass er es war, der Gardist, Lord Laternenpfahl. Gestern Abend ging er mir permanent im Kopf herum, und eingeschlafen bin ich mit Schuldgefühlen wegen des zerbrochenen Holzkästchens – obwohl er so unhöflich gewesen war und obwohl er mir zugezwinkert hatte. Anscheinend hat mein Gewissen mich in meine Träume verfolgt.

Der Gedanke an ihn und unsere verblüffenden Begegnungen erfüllt mich mit völlig ungewohnten Empfindungen. Am meisten verwirrt mich sein Zwinkern. Wollte er mir damit eine Art Friedensangebot machen? Wohl eher nicht, das passt nicht zu seinem Verhalten. Bei unserem ersten Zusammentreffen war er so zornig gewesen; da konnte er jetzt kaum so aufgeräumt reagieren. Irgendetwas an der Geschichte erinnert mich an meine Schulzeit – daran, wie die begehrtesten Jungs dazu aufgestachelt wurden, mit Mädchen zu flirten, die nie eine Chance hatten, nur, damit sie mit all ihren Freunden darüber lachen konnten. Dieses Mädchen war immer ich gewesen. Peinlich berührt, erfasst mich der Impuls, ihn wiederzusehen und zur Rede zu stellen.

Rasch werfe ich mich in meine Arbeitskleidung, wild entschlossen, ihn sofort aufzusuchen. Obwohl ich noch gar nicht ganz entschieden habe, wie ich Stellung beziehen will. Soll ich katzbuckeln, damit mir keine sechsstellige Rechnung für das teure Familienerbstück ins Haus flattert, das ich versehentlich beschädigt habe? Oder soll ich ihn tadeln, weil er mich verletzt hat, ohne sich zu kümmern, und in meine unterbewussten Fantasien eindringt?

Ich sehe wild aus, das weiß ich, aber ich kann nicht anders. Hastig ziehe ich meine Schuhe an und renne aus dem Haus. Geistesabwesend, wie ich in meiner Hoffnung bin, der grünäugige Gardist werde auch heute Morgen Wache stehen, bemerke ich den Regen erst, als es bereits zu spät ist. Meine Bluse ist schon durchnässt, und Wassertropfen rinnen mir langsam über die Arme.

Als ich den Wachposten erreiche, ist mein Zorn bereits in nervöse Unruhe und Angst umgeschlagen. Er ist da. Genau wie am Vortag baue ich mich vor ihm auf, als wollte ich ihn zum Duell fordern.

»Okay, schön, ähm, guten Morgen. Ich möchte erst mal sagen, dass ich wütend bin, und damit meine ich begründet zornig, nicht einfach nur fuchsteufelswild oder durchgeknallt – wobei ich natürlich weiß, dass ein durchgeknallter Mensch genau das sagen würde. Obendrein spreche ich mit einem Fremden, der mir nicht antworten kann, und das in völlig durchnässtem Zustand, aber ... hi, ich bin Margaret. Eigentlich nennt mich jeder aber nur Maggie. Margaret klingt ein wenig zu hochtrabend.« Ich rede Unsinn, völligen Unsinn. Reiß dich zusammen, Mags, um Himmels willen, reiß dich zusammen. »Und ... ich wollte mich bei Ihnen entschuldigen.

Wie schon gesagt, ich bin wütend auf Sie, aber auch auf mich, weil ich solch ein Riesendummkopf bin. Vorgestern war einfach nicht mein Tag, und Sie haben mich auf dem falschen Fuß erwischt. Oder besser, ich habe Sie erwischt. Ich kann Ihnen gar nicht sagen, wie leid es mir tut wegen des ... Sie wissen schon ...« Ich wedele wild mit der Hand in dem Versuch, das Juwelenkästchen zu erwähnen, ohne es auszusprechen. »Und mein Fluchen galt ganz und gar allein mir selbst. Ehrlich gesagt, dachte ich eine ganze Minute lang, Sie wären ein Laternenpfahl. Macht es das ein wenig besser?«

Ich warte auf eine Antwort und falle damit schon wieder aus der Rolle. Er hingegen reagiert gewohnt professionell und starrt, wie vorgeschrieben, weiter geradeaus, als wäre ich Teil der Landschaft. Wenn es mich überhaupt gibt, dann bin ich für ihn nichts anderes als eine dieser bedauernswerten Straßentauben, die auf sechs Zehen an einem Fuß und keinem einzigen am anderen umherlaufen. »Nun, nein, natürlich nicht. Das ist wohl eher eine weitere Beleidigung. Gott, ich kann so etwas einfach nicht. Jedenfalls, melden Sie mich bitte nicht oder so. Mein Dad ist einer der Beefeaters hier, wissen Sie, und wenn ich einen Anpfiff verdiene, kriegt er eins aufs Dach. Ich würde Ihnen anbieten, für den Schaden aufzukommen, wenn ich es könnte. Wirklich, das würde ich, aber ich arbeite im Ticketverkauf draußen, und ich bin mir ziemlich sicher, dass das Kästchen allein schon mehr kostet, als ich im Jahr verdiene. Und Sie wissen ja, wie hoch der Sold eines Soldaten ist. Der eines Beefeaters ist kaum höher. Ich könnte also nicht mal meinen Dad bitten, mir dabei zu helfen. Ich würde anbieten, Ihnen die Stiefel zu polieren oder was auch immer, um es wiedergutzumachen, aber mir scheint, das haben Sie auch ohne mich bestens im Griff.« Damit deute ich auf seine Stiefel und sehe mein verzerrtes Spiegelbild in der Zehenkappe: Meine Haare kleben mir nass im Gesicht, und ich könnte nicht sagen, ob der Tropfen, der mir über die Stirn läuft, ein Regen- oder ein Schweißtropfen ist, so nervös bin ich. Er schaut nicht nach unten. »Es tut mir wirklich leid. Ganz ehrlich.« Er zuckt nicht mal mit der Wimper. »Okay, dann wünsche ich Ihnen noch einen schönen Tag. Stehen Sie nicht den ganzen Tag hier herum – Sie kriegen sonst Krampfadern.« Sie kriegen Krampfadern? Ehrlich, wenn er jetzt beschließt, das Magazin seiner Waffe in meinen Rücken zu entleeren, während ich fortgehe, wäre ich ihm dafür dankbar.

Ich weiß wirklich nicht, was ich mir von meinem Auftritt versprochen habe, da der arme Kerl ja gar nicht mit mir reden darf. Er kann mir nicht mal sagen, ich solle verschwinden, wenn er das möchte, aber da er seinen militärischen Verhaltenskodex bereits einmal verletzt und mir zugezwinkert hat – um mich zu demütigen –, hatte ich geglaubt, wenigstens ansatzweise eine Reaktion zu sehen.

Bei dem Gedanken bleibe ich abrupt stehen. Die unterdrückte Wut kommt erneut in mir hoch, und ohne einen Moment nachzudenken, marschiere ich zu ihm zurück. Diesmal versuche ich, nicht wieder vor Nervosität wie eine Bittstellerin in mich zusammenzusinken. Ich baue mich aufrecht vor ihm auf. »Noch etwas. Bevor ich gehe, möchte ich Ihnen noch sagen, dass ... Nun ja, Sie haben mir wehgetan. Als Sie das Kästchen aufhoben, haben Sie meine Finger eingeklemmt, und obwohl es mir schrecklich leidtut, was passiert ist, hätten Sie wenigstens den Anstand zeigen können, sich zu entschuldigen.«

Einen Moment halte ich inne, erwarte fast, dass er mich anbrüllt und sein Gewehr auf mich richtet, aber er bleibt regungslos. »Und, ähm, Sie sind auch mit mir zusammengestoßen. Sie sind daran genauso schuld wie ich. Sie sollten gucken, wohin ... Seien Sie einfach vorsichtig, wenn Sie telefonieren. Und, nun ja, ich denke ...« Ich verstumme und schenke ihm ein angespanntes Lächeln zum Gruß, wie man das tut, wenn man auf der Straße einem Bekannten begegnet und höflich sein, aber dennoch auf keinen Fall in ein Gespräch verwickelt werden möchte. Seufzend wende ich mich ab, und diesmal schaue ich nicht zurück.

Meine Kehle beginnt sich zuzuschnüren. Eine dumme kleine Träne stiehlt sich in mein Auge, und obwohl ich mich angestrengt bemühe, sie zurückzudrängen, schafft sie es, über mein dummes kleines Gesicht zu laufen. Schließlich kann ich sie und die ganze salzige Scham darin schmecken. Ich bin dankbar, dass es regnet und so niemand sieht, dass ich weine. Nein, es stört mich nicht, dass ein Mann, von dem ich weiß, dass er entlassen werden würde, wenn er mit mir redet, nicht mit mir geredet hat. Ich bin frustriert. Frustriert, dass ich bei allem, was ich versuche, spektakulär scheitere. Dass ich anscheinend keinen meiner Pläne ausführen kann, ohne mittendrin mein ganzes Selbstvertrauen zu verlieren und jede Entscheidung, die ich bis zu diesem Punkt getroffen habe, zu bereuen. Dass ich mit jedem Versuch, besser zu werden, näher und näher an den Punkt gebracht werde, an dem ich akzeptieren muss, tödlich dumm zu sein.

Am schlimmsten aber frustriert es mich, dass jede Sekunde meiner Demütigung in Echtzeit übertragen wird, in HD, in einen Raum voller Leute, die sich die Szene immer wieder anschauen und sie herumzeigen, als säßen sie in einem privaten Kino und ich wäre ihr größter Star. Im letzten Winter habe ich sogar zwei der Angestellten des Jewel House dabei ertappt, wie sie sich köstlich über die von irgendwem bearbeitete Fassung einer Aufnahme amüsierten, in der ich auf dem Kopfsteinpflaster ausrutschte. Zugegeben, die Kombination aus Musik und Zeitlupe machte daraus eine ziemlich witzige Show, aber inzwischen kann ich nicht mal unbesorgt aufs Klo gehen, weil ich fürchten muss, anschließend auf ein Video davon zu stoßen, das im Gruppenchat gepostet wird.

Dank der Mission, die mich heute Morgen erfüllt hat, bin ich ausnahmsweise mal zu früh am Arbeitsplatz, und ich freue mich, dass Kevin noch nicht da ist. So habe ich genug Zeit, mich auf der Toilette unter den Händetrockner zu stellen, bevor er eine sarkastische Bemerkung machen kann, ich hätte wohl die Themse durchschwommen, um zur Arbeit zu kommen. Das Polster meines BHs lässt sich jedoch nicht retten und hinterlässt zwei wenig schmeichelhafte feuchte Flecken auf meiner Brust, als wäre mir die Milch eingeschossen. Zu meinem Glück dienen meine Haare als willkommene Ablenkung, und ich bin sicher, dass niemandem meine Brust auffallen wird. Das wilde heiße Gebläse des Händetrockners hat mir eine Achtzigerjahre-Wuschelmähne verpasst, und selbst nachdem ich mir die Haare geflochten und im Versuch, sie zu glätten, wieder angefeuchtet habe, entfliehen sie den Zöpfen und bilden eine wild gelockte Babykrause.

Meine Kolleginnen sind ebenfalls eingetroffen, als ich die Toilette verlasse. Sie sitzen zusammen im Pausenraum und kichern bei einer Tasse Tee.

»Du meine Güte, das ist wirklich zu gut! Sie hat überhaupt keine Scham! Triefend nass obendrein!« Andy hat einen hysterischen Anfall. Obwohl sie bereits siebenundzwanzig ist, hat sie weder ihre »Ich bin ja so schräg und spleenig«-Phase aus der Schule noch die Zickenphase vom Kinderspielplatz jemals überwunden. Ihre Bluse ist am Saum absichtlich ausgefranst und angekokelt, und ein schwarzer Lederchoker um ihren Hals hält einen schweren Metallring. Gingen wir noch zur Schule, würde sie mich tyrannisieren, weil ich gern Taylor Swift höre und ihrer Ansicht nach alles, »was Mainstream ist, als Instrument des Kapitalismus nur dazu dient, einem das Gehirn zu waschen«. Trotzdem kauft sie ihre Kristalle bei Amazon.

»Jules von der Pressestelle hat mir erzählt, dass er gesehen hat, wie sie ihn belästigt hat. Richtig geflirtet und so. Wie peinlich!« Samantha bricht ab und lacht viel zu laut. Sie ist immer diejenige, die die Buschtrommel schlägt – jeden Tag kommt sie zur Arbeit, ihre »Paul's Boutique«-Handtasche voller Klatsch und Tratsch, der sich irgendwie im grellrosa Futter der Tasche in eine dramatische Seifenoper verwandelt hat.

Mein Bauchgefühl sagt mir, dass sie über mich reden. Noch haben sie mich nicht gesehen, aber mir verkrampft sich schmerzhaft der Magen, und ich überlege kurz, ob ich nicht lieber zurück auf die Toilette flüchten soll. Gerade als ich mich rückwärts davonschleichen will, platzt Kevin in den Raum. Die Tür knallt gegen die Wand, abgeplatzte Farbe regnet zu Boden. Meine Kolleginnen fahren herum zur Quelle des Geräuschs, entdecken mich, wie ich in der Ecke stehe, und Andy schaut ihre Komplizin an und tut so, als schnappte sie hinter vorgehaltener Hand nach Luft.

Andy war schon immer ein wenig bösartiger als die anderen. Samantha ist einmal rausgerutscht, dass sie eine Schwäche für Bran hatte, als wir noch miteinander gingen. Er hatte mich zu ein paar Partys im Kreis der Kollegen als moralische Unterstützung begleitet, und sie war davon überzeugt, dass er besser zu ihr passte als zu jemandem wie mir. Zu meinem Glück – beziehungsweise zu meinem Pech, wie sich inzwischen erwiesen hat – ist sie meines Wissens die Einzige, die er je zurückgewiesen hat, und dafür verachtet sie mich aus tiefstem Herzen. Seine Zurückweisung hielt sie auch nicht davon ab, jedes Mal, wenn er mich von der Arbeit abholte, um uns herumzuschleichen oder ihm »betrunken« spätnachts SMS zu schreiben. Bei ihrem Anblick wird mir immer noch aufs Neue übel, aber ich habe nie den Mumm aufgebracht, sie deshalb zur Rede zu stellen. Wie es aussieht, ist es erheblich leichter, den Mut aufzubringen, sich jemandem entgegenzustellen, wenn dieser Jemand vertraglich verpflichtet ist, sich weder zu bewegen noch zu sprechen.

»Okay, Leute, an die Arbeit. Oooh, hallo, Margaret, bist du nicht noch ein bisschen früh dran für deine Verhältnisse? Hat dich irgendwas Aufregendes aus dem Bett gelockt?« Er schaut zu den anderen hinüber und zwinkert ihnen übertrieben zu. Der Chor aus widerlichem Gekicher, der darauf antwortet, trifft mich zutiefst. Ich kann nichts tun, außer an dem Ticketschalter Platz zu nehmen, der am weitesten von denen meiner Kolleginnen entfernt liegt, und mir all die geistreichen Kommentare durch den Kopf gehen zu lassen, mit denen ich ihnen ihr arrogantes Grinsen aus dem Gesicht hätte wischen können.

Im Geiste male ich mir immer neue Szenarien aus, in denen ich Andy, Samantha und Kevin auf eine Blide schnalle und sie über den Fluss katapultiere. Das beschäftigt mich fast den ganzen Morgen, denn genau gegenüber dem Kartenverkauf im Festungsgraben steht solch ein verlockendes Holzkatapult.

Heute kommen nur vereinzelt Besucher, also sitze ich da, das Kinn in die Hand gestützt, und versuche, nicht den Verstand zu verlieren. Das Beste an meinem Arbeitsplatz mitten in London besteht darin, dass ich Leute beobachten kann; ich versuche, mir ihre Geschichte auszumalen, basierend auf ihrem Aussehen, ihrem mehr oder weniger selbstbewussten Gang, ihrer Interaktion mit der Welt um sie herum. Der einzig positive Aspekt an der Tatsache, dass ich tagein, tagaus in einem Fischglas hocke, ist, dass ich jeden, der zum Tower kommt und sich darum herum bewegt, sehen kann. Touristen von der anderen Seite des Globus kommen herdenweise herein. Sie sind immer bewaffnet mit einer Kamera, die sie nicht allzu gut bedienen können, und tragen kakifarbene Shorts. Gelegentlich sieht man auch Londoner: Männer in Anzügen, die versuchen, sich gegenseitig mit ihrer monotonen, strikt britischen Aussprache zu übertrumpfen und dabei so viel wie möglich Firmenjargon in einem einzigen Satz unterzubringen. Gelegentlich sieht man auch einen dieser wirklich ärgerlichen Typen, die ihr Leben so im Griff haben, dass sie in ihrer Mittagspause alle Sehenswürdigkeiten im Eilschritt abklappern. Angeber.

Ein älteres Paar schlurft übers Kopfsteinpflaster. Selbst zerbrechlich und gebeugt, bietet der Mann seiner Frau den Arm, auf den sie sich stützt, um das Gleichgewicht zu wahren. Es sieht nicht so aus, als fasse sie fest genug zu, dass sein Arm ihr wirklich eine Stütze wäre. Mir gefällt der Gedanke, dass sie sich an seinem Arm festhält, um ihm das Gefühl zu geben, er könne sie immer noch schützen und für sie sorgen. Vielleicht spazierte er mit ihr Arm in Arm durch die Innenstadt, als sie noch ein junges Liebespaar waren. Der in seine Frau vernarrte Ehemann, der ihr immer zu Hilfe kam. Doch je länger ich die beiden beobachte, desto mehr bin ich davon überzeugt, dass diese Ehefrau nie zu denen gehörte, die ein Mann schützen und retten muss. Sie kommt mir kompetent und leistungsfähig vor, eine Frau mit starkem Willen. Vielleicht wusste sie auch nur, wie sehr es ihrem Mann gefiel, sich gebraucht zu wissen, also nahm sie zwar seinen Arm, erledigte aber alle schweren Arbeiten selbst. Ich habe keine Ahnung, ob ich gut in diesem Ratespiel bin. Ebenso gut könnten die beiden Geschwister sein, aber wenn ich meiner Fantasie freien Lauf lasse, lenkt mich das von all den Demütigungen ab, die diese Woche bereits für mich bereitgehalten hat.

Als ich das alte Paar aus den Augen verliere und mich umschaue, um zu entscheiden, welches ahnungslose Mitglied der Gesellschaft als Nächstes für eine meiner Fantasiegeschichten herhalten soll, kommt plötzlich alles zum Stillstand. In einer La-Ola-Welle werden Smartphones und Kameras vor Gesichter gerissen, und sie deuten alle in dieselbe Richtung. Vermutlich eine Berühmtheit; man sieht hier relativ häufig Prominente, obwohl nie jemand dabei ist, der mich interessiert. Trotzdem beuge ich mich auf meinem Stuhl vor, um zu sehen, was die Aufmerksamkeit der Leute erregt. Nur für den Fall, dass Henry Cavill endlich all meine sehnsüchtigen Tweets entdeckt hat und kommt, um mein Herz im Sturm zu erobern. Man kann schließlich nie wissen …

Aus der Menge löst sich jedoch einer der Gardisten des Königs. Er trägt noch seinen roten Waffenrock, und die Schuhnägel seiner Stiefelsohlen knallen bei jedem perfekt gleichmäßigen Schritt aufs Pflaster, aber die Bärenfellmütze hat er gegen ein Schiffchen ausgetauscht, das er tief in die Stirn geschoben hat, um neugierigen Blicken auszuweichen. Seine Haltung ist roboterhaft, steif, und seine ganze Aufmerksamkeit gilt dem Weg vor ihm. Ich glaube, ich habe noch nie einen so eleganten Mann gesehen. Nicht nur seine Uniform hebt ihn vom Rest ab, er ist auch mindestens einen Kopf größer als alle anderen in der Menge.

Wie einstudiert gibt die Menge ihm den Weg frei. Die Leute wirken wie gebannt, und die Kameralinsen folgen ihm, als er geradewegs an ihnen vorbeimarschiert. Anscheinend unbeeindruckt von den vielen Blicken, die auf ihm ruhen, ist der Gardist zu einer wandelnden Landmarke geworden.

»Siehst du! Ich hab's dir doch gesagt, die sind echt!«, ruft ein Kind, das mit großen Augen in der Nähe meines Fensters steht. Sein ausgeprägter amerikanischer Akzent löst bei dem Jungen neben ihm keine Reaktion aus, der immer noch offenen Mundes den Soldaten anstarrt, als sähe er plötzlich, wie ein Superheld den Seiten eines Comicheftes entsteigt.

Der Gardist bleibt abrupt vor dem Ticketverkauf stehen, lehnt sich leicht zurück und mustert die Beschilderung. Die Touristen überwinden allmählich ihre Aufregung darüber, einen Gardisten sozusagen in freier Wildbahn gesehen zu haben, und zerstreuen sich langsam. Nur ein paar ganz Neugierige bleiben stehen und starren herüber.

Er beugt sich zur Glasscheibe des ersten Ticketschalters hinunter und ist damit aus meinem Blickfeld. Ich drehe mich auf meinem Stuhl um und lausche angestrengt, um Samanthas Teil der Unterhaltung vom Büro aus mitzubekommen.

»Sind Sie sicher, dass Sie die richtige Person meinen, mein Lieber? In Ordnung, verstehe.« Ich kann hören, wie sie mit ihren Acrylnägeln auf der Tischplatte herumtrommelt. Er fragt nach jemandem, und nach wem auch immer er sich erkundigt, er hat Samanthas Interesse geweckt.

»Dann ist sie also in Schwierigkeiten, richtig?« Sie kann nicht anders, ist immer auf der Jagd nach neuem Klatsch; diese Sache wird heute Abend in der Toilette zur Schlagzeile des Feierabends werden. Was der für mich unhörbare Gardist darauf sagt, erbost sie offenbar. Ihre Nägel trommeln nicht länger auf die Tischplatte. »Himmel, ich habe doch nur gefragt! Ganz hinten am anderen Ende.«

Erst als der Gardist sich wieder in Bewegung setzt und an der Reihe der Ticketschalter vorbei auf meinen Schalter zugeht, erkenne ich ihn. Panik erfasst mich, während das unbewegte Gesicht, das ich heute Morgen belästigt habe, mir näher und näher kommt. Ja, das sind dieselben einschüchternden Gesichtszüge. Kommt er, um mir die Meinung zu geigen? Mich etwas von meiner eigenen Medizin schmecken zu lassen? Großer Gott, was tue ich jetzt nur? Ich springe von meinem Platz auf, um nach hinten zu flüchten, da klopft es ans Fenster, und ich zucke zusammen.

»Margo!« Eine vertraute Stimme tönt gedämpft durchs Glas. Jetzt wünschte ich mir fast, ich hätte mir von einem Gardisten des Königs die Leviten lesen lassen, denn das hier ist die einzige noch üblere Alternative, die ich mir vorstellen kann.

Bran drückte seine Handflächen flach auf die Glasscheibe. Die metallenen Manschettenknöpfe seines frisch gebügelten weißen Hemdes klappern bei jeder seiner Bewegungen unregelmäßig auf das Glas. Sosehr ich mich auch bemühe, an ihm vorbeizuschauen, er füllt mein ganzes Blickfeld aus.

»Können wir reden?«

Ich schüttele den Kopf.

»Komm schon, Baby«, jammert er.

»Ich arbeite, Bran.« Er schaut zurück auf die Besucherschlange, die sich hinter ihm bildet.

»Tja, du wirst niemanden bedienen können, bevor du mit mir gesprochen hast, also bringen wir es schnell hinter uns, ja?« Mir ist leicht übel, als mir klar wird, dass ich nachgeben muss, wenn ich keine Szene riskieren will.

Also lasse ich die Sichtblende an meinem Schalter hinunter, verlasse das Gebäude und treffe mich draußen auf der Straße mit meinem Exfreund.

»Was willst du, Bran?«, frage ich tonlos und schroff.

»Ich wollte dich sehen. Oh Gott, Margo, du fehlst mir so sehr.« Er stürzt sich mir entgegen, will anscheinend nach meiner Hand greifen, aber ich weiche ihm aus.

»Du verschwendest nur meine Zeit. Ich muss zurück an die Arbeit. Meine Pause ist seit zwanzig Minuten zu Ende«, lüge ich und will zurück zum Ticketverkauf, aber er packt mich am Arm und hindert mich am Weitergehen.

»Margo ...«

»Bitte, lass mich los. Das geht hier jetzt nicht.«

»Was ist mit deinem Gesicht passiert?«, fragt er und starrt mein Veilchen an. Instinktiv hebe ich eine Hand, um es zu berühren. »Hat dich jemand geschlagen?«

»Nein, nein, natürlich nicht. Ich bin gegen diesen blöden Safe gefallen. Kannst du mich jetzt bitte loslassen?«

»Komm schon, Margo. Ich bin gekommen, um dich zu sehen. Ich habe es dir versprochen.« Ich versuche, mich aus seinem Griff zu befreien, aber er nutzt das nur als Gelegenheit, mich näher an sich heranzuziehen. Ich gerate ins Stolpern und stütze mich mit einer Hand an ihm ab.

Er betrachtet das als Einladung zu einem Kuss, aber unmittelbar bevor er mich erreicht, wende ich das Gesicht ab, sodass er sein Ziel verfehlt und seine unerwünschten Lippen auf meiner Wange landen.

Meine Augen sind immer noch offen, und da ich den Kopf gedreht habe, begegne ich dem Blick ebenjenes Gardisten, der vor wenigen Minuten noch hier war. Er wurde offensichtlich auf seinem Weg zurück in den Tower aufgehalten und steht jetzt neben dem Haupttor. Die Touristen, die ihn umringen und zweifellos versuchen, ein Selfie zu schießen, ignoriert er. Er schaut nicht weg, als wir einander anstarren, und ich bin diejenige, die den Blickkontakt beendet, als mir plötzlich klar wird, dass Brans Lippen noch auf meiner Wange ruhen. Dass ich mich schon wieder bis auf die Knochen vor diesem Mann blamiert habe, löst heftigen Schwindel aus. Ich stoße meinen Exfreund von mir, renne zurück in meinen Schalter, schlage die Tür zu und schließe sie ab, bevor er meine Entschlossenheit erneut ins Wanken bringen kann.

Keuchend stehe ich da, rücklings an die Tür gelehnt. Bran hätte keine Chance, das Schloss zu überwinden, aber die Übelkeit, die in mir aufsteigt, drängt mich dazu, mit allen Mitteln vor ihm zu fliehen. Mein Atem geht schwer, und ich muss mir die Handfläche auf die Brust drücken, um mich zu beruhigen.

»Alles ist gut, alles ist gut«, flüstere ich mir immer wieder selbst zu, bis mein Puls und mein Atem sich beruhigen und das vernichtende Gefühl sich legt.

Stöhnend schlage ich mir mit dem Handballen gegen die Stirn. Aber mir bleibt nicht viel Zeit, lange über meine Blödheit zu grübeln oder das Universum zu verfluchen, denn Kevin kommt aus seinem Büro, die Rattenäuglein zusammengekniffen. Rasch ziehe ich die Blende wieder hoch und setze mich den Blicken der Öffentlichkeit aus.

»Zurück an die Arbeit«, zischt er zwischen zusammengebissenen Zähnen. Seine feuchte Aussprache ist ekelhaft. Ein Sonnenstrahl, der sich in das düstere Büro stiehlt, lässt die feinen Speicheltropfen, die zwischen seinen Lippen hervorschießen und zu Boden fallen, aufleuchten. Mit scharfer Geste seines Daumens weist er mich in die vertraute Richtung. Ich unterdrücke den Impuls, ihm sarkastisch zu salutieren, als er so tut, als sei er ein Drillsergeant und nicht nur ein Ticketverkaufsmanager, dessen größte Verantwortung darin besteht, den Schreibwarenbedarf für den Monat im Katalog auszusuchen. Und ja, den Hauptteil unserer Arbeit erledigen wir am Computer ...

Wie erwartet, ist der Andrang von Leuten, die unbedingt an einem Dienstagnachmittag eine mittelalterliche Festung besichtigen wollen, alles andere als groß. Tatsächlich bediene ich in den nächsten drei Stunden ganze vier Personen, und eine davon verwechselt uns mit der Touristeninformation und fragt mich nach der nächstgelegenen Toilette. Der Gardist kommt auch nicht wieder. Vielleicht habe ich in meiner Panik voreilige Schlüsse gezogen, und er hat gar nicht nach mir gesucht. Wenigstens eine Sache weniger, wegen der ich mir Sorgen machen muss, aber der Mangel an Arbeit gibt mir sehr viel Zeit, über Bran nachzudenken, sodass ich, als es endlich auf fünf Uhr zugeht, ein nervliches Wrack bin und nur noch schnellstmöglich wegwill.

Ich spähe aus dem Fenster, um zu sehen, ob die Luft rein ist, schleiche mich aus dem Büro und gehe rasch zurück in den Tower. Bob, der Wächter am Tor, lächelt mir zu, als ich hereinkomme, und meine Anspannung lässt nach. Niemand kann mir hierher folgen; hier drin bin ich in Sicherheit.

Da ich heute nicht die schwere Last der Tageseinnahmen zu tragen habe, entscheide ich mich wieder für den schönsten Weg nach Hause, die Water Lane hinunter, durch den Torbogen des Bloody Towers und die Broadwalk Steps hinauf in den Innenhof. Ich komme gerade weit genug die Treppe hoch, um die flauschigen Bärenfellmützen der Gardisten zu sehen, die soeben ihren letzten Wachdienst des Tages beenden, als ich wieder jemanden meinen Namen rufen höre.

»Margo! Warte!«

»Oh, verd...«, fluche ich in mich hinein, als Bran durch den Torbogen auf mich zuläuft.

Da ich meine schmutzige Wäsche nicht mitten in der

Festung waschen will, gehe ich weiter, aber mit seinen langen Beinen holt er mich auf Höhe der beiden bemannten Schilderhäuschen vor dem Waterloo Block ein.

Erneut packt er meinen Arm, und ich ziehe ihn heftig zurück, um mich zu befreien.

»Wie bist du überhaupt hier hereingekommen?«, frage ich zwischen zusammengebissenen Zähnen und gebe mir größte Mühe, nicht noch mehr Aufmerksamkeit zu erregen.

»Andy hat mich reingelassen.« Er deutet zur Treppe hinüber, wo jetzt auch Andy und Samantha auftauchen, die Köpfe zusammenstecken, während sie uns beobachten, und tuscheln. Ich balle meine Fäuste so fest, dass meine abgekauten Nägel mir in die Handflächen schneiden.

»Warum bist du vorhin weggelaufen? Nach allem, was ich für dich getan habe, verdiene ich es nicht, so beiseitegeschoben zu werden.« Kalte Leere breitet sich in mir aus. Er bezieht sich auf Mum.

Wieder versuche ich mit aller Macht, mich aus seinem eisernen Griff zu befreien. Wieder zerrt er mich noch gröber zurück, und meine Tränen lassen sich nicht länger zurückhalten. Er beugt sich ganz dicht an mich heran.

»TRETEN SIE ZURÜCK!«, donnert eine Stimme über den Hof. Wir zucken beide zusammen, Bran so überrascht, dass er mich augenblicklich loslässt. Ich entdecke die Quelle der Stimme: Einer der Gardisten steht vor seinem Schilderhäuschen, bringt sich wieder in Stellung, indem er seine Stiefel auf den Boden knallen lässt, und nimmt erneut eine beherrschte, starre Haltung ein. Nur seine Augen verraten, dass er nicht unparteiisch ist. Er mustert Bran und mich, und wir starren ihn verblüfft an.

Seine Stimme hallte übers ganze Gelände und hat die wenigen, die jetzt erst von der Arbeit kommen, auf uns aufmerksam gemacht. Das runde Gesicht des Doktors späht hinter Bran zwischen den Gardinen seines Hauses hervor. Mir stockt der Atem, und ich massiere mit den Fingern meine Handflächen; sie gleiten über einen Schweißfilm, und ich knete sie so schnell, dass sie wieder trocknen.

Dann tue ich das Einzige, was ich gut kann. Ich laufe davon. Das heißt, laufen kann ich tatsächlich gar nicht gut; stattdessen walke ich im Eiltempo über den Innenhof zu meinem nächsten Ausgang hinterm Waterloo Block. Zwanzig Schritte fühlen sich wie zwanzig Meilen an. Meine Füße werden mit jedem Schritt schwerer, die Tränen laufen mir ungehindert übers Gesicht. Ich könnte mich in diesem Augenblick nicht ausgelieferter fühlen, wenn ich nackt wäre.

Beide Gardisten haben mich im Blick, da ich näher an sie herangehen muss, um zu entkommen. Derjenige, der dem Ausgang am nächsten steht, derjenige, der mir zu Hilfe geeilt und dabei dennoch alles noch viel schlimmer gemacht hat, beobachtet mich, als ich nahe an ihm vorbeihaste. Mit tränenverschleiertem Blick mustere ich sein Gesicht, das angespannt und ausdruckslos ist; seine Gesichtszüge lassen meine Demütigung nur noch schwerer wiegen.

Vor ihm bleibe ich stehen und wische mir mit dem Handballen die Tränen aus den Augen. Die Feuerräder aus Pietersit sind unverkennbar. Inzwischen sind mir diese Augen nur zu vertraut.

Das Schluchzen, das meine Brust erbeben lässt, zieht mich von ihm fort. Als ich weitergehe, um nach Hause zu kommen – zu meiner ganz persönlichen Festung –, werfe ich einen Blick zurück über die Schulter, um mich zu vergewissern, dass mir niemand folgt. Ich sehe, wie Godders, einer der Beefeaters, immer noch in Uniform, das Barett zwischen seinen Arm und seinen runden Bauch geklemmt, Bran die Stufen hinunter Richtung Ausgang eskortiert. Eine kleine Gnade.

5. KAPITEL

»Ich wünschte, ich hätte ihm eine runtergehauen.« In der offenen Balkontür sitzend, rede ich mit Lucie. Sie lässt ihren schimmernden Hals auf und ab wippen und zwitschert einvernehmlich. »Oder ihm wenigstens etwas Cooles gesagt, zum Beispiel ... ich weiß nicht: Das Einzige, was du verdienst, ist eine Nacht am Pranger, umringt von dreißig Beefeaters mit einem Eimer Rabenkot.«

Die Rabendame, immer gepflegt und anständig, wendet den Blick ab, als wäre sie peinlich berührt. »Okay, okay, vielleicht reicht auch ein Daueraufenthalt im Kerker des White Towers.« Sie schlägt beifällig mit den Flügeln.

»Mum hat ihn allerdings immer gemocht«, füge ich ein wenig ernüchtert hinzu. »Sie haben gern gemeinsam gekocht ... Das heißt, sie hat gekocht und dafür gesorgt, dass er den Abwasch übernimmt und das Gemüse putzt und schält. Den Teil der Küchenarbeit hat sie gehasst. Ich glaube, er hat das nur deshalb gern getan, weil er von seiner eigenen Mum nie viel gesehen hat. Meine hat ihn praktisch adoptiert.«

Cromwell hüpft mir auf den Schoß, und ich muss ihn festhalten, als er seine Nemesis erblickt. Besänftigend streichle ich ihm über die Nase. »Er ist der einzige Freund, den ich jemals haben werde, der meine Mum noch kennengelernt hat.« Mit seiner rauen Zunge fährt mein Kater mir liebevoll über meinen Finger. »Weißt du ...« Ich lache vor mich hin, obwohl es kein bisschen lustig ist, ganz im Gegenteil. »Ich glaube, er weinte genauso sehr um sie, als sie starb, wie ich. In der Zeit stand er immer mitten am Tag auf, um unsere Kopfkissen auszuwechseln, weil wir sie beide mit unseren Tränen durchfeuchteten. Wir lagen tagelang schweigend einfach nur beieinander. Keiner von uns wollte reden oder angesprochen werden. Ich habe ihn nie mehr geliebt als in jenen Monaten.« Grob wische ich mir die lautlos rinnenden Tränen von den Wangen. »Das lag vermutlich daran, dass ich mir in dieser Zeit nicht ständig den dämlichen Mist anhören musste, den er sonst so von sich gibt.«

Cromwell springt von meinem Schoß, als ich aufstehe. »Egal ... es gibt Besseres, womit ich mich beschäftigen kann.« Damit greife ich nach meinem Geschichtsbuch, das aufgeschlagen auf dem Balkontisch liegt. Auf dem Einband prangt ein ramponiertes Schiff mit einer Furcht einflößenden Frau am Steuerrad. Ihre von der salzigen Meeresbrise gewellten Haare quellen unter einem ledernen Dreispitz hervor. »Piratinnen sind viel interessanter, als mir immer wieder in Erinnerung zu rufen, dass ich es geschafft habe, mich innerhalb von drei Tagen öfter vor ein und demselben Fremden zu blamieren, als in der ganzen Woche das Towergelände zu verlassen.«

Zum sechsten Mal an diesem Tag leuchtet Brans Name auf dem Display meines Telefons auf, begleitet von störendem Vibrieren, das auf meiner Tischplatte wie eine Bohrmaschine klingt. Ich greife danach, verdrehe die Augen und schalte das Handy aus. Dann bewaffne ich mich mit einem Stift und einem Block Haftnotizen und hüpfe zurück ins Bett, wo ich üblicherweise meine freien Tage verbringe.

Ein paar Stunden später habe ich das Buch zu Ende gelesen und schlage es zu. Da ich mir umfänglich Notizen mache, enthält es jetzt mindestens tausend Wörter mehr als beim Druck und ist fast doppelt so dick. Und ich habe einen starken Krampf in der Hand. Deshalb beschließe ich, endlich mein Zimmer zu verlassen.

»Alles in Ordnung, Kind?«, fragt Dad zur Begrüßung, als ich verlegen in der offenen Wohnzimmertür stehen bleibe. »Kann ich dir irgendwas bringen? Soll ich uns Tee aufgießen?« Er macht Anstalten, aufzustehen, aber ich hebe meine Hand und bedeute ihm damit, sitzen zu bleiben.

»Lass nur, ich mache mir schnell was zurecht.« Er lässt sich wieder auf seinen Sessel sinken und lächelt mich traurig an.

»In Ordnung, Schatz. Achte aber bitte darauf, dass du trotzdem ordentlich isst, ja?« Ich nicke und gehe weiter in die Küche. Voll bepackt mit zufällig zusammengewürfelten Snacks, steige ich anschließend die nächste Treppe hinunter und setze mich in das Zimmer, das für mich Mums Zimmer ist.

Sie hat nie wirklich hier gelebt, aber ich weiß, dass es ihr außerordentlich gefallen hätte. Eine Festung hätte zu ihr gepasst. Ich bin sicher, dass sie in einem früheren Leben königlichen Geblüts war. Ganz gleich, wie viel Geld wir hatten, ganz gleich, ob ihre gesamte Kleidung aus einem Secondhandladen stammte, sie hatte immer eine besondere Ausstrahlung, zeigte immer ein Selbstvertrauen und eine Selbstsicherheit, die niemanden daran zweifeln ließen, dass sie etwas anderes sein könnte als ein Star.

Als sie starb, nahmen wir die meisten ihrer Sachen aus dem alten Haus mit hierher und statteten dieses Zimmer damit aus. Ihre Fotos hängen an den Wänden, diverse Kleinigkeiten, die sie von ihren Reisen mitgebracht hatte, füllen die Regale. Ich esse gern hier zu Abend, umgeben von ihr oder doch wenigstens von dem, was sie zurückgelassen hat. Als sie noch unter uns weilte, aßen wir immer im Kreis der Familie; manchmal warteten wir bis Mitternacht, dass Dad nach Hause kam und wir gemeinsam mit ihm essen konnten. Mum gab mir vorher schon immer ein paar Kleinigkeiten zu essen, damit ich nicht zusammenklappte, aber wir freuten uns beide so sehr darauf, ihn von seinem Tag berichten zu hören, dass es uns nichts ausmachte zu warten. Wenn ich in diesem Zimmer sitze, umgeben von all ihren Dingen, habe ich das Gefühl, wieder mit ihr gemeinsam zu essen.

Erst als das leise Geräusch des laufenden Fernsehers ein Stockwerk höher verstummt, gehe ich wieder nach oben. Dad kommt mir auf der Treppe entgegen. Er wird das Gleiche tun wie ich zuvor und ein paar Augenblicke in dem vollgestellten Zimmer verbringen, bevor er die Haustür bis morgen früh schließt.

»Nacht, Schatz.«
»Nacht, Dad.«

Ich wache zu spät auf. Schon wieder. Zwar hatte ich ausnahmsweise mal den Wecker meines Smartphones gestellt, aber da mein Ex bis spät in die Nacht immer wieder anrief, war mir schließlich nichts Besseres eingefallen, als das Handy auszuschalten und ausgeschaltet zu lassen.

Bei meinem Sprint durch den inneren Festungsring und über den Innenhof lasse ich den Kopf hängen. Meine Haare verbergen mein Gesicht, als ich die diensthabenden Gardisten passiere. Ich habe keine Ahnung, ob heute dieselben Gardisten Wache stehen – inzwischen kann ein anderes Regiment übernommen haben, sodass ich mich womöglich an einem Waliser Gardisten vorbeizuschleichen versuche –, aber ich will lieber nichts riskieren.

Mit zehn Minuten Verspätung stolpere ich schließlich durch die Tür, habe aber Glück: Kevin ist noch nicht da und kann daher nicht wissen, ob ich nicht sogar zehn Minuten zu früh da war. Jedenfalls so lange, bis Samantha mich unweigerlich verpfeift.

Als ich auf meinem Stuhl Platz nehme, schalte ich mein Smartphone wieder ein und wappne mich gegen den Tsunami von Brans Bockmist. Selbst wenn er es nicht darauf anlegt, herauszufinden, wie oft pro Minute er mich anrufen kann – sein Name ist der Einzige, der auf dem Display meines Telefons erscheint. Ich war das unerträgliche Mädchen an der Uni, dessen Liebster zu ihrem Leben wurde. Brans sämtliche

Freunde wurden meine Freunde, weil ich mein Leben so strukturierte, dass ich ihm so nahe war wie nur irgend möglich. Bis zu unserer Trennung verbrachte ich jeden wachen Augenblick mit ihm, soweit das möglich war. Plante nie irgendeine Unternehmung mit jemand anderem, damit ich für ihn frei war.

Ehe ich's mich versah, hatte ich all meine eigenen Freunde verprellt, und nach dem Studium wurde es nur noch schlimmer, weil ich ihnen einfach nicht mehr begegnete und wir uns deshalb nicht mal mehr gelegentlich »Hallo« sagten. Als wir beide schließlich zusammenlebten, konnte ich ganze Tage verbringen, ohne mit einer einzigen Menschenseele zu sprechen, wenn Bran etwas anderes vorhatte. Ich schätze, ich glaubte, ihm durch meine Selbstisolation zeigen zu können, dass ich ihn mehr liebte als jeden anderen, und dann vielleicht im Gegenzug auch ihm genug sein würde.

Das war natürlich nicht der Fall. Und jetzt, jetzt habe ich weder ihn noch seine Freunde, noch sein Leben, und mein Telefon ist so trocken wie eine Packung Vollkornkekse, wenn Dad vergessen hat, die Verpackung wieder zu verschließen. Das Leben meiner eigenen alten Freunde verfolge ich von Ferne auf Fotos in den sozialen Medien und sehne mich danach, dass einer von ihnen wieder Kontakt aufnimmt. Hoffe, dass sie vielleicht meine Gedanken lesen können und tun, wozu mir der Mut fehlt.

Ich bin mir nicht mal sicher, warum ich das Handy überhaupt wieder anschalte. Es klingelt sofort, und nachdem ich tatenlos abgewartet habe, dass das Klingeln verstummt, folgt eine SMS.

Bran: Bitte geh ran, Maggie. X

Gerade als ich mein Smartphone wieder in meine Tasche stecke, ohne die Nachricht beantwortet zu haben, summt es schon wieder.

Bran: Bitte. X

Bran: Es tut mir leid wegen gestern ...

All meine Willenskraft zusammennehmend – groß ist sie nicht –, pfeffere ich das Smartphone ins Schubfach meines Schreibtisches. Mir juckt es in den Fingern, doch wieder darauf zu schauen, zu antworten, aber ich beschäftige mich lieber damit, aus dem Fenster zu starren. So vertrödele ich den Morgen, achte nicht mehr auf das hartnäckige Summen und lasse lieber meine Fantasie spielen: Ich bin eine unterdrückte Prinzessin, weggeschlossen aus der Welt. Ich stelle mir verschiedene Szenarien vor, wie ein gut aussehender Prinz zu meiner Rettung herbeieilt, um den bösen König Kevin und seinen zweiköpfigen Drachen zu erschlagen.

»Maggie, Maggie!«, würde er, von der Anstrengung des Kampfes heiser, hauchen – wie im Film, wenn der Held endlich die Heldin findet und von seiner Liebe so überwältigt ist, dass er sie nur noch in den Armen halten und immer wieder ihren Namen sagen kann. Er würde mir die Haare aus den Augen streichen, mein Kinn mit seinen blutbesudelten Händen heben, und seine blaugrünen Augen würden all die Worte herausschreien, die er nicht über die Lippen bringen kann. Er würde sich vorbeugen und flüstern –

»Ma'am!« Ein Klopfen gegen die Glasscheibe reißt mich aus meinem Tagtraum, unmittelbar bevor der wirklich gute Teil beginnt. Mit dem Arm, auf den ich mein Kinn gestützt habe, rutsche ich von der Kante des Schreibtischs ab, und mein Gesicht macht abrupt engere Bekanntschaft mit der Tastatur meines Computers.

»Oh, Shit.« Der Gardist steht vor der Glasscheibe, die Faust, mit der er an das Fenster geklopft hat, immer noch erhoben und starr vor Schreck über meinen ungewollten Versuch, mich selbst k. o. zu schlagen. »Alles in Ordnung?«

Seine Augen sind geweitet, und meinem Spiegelbild in der Scheibe entnehme ich, dass meine Augen genauso aussehen. Ich reibe mir die Stirn, der blaue Fleck von neulich Abend reagiert immer noch schmerzempfindlich. Nickend lächle ich ihn trotz meiner Verlegenheit an. Der Adrenalinstoß, ausgelöst durch das Wiedersehen, überspielt den Schmerz.

In Habachtstellung, sein Schiffchen ordentlich unter den Arm geklemmt, steht er da, im roten Waffenrock mit weißem, straff geschlossenem Koppel. Er wirkt angespannt, erkennbar sowohl an seiner militärischen Disziplin als auch an seinem Gesichtsausdruck, der Nervosität und Unbehagen verrät. Ockerbraune Locken fallen ihm in die Stirn, und er streicht sie zurück, sodass ich seine Augen und den kleinen Leberfleck direkt über seiner linken Augenbraue besser sehen kann. Ein zweiter Fleck dieser Art zeigt sich an seinem Hals, gerade eben über dem Kragen. Und an seiner Unterlippe. Mum hat immer gesagt, solche Flecken kennzeichnen die Stellen, die der Seelengefährte in einem früheren Leben geküsst hat, und deshalb hätte ich so viele Sommersprossen. »Du wurdest in jenem Leben genauso geliebt wie in diesem«, erklärte sie und hauchte dabei scherzhaft Küsse kreuz und quer auf mein Gesicht.

»Ja, alles gut. Tut mir leid«, antworte ich und reibe mir wieder das Gesicht. Ich bin mir ziemlich sicher, lauter kleine Dellen in meiner Wange zu spüren, die die Tasten meiner Computertastatur hinterlassen haben. »Schluss mit der Träumerei ...«

Er räuspert sich und nimmt eine noch aufrechtere Haltung ein. Die steile Falte zwischen seinen Augenbrauen glättet sich, während sein Gesicht wieder ausdruckslos wird. Ganz offensichtlich macht er sich bereit, mir die Leviten zu lesen, weil ich ihn neulich im Regen blöd angequatscht habe.

»Kann ich Ihnen helfen? Sie wissen, dass Sie keine Eintrittskarte kaufen müssen, um in den Tower zu gelangen, richtig?« Das ist ein Scherz, ein Versuch, die womöglich noch verbleibende Anspannung seinerseits zu lösen. Natürlich lacht er nicht.

»Ich ...«, setzt er an, spricht aber nicht weiter. Er wechselt das Standbein und beugt sich näher an mein Fenster. »Ich wollte nur ...« Wieder bringt er den Satz nicht zu Ende. Stattdessen legt er sein Schiffchen auf den Fenstersims des Schalters.

»Warten Sie einen Moment.« Der Gardist sammelt sich, als ich spreche, und tritt vom Schalterfenster zurück. Ich sperre meinen Computer, hole mein Smartphone aus der Schublade und eile nach draußen zu ihm. Da ich gut einen Meter achtzig groß bin, bin ich es gewohnt, praktisch jeden weit zu überragen. Aber dieser Gentleman muss mindestens einen Meter zweiundneunzig groß sein, und sein überlegenes Auftreten lässt ihn noch mal zwanzig Zentimeter größer erscheinen. Die meisten Leute empfinden es als erniedrigend, klein zu sein, aber mir gibt das Gefühl von Kleinheit die Chance, mich zu verstecken, mich sicher zu fühlen vor der unbewussten Empfindung, dass mich überallhin Blicke verfolgen. In seinem Schatten fühle ich mich sicher.

»Ich kann da drin kaum etwas hören«, sage ich, als ich ihn erreiche. Das ist eine Lüge, aber eine verzeihliche. Ja, ich höre da drin alles leicht gedämpft, aber vor allem ist es mir unangenehm, durch die Scheibe hindurch Gespräche zu führen, bei denen es nicht um Eintrittskarten und Geld geht. Die nagende Unruhe in meinem Magen ignoriere ich.

Er räuspert sich erneut. »Ich kam gestern, Ma'am –«

»Nennen Sie mich bitte Maggie. Ich meine, natürlich nur, wenn Sie wollen. Ma'am klingt für mich immer wie Mum und gibt mir das Gefühl, alt zu sein.«

Er nickt nur stoisch und fährt fort. »Aber man sagte mir, Sie hätten gestern Ihren freien Tag. Und am Tag davor – war ich leider da, als Sie ... beschäftigt waren.« Jetzt ist es also so weit: Gleich folgt eine wahrlich königliche Standpauke. Ich lasse mir die Haare ins Gesicht fallen, nage an der Innenseite meiner Wange und wappne mich für die Gardinenpredigt.

»Ich wollte mich für unser allererstes Zusammentreffen entschuldigen.« Sein Blick fällt kurz auf meine Hand und dann auf den blauen Fleck auf der Stirn. Überrascht von der Wendung, die unser Gespräch nimmt, verstecke ich die blaurot angelaufenen Fingerspitzen, indem ich die Hand zur Faust balle, und lächle ihm zu. »Ich bin zutiefst beschämt, wenn ich daran denke, wie ich Sie behandelt habe. Dass ich Sie verletzt und mich dann so unverschämt benommen habe, ist einfach unverzeihlich, und ich hätte Verständnis dafür, wenn Sie meine aufrichtige Entschuldigung nicht akzeptieren können. Sie sollen aber wissen, dass ich mich völlig untypisch verhalten habe, weil ich einen ganz besonders schlechten Tag hinter mir hatte.«

»Schnipp!« Ich versuche, die Anspannung zwischen uns ein wenig zu lockern, denn ich spüre, dass er genauso wenig hier sein möchte wie ein Kind, das gezwungen wird, sich beim Nachbarn dafür zu entschuldigen, dass es seinen Fußball über den Zaun geschossen hat. »Wirklich, es ist schon gut. Danke für die Entschuldigung. Ich denke, wir sind jetzt quitt.«

Einen Moment entspannt er sich, aber nicht lange, und schon verändert sich sein Gesichtsausdruck erneut – er wird wieder ernst. »Gestern kam ich außerdem, weil ich sichergehen wollte, dass Sie ... ich weiß, ich habe Sie erneut aus der Fassung gebracht, im Innenhof mit Ihrem ... mit diesem Typen. Ich dachte, ich sollte mich erkundigen, ob es Ihnen gut geht. Und mich entschuldigen ... schon wieder.« Bei den letzten Worten wendet er den Blick ab.

»Oh, Gott, nein ... ganz und gar nicht. Bitte, Sie haben doch nur Ihren Job getan. Ich verstehe das.« Mein Gesicht glüht.

»Nicht wirklich. Ich war ... Egal, es spielt keine Rolle. Ich hätte mich nicht einmischen sollen. Es steht mir nicht zu, mich zwischen Sie und Ihren ... Partner zu stellen.« Er hat Mühe, die richtigen Worte zu finden.

»Ex«, korrigiere ich ihn. »Tatsächlich sollte ich Ihnen danken. Allerdings, könnten Sie nächstes Mal vielleicht versuchen, das ein wenig leiser zu tun? Mir ist beinahe das Herz stehen geblieben.« Dass die unerwünschte Aufmerksamkeit mich seit zwei Tagen zu dem Gesprächsthema schlechthin gemacht hat, lasse ich unter den Tisch fallen.

»Ich ... glaube, Ihr Telefon klingelt«, sagt er und macht mich damit auf das laute Summen in meiner Hosentasche aufmerksam. »Ich ... ähm ... lasse Sie ... Ich sollte vermutlich ...« Er setzt sein Schiffchen wieder auf, macht sich bereit zu gehen.

»Oh, machen Sie sich darüber keine Gedanken. Das ist vermutlich besagter Ex.« Ich lache verärgert. »Man könnte meinen, er arbeitet in einem Callcenter, und ich bin die Einzige, die er anruft, so oft, wie er in den letzten paar Tagen durchgeklingelt hat.« Der Gardist runzelt kurz die Stirn. »Hoffentlich wird ihm das bald langweilig«, setze ich verlegen hinzu, schiebe meine rechte Hand in die Hosentasche und weise den Anruf diskret ab.

»Es geht Ihnen also wirklich gut? Nach all dem ...« Er deutet auf meine blutunterlaufenen Fingerspitzen.

»Absolut.« Abgesehen von dem nervösen Taifun in meinem Magen natürlich.

»Da bin ich froh.« Er hustet. »Maggie«, fügt er dann mit einem angedeuteten Lächeln hinzu.

»Ich wusste doch, dass Sie auch weniger förmlich sein können!«, necke ich ihn.

Er entspannt sich sichtlich, seufzt dabei tief, als hätte er bis jetzt vor Anspannung den Atem angehalten.

»Ich bin Ihnen wirklich dankbar, dass Sie hergekommen sind. Und, hey, es tut mir leid, Sie neulich bei der Arbeit belästigt zu haben. Ich weiß nicht, was über mich gekommen ist.« Ein merkwürdiger Traum von ihm, das war über mich gekommen, aber das kann ich nun kaum einem Fremden erzählen, ohne für verrückt erklärt zu werden.

»Es kann schon ziemlich langweilig werden, zwei Stunden da stehen zu müssen, wenn die Einzigen, die mit einem reden, nur alles Mögliche rufen, um einem eine Bewegung zu entlocken. Sie haben die Zeit also interessanter gemacht. Es hat mich nicht gestört«, erwidert der Gardist achselzuckend. Das leichte Zucken um seine Lippen verrät mir, dass er menschlicher ist, als seine steife Haltung erahnen lässt. Ich habe das seltsame Gefühl, etwas erreicht zu haben, und kann nicht anders: Ich schaue strahlend zu ihm hoch.

»Es tut mir so leid. Gerade fällt mir auf, dass ich Sie gar nicht nach Ihrem Namen gefragt habe.«

Der namenlose Soldat kommt nicht dazu, zu antworten.

»Margo!«, brüllt jemand vom Tower Hill zu uns herüber. »Wer zum Teufel ist das?«

Am liebsten hätte ich geschrien. Als Bran uns erreicht, ist er außer Atem und hält sein Handy fest umklammert.

»Bran, bitte, ich habe zu tun.« Damit deute ich auf meinen leeren Schalter und die Schlange, die sich vor Andys Fenster aufbaut.

Er beugt sich zu mir und packt mich am Arm. »Zu tun hast du? Flirtest mit Soldaten?« Er versucht, mich wegzuzerren.

»Maggie?« Der Gardist spricht mich an, jetzt noch steifer als zuvor dastehend, soweit das überhaupt möglich ist. Bran hat nur einen vorwurfsvollen Blick für ihn übrig, mustert ihn abfällig von Kopf bis Fuß. Ich schlucke heftig gegen die zunehmende Enge in meiner Kehle, aber meine heftige Beschämung und sein fester werdender Griff lassen mir die Tränen in die Augen schießen. Fehlt nur noch, dass ich anfange zu weinen.

»Es tut mir wirklich leid, Sir«, wende ich mich reumütig an den Gardisten.

Bran mustert ihn höhnisch und wendet sich mit fiesem Grinsen wieder mir zu. »Das ist also der Grund, warum du meine Anrufe ignorierst, richtig? Ich war schon auf dem Weg hierher, als du endlich abgenommen hast, und ich konnte jedes einzelne Wort deines erbärmlichen Anmachversuchs hören.« Er packt noch gröber zu, und ich zucke zusammen.

»Was? Nein ... ich ... Bran ...« Mein ganzer Körper brennt vor Scham, während meine Zunge mich wieder im Stich lässt und ich einen kurzen Blick über meine Schulter riskiere. Kevin, Andy und Samantha pressen ihre Gesichter an die Glasscheibe eines der Ticketschalter, eifrig einander wegdrängelnd, um besser sehen zu können. Ich wende den Blick ab, schaue zu Boden auf das Kaugummi auf dem Pflaster und bemühe mich verzweifelt, weder in Tränen auszubrechen noch mich zu übergeben. Mit der freien Hand versuche ich, seine Hand von meinem Arm zu lösen, den er immer noch im Klammergriff hält. Er lässt mich nicht los, nein, stattdessen zieht er mich noch näher an sich heran und will gerade weitere eifersüchtige Anschuldigungen loswerden, als er kurzerhand unterbrochen wird.

Der Gardist räuspert sich, und ich wappne mich für die verlegene Ausrede, mit der er gleich versuchen wird, sich aus der Affäre zu ziehen. »Ich sage es Ihnen nur ein einziges Mal: Lassen Sie sie los, entschuldigen Sie sich und verpissen Sie sich.« Ich blicke schockiert zu ihm hoch. Er sieht Bran noch nicht einmal an, sondern schaut mir in die Augen. Seine jungenhafte Nervosität scheint verflogen, und ich erbebe unter der Intensität seines Blicks.

Bran reagiert mit Hohn. »Ich habe gehört, dass Leute wie Sie nicht gerade die Hellsten sind, also sage ich es Ihnen mit einfachen Worten: Meine Liebste hier freut sich, mich zu sehen, nicht wahr, Margo? Wir haben Pläne. Mir braucht kein geschniegelter Affe in einem albernen Kostüm Befehle zu erteilen. Hauen Sie ab und tun Sie, was Sie gut können: stillstehen und die Klappe halten.«

»Du bist nicht mein Liebster«, murmele ich schüchtern. Der Gedanke, tatsächlich einen Verbündeten zu haben, wirkt wie ein Adrenalinstoß und hilft mir, meine Stimme wiederzufinden.

»Komm schon, Margo, du weißt nicht, was du sagst, weil dieser Fremde dir Unbehagen bereitet. Lass uns irgendwohin gehen und reden.« Er zerrt erneut an meinem Arm, sodass es wehtut, und ich sperre mich dagegen, so gut ich kann.

»Das ist komisch, denn Maggie und ich wollen zusammen essen gehen. Vielleicht haben Sie sich ja im Datum geirrt?« Der Gardist tritt einen Schritt vor und legt Bran seine Rechte fest auf die Schulter. Seine Hand ist so groß, dass sie mühelos die magere Schulter meines Exfreundes umfasst. »Wenn ich mich recht entsinne, habe ich Ihnen gerade gesagt, Sie sollen sie loslassen ...« Den Rest fügt er flüsternd hinzu, und sosehr ich mich auch bemühe, ich kann nicht verstehen, was er sagt. Was immer es ist, es wirkt. Der schmerzhafte Griff um meinen Arm löst sich, und ich reibe mir unbehaglich die misshandelte Stelle.

»Fein. Ich rufe dich an, Margo. Diesmal gehst du aber ran, ja, Baby?«, und damit schleicht Bran sich auf demselben Weg, auf dem er gekommen ist, davon – allerdings erst nach einem sarkastischen Wink des Gardisten.

Dieser wendet sich wieder mir zu und fragt, ob mit mir alles in Ordnung sei. Keine Spur mehr von dem einschüchternden zornigen Blick, mit dem er Bran gerade noch bedacht hat. Ich brauche eine Weile, um Worte zu finden. Die Ereignisse der letzten Tage schwimmen in meinen Augen, gefangen in der Sturzflut von Tränen, die zurückzuhalten mir immer schwerer gelingt. Ich versuche, mich zu entschuldigen, bin aber so beschämt, dass ich keuchend nach Luft ringe.

Er fasst vorsichtig nach meinem Arm. »Erlauben Sie?«, fragt er zaghaft, und als ich nicke, führt er mich zu einer Bank hinterm Ticketverkauf. Wir sitzen eine Weile in einvernehmlichem Schweigen da, während ich mich langsam fange.

»Sie brauchen sich nie für so etwas zu entschuldigen ... vor niemandem«, bricht er das Schweigen, und ich schenke ihm dafür ein schwaches Lächeln.

»Danke. Und danke für das, was Sie gerade getan haben, Sir ...«

»Freddie. Bitte, nennen Sie mich Freddie.« Nach kurzem Schweigen steht er auf und schaut mich erwartungsvoll an. »Dann kommen Sie.«

Verwirrt schaue ich ihn an, und er fügt hinzu: »Ich meine, ich weiß natürlich, dass wir nicht wirklich essen gehen wollten, aber Sie sehen so aus, als könnten Sie einen Drink gebrauchen. Allerdings kann ich Ihnen als stärkstes Getränk nur einen Kaffee anbieten, solange wir beide im Dienst sind.«

Er bietet mir die Hand, um mir beim Aufstehen zu helfen, und ich ergreife sie lächelnd.

Zwischen den Bürohäusern gleich hinterm Tower steht die Ruine einer Kirche: St. Dunstan-in-the-East. Sie wurde im Zweiten Weltkrieg zerbombt, aber die mittelalterlichen Säulen stehen noch, erobert von Efeu und umrankt von Glyzinien, deren blauviolette Blüten einem Feuerwerk gleichen. Ohne Dach wäre sie schutzlos Wind und Wetter ausgesetzt, wenn der Frühling sie nicht wieder aufgebaut und die Löcher mithilfe der Natur geflickt hätte. Die Bäume des kleinen umgebenden Parks sind so dicht belaubt, dass sie den Lärm und die Betriebsamkeit der Stadt aussperren und Besucher in eine zeitlose friedliche Ruhe versetzen. Ihrer Buntglasscheiben beraubt, lassen die Fenster Lichtstrahlen ins Innere der Ruine fallen, sodass die gotischen Bögen im warmen Sonnenlicht leuchten. Obwohl die Kirche so verfallen ist, hat sie etwas besonders Göttliches an sich. Wie kann es sein, dass eine solche Tragödie wie jene Bombennacht etwas bereits Vollkommenes in etwas Magisches verwandelt? Das hier ist sozusagen Londons Garten Eden.

Während wir verlegen die warmen Pappbecher umklammern, sitzen Freddie und ich nebeneinander auf einer der bröckelnden Mauern. Es ist offensichtlich, dass keiner von uns wirklich weiß, was er sagen soll. Was soll ich einem Fremden sagen, vor dem ich mich mehrfach blamiert habe und der mich gerade vor meinem durchgeknallten Exfreund gerettet hat?

Ich mustere ihn von der Seite und suche dabei krampfhaft nach irgendeiner Einleitung, mit der ich ein Gespräch in Gang bringen kann. Allmählich glaube ich, dass in seine Uniform eine Versteifung eingenäht ist, die es ihm unmöglich macht, mit krummem Rücken zu sitzen. Er achtet sorgfältig darauf, dass er mit den Absätzen seiner perfekt geputzten und polierten Stiefel nicht die Mauer berührt. Selbst jetzt, in seiner Pause, verhält er sich, als sei er im Dienst. Ich frage mich, ob er schläft wie Dracula, genauso starr und unbeweglich wie das Holz seines Sarges.

»Wenn ich Sie so ansehe, würde ich nie auf die Idee kommen, Sie könnten sich für heiße Schokolade begeistern«, sage ich schließlich neckend, als er gerade versucht, die geschlagene Sahne durch das kleine Loch im Plastikdeckel des Bechers einzusaugen.

Er lässt den Becher sinken und räuspert sich. »Sie glauben also, dass ein Gardist keine heiße Schokolade genießen kann, weil das nicht männlich genug ist?« Er kann so gut artikulieren, dass er auch aus dem Telefonbuch vorlesen könnte, ohne dass das weniger einschüchternd wirken würde.

Mist. Toll gemacht, Maggie. Wenn es etwas gibt, was du richtig gut kannst, dann in ein Fettnäpfchen treten!

»Ich mache nur Spaß! Sie brauchen nicht so erschrocken zu gucken.« Er lacht ein wenig, als ich erleichtert ausatme und ihm einen amüsierten Blick zuwerfe. »Wenn Sie das schon für überraschend halten, sollten Sie mal sehen, was ich mir in einer Bar bestelle.«

»Etwa Pink Gin?«

»Viel schlimmer: Cocktails.«

Wir lachen beide, dann herrscht wieder Schweigen. Vermutlich sollte es mich nicht allzu sehr überraschen, dass ein Mann, der einen Beruf gewählt hat, in dem es ihm bei Strafe verboten ist, auf jemanden zu reagieren, kein Plauderer ist. Diesmal ist das Schweigen zwischen uns jedoch nicht störend, sondern angenehm. Ich nippe von meinem Kaffee, und die nervöse Unruhe, ausgelöst durch die Ereignisse des Tages, verfliegt allmählich.

»War er schon immer so ... wie eben?«, fragt Freddie plötzlich, als hätte er eine Weile darüber nachgedacht und eigentlich nicht geplant, die Frage wirklich zu stellen. Und tatsächlich macht er sofort einen Rückzieher: »Halt, warten Sie ... Sie müssen nicht darauf antworten. Es geht mich nichts an. Ich hätte mich nicht einmischen dürfen. Nicht schon wieder.«

»Sie haben ihn eben in seine Schranken verwiesen, deutlicher, als ich das in den sieben Jahren unserer Beziehung jemals getan habe! Es stört mich nicht, wenn Sie Fragen stellen.« Er wirkt erleichtert und schaut wieder auf seinen Pappbecher, als ich weiterspreche. »Offen gesagt, ich bin mir nicht sicher. Das muss in Ihren Ohren wirklich dumm klingen, denn zurzeit steht ihm praktisch ins Gesicht geschrieben, was für ein Arschloch er ist, aber ... Ich schätze, er hat dafür gesorgt, dass ich mich für etwas Besonderes hielt. In den ersten paar Jahren war alles gut. Wir haben gemeinsam die Uni besucht, und wir waren nie getrennt. Ich hätte alles für ihn getan, und er hätte alles für mich getan. Und er hat mir geholfen ... eine Menge zu überstehen. Nach unserem Abschluss jedoch begann sich einiges zu ändern. Er nahm diesen Job ganz unten in irgendeiner Finanzfirma an. Ich habe seine Kollegen nur einmal kennengelernt, aber das hat mir schon gereicht. Wenn Sie jemals jemandem erklären müssten, was toxische Männlichkeit ist, bräuchten Sie ihm nur diese Idioten zu zeigen. Danach wurde er immer schlimmer. Am Arbeitsplatz hatte er keine Kontrolle und keinen coolen Ruf, also übernahm er zu Hause die Kontrolle und wurde zu einem der Ihren, indem er seine Persönlichkeit zerstörte und in der Folge auch mich.«

Mein Herzschlag dröhnt in meinen Ohren. Mir ist klar, dass ich hier stoppen sollte, aber irgendetwas an Freddies Ruhe und Gelassenheit weckt in mir den Wunsch, weiterzureden. Er sagt immer noch kein Wort, verzieht keine Miene, aber ich kann trotzdem erkennen, dass er aufmerksam zuhört – und es ist schon so lange her, dass ich mit jemand anderem als einem Raben über all diese Dinge reden konnte.

»Aber ich bin trotzdem geblieben ... Es ist so viel schwerer, als ich dachte, zu erkennen, dass der Typ, von dem ich mir einbildete, er sei die Liebe meines Lebens, einfach nicht ... nicht sehr nett ist. Jeden Tag klammerte ich mich an den Glauben, dass der Mann, mit dem ich gelacht, auf den ich mich gestützt, den ich geliebt hatte ... immer noch in ihm steckte. Dass, wenn ich ihn nur immer wieder daran erinnerte, dass er mich liebte, dass ich die perfekte Partnerin und ihm treu ergeben bin, dass er dann vielleicht seine Fehler erkennen und zu mir zurückkommen würde. Aber jetzt ist mir klar geworden, dass er mich nie geliebt haben kann, wenn er zusehen konnte, wie ich vor seinen Augen immer mehr zerbrochen bin. Es fühlte sich an, als wäre er genauso süchtig nach meinen Tränen wie ich danach, wieder und wieder zu ihm zurückzulaufen. Ich weiß nicht, was ich glaubte, was passieren würde. Ich weiß nur, dass ich mich in der Zeit Millionen Mal lieber für dieses Leben entschieden hätte als dafür, allein zu sein. Ich hatte jemand anderen verloren, jemanden, der mir sehr nahe stand ... und ich konnte es einfach nicht ertragen, ihn auch noch zu verlieren. Aber es war bereits zu spät – ich hatte ihn schon verloren.«

Ich habe zu viel erzählt. Er schaut mich immer noch nicht an. Sein Blick löst sich nicht von seinem Becher, in dem allenfalls noch ein Kakaorest sein kann.

»Ich hätte mich einfach mit meiner Katze begnügen sollen«, lache ich verlegen und hoffe, die Anspannung zu lösen, die sich zwischen uns aufgebaut hat. Wie erwartet, stimmt er nicht in das Lachen ein.

»Also waren Sie es, die ihn verlassen hat?«

»Technisch gesehen, ja, obwohl mir kaum eine andere Wahl blieb. Nach seiner dritten Affäre erzählte ich meinem Dad davon, und eine halbe Stunde später tauchten Dad, Richie und Godders – zwei der anderen Beefeaters – in unserer Wohnung auf und chauffierten mich und all meine Habseligkeiten in Godders kleinem grünem Mini Cooper hierher. Ich war nur froh, dass Bran zu dem Zeitpunkt nicht zu Hause war, sonst wäre er wohl durchs Verrätertor direkt in den Bloody Tower abgeführt worden.«

»Mmhmm«, brummt Freddie leise. Ich kann nicht erkennen, ob ich ihn langweile oder nicht, fühle mich aber gedrungen, weiterzureden.

»Er hat das alles jedoch nicht gut verkraftet und kommt immer wieder her, um mich zurückzugewinnen. Auch neulich war er da – an dem Tag, an dem ich erstmals mit Ihnen zusammengestoßen bin. Gab sich total nett und lieb, erzählte mir, wie sehr ich ihm fehle und so. All das hat sich zugetragen, bevor ich in den Spukkeller hinabsteigen musste. Den Rest kennen Sie bereits. Wie schon gesagt: Das war ganz und gar nicht mein Tag. In Gedanken war ich sonst wo. Wo wir gerade dabei sind: Können wir noch mal ganz von vorn anfangen?«

Endlich schaut er mich an, als ich ihm die Hand entgegenstrecke. Sie verschwindet völlig im festen Griff seiner Hand.

»Guten Tag, Ma'am. Mein Name ist Gardist Freddie. Es ist mir eine Freude, Ihre Bekanntschaft zu machen.«

Ich lache über seine Förmlichkeit, überrascht, dass er mitspielt.

»Hi, Freddie. Mein Name ist Maggie Moore, und wenn Sie mich noch einmal Ma'am nennen, bleibt mir nichts anderes übrig, als meinen Rest Kaffee über Ihren wunderschönen wollenen Waffenrock zu kippen.«

Er lacht. »Okay, dann also Maggie – obwohl, ich gehe lieber auf Nummer sicher ...« Damit nimmt er mir den Becher mit dem inzwischen kalt gewordenen Kaffee ab und wirft ihn zusammen mit seinem eigenen in den Abfallbehälter neben sich. »Und jetzt, Maggie, erklären Sie mir bitte, warum um alles in der Welt Sie in einem Spukkeller waren?«

Der leichtere Ton, in den unsere Unterhaltung gewechselt ist, gefällt mir, und ich erzähle ihm die ganze Geschichte von Anfang an.

»Darin spukt es also wirklich?«

»Ich glaube schon. Ich habe zwar noch nie irgendeine durchsichtige schwebende Gestalt gesehen, sie aber ganz sicher schon gespürt. Selbst wenn es nicht dort spuken sollte, handelt es sich um den unheimlichsten Ort, an dem man sich aufhalten kann. Es geht auch nicht nur mir so! Niemand geht jemals freiwillig dort hinunter – deshalb dient diese Aufgabe als Strafmaßnahme. Aber jetzt genug von mir. Ich weiß absolut nichts über Sie.«

»Da gibt es, ehrlich gesagt, nicht viel zu erzählen. Ich gehöre zur königlichen Garde und stehe den ganzen Tag herum, ohne zu sprechen, obwohl ich innerlich fast immer lache oder fluche – über die Touristen, die alles Mögliche anstellen, um mich dazu zu bringen, mich zu bewegen. Zu meinen Hobbys gehört es, Leute zu beobachten und nicht zu stolpern, wenn ich auf und ab marschiere – das ist übrigens viel schwerer, als es aussieht. Und an wirklich aufregenden Tagen darf ich nichts ahnende Fremde anbrüllen: ›Macht Platz für die königliche Garde!‹«

Ich lache, aber insgeheim wundere ich mich über seine Reaktion. Irgendwie hat er es geschafft, mir von sich selbst zu erzählen, ohne mir wirklich etwas über sich zu sagen. Ich komme mir ein wenig vor wie ein Narr, dass ich so viel von mir preisgegeben habe. Offenbar gehört er zu den Leuten, die einen funktionierenden Filter haben, wenn sie mit Fremden reden, und nicht einfach einem armen jungen Mann von der Straße von ihrem tragischen Liebesleben erzählen würden. Kein Wunder, dass er aussieht, als hätte ich ihn gerade auf der Straße in die Enge getrieben – so wie die Spendensammler von Wohltätigkeitsorganisationen, die, wenn man den Fehler macht, Blickkontakt aufzunehmen, zwanzig Minuten von blinden Eseln oder etwas Ähnlichem reden, bis man sich so schlecht fühlt, dass man ein kleines Vermögen spendet, nur um höflich zu sein.

Ich bin nicht nur viel zu offen, ich bin auch viel zu neugierig. Dieser »Freddie« wird mir immer rätselhafter, und ich muss zugeben, er fasziniert mich. Da ich viel zu viele Romane gelesen habe, kann ich nicht anders: Immer wenn ich jemanden kennenlerne, der mir nicht schon nach fünfzehn Minuten die komplette Geschichte seines Lebens erzählt, stelle ich mir vor, dass er ein großes Geheimnis zu verbergen hat. Vielleicht ist er Geheimagent, und wenn er mir das sagen würde, müsste er mich töten – oder er gehört zu den Angst einflößenden Leuten, die allen Ernstes gern Jazz hören.

Der verantwortungsbewusstere Teil meines Gehirns entscheidet, nicht nachzubohren. Außerdem, wenn er wirklich eine Art Spion ist, würde ich ganz gern am Leben bleiben – und wenn er Jazz mag, muss ich leider gehen.

»Habe ich etwas Wertvolles kaputt gemacht?«, frage ich nervös, um das Thema zu wechseln. »Ich meine das Kästchen.«

»Oh, nein. Machen Sie sich deswegen keine Sorgen. Ein Befehl ... ein Botengang für meinen Vater.« Er lächelt mich zaghaft an und lässt den Blick dann wieder auf seine Hände sinken, die auf seinen Oberschenkeln ruhen. »Das Kästchen gefiel mir sowieso nicht sonderlich gut.«

Die Anspannung in meinen Schultern weicht, und ich entspanne mich. Ein Lächeln, ein echtes Lächeln, bahnt sich seinen Weg in mein Gesicht.

»Wie geht es Ihren Fingern?« Freddies Blick gleitet über meine Hände, und ich halte ihm die hin, die er sucht. Unterm Nagel ist die Fingerspitze immer noch blau.

»Sind noch dran. Und werden so bald auch nicht abfallen.« Ich wackle demonstrativ mit den Fingern. Er nickt wortlos.

»Stift?« Seine Stimme unterbricht das kurze Schweigen. Leicht verwirrt krame ich in meinen Hosentaschen, fördere einen etwas angekauten Kuli aus meiner Gesäßtasche zutage und halte ihm den zögernd hin.

»Nein, ich meine wegen Ihrer Hände.« Seinem Blick folgend, entdecke ich die winzigen Tintenspuren auf meinen Fingern und Daumen, Zeugen meiner Angewohnheit, meine Geschichtsbücher mit jeder Menge Anmerkungen zu versehen. Das meint er also.

»Ah ...«, sage ich, lecke mir den Daumen und versuche, die Tintenflecken abzureiben. »Ich, ähm, mache mir gern Notizen in meinen Büchern, wenn ich lese. Dabei übertreibe ich schon mal.«

»Es sieht so aus, als hätten Sie dabei die Seiten völlig verfehlt«, meint er mit kaum wahrnehmbarem frechen Grinsen.

»Das ist noch harmlos; meine Finger haben schon schlimmer ausgesehen.« Lächelnd schaue ich wieder auf meine gesprenkelten Hände, auf denen die Tintenflecke sich mit den Sommersprossen auf meinen Knöcheln mischen.

»Was lesen Sie gern? Oder besser, welche Bücher verunstalten Sie am liebsten?« Jetzt wendet er den Blick nicht mehr von mir, und ich erröte unwillkürlich unter dessen Intensität.

»Alles, was Seitenränder hat, die Platz genug für Anmerkungen bieten, wenn die Worte auf einer Seite eine greifbare Gefühlsregung in mir auslösen. Ich finde es faszinierend, dass die Art und Weise, in der wir sechsundzwanzig Buchstaben schwarz auf weiß auf eine Seite bringen, einen Menschen tatsächlich ändern, ein Gefühl in ihm wecken kann.« Ich begegne kurz seinem Blick, kann ihm aber nicht standhalten und schaue wieder weg. »Vor allem aber bin ich geschichtsbegeistert. Deshalb lese ich so ziemlich alles, was mit Geschichte zu tun hat, Sachbücher ebenso wie erzählende Literatur, ja, sogar Fantasy und jede Menge Liebesromane. Allerdings muss ich auch jede historische Ungenauigkeit vermerken.«

Er schmunzelt. »Mir geht es ganz genauso mit Filmen oder Fernsehproduktionen, die sich mit dem Militär beschäftigen. Haben Sie jemals die Folge von Sherlock gesehen, in der es um die königliche Garde ging? Er sollte einen Grenadier-Gardisten darstellen, aber er trug einen Waffenrock der Waliser und die Bärenfellmütze der Schottischen Garde. Das kann ich immer noch nicht akzeptieren.« Während er angeregt erzählt, beobachte ich ihn genau. Seine Hände zucken leicht auf seinen Oberschenkeln, als bemühe er sich, nicht mit ihnen zu reden. »Dann müssen Sie die Bibliothek der Garde lieben? Obwohl ich mir sicher bin, dass jemandem, der etwas in eins dieser Bücher schreibt, die Todesstrafe droht.«

Verwirrt blinzelnd schaue ich ihn an.

»Sie kennen sie nicht?«, entnimmt er meinem Gesichtsausdruck.

»Ich wusste nicht einmal, dass wir eine Bibliothek haben«, gebe ich zu und fühle mich ein bisschen verraten, weil mein Dad mir nie davon erzählt hat. Vermutlich wusste er, dass ich sie nie wieder verlassen würde, wenn ich sie betrat.

»Oh, ja, natürlich. Woher sollten Sie auch das Kasino der Garde kennen?«

»Kasino der Garde?« Jetzt ist mein Interesse erst recht geweckt.

»Es gibt eine riesige Bibliothek voller jahrhundertealter, in Leder gebundener Bücher unter der Wachstube im Waterloo Block. Keiner von den anderen interessiert sich groß für die Bücher. Sie setzen eigentlich nur Staub an.«

»Ich wollte schon immer gern wissen, wie es da oben in der Wachstube aussieht. Das ist der einzige Ort im Tower, den ich nicht aufsuchen darf, und ich habe auch nie irgendwas darüber gehört, was Sie alle da so anstellen.«

»Wir hätten auch gern, dass das so bleibt.« Er lacht, ein verschmitztes Lächeln um die Lippen. »Wissen Sie was? Was halten Sie davon, wenn ich Sie hineinschmuggle, damit Sie den Büchern die Beachtung schenken können, die sie verdienen? Meine Art, mich richtig zu entschuldigen.« Erneut deutet er auf meine Hand.

»Wirklich? Das würden Sie tun? Wie?« Ich richte mich gerader auf und wende mich ihm zu.

Er nickt, begegnet aber nicht meinem Blick. »Was glauben Sie, wie wir es geschafft haben, uns unseren Ruf als Mysterium des Towers so lange zu bewahren?« In einer einzigen raschen Bewegung steht er auf, wobei er sich immer noch bemüht, sein kokettes Lächeln zu unterdrücken. »Wo wir gerade von Gardisten sprechen, ich fürchte, ich muss zurück auf meinen Posten.«

»Ja, oh ja, ich muss natürlich auch wieder an die Arbeit. Die Eintrittskarten verkaufen sich nicht von selbst. Und ich bin mir nicht sicher, ob unser guter alter König Charlie besonders begeistert wäre, wenn seine Juwelen gestohlen würden, nur weil einer seiner Gardisten eine heiße Schokolade im Park genossen hat. Noch einmal danke schön, Freddie.«

Er stopft seine Locken unter sein Schiffchen, nimmt Haltung an und nickt mir knapp zu. »Wenn die Zeit günstig ist, komme ich und hole Sie.« Da ist es wieder, dieses verdammte Zwinkern. Leise kichere ich und schaue ihm kopfschüttelnd nach, wie er davonmarschiert, ohne sich auch nur ein einziges Mal umzudrehen.

Wieder an die Arbeit zu gehen ist beinahe schmerzhaft. Ich fürchte mich bereits vor dem, was Andy und Samantha von sich geben werden. Und zweifellos auch Kevin. Wenigstens bietet ihnen mein dummes kleines Leben etwas Unterhaltung.

Ich ziehe mein Smartphone aus der Tasche und schaue nach meinen Textnachrichten. Außer Bran gibt es nur einen weiteren Thread: Mum. Allerdings bin ich mir nicht sicher, ob man diesen Thread als Gespräch bezeichnen kann. Endlose Reihen blauer Blasen, in denen meine eigenen Worte stehen, füllen die linke Seite, nicht ein einziges Mal unterbrochen von einer Antwort. Ich scrolle durch mehrere Monate. Mum kann mir nicht antworten; das weiß ich natürlich ganz genau. Aber als sie starb, kam es mich extrem hart an, durchs Leben zu gehen und all das zu tun, worüber wir immer stundenlang geredet hatten, und ihr nicht mehr davon erzählen zu können. Also hörte ich einfach nicht auf damit. Jedes Mal, wenn ich denke, das sollte ich Mum erzählen, tue ich es. Manchmal enthält die Nachricht nur ein Bild von Cromwell, auf dem er ganz besonders niedlich aussieht oder etwas Freches anstellt. Dann wieder besteht sie aus vielen Zeilen unzusammenhängender Gedanken.

In Augenblicken wie diesen erkenne ich, wie sehr sie mir fehlt. Die häufigen Umzüge hierhin und dorthin, je nachdem, wo mein Dad gerade stationiert war, hatten zur Folge, dass es immer nur sie und mich gab. Wir waren einander die besten Freundinnen, und das war beinahe vollkommen. Es gab kein Thema, das tabu war, und sie wusste um praktisch alle meine Geheimnisse, bevor ich selbst sie überhaupt kannte. Sie war die brünette Version meiner selbst, in jeder Hinsicht, und ich bin mir nicht mal sicher, wer ich ohne sie bin. Seitdem sie nicht mehr ist, habe ich das Gefühl, ständig einer Welt ins Gesicht zu schreien, die mich nicht hören kann – oder will.

In letzter Zeit habe ich am weitaus häufigsten mit ihrem Smartphone kommuniziert, das mir nicht mehr antworten kann. Abgesehen von Lucie und Cromwell. Seitdem wir Mum verloren haben, ist das Leben mit Dad nicht mehr wie früher, und wir beschränken unsere Unterhaltungen meistens auf sichere Themen wie zum Beispiel das Fernsehprogramm. Mit jedem anderen reicht es nur für oberflächliche Konversation, ein paar Fragen nach der Arbeit von den Netteren, und dann endet das Gespräch, bevor es richtig in Gang gekommen ist. Ich bin jeden Tag buchstäblich von Tausenden von Leuten umringt und fühle mich dennoch völlig allein.

Ich scrolle weiter, bis die Reihe der SMS abrupt endet. Die meisten habe ich beim letzten Weihnachtsfest erhalten, von entfernten Verwandten, die keine Weihnachtskarten mehr schicken. All meine Freunde habe ich aufgegeben, um Brans Freundin zu sein, und dabei nicht einmal bemerkt, dass ich dafür alle von mir gestoßen habe. Jetzt habe ich niemanden mehr, an den ich mich wenden könnte, keine beste Freundin, die ich nach einem dramatischen Tag anrufen oder der ich etwas vorweinen könnte, wenn ich nur jemanden brauche, der mir zuhört und meine Tränen trocknet.

Außer Mums Handy. Ich schicke ihr eine neue Nachricht, erzähle ihr von Freddie, berichte kurz von unseren seltsamen und peinlichen Begegnungen und ende mit einer ziemlich detaillierten Beschreibung seines Äußeren – das hätte ihr gefallen. Ich kann nur hoffen, dass ihre Nummer nicht jemand anderem zugeteilt wurde, der heimlich liest, was mir in den letzten Jahren alles so widerfahren ist und ich mir vom Herzen schreiben muss, denn diese neue Entwicklung würde er sicherlich ein bisschen gruselig finden.

Zurück an meinem Arbeitsplatz, ruft Kevin mir etwas aus dem Büro zu. Ich blende aus, was er sagt, aber das darauffolgende kindische Gelächter der anderen höre ich. Ohne es weiter zu beachten, setze ich mich wieder an meinen Schalter.

Als ich die Blende hochschiebe und mich damit erneut der Öffentlichkeit draußen preisgebe, versetzt der Anblick, der sich mir bietet, einen Schock. Ich zucke heftig zurück, mein Herz setzt einen Schlag aus, mein Stuhl rollt unter mir nach hinten, und ich rutsche vom Sitz und lande hart auf meinem Steißbein: Der Geist von Anne Boleyn mitsamt intaktem Kopf auf ihren Schultern, einer Perlenkette und allem, was sonst so dazugehört, sucht meinen Schalter heim.

»Geht es Ihnen gut?«, fragt die Tudor-Königin besorgt und legt ihr iPhone auf dem Schaltersims ab.

In dem Moment taucht ein zweiter, beinahe identischer Geist vor meinem Fenster auf – ein kleines Mädchen, dessen Kopfputz ihm über die Augen rutscht, als es sich auf die Zehenspitzen stellt. Anne-Boleyn-Fans ...

»Können wir Eintrittskarten bekommen, um Anne zu sehen, Mummy?« Sie winkt mir mit einer einzelnen Rose zu, als ich unbeholfen meinen Platz wieder einnehme.

»Natürlich, mein Schatz, und dann kannst du diese schöne Rose auf ihr Grab legen«, versichert die große Anne der kleinen Anne. »Geben Sie uns bitte drei Tickets?«, wendet sie sich an mich.

Mit einem Nicken tue ich, was die Königin verlangt, und lasse sie ziehen. Ich schaue ihnen nach, wie sie durch die Menge schreiten, die ihnen Platz macht, und den Leuten anmutig-königlich zuwinken. Offenbar nehmen sie ihre Rolle äußerst ernst.

Ich brauche wirklich dringend einen anderen Job.

6. KAPITEL

Siebzehn Mal in den fünf Tagen seit unserer letzten Begegnung hat Bran versucht, mich anzurufen. Die Textnachrichten, die die entgangenen Anrufe begleiten, variieren von »Bitte, Baby, ich liebe dich« bis hin zu »Du kannst mich mal, du Schlampe«. Er war schon immer ein Charmeur. Glücklicherweise scheint die Drohung meines großen »neuen Freundes«, des Gardisten, ihn davon abgehalten zu haben, wieder hier aufzutauchen.

Nach meinem vertraulichen Gespräch mit Freddie wurde sein Zug noch am selben Nachmittag von Coldstream-Gardisten abgelöst, und ich hätte mir an jedem der fünf folgenden einsamen Abende in den Hintern beißen können, weil ich ihn nicht nach seiner Telefonnummer gefragt hatte. »Wenn die Zeit günstig ist«, hatte er gesagt, aber das war beinahe genauso aussagekräftig wie die merkwürdigsten philosophischen Sprüche der Rabenmeisterin. Fast eine ganze Woche mir selbst überlassen ohne jegliche interessante Abwechslung, und das nach einer guten Unterhaltung, wird mir klar, wie sehr es mir fehlt, jemanden zum Reden zu haben. Also greife ich zu einer Maßnahme, von der ich immer geschworen habe, mich nie dazu herabzulassen: Ich melde mich bei Tinder an.

Ich betrachte das kleine rote Quadrat der Scham, das ungeöffnet auf meinem Hintergrundbild liegt, einem niedlichen Foto von Cromwell mit einer Fliege um den Hals. Im Moment sitzt er zu meinen Füßen und stößt immer wieder mit seinem Kopf gegen mein Bein, als wolle er mich davon abhalten, auch nur zu versuchen, mich durch das Minenfeld des Onlinedatings zu navigieren. Ich kraule ihn zwischen den

Ohren und öffne die App. Als sie sich langsam aufbaut und das kleine Flammen-Icon mitten auf dem Bildschirm mich lockt, spiele ich mit dem Gedanken, mein Smartphone aus dem Fenster zu werfen, bevor die App vollständig geladen ist, aber ich muss zugeben, dass sich irgendwo tief in meinem Inneren etwas nach Aufmerksamkeit sehnt. Der Umstand, dass die einzige »liebevolle« Zuneigung, die mir in den letzten Wochen zuteilwurde, von meinem Exfreund kam, der mich auf WhatsApp eine Schlampe genannt hat, lässt mich den mühsamen Prozess der Registrierung durchziehen. Wie Mum immer sagte: »Tu's einfach, Mags, was kann schon schlimmstenfalls passieren?« Natürlich meinte sie damit, ich solle meinen Träumen folgen, nicht aber, ich solle Swipes nach rechts machen bei allem, was mir die männliche Bevölkerung Londons zu bieten hat.

Da ich im Tower im Grunde meine eigene Gefangene bin, mangelt es mir eklatant an Fotos von mir selbst. Mein Fotoordner ist rappelvoll mit dreizehntausend Fotos von Cromwell, schönen Sonnenuntergängen und nur ganz seltenen grässlichen Selfies, bei denen ich (vergebens) versucht habe, ein paar der Posen nachzuahmen, wie sie ehemalige Highschool-Bekanntschaften auf Instagram veröffentlichen. Ab und zu scrolle ich an einem dieser misslungenen Versuche vorbei und muss innehalten, weil sie mich schaudern lassen. Jedes einzelne dieser Fotos sieht aus, als hätte es eine Tante mittleren Alters auf Facebook gepostet, nachdem sie einen Gin zu viel intus hatte.

Seufzend stelle ich ein Profil zusammen, das aus einem vor ein paar Jahren aufgenommenen Foto von mir und meinem Dad und einer Biografie besteht, die nur »London, 26« enthält. Anschließend bin ich bereit, mir die infrage kommenden Junggesellen anzuschauen.

Das Gesicht von Joshua, 29, füllt als Erstes meinen Bildschirm. All seine Fotos sind Varianten von ihm auf einem

Paddelbrett an verschiedenen exotischen Plätzen. Er schlägt damit zwei Fliegen mit einer Klappe, prahlt mit seinen straffen Bauchmuskeln und mit seinem Geld. Mir fällt dazu nur ein, wie sehr er eine Frau wie mich verabscheuen würde, die ihre Wochenenden mit Essen und Lesen im gemütlichen Heim ihres Vaters verbringt. Seine Bio allerdings gibt den Ausschlag dafür, dass ich ihn wegwische: »Einfach ein netter Kerl, der ein nettes Mädchen sucht, schätze ich. Scheint heutzutage viel verlangt zu sein.« Ich weiß zwar möglicherweise recht wenig über Dating, aber man muss kein Genie sein, um zu begreifen, dass die Unterstellung, die meisten Frauen seien nicht nett, vermutlich nicht die beste Methode ist, sich ein Date zu angeln. Vielleicht hofft er ja, dass die Mädchen sich von seinem Body blenden lassen und seinen Zynismus ignorieren. Swipe nach links.

Der Nächste ist Ryan, 28. Genau wie meine eigene enthält seine Bio kaum mehr als den Namen der Stadt, in der er lebt. Damit kann man nicht viel anfangen, und ich nehme mir vor, meine Bio zu ändern, sobald mir einfällt, wie ich mich am besten anpreisen kann, als wäre ich ein Streuner im Tierheim. Seine Fotos bringen mich zum Kichern, als mir auffällt, dass jedes Einzelne seinen tätowierten Bizeps in den Mittelpunkt der Aufmerksamkeit rückt. Darauf verschmelzen eine schwarz-weiße Rose und ein hyperrealistischer Löwe mit verschiedenen Uhren-Zahnrädchen. Die Krönung des Ganzen bildet jedoch die unglückliche Formulierung »Ich bin nicht wie die anderen«, die unauslöschlich auf seiner Brust prangt. Swipe nach links.

Sam, 27. Swipe nach links. Jordan, 32. Swipe nach links. Azeem, 28. Swipe nach links. Richard, 45. Swipe nach links ...

Andrew, 35 – das einzige Profil, an dem ich eine Weile hängen bleibe. Er hat eine gute Auswahl an Fotos online gestellt, und auf jedem steht er im Mittelpunkt und mit ihm ein echtes, fröhliches, breites Lächeln, das ihn pausbäckig und seine blauen Augen ganz klein erscheinen lässt. Seine Miene lässt ihn vertrauenswürdig wirken, und sein Gesicht ist das erste, bei dem ich mich nicht unwillkürlich frage, ob ein Date mit ihm darin enden könnte, dass meine Leiche am nächsten Morgen von jemandem gefunden wird, der seinen Hund ausführt.

Sein weiches Kinn zeigt Anflüge von Bartstoppeln, seine dunklen Haare sind kurz und ordentlich geschnitten. Auch seine Bio kann nicht ansatzweise als Beleidigung oder Selbstmitleid betrachtet werden, nein, sie ist tatsächlich ein wenig lustig – jedenfalls lustig genug, um mir ein anerkennendes Schnauben zu entlocken: »Brauchst du Hilfe, um auf den Mindestbestellwert bei Deliveroo zu kommen?« Die Sache hat doch bestimmt einen Haken. Irgendwas muss doch mit ihm nicht stimmen. Ich nehme sein Profil ganz genau unter die Lupe, sabotiere mich selbst, versuche, seinen Fehler zu finden. Und da ist er auch schon: 317 km. Natürlich, der einzige Mann, der mir halbwegs anständig erscheint, lebt rund dreihundert Kilometer von mir entfernt.

Ich gebe auf. Ohne mir auch nur die Mühe zu machen zu swipen, werfe ich mein Smartphone aufs Bett und setze mich neben Cromwell, der sich auf der Bettkante zusammengerollt und friedlich geschlafen hat, während ich enttäuschende Tinderprofile analysiert habe. Als er spürt, wie ich mich neben ihn setze, hebt er den Kopf und starrt mich mit riesigen schwarzen Augen an.

»Was würdest du davon halten, ungefähr fünfzehn Brüder und Schwestern für dich zu adoptieren und das Haus nie mehr zu verlassen?« Er steht auf, als er meine Stimme hört, und tappt langsam und ein wenig schlaftrunken zu mir, klettert mir auf den Schoß und fängt an, eifrig zu treteln.

Seufzend streichele ich ihm über den Kopf. »Danke, Crom.«

Nachdem ich es aufgegeben habe, ein Date zu finden, und da ich an diesem Samstagabend nichts Besseres vorhabe, lasse ich mein Smartphone zu Hause liegen und gehe das kurze Stück hinunter zum Well Tower.

An der Mauer neben der östlichen Zugbrücke ächzt ein altes Pubschild im Wind, bemalt mit den Schlüsseln von König Charles in der lederbehandschuhten Hand eines Beefeaters. Der Name des Pubs – Keys – geht auf die Schlüsselzeremonie, die Ceremony of the Keys, zurück, mit der die Beefeaters und die königliche Garde seit Jahrhunderten jeden Abend den Tower abschließen. Dieses wahre Schauspiel militärischer Disziplin spielt sich jeden Abend auf die Minute genau zu exakt derselben Zeit ab. Während dieser Zeremonie sind wir alle verpflichtet, im Haus zu bleiben – obwohl Cromwell einmal versucht hat, daran teilzunehmen, und um die Füße des Soldaten herumgeschlichen ist, der mit einer Laterne dem mit den Schlüsseln bewaffneten Beefeater das Schlüsselloch beleuchtete. Seitdem hat mein Kater jeden Abend zwischen halb neun und zehn Hausarrest.

Nur ein einziges Mal fand die Zeremonie verspätet statt, nämlich während eines Bombenangriffs im Zweiten Weltkrieg. Eine Bombe traf den Tower, und die Druckwelle warf die Gardisten und den Beefeater um, die an der Zeremonie beteiligt waren. Es gelang ihnen jedoch, wieder aufzustehen und ihre Pflicht zu erfüllen. Und als ob es nicht schon Angst einflößend genug gewesen wäre, beim Dienst beinahe einer Bombe zum Opfer zu fallen, mussten sie anschließend sofort Meldung machen und ihren König schriftlich informieren, dass die Zeremonie ganze sieben Minuten zu spät durchgeführt worden war. Der König dankte ihnen ausgesprochen sparsam, und nicht ohne unter seine Unterschrift ein »Das darf nie wieder passieren« zu setzen. Und tatsächlich tat es das auch nicht – das hatte aber vermutlich weniger mit den Beefeaters zu tun als mit mangelnder Zielgenauigkeit der Bomberpiloten.

Es überrascht also nicht, dass sie den Ort, an den sie sich nach der Zeremonie zurückzogen, nach ihr benannten. Früher gab es Pubs an so ziemlich jeder Ecke des Towers, aber heute existiert nur noch dieser eine, und er ist die exklusivste Bar von ganz London; betreten kann ihn nur, wer die persönliche Einladung eines königlichen Gardisten vorweisen kann. Es stört aber niemanden, dass auch ich dort einkehre, solange ich ihnen hin und wieder ein Pint »Treason« (ihr nur für sie gebrautes Ale) ausgebe.

Ich stoße die schwere Holztür auf und durchquere den kleinen Windfang, in dem mich der vertraute Anblick an der Wand aufgereihter beziehungsweise hängender Beefeater-Memorabilien, -Gemälde und –Zierelemente begrüßt. Auf dem Boden prangt das Bild der gekreuzten Schlüssel, als sei es das Symbol eines Geheimbundes. In gewisser Weise ist es das wohl auch. Hier haben sie ihre Basis. Den Gastraum betrete ich durch die verglaste Doppeltür. Drinnen, links und rechts neben der Tür, bewachen zwei Uniformen mit Partisanen, alten Stoßwaffen, von ihren Schaukästen aus den Schankraum, aber was hier wirklich Aufmerksamkeit erregt, ist die Farbe: rotes Leder überall, auf jedem Stuhl, jeder Bank, ja, sogar auf der Bar.

Und das ist noch nicht alles. Es ist schier unmöglich festzustellen, ob der Teppich nach zu vielen feuchtfröhlichen Abenden fleckig ist, denn auch er ist leuchtend rot und verziert mit den Pflanzensymbolen der einzelnen Länder, die zusammen das Vereinigte Königreich bilden. Gebinde aus Rosen, Disteln und Dreiblättrigem Klee um eine schöne goldene Krone in der Mitte. Es riecht nach Schnupftabak, eine Erinnerung an Partys, die der friedlichen Szene vor meinen Augen erst kürzlich vorausgingen und zweifellos demnächst wieder folgen werden.

Zu Charlie – meinem Nachbarn mit dem Neufundländer – und Dad hat sich Godders gesellt. Alle drei hocken sie an der

Bar. Godders, der etwas kleinere (und dickere) der drei Beefeaters, beugt sich über die Zapfanlage und füllt sein fast leeres Glas an einem der nahen Zapfhähne. Als er sich streckt, rutscht der Ärmel seines Hemdes hoch und gibt die glänzende Armbanduhr an seinem Handgelenk preis, die so protzig ist, dass sie nur an James Bond gut aussehen würde. Godders trägt immer irgendetwas Auffälliges und Teures und hat immer etwas zu erzählen – und das tut er auch, des Langen und Breiten, über Stunden hinweg.

Ich setze mich ans andere Ende der L-förmigen Bar und schaue hinüber zu den drei Beefeatern, die irgendwie an das amerikanische Komikertrio The Three Stooges erinnern, mit seiner wilden Bandbreite an Frisuren und Bärten sowie dem kindischen Benehmen.

Godders blickt nervös und überrascht auf – wahrscheinlich fürchtet er, dass sich einer der knurrigeren Beefeaters an die Bar gesetzt hat, um ihn dafür zu schelten, dass er sich gratis bedient –, aber seine Miene hellt sich auf, als er mich sieht. »Hallo, Mags, wie geht es dir, Kind?«, fragt er in dem für Bewohner von Tyneside typischen breiten Dialekt.

»Aah, Maggie, geht's dir gut, Mädchen?«, setzt Charlie freundlich lächelnd hinzu. Charlie ist so was wie der Großvater des Pubs. Man trifft ihn immer hier an, Geschichten aus der Zeit erzählend, in der er Dudelsackspieler im Königlichen Regiment von Schottland war. Seine Geschichten sind fesselnd, und ich könnte ihm stundenlang zuhören, wobei ich offen gesagt nicht sicher bin, ob das nicht nur daran liegt, dass sie in seinem Highland-Dialekt einfach spektakulärer klingen.

»Bist du gekommen, um deinen Samstagabend mit den alten Männern zu verbringen, Schatz?« Mein Dad lächelt.

»Ich dachte, ich komme, um euch drei im Auge zu behalten und dafür zu sorgen, dass ihr keinen Ärger macht«, erwidere ich und werfe Godders spielerisch einen strengen Blick zu. Zum Zeichen der Kapitulation hebt er beide Hände, die Wangen gebläht vom gestohlenen Bier, sein eigener drahtiger Schnurrbart überlagert von einem aus Schaum, der auf seine Lippen und sein bärtiges Kinn tropft. Wir alle müssen aus vollem Herzen lachen. »Die nächste Runde auf mich?«, biete ich an, und die drei alten Männer nicken begeistert.

Da der Schankkellner immer noch nicht da ist, gehe ich hinter die Bar und zapfe die Pints selbst. »Wo steckt eigentlich Baz?« Baz ist zwar auch ein Beefeater, aber immer derjenige, der freiwillig an der Bar bedient. Mit seiner Tweedkappe, seinen ausgebleichten Hosenträgern und seinem Liverpool-Fußballhemd, das er ständig trägt, gehört er genauso zum Inventar wie die Theke selbst.

»Gestern Abend hatten ein paar Jungs aus seinem alten Regiment hier eine Party, und als sie erfuhren, dass er einer von ihnen ist, haben sie ihm für jedes Pint, das sie für sich bestellt haben, auch eines gekauft. Er schläft hinten seinen Rausch aus.« Im Geiste sehe ich Baz vor mir, wie er Gin durch die Lücke zwischen seinen Vorderzähnen durch den Schankraum schießt, ein Partytrick, den er gern zeigt, wenn er ordentlich einen getrunken hat.

»Eine noble Gesellschaft aus der kanadischen Botschaft hat sich für später am Abend angemeldet. Also haben wir ihm gesagt, dass wir für ihn die Bar im Auge behalten, während er sich auspennt.« Dad kichert schelmisch bei diesen Worten. Ich stelle fest, dass alle drei bereits leicht schwanken.

»Klar doch.« Ich verdrehe die Augen und stecke eine Zehn-Pfund-Note in die Kasse, bevor ich auf meinen Platz zurückkehre.

Eine Weile höre ich den dreien zu, während sie beschwipst Klagen über den Governor of the Tower, ihren Boss, und ein paar der anderen Beefeaters austauschen. Keine Ahnung, wer das Stereotyp erfunden hat, dass Ladys mittleren Alters besonders gern tratschen, aber derjenige hat definitiv noch nie einen Beefeater Ende fünfzig kennengelernt.

»Habt ihr gesehen, wie Lunchbox heute Morgen seine Tour absolviert hat? Tauchte ohne Socken und Stiefel auf, stand einfach da mit seinen nackten Hobbitfüßen, als wäre das völlig normal! Mir taten die kleinen Kinder leid, die so dicht bei ihm stehen mussten.« Charlie tut so, als müsste er sich übergeben. Die anderen beiden schauen sich angewidert an.

»Du machst doch Witze?« Lächelnd streicht Dad sich mit seiner Pranke seinen roten Bart glatt. »War er besoffen?«

»Nein, völlig nüchtern. Behauptete, er habe Hitzewallungen wie seine Frau.«

»Ah, ein weitverbreitetes Leiden: Ein Exmarine Ende sechzig, fast hundertdreißig Kilo schwer, macht die verdammten Wechseljahre durch. Was für ein Idiot.« Godders schüttelt seinen Kopf. Sein Lachen klingt eher wie Husten, und er nimmt einen weiteren Schluck aus seinem Glas, das sich rasch leert.

Ich beobachte die drei und ihre angeregte Interaktion lediglich voller Ehrfurcht und steuere nur hier und da ein leises Lachen zu ihrer Unterhaltung bei. Sie sind geborene Entertainer, ihre Gesellschaft ist komischer und aufregender als jede noch so aufwendige Samstagabendshow im Fernsehen.

»Wie ist das Leben im Ticketverkauf denn so, Maggie?«, wendet Godders sich fragend an mich.

Charlie nickt. »Genau, ist dieser Kevin immer noch solch ein Arschloch?«

»Du nimmst mir die Worte aus dem Mund. Ich halte es einfach nicht aus. Wisst ihr, er hat diese Woche einem Besucher erzählt, der Tower sei von Heinrich VIII. erbaut worden. Beinahe wäre ich aufgestanden und hätte hingeschmissen.« Die drei Beefeaters grummeln und schütteln missbilligend den Kopf.

»Wer stellt solche Clowns ein? Und meinem Mädchen geben sie nicht mal einen Job als Wächterin im White Tower, obwohl sie mehr weiß als all diese Idioten zusammen.« Dad schaut mich mitleidig an. Ich verziehe verlegen mein Gesicht, weil ich nicht so recht weiß, was ich auf diesen Ausbruch väterlicher Zuneigung sagen soll.

Zum Glück redet er rasch weiter. »Dabei ist das noch gar nichts gegen die Frage, die mir eine Touristin am Montag gestellt hat …« Er wackelt vielsagend mit den Augenbrauen, und Godders und Charlie verdrehen beide die Augen.

»Will ich das wirklich wissen?«, stöhnt Charlie, eindeutig in der Erwartung, dass das, was mein Dad erzählen wird, ihm Schmerzen bereiten wird.

»Zuallererst fragte sie: ›Wie nennt man die Brücke mit den großen Türmen darauf?‹ Ich antwortete: ›Man nennt sie, wenig überraschend, die Tower Bridge.‹ Daraufhin fragte sie zurück – kein Scherz: ›Und führt sie ganz bis auf die andere Seite des Flusses?‹«

»Jesus Christus«, stöhnt Godders und lacht prustend.

Der Schluck Bier, den ich gerade genommen habe, sprüht aus meinem Mund über die Bar, als ich ebenfalls lachen muss. »Was antwortet man auf solch eine Frage? Ich frage mich, wie die Brücken in ihrem Land aussehen.«

»Was hast du gesagt?«, will Godders wissen.

»Nun, zuerst dachte ich, sie macht Scherze, aber dann bemerkte ich, dass sie auf eine Antwort wartete. Mir fiel nichts Besseres ein als: ›Man nennt sie schließlich nicht Tower Pier, nicht wahr?‹ Ehrlich gesagt, wirkte sie immer noch verwirrt, aber ich schaffte gerade noch, sie zu fragen, woher sie kommt, und außer Hörweite zu fliehen, bevor ich vor Lachen umfiel.«

Im Byward Tower führen sie ein kleines Büchlein voll mit dummen Fragen, die den Beefeaters im Laufe der Jahre von Touristen gestellt wurden, immer mit dem Vermerk, woher der Fragesteller kommt. Immer am Ende des Jahres werden die besten ausgewählt und ausgedruckt, um bei einer der vornehmen Partys zur Unterhaltung der Gäste verteilt zu werden. Einer meiner persönlichen Favoriten ist eine Frage, die viel zu oft gestellt wird: »Haben sie den Tower absichtlich so nah an der U-Bahn-Station gebaut?« Diese Frage erntet fast immer dieselbe Reaktion: Man schlägt die Hand vors Gesicht oder lacht aus vollem Hals. Wenn man bedenkt, dass der Tower von William dem Eroberer um 1080 an einer römischen Stadtmauer errichtet wurde, bezweifle ich doch sehr, dass Willy bis zu den Sechzigerjahren des zwanzigsten Jahrhunderts vorausgeplant hat und dabei einen leichten Zugang für Touristen im Auge hatte ...

»Dreimal dürft ihr raten, woher sie kam ...« Die drei Beefeaters werfen mir ein wissendes Grinsen zu, ihre Augen bereits glasig vom Alkohol und leuchtend vor Belustigung. Röte überzieht ihre Wangen, und ihre Nasenspitzen glühen. So, wie sie da zusammen an der Bar sitzen, ähneln sie einer Weihnachts-Lichterkette.

Die Standuhr in der Ecke schlägt acht, und wie der winzige Vogel in einer Kuckucksuhr taucht Baz aus dem Hinterzimmer auf, die spärlichen Haare stehen ihm zu Berge und hängen in einer dünnen Welle auf der linken Seite herab. Er streicht sie flach über seine Glatze und zieht seine Kappe darüber. Verschlafen reibt er sich die Augen, watschelt hinter die Bar, wobei die Hosenträger hinter ihm her auf dem Boden schleifen, gießt sich ein Glas Gin und Wasser ein und lässt eine Vitamin-C-Tablette hineinfallen.

»Fühlst du dich so mitgenommen, wie du aussiehst?«, fragt Dad mit schwerer Zunge. Als Antwort zeigt Baz ihm nur seinen gestreckten Mittelfinger über die Schulter.

»Brauchst du heute Abend jemanden, der dir hilft, Baz?«, frage ich, während ich zusehe, wie er mit seinen Hosenträgern kämpft, und mitfühlend zusammenzucke, als sie an seiner Schulter hängen bleiben und ihm ins Gesicht schnellen. »Es macht mir nichts aus, heute Abend die Bardame zu spielen. Ich habe nichts Besseres zu tun, und ich habe auch keine Lust, den da ins Bett zu schaffen.« Mit dem Daumen deute ich auf

Dad, dessen Kopf auf eine Packung Pork Scratchings, knusprig frittierte Schweineschwarte mit Speck, gesunken ist, die er hinterm Tresen stibitzt hat, ohne dass Baz es bemerkt hat.

Baz schafft es endlich, seine Hosenträger zu befestigen, auch wenn der eine auf dem Rücken komplett verdreht ist. Er kommt zu meinem Platz herüber und wuschelt mir dankbar durchs Haar. »Du bist eine geniale junge Dame. Cheers, Maggie.«

Breit lächelnd winke ich ab, er watschelt zurück in den Raum, aus dem er gekommen ist, und kippt dabei stöhnend seinen Kater-Cocktail hinunter. Ich nehme seinen Platz hinter der Bar ein, als die ersten Gäste eintreffen. Männer in schwarzen Anzügen und Frauen in Cocktailkleidern strömen herein und drängen sich schon bald um die drei Männer an der Bar.

»So, ihr alten Männer.« Ich schrecke Godders, Charlie und Dad auf, die schon beinahe schlafen. »Geht jetzt nach Hause und trinkt noch eine Tasse Tee. Ihr gehört ins Bett, und ich habe zu tun.«

7. KAPITEL

Auf das Klopfen an meiner Schlafzimmertür kann ich nur mit einem Grunzen antworten, das eines Neandertalers würdig gewesen wäre. Offenbar bin ich mit dem Gesicht aufs Kissen geplumpst, mein Körper liegt bleischwer hinter mir. Ich bin immer noch vollständig bekleidet, trage die Jeans, die ich gestern Abend nicht mehr ausgezogen habe, und ich weiß bereits, dass mein Kopfkissenbezug mit Make-up beschmiert ist. Der einzige Teil meines Körpers, den ich fühlen kann, ist mein Kopf, in dem ein so starker pochender Schmerz wütet, dass der Rest vom Hals abwärts taub zu sein scheint.

Mein Dad späht zur Tür herein. »Guten Morgen, Schönheit.« Nur ein Vater kann mich jetzt ansehen – mit Haaren, die mir zu Berge stehen und zugleich schweißnass an meiner ausgetrockneten Haut kleben – und mich Schönheit nennen. Ich kann nur mit einem erneuten Grunzen antworten. Meine Geisteskraft entspricht zurzeit der eines einjährigen Kindes im Körper und mit der Energie einer Leiche, aber mein Dad – der Mann, der gestern Abend um acht im Sitzen eingeschlafen ist – wirkt so frisch wie ein Gänseblümchen im Morgentau. Er tänzelt mit einer Tasse Tee ins Zimmer, wohl wissend, wie dringend ich sie brauche.

»Wie? Dir geht's – gut? Uff«, grummele ich mühsam in mein Kissen. Dad setzt sich leise lachend ans Fußende meines Bettes.

»Ich habe eine Menge Übung. Zweiundzwanzig Jahre beim Militär, wo wir oft genug die Nacht durchzecht haben, und immer in der Lage, Punkt sechs zum Dienst zu erscheinen – die Stiefel gewienert, die Uniform gebügelt, die Zielsicherheit beim Schießen unbeeinträchtigt.« Er lacht, als ich abermals aufstöhne, und reicht mir meinen Tee zusammen mit zwei Schmerztabletten.

Ein »Danke« murmelnd, schlucke ich sie und muss innehalten, um sicherzugehen, dass sie mir nicht sofort wieder hochkommen.

»Du hast also jede Menge flüssiges Trinkgeld bekommen?«

»Sagen wir so: Jetzt weiß ich, warum Baz immer verkatert aussieht.« Ich reibe mir die Schläfen, tue alles, um den pochenden Schmerz zu lindern. »Ich musste sogar andauernd Pints in den Ausguss kippen, weil mir mehr spendiert wurde, als ich überhaupt trinken konnte. Ich bin mir ziemlich sicher, dass sie versucht haben, mich zu ersäufen.«

»Dir wird's gleich besser gehen, wenn du zur Arbeit gehst.« Arbeit. Mehr Arbeit. Verdammt.

»Mir ist schon zum Kotzen zumute, wenn ich Kevin an einem guten Tag sehe. Heute brauche ich wohl nicht zu hoffen, dass es gut geht, oder?«

»Nein, aber wenn du kotzen musst, dann sieh zu, dass du ihn voll auf die Schuhe triffst.« Ich versuche zu lachen, aber das löst einen stechenden Schmerz in meinem Schädel aus. Dad schüttelt nur den Kopf und steht auf.

»Ich lasse dich jetzt allein, damit du dich fertig machen kannst.«

Ein bisschen zu lange verweile ich unter der Dusche, weil es so angenehm behaglich ist, mir vom heißen Wasser meinen Schweiß und das Make-up des gestrigen Abends abspülen zu lassen. Da ich aber auch nicht riskieren will, zur Arbeit rennen zu müssen, reiße ich mich schließlich widerwillig los. Mein armer Kopf verträgt heute keine zusätzliche Belastung mehr, also lasse ich meine Haare offen und versuche nur, sie möglichst glatt zu kämmen, damit sie wenigstens nicht in alle Richtungen abstehen.

Beim Anziehen stelle ich fest, dass Dad meine Uniform für mich gebügelt hat. Ein Morgen wie dieser wiegt die Schande, mit Mitte zwanzig noch bei meinem Dad zu leben, mehr als auf. Seit Mum tot ist, tut er solche kleinen Dinge für mich. Ich schätze, das ist seine Art, sich um mich zu kümmern – die Art eines zähen alten Veteranen. Alles, was er für mich im Alter von sechs und sechzehn hätte tun sollen, tut er jetzt für mich, seine sechsundzwanzigjährige Tochter, und macht so wieder gut, was er früher versäumt hat.

Als ich schließlich ins Freie trete, trifft mich eine willkommene kühle Brise und lindert ein wenig den Kopfschmerz. In letzter Zeit habe ich immer denselben Weg zur Arbeit gewählt, hinauf zum geheimen Durchgang und über den Innenhof – eine Entscheidung, die offensichtlich nichts mit etwaigen Versuchen zu tun hat, herauszufinden, ob ein ganz bestimmtes Garderegiment wieder da ist.

Natürlich schaue ich nicht nach – aber heute stehen noch immer die Coldstream-Gardisten Wache. Die Knöpfe an ihren Waffenröcken sind paarweise in senkrechter Reihe angeordnet. Die Federn an ihren Bärenfellmützen sind leuchtend rot, während die der Grenadiere weiß sind, und ihre Kragen sind mit dem Garter Star, dem Symbol des Hosenbandordens, bestickt. Und der leise Stich in meinem Magen ist definitiv eine Folge meines durchzechten Abends und hat nichts mit enttäuschter Hoffnung zu tun.

Der Anblick des Ticketverkaufs dreht mir fast den Magen um, und ich wünsche mir beinahe, ich wäre immer noch betrunken.

»Margaret, Margaret, Margaret.«

Ich verdrehe die Augen, mit dem Rücken zu meinem Boss, der sich um die Ecke schleicht und dabei wie ein Bösewicht in einem James-Bond-Film seine Fingernägel gegeneinanderklacken lässt. »Kevin«, nicke ich ihm zur Begrüßung zu.

»Du bist da.« Er klingt überraschend froh. Ein fieses Grinsen steht in seinem Gesicht, und ich kann mich nicht entscheiden, ob ich Angst haben sollte.

»Ja, das, ähm, ist üblicherweise so, wenn ein Boss einen seiner Angestellten zur Arbeit einteilt.« Wirklich, ich kann mich an diesem Morgen nicht mit ihm und seinen Spielchen herumschlagen. In meinem Kopf hämmert es gleich doppelt so hart, nachdem ich seine Stimme vernommen habe.

»Werde nicht frech, junge Dame.« Kevin ist nur drei Jahre älter als ich, aber er nutzt mit Begeisterung Verkleinerungsformen, die ihn so wirken lassen, als hätte er die Autorität und die Weisheit eines Lehrers. Dabei hat er wirklich nur eines mit einem Lehrer gemein – den nach Kaffee riechenden Atem. »Rachel in der Buchhaltung hat mir gesagt, dass du letzte Nacht an der Bar bedient hättest und Cameron von der Überwachung ihr erzählt habe, er habe dich heute Morgen um drei nach Hause wanken sehen.«

»Ach, hat er das?«, murmele ich leise und schüttele ungläubig den Kopf. Sollte das mehrere Millionen Pfund teure Sicherheitssystem nicht bessere Verwendung finden, als einer jungen Frau auf dem Weg nach Hause nachzuspionieren?

»Hmm? Egal. Wir haben gerade eine Wette gegen das Buchhaltungsteam gewonnen. Sie haben jeder zwanzig Tacken darauf gesetzt, dass du dich krankmelden würdest.«

»Nun, das ist doch genial, oder?«

»Ich und die Mädels gehen jedenfalls heute Mittag ins Wetherspoon, du wirst also hier allein die Stellung halten müssen.« Voller Schadenfreude in die Hände klatschend, hüpft er davon – wie ein Kind, das gerade einem schwächeren Klassenkameraden das Essensgeld abgenommen hat.

»Freut mich, behilflich gewesen zu sein.« Hinter seinem Rücken knickse ich sarkastisch. »Arschloch«, setze ich hinzu, als ich ihn außer Hörweite wähne.

»Was war das?« Kevin dreht sich auf dem Absatz um, sein Grinsen hat seiner üblichen niederträchtigen Miene Platz gemacht. Anscheinend habe ich unterschätzt, wie gut er hören kann.

Hastig rudere ich zurück, während in mir das nur zu vertraute Gefühl von Panik aufsteigt. »Nichts, gar nichts. Euch allen guten Appetit.« Ich versuche zu lächeln, aber es reicht nur für eine Grimasse.

Wenn ich mich nicht so fühlen würde wie frisch aus dem Grab geholt, hätte ich vielleicht mehr gesagt. Aber so nehme ich nur wahr, dass sich in meiner Brust eine kalte Leere ausbreitet, und mache mich an die Arbeit.

Um die Mittagszeit habe ich endlich wieder Ähnlichkeit mit einem funktionierenden Mitglied der Gesellschaft. Schon allein der Friede eines Büros ohne Kevin, Andy und Samantha reicht, um alles zu kurieren. Ich bin beinahe froh, dass sie auf meine Kosten essen gegangen sind. Vielleicht sollte ich ein Maggie-Roulette ins Büro stellen, um sie dazu zu ermuntern, jeden Tag essen zu gehen: Rot steht für »Heute sieht sie direkt mal wie ein Mensch aus«; Schwarz steht für »Seht nur, sie hat schon wieder einen Nervenzusammenbruch«. Sie würden immer Schwarz wählen und gewinnen, und je öfter sie mich in der Mittagspause allein lassen, desto wahrscheinlicher wird es, dass Rot gewinnt.

»Guten Morgen und willkommen im Königlichen Festungspalast Seiner Majestät, dem Tower von London. Wie viele Eintrittskarten hätten Sie gern?« Ich spule meine Standardbegrüßung für eine Kundin herunter, die etwa Mitte vierzig sein muss. Sie und ihre drei Kinder tragen alle die gleichen Parkas, und die kleinen Gesichter ähneln der Frau, die ohne jeden Zweifel ihre Mutter ist, wie Kopien im Miniformat.

»Ist der König heute zu Hause?«, fragt sie und ignoriert alles, was ich gerade gesagt habe.

»Ich bin mir nicht sicher, Madam«, erwidere ich, ein wenig verwirrt, weil sie anzunehmen scheint, dass ein Mädchen, das an einem der Ticketschalter bedient, den persönlichen Terminkalender eines Königs kennt.

»Wie können Sie nicht wissen, ob der König zu Hause ist? Sie sitzen doch den ganzen Tag vor seinem Haus?«

»Der König wohnt nicht im Tower von London, Madam, und er hat auch nie hier gewohnt. Vielleicht meinen Sie Windsor Castle? Oder den Buckingham-Palast?«

»Aber da drin steht ein Haus, das als King's House bezeichnet wird. Ich habe mich informiert.« Ihre drei Kinder nicken, als wären sie ihre eigene kleine Hilfstruppe. Ich versuche, nicht die Fassung zu verlieren.

»Ah, ich verstehe. Das King's House im Tower von London wird King's House genannt, weil der Monarch dort übernachten könnte, wenn er wollte. Aber gebaut wurde es für den Lieutenant des Towers, und heutzutage wohnt dort der Konstabler des Towers. Unser derzeitiger König hat noch nie dort übernachtet. Vermutlich hat er von all den Gespenstern gehört, die dort spuken!« Ich zwinkere den Kindern zu, deren gelangweilter Gesichtsausdruck plötzlich Überraschung weicht. Eine Geistergeschichte weckt offenbar ihr Interesse, und sie tauschen aufgeregte Blicke.

»Nun, dann ist das irreführende Werbung«, schnaubt die Frau verärgert.

»Tut mir leid, Madam. Möchten Sie trotzdem heute den Tower besichtigen?«

»Hmm, eigentlich bin ich gekommen, um den König zu sehen …«, murrt sie. Ihre Kinder nicken eifrig. »Aber, na gut, geben Sie mir Karten für zwei Erwachsene und drei Kinder.«

Beim Blick über ihre Schulter sehe ich, dass Bob vom Sicherheitsdienst die Tore öffnet, um einen Militärtransporter einzulassen. Ein Mann in seiner legeren Kampfuniform springt aus dem großen gepanzerten Fahrzeug und reicht ihm ein Dokument. Nach einem Nicken von Bob und kurzem

Händeschütteln hüpft der Soldat zurück in den Transporter und fährt ihn über die westliche Zugbrücke.

Sie wechseln also die Garde aus. Früher wurde das Garderegiment jeden Tag oder alle zwei Tage von seinen Pflichten entbunden. Aber inzwischen hat man wohl eingesehen, wie unpraktisch es ist, eine Gruppe junger Männer und einen Lastwagen voller Uniformen nur für eine Nacht hin- und herzufahren, und so bewacht jedes Regiment jeweils eine ganze Woche lang mein Zuhause. Wer als Nächstes dran ist, bestimmt der Zufall – für uns jedenfalls. Ich erfahre es immer erst am Montagfrüh, wenn ich verlegen schaue, wer der Nächste ist, der mich mit solcher Anmut zur Arbeit rennen sieht wie Captain Jack Sparrow – mit den Armen rudernd und so.

Ich kann nicht erkennen, ob es die Grenadiere sind, also Freddies Regiment. In ihren kakifarbenen Standarduniformen und Schiffchen lassen sie sich unmöglich aus dieser Entfernung auseinanderhalten. Außerdem interessiert mich das ja sowieso nicht ...

»Ähm, Entschuldigung? Können wir bitte unsere Eintrittskarten haben?« Ich erwache aus meiner kurzen Trance und widme mich wieder meiner Kundin, die sich suchend umschaut, um herauszufinden, was mich gerade so gefesselt hat. Ein Riese von einem Mann taucht neben ihr auf und späht in meinen Schalter. Er steht so nah an der Scheibe, dass ich seine dunklen Nasenhaare sehen kann.

Ich huste. »Ja, tut mir leid, natürlich. Ich gebe sie Ihnen sofort.« Nach ein paar Tastenanschlägen auf meinem Computer drucke ich die Eintrittskarten aus und lasse die Familie ziehen. Dann beuge ich mich über meinen Tisch und drücke mein Gesicht an die Glasscheibe in der Hoffnung, noch einen Blick auf den Transporter zu erhaschen, aber der ist natürlich längst weg.

Plötzlich taucht vor mir eine künstlich gebräunte Hand auf und hämmert gegen die Scheibe. Erschrocken falle ich auf meinen Stuhl zurück. Die drei Deppen sind aus ihrer Mittagspause zurück und kringeln sich vor Lachen. Ich laufe rot an, aber es verschafft mir ein wenig Genugtuung, wie Samantha sich mit schmerzverzogener Miene die Hand reibt. Ihre dürren Hände vertragen sich offenbar nicht mit dem zweieinhalb Zentimeter dicken Sicherheitsglas. Das war's dann wohl mit der friedlichen Stille am Arbeitsplatz.

Während des Nachmittags kann ich an nichts anderes denken als an den Wachwechsel. Dass Freddie hinten im Van gesessen haben könnte, die Bärenfellmütze in einer Schachtel auf dem Schoß, macht mich kribbelig. Ich bin nervös, aber auf angenehme Weise. So wie es einem in den Fingern kribbelt, wenn man etwas Erfreuliches in Aussicht hat, nicht so, dass man das Gefühl hat, sich gleich in die Hose machen zu müssen.
Es gibt nicht viel, was mich ablenken könnte, und so gerate ich ins Träumen, stelle mir alles Mögliche vor, was ich ihm sagen könnte, wenn er sich entschlösse, zu mir zu kommen und mich erneut aus der Hölle meines Arbeitsplatzes zu befreien. Ich würde ihm überschwänglich danken. Vielleicht könnte ich vorschlagen, wieder gemeinsam einen Kaffee zu trinken, um mich bei ihm zu revanchieren. Oder ich könnte ihm sagen, dass die Coldstream-Gardisten erheblich langweiliger sind und nur schwer stillstehen können. Das würde ihm vermutlich gefallen.
Aber was, wenn er gar kein Interesse daran hat, mein Freund zu sein? Er hat mich nie nach meiner Telefonnummer gefragt. Genau genommen, hat er nicht mal ansatzweise so etwas angedeutet. Was, wenn er einer dieser typischerweise von Hugh Grant gespielten Männer ist, die einfach nur vornehm sind und deren chronische Höflichkeit sie immer wieder in Situationen bringt, aus denen sie nicht allein herausfinden? Habe ich ihn gezwungen, sich neben mich zu setzen und sich all meine Probleme anzuhören? Oh Gott ... was, wenn

er in der Wachstube allen davon erzählt und sich mit den anderen Gardisten über mich lustig gemacht hat?

Die kribbelige Vorfreude verwandelt sich rasch in Nervosität, die mir fast den Magen umdreht ...

Am liebsten hätte ich mir selbst eine Ohrfeige verpasst, um mich aus meiner Grübelei zu reißen. Er hat mich gefragt, ob ich einen Kaffee mit ihm trinken möchte. Obendrein ist es gut möglich, dass ich mich völlig unnötig verrückt mache und morgen früh Gardisten in den blaugrünen Uniformen des Royal-Air-Force-Regiments Wache stehen. Entspann dich, verdammt noch mal, Maggie!

Nach Feierabend bleiben mir noch ein paar Stunden Tageslicht, und ich beschließe, nach meiner langen Nacht etwas liegen gebliebene Hausarbeit zu erledigen und die kurze Zeit zu nutzen, in der wir von den neugierigen Touristen, die über die Mauer spähen, verschont bleiben, um Wäsche zu waschen und zum Trocknen aufzuhängen. Als die Beefeaters nach Hause trudeln, hänge ich meine Wäsche auf die Leine. In dieser Woche besteht sie vor allem aus Unterhöschen, die ich während meiner Periode trage. Sie sind so groß und bequem, dass ich sicher bin, einer der Raben könnte ein gutes Nest daraus bauen.

Ich bin gerade dabei, ein – vom Waschen und womöglich auch noch von anderen Dingen – leicht verfärbtes Höschen aufzuhängen, als mich Motorengeräusch aufschreckt. Als ich herumfahre, erblicke ich einen weißen Minibus, der lärmend über die Bodenschwelle direkt vor unserem Haus holpert. Aus Höflichkeit lächelnd für den Fall, dass ich den Fahrer kenne, starre ich hinüber, über mir die Wäscheleine mit ihrer peinlichen Fracht. Zwölf männliche Augenpaare starren zurück. Ohne nachzudenken, reiße ich das hässlichste Höschen von der Leine, sodass die Klammern nur so fliegen, und verstecke es hinter meinem Rücken. Eine der Wäscheklammern landet in meinen Haaren und verheddert sich in der wirren

Mähne. Das Herz schlägt mir bis zum Hals, das Gesicht brennt mir vor Scham.

Es ist der Minibus, der die Gardisten von ihrem Stützpunkt in Westminster zu ihrem Stützpunkt im Tower fährt, und er fährt schrecklich langsam. Ganz offensichtlich hat das schwer gepanzerte Fahrzeug von heute Mittag nur ihre Uniformen oder ihre sonstige Ausrüstung transportiert, was man eben so braucht, wenn man eine königliche Festung bewacht. Und siehe da, Freddie sitzt ganz hinten, direkt am Fenster. Ärgerlicherweise – oder vielleicht auch glücklicherweise – ist er der Einzige, der mich nicht ansieht. Stattdessen gilt seine Aufmerksamkeit den Jungs vor ihm, und ich sehe, wie er einem von ihnen wegen einer Bemerkung, die ich nicht hören kann, einen spielerischen Klaps auf den Hinterkopf gibt. Um seine Lippen spielt beinahe ein Lächeln.

Dann sind sie an mir vorbei, und als sie bei Lindas Haus um die Ecke biegen, drehe ich mich zur Wäscheleine um und reiße sämtliche Höschen wieder herunter, sodass die Wäscheklammern kreuz und quer auf dem Betonboden landen. Voll beladen mit Unterwäsche, renne ich ins Haus zurück und entscheide, sie über das Metallgestell am Kopfende meines Bettes zu hängen; dort trocknen sie ebenso gut wie draußen … Allerdings ist das Kind bereits in den Brunnen gefallen; meine Wangen glühen leider immer noch in derselben Farbe wie das einzige rote sexy Spitzenhöschen, das ich besitze, und ich werfe mich frustriert stöhnend mit dem Gesicht voran auf mein Bett.

8. KAPITEL

An seinem Stammplatz vor dem Waterloo Block sehe ich seine Bärenfellmütze, bevor ich ihn sehe. Er ist genauso groß, wie der Bogen des Schilderhäuschens hoch ist, vor dem er steht. Ich amüsiere mich damit, dass ich mir ausmale, wie er, groß und kräftig gebaut, sich bücken muss, um das Schilderhäuschen zu betreten. Vor einem der Schilder, auf denen die Geschichte des Hospital Blocks erläutert wird, bleibe ich stehen, um Zeit zu gewinnen, bevor ich an ihm vorbeigehe. Meine Knie fühlen sich seltsam weich an, und ich befürchte, direkt vor Freddie auf die Nase zu fallen, wenn ich versuche, weiterzugehen. Ab und zu werfe ich kurze verstohlene Blicke über die Schulter hinüber zu den Gardisten. Der Mann neben ihm schwankt ganz leicht, weil es so schwer ist, absolut still zu stehen, aber Freddie ist so unbeweglich wie eine Statue. Sein Blick geht starr geradeaus. Daher weiß ich, dass er mich nicht sieht, und ich bin froh, dass er so professionell agiert.

Um überzeugend überrascht zu wirken – »Nein, so was! Sie hier!« –, täusche ich Interesse an der Touristen-Informationstafel vor, die ich in Wirklichkeit längst auswendig kenne. Ein altes Foto ergänzt perfekt den Text. Darauf sieht man den linken Flügel in Trümmern liegen, eine Erinnerung an die »Umgestaltung« durch eine Bombe der Luftwaffe. Ich schaue zu dem Gebäude hoch. Die Fensterreihe auf der rechten Seite fällt ganz leicht schräg ab, und die Farbe der Ziegel wechselt genau in der Mitte des Gebäudes. Im alten Teil sind sie dunkel vom angesammelten Schmutz der Zeit, im wieder aufgebauten Teil deutlich heller. Der Übergang ist beinahe nahtlos, wenn man nicht ganz genau hinschaut – perfekt in seiner Unvollkommenheit.

Früher ein Hospital für alle hier stationierten Soldaten, beherbergt das Gebäude jetzt nur noch Wohnungen für Beefeaters. Sie sind wunderschön, aber ich bin mir nicht sicher, ob ich meine Wohnung in den Kasematten gegen den direkten Ausblick auf den White Tower tauschen wollte, nicht nur, weil Touristen von den leuchtend hellblauen Türen angezogen werden wie Motten vom Licht, sondern auch, weil ich gar nicht darüber nachdenken mag, wie sehr es darin spuken muss. Im Keller befindet sich das ehemalige Leichenschauhaus, und dort stehen immer noch die Schränke, in denen die Verstorbenen zwischengelagert wurden.

Ich habe mich ablenken lassen.

Während die ersten Touristen hereinströmen, nutze ich die Gelegenheit. Bemüht, in der Menge möglichst nicht aufzufallen, gehe ich auf ihn zu und bleibe abrupt vor ihm stehen. Ein etwa dreißig Zentimeter hoher Zaun trennt uns beide, und obwohl er kein ernst zu nehmendes Hindernis ist, lasse ich mich von ihm einschüchtern. Allerdings kann das auch daran liegen, dass der Mann vor mir sehr groß ist und ein Gewehr trägt, an dessen Lauf ein wuchtiges Messer befestigt ist, und daran, dass ich mich bis jetzt noch jedes Mal blamiert habe, wenn ich in seine Nähe gekommen bin.

Freddie lässt durch nichts erkennen, dass er mich gesehen hat; er schaut mich nicht einmal an. Ich muss mir immer wieder ins Gedächtnis rufen, dass er arbeitet. Also erwarte ich keine wie auch immer geartete Reaktion von ihm. Schließlich will ich auf keinen Fall seinen Job gefährden.

Wie heikel eine Unterhaltung ist, bei der nur einer der beiden Gesprächspartner den anderen zur Kenntnis nehmen kann, wird offensichtlich. Ich räuspere mich. »Wussten Sie, dass der Hospital Block ausgebombt wurde? Genauer gesagt, wurde er halb zerstört. Deshalb sieht der linke Flügel sehr viel weniger schief aus. Sie haben ihn besser wiederaufgebaut, als er vorher war.« Ich deute auf das Gebäude. Von einer erhöhten Terrasse führen jeweils wenige Treppenstufen zu den beiden leuchtend hellblauen Eingangstüren hinauf. Hohe weiß gerahmte Fenster stehen in drei Reihen übereinander, darüber noch weiße Dachgauben, und trotz der verwitterten alten Ziegel und flickwerkartiger Reparaturen ist es immer noch ein beeindruckendes Beispiel der frühen georgianischen Architektur, die von etwa 1720 bis 1840 in den englischsprachigen Ländern weit verbreitet war. Der Name stammt von vier britischen Monarchen namens George aus dem Haus Hannover, die in dieser Zeit in Großbritannien regierten. »Oh, und sehen Sie die schwarzen Türen im Untergeschoss? Sie führten in die Leichenhalle, die während des Krimkriegs genutzt wurde.« Freddie zuckt nicht mit der Wimper. »Ist das ein zu düsteres Thema für einen Montagmorgen? Vermutlich.«

Ich rede verlegen weiter. »Ich wollte Ihnen nur noch einmal danken. Sie sind neulich so schnell gegangen, dass ich keine Gelegenheit hatte, Sie im Gegenzug auf einen Kaffee einzuladen. Oder eine heiße Schokolade ... Ich mache da keinen Unterschied.« Ganz kurz zuckt sein Blick leicht amüsiert zu mir herüber. Und mir steigt schon wieder Röte in die Wangen. »Aber, nun ja ... ähm, nicht viele Leute hätten für mich getan, was Sie getan haben. Obendrein haben Sie mir eine Ausrede geliefert, um der Arbeit zu entkommen – auch dafür danke –, und meine Kollegen sind womöglich noch schlimmer als mein Ex.«

Endlich gestattet er sich, mich anzusehen. Der Schatten der Bärenfellmütze verwandelt die Farbe seiner Augen in ein dunkles Tannengrün, und dadurch wirkt sein gesamter Gesichtsausdruck finsterer. Mir fällt auf, dass ein Muskel in seinem Nacken zuckt, und sein unverwandter Blick verunsichert mich so sehr, dass ich wieder genauso nervös werde wie zuvor. Mir zittern die Hände, und das Blut weicht zur Abwechslung aus meinem Gesicht. Da stehe ich nun vor ihm, erwarte zwar nichts, ersehne mir aber dennoch etwas, und sein harter Blick schüchtert mich ein.

Mein Körper zuckt, als wollte er mich zur Flucht bewegen, bevor er mich ernstlich abweisen kann. Ich schaue mich um, versuche zu erkennen, ob irgendwo vertraute Gesichter lauern und mitbekommen, dass ich mich wieder mal zum Narren mache. Die Beefeaters sind überall auf dem Innenhof zu sehen, ihre typischen Hüte ragen hoch über Gruppen von Schulkindern und zwischen Pärchen auf, die sich mit ihnen fotografieren lassen; ein paar Wächter mit niedrigen Zylindern und langen Schoßröcken stehen auf den Stufen des White Towers zusammen und unterhalten sich. Der rosa Blazer von Rachel aus der Buchhaltung gerät in mein Blickfeld: Sie steigt mit einer Kollegin, die ich nicht kenne, die Broadwalk Steps hinauf. Ich bin mir ziemlich sicher, dass sie viel zu sehr ins Gespräch vertieft ist, als dass sie mich bemerkt haben könnte, dennoch werde ich allmählich unruhig.

Gerade als ich zu einer Verabschiedung ansetze, kommt Freddie mir zuvor: »Heute Abend.« Es klingt wie eine Mischung aus Flüstern und tiefem Knurren. Seine Kiefer sind immer noch zusammengepresst, und nur seine Oberlippe bewegt sich ganz leicht, um die beiden Wörter herauszupressen. »Waterloo Block«, setzt er knapp hinzu. Zu begreifen fällt mir schwer. Ich kann nicht glauben, dass er mit mir spricht, dass er für mich seine Befehle missachtet – und alles riskiert.

Mit einem raschen Blick in die Runde vergewissere ich mich, dass keine neugierigen Touristen in der Nähe sind und ihn hören können. Glücklicherweise scheinen sie alle mit Merlin beschäftigt zu sein, einem der Raben, der mit einem Schinkensandwich im Schnabel übers Gras hüpft. Ein kleines Kind deutet schluchzend hinter ihm her, und seine Mutter versucht, es zu trösten.

»Zehn Uhr abends«, setzt Freddie als Letztes hinzu, bevor seine Miene sich wieder entspannt und er ins Leere starrt.

»Okay. Komm heute Abend um zehn zum Waterloo Block?«, wiederhole ich an mich selbst gewandt, aber Freddie riskiert noch einmal seinen Job und nickt knapp. Sehr dezent zwar, aber ich bemerke, wie seine Bärenfellmütze ganz leicht zuckt. Aufregung und Vorfreude erfassen mich, und gegen meinen Willen lächele ich. Die Zeit ist günstig, und er will mich treffen. Er will mich tatsächlich treffen.

Der schwindelerregende Bann wird gebrochen, als er Haltung annimmt. Seine Stiefelabsätze knallen auf den Betonboden, seine Handflächen klatschen an das Gewehr, und die Geräusche hallen im gesamten Innenhof wider. Überrascht zucke ich zusammen, und Hunderte Leute drehen sich zu uns um, während er auf das parallel stehende Schilderhäuschen zumarschiert. Sein Kamerad auf der anderen Seite tut dasselbe. Aus dem Augenwinkel bemerke ich, dass Rachel immer näher kommt; ob sie mich bereits bemerkt hat, kann ich nicht feststellen, aber ich tauche in der Menge von Touristen und gezückten iPhones unter und sehe zu, dass ich wegkomme.

Obwohl ich so früh schon unterwegs war, habe ich heute einen meiner wenigen freien Tage, und statt ihn wie üblich hinter zugezogenen Vorhängen im Bett zu verbringen und mit Cromwell zu kuscheln, vertrödele ich meine Zeit, ohne mich komplett verrückt zu machen. Allzu viele Sachen hängen nicht in meinem Kleiderschrank, aber binnen zehn Minuten nach meiner Rückkehr nach Hause habe ich sie alle auf dem Bett ausgebreitet. Ich hasse es, zu den Leuten zu gehören, die sich endlos Gedanken darüber machen, wie sie aussehen oder was sie anziehen sollten, aber ich kann es mir wirklich nicht leisten, wie eine Idiotin auszusehen. Das im Hinterkopf, schiebe ich den Stapel witziger T-Shirts beiseite. Louis Theroux' mitfühlende Augen starren mich von schwarzem Nylon an, und ich habe beinahe ein schlechtes Gewissen, weil ich dieses Teil nicht tragen will. Cromwell entscheidet sich rasch, den T-Shirt-Haufen als willkommenes Schlafplätzchen zu missbrauchen, und ich verfalle wieder in Panik.

Wenn ich mich im Schatten für die Kameras unsichtbar machen will, ist es vermutlich am besten, sich für eine schwarze Jeans zu entscheiden. Ich kombiniere sie mit einer leicht skurril bedruckten Bluse und hänge das Outfit über das Fußteil meines Bettes, griffbereit zum Anziehen in genau ... zehn Stunden.

»Komm, hier entlang.« Freddies Kopf taucht hinter einer der Kanonen auf, und er winkt mich zu sich. Nachdem mir den ganzen Tag lang eine Vorstellung nach der anderen durch den Kopf gegangen ist, wie dieser Abend ausgehen könnte – fast alles schreckliche Vorstellungen –, bin ich endlich hier, schleiche mich um den Waterloo Block wie ein rebellischer Teenager, der sich aus dem Haus seiner Eltern stiehlt, um sich im Stadtpark mit WKD Blue volllaufen zu lassen.

Obwohl, meine Eltern gehörten sogar zu denen, die solchem Verhalten Vorschub leisteten. Ich entsinne mich, dass ich mit fünfzehn mal nebenbei erwähnte, eine Klassenkameradin schmeiße eine Party in Abwesenheit ihrer Eltern, mehr nicht – prompt lud Mum mich ins Auto, um gemeinsam eine Kiste Alcopops zu kaufen, und bot mir an, mich nach der Party abzuholen und nach Hause zu fahren. »Ganz gleich, um welche Uhrzeit. Je später, desto besser. Was hältst du von vier Uhr morgens?« Sie sorgte sich ständig, ich könnte nicht genug Freunde finden und mich immer mehr in mein Schneckenhaus zurückziehen. Sosehr sie es auch genoss, meine beste Freundin zu sein, ich wusste: Im Grunde machte sie sich Sorgen, irgendwann würde es mich reuen, niemanden in meinem Alter zu haben, dem ich mich anvertrauen konnte.

Die grellbunten Alcopops standen etliche Jahre in der Vorratskammer und machten mindestens drei Umzüge mit. Tatsächlich blieb ich in der Nacht der Party bis vier Uhr morgens wach, aber das lag daran, dass ich Northanger Abbey zu drei Vierteln gelesen hatte und es für mich gar nicht infrage kam, einzuschlafen, bevor ich wusste, ob Henry Tilney sich gegen seinen Vater auflehnen und die nicht standesgemäße Frau heiraten würde.

Mum würde vermutlich lachen, wenn sie jetzt sehen könnte, wer meine einzigen Freunde sind: über fünfzigjährige Beefeaters und ein paar intelligente Rabenvögel. Aber jetzt ist es so weit, im fortgeschrittenen Alter von sechsundzwanzig schleiche ich mich endlich aus dem Haus. Andererseits ist mir klar, dass ich auf dem Weg zu einer geheimen Bibliothek bin ... Manche Dinge ändern sich offenbar doch nicht. Ich öffne unseren Thread, gebe rasch eine Nachricht ein und stelle mir ihr Lächeln vor, wenn sie sie liest, wo immer sie auch sein mag. Wie ihre schiefen Zähne im Unterkiefer hinter ihrem Lippenstift hervorblitzen und sie liebevoll den Kopf schüttelt. Zu wissen, dass sie stolz auf meine kleine Rebellion wäre, macht die Vorstellung, von Dad und den Kameras ertappt zu werden, gleich etwas weniger beängstigend.

Ich schaue mich sorgfältig um, ob die Luft rein ist, und folge Freddie. Die Angst, die mich bei dem Gedanken erfüllt, etwas zu tun, was niemand von mir erwartet hätte, elektrisiert mich. Es lässt sich nicht leugnen, dass es merkwürdig aufregend ist, sich so völlig untypisch zu verhalten, und ich ignoriere die Stimme in meinem Hinterkopf, die mich daran erinnert, dass ich vor gerade mal zehn Minuten trocken würgend über dem Waschbecken im Bad hing, weil mir vor Angst schlecht war.

Freddie, immer noch in Uniform, führt mich zu einer sehr schmalen, aber schweren Bleitür in einer schattigen Ecke des Waterloo Blocks. Hier kommt man nur seitwärts gehend hinein, dennoch bleiben sowohl mein Bauch als auch mein Busen im Türrahmen hängen, und ich muss mich hindurchzwängen. Nur gut, dass es dunkel ist und in dem nur schwach beleuchteten Korridor die Schamesröte auf meinen Wangen nicht auffällt.

Freddie führt mich einen schmalen Gang entlang. Er ist gerade breit genug für mich, um bequem zu gehen, aber der hochgewachsene Gardist muss sich ein wenig ducken, um den tief hängenden Lampen auszuweichen und sich an den ausladenden Rahmen der Gemälde vorbeizudrücken, die die Wände säumen. Wir bewegen uns schweigend voran, und ich versuche zu erkennen, was vor mir liegt, aber sein breiter Rücken versperrt mir die Sicht. Stattdessen merke ich mir die Türen an den Wänden; sie sind nummeriert wie Hotelzimmertüren und allesamt mit Vorhängeschlössern gesichert. Nur der Klang unserer Schritte und unseres schweren Atems ist zu hören.

Innerlich verfluche ich Freddie und seine ellenlangen Beine und spüre, dass mir gleich der Schweiß ausbrechen wird, während ich versuche, mit ihm Schritt zu halten. Je länger wir diesen Gang durchschreiten, desto angespannter werde ich. Ich bin gekommen, ohne mehr zu wissen als den Vornamen des Mannes, der mich führt, und ich bin mir nicht wirklich sicher, worauf ich mich eingelassen habe. Was, wenn das Ganze eine Falle ist? Was, wenn Andy und Samantha plötzlich aus einer der Türen hervorspringen und in hinterhältiges Gekicher ausbrechen?

Mir ist, als hätten wir etliche Kilometer zurückgelegt, als ein schmaler Lichtstreifen das Ende des Korridors ankündigt. Tiefes Lachen und gedämpfte Unterhaltung sind zu hören. Als Freddie sich zu mir umdreht, sehe ich trotz der schwachen Beleuchtung, dass er ganz kurz verwundert die Stirne kraus zieht – aber offenbar bemerkt er meinen eigenen besorgten Gesichtsausdruck, und seine sorgenvolle Miene weicht einem breiten Grinsen. Natürlich sind seine Zähne vollkommen gerade, und ich lächle nervös zurück.

Wir gelangen an eine Tür, er dreht sich erneut zu mir um und wechselt zum vertraulicheren Du. »Okay, bevor wir hineingehen, muss ich dir sagen, dass du die erste Außenstehende bist, der jemals dieses Privileg gewährt wurde, und wenn du jemandem davon erzählst, bedenke: Ich weiß, wo du wohnst ...« Er wackelt im Scherz mit den Augenbrauen. Unsicher über den Wechsel zum Du und wie ich reagieren soll, nicke ich nur übereifrig, und er umfasst, anscheinend zufrieden mit dieser Antwort, den Türknauf.

»Ach ja, noch was ...« Wieder dreht er sich zu mir um, und ich, bereits darauf aus, die geheimnisvolle Tür zu durchschreiten, lande mit dem Gesicht auf seiner Brust, meine Hände streifen seinen Oberkörper und bleiben am polierten Koppel um seine Taille hängen. Freddie greift nach meinen Ellenbogen, um mich vor einem Sturz zu bewahren, als ich zurückstolpere. Als unsere Blicke sich treffen, zieht er hastig die Hände zurück, als bereue er, mich berührt zu haben. Ich murmele eine Entschuldigung, hebe meine Hände an meine Brust und ziehe mich in mich selbst zurück.

Er bringt nicht zu Ende, was er sagen wollte, und stößt stattdessen die Tür auf. Das Licht hinter der schweren Eichentür ist nach dem Dämmerlicht im Gang so hell, dass ich blinzeln muss. Zugleich versuche ich, das unbehagliche Gefühl abzuschütteln, das sich nach unserem peinlichen Zusammenstoß im Gang zwischen uns aufgebaut hat – vorzugsweise, bevor er mich wieder ansieht und bemerkt, dass mein Gesicht die Farbe seines Waffenrocks angenommen hat.

Freddie tritt zur Seite, und ich habe endlich freien Blick in den Raum vor mir: die Messe der Gardisten. Wir haben definitiv einen langen Weg zurückgelegt – siebzig Jahre zurück in die Vergangenheit, um genau zu sein. Ochsenblutfarbene Ledersofas sind an die Seite geschoben worden, kleine hellrot abgewetzte Stellen an den Armlehnen und Polstern weisen auf jahrzehntelange Nutzung hin. Mahagonimöbel säumen ringsum die Wände, und ein langer, ordentlich mit Platzmatten, unberührten Kristallgläsern und ebenso unberührtem, auf Hochglanz poliertem Besteck gedeckter Esstisch mit dunklen Holzstühlen steht ganz hinten im Raum. Ein Kronleuchter im Regency-Stil hängt an der hohen Decke, die tropfenförmigen Kristalle brechen das Licht, sodass das Interieur des Raumes in allen Regenbogenfarben angestrahlt wird. Das Ganze wirkt wie ein himmlischer Traum. Beinahe möchte ich Freddie fragen, ob ich gestorben bin und mich in einer Geisterwelt befinde.

Mittig an einer der Wände lodert ein Feuer im Kamin. Sein hölzernes Gesims ist bestoßen und fleckig, wird aber immer noch auf beiden Seiten von umwerfenden Kerzenleuchtern aus Silber geschmückt. Darüber hängt ein goldgerahmtes Gemälde vom Duke of Wellington; er trägt seine ordensgeschmückte Uniform und schwingt ein Schwert. Dabei schaut er nicht etwa in den Raum hinein, sondern wendet den Blick zur Seite, als stünden seine Männer hier, an diesem Ort, nicht unter seiner strengen Beobachtung.

Freddies Miene ist ernst. Die Konturen seines Gesichtes treten noch deutlicher hervor. Seine lange gerade Nase, die hohen Wangenknochen und das kantige Kinn wirken noch betonter, noch ausgeprägter. Unter dunklen Wimpern hervor sieht er sich mit geübten Augen im Raum um, ohne zu blinzeln. Seine Kameraden, die sich teils ihrer Uniform entledigt haben, gehen durch den Raum, und ich entnehme der leisen Unterhaltung, dass sie gerade von der Schlüsselzeremonie und einigen anderen Patrouillen zur abendlichen Sicherung des Towers zurück sind. Ihre Bärenfellmützen und weißen Koppel liegen überall verstreut herum. Zwei Herren, der eine blond, der andere dunkelhaarig, durchqueren den Raum, so in ihr Gespräch vertieft, dass sie mich nicht wahrnehmen. Der Blonde boxt dem anderen spielerisch gegen die Brust, während er sich daranmacht, seinen Waffenrock aufzuknöpfen.

Beide fahren sich perfekt synchronisiert mit den Händen durch die Haare, um sie zu lockern. Dort, wo sie eben noch vom Tragen der Mützen leicht feucht und an den Schädel geklatscht wirkten, werden sie plötzlich lebendig. Das makellose Image verflüchtigt sich, die statuengleiche Fassade der scheinbar völlig unzugänglichen Gardisten fällt.

»Sie hätten nicht hier sein sollen«, unterbricht Freddies Stimme mein Gegaffe. Selbst seine Worte klingen angespannt und steif, als er sie mir zwischen zusammengepressten Zähnen zuraunt. Meine Begeisterung hat sich gelegt, ist in dem endlosen Korridor zurückgeblieben und hat einer gewissen Peinlichkeit Platz gemacht.

»Ist schon in Ordnung, ich kann einfach ein andermal –« Das Auftauchen eines anderen Mannes, der mich weit überragt, unterbricht mich.

»Guildford, willst du diese schöne Lady ganz für dich behalten, oder willst du sie uns vorstellen?« Einer der Gardisten, ein Fidschianer, der sich seiner Uniform gänzlich entledigt hat und nur ein T-Shirt und eine Sporthose trägt, schlägt Freddie auf die Schulter und lehnt sich gegen ihn. Sein gebräunter Bizeps wird betont von Tribal-Tattoos, unter denen seine Muskeln spielen, als er Freddie spielerisch schüttelt. Ein ganz leichter Akzent ist in seinen Worten zu hören, als er mir ein perlweißes Lächeln zuwirft.

»Ah, ja ... tut mir leid! Maggie, dies ist Lance Corporal Mo Lomani.« Ich strecke dem Mann meine sommersprossige Hand entgegen und werfe Freddie dabei einen Blick von der Seite zu.

»Freut mich, dich kennenzulernen, Maggie.« Er küsst sanft meine Hand, und ich fahre mir mit der anderen Hand an die Wange, um zu verschleiern, dass ich rot anlaufe. »Obwohl ... normalerweise ziehe ich es vor, den Namen eines Mädchens zu kennen, bevor sie mir einen Blick auf ihre Unterwäsche gewährt.« Er zwinkert mir zu, und jetzt hat es ganz sicher keinen Zweck mehr, meine Verlegenheit verbergen zu wollen. Selbst meine Hände glühen inzwischen rot.

Freddie legt ihm eine Hand auf die Brust und schiebt ihn vorsichtig weg, sodass er seine Lippen von meinen Fingerknöcheln lösen muss. »Sie ist die Tochter eines Yeoman Warders, Mo. Sie steht also im Rang über dir und mir, und du solltest sie besser als Höhergestellte behandeln. Mach keinen Unsinn, hörst du? Du kannst es überhaupt nicht gebrauchen, schon wieder einen Sergeant Major am Hals zu haben, weil dein Charme dich in Schwierigkeiten gebracht hat.«

»Entschuldigen Sie, Ma'am.« Rasch nimmt Mo Haltung vor mir an. Obwohl Freddie rangniedriger ist, scheint er die größere Autorität zu haben.

»Bitte, hier bin ich nicht die Tochter eines Yeoman Warders. Hier bin ich einfach nur Maggie.«

Mo lacht leise und legt mir seinen Arm um die Schultern, beugt sich zu mir herab und flüstert mir ins Ohr. Sein Atem kitzelt ein wenig. »Siehst du, warum einige der Jungs ihm den Spitznamen Stiff verpasst haben?« Ich schaue kurz zu Freddie hinüber, dessen Miene immer noch unergründlich ist. Stiff – ja, das passt.

Ich erwidere Mos Lächeln und schaue mich im Raum um. Ganz allmählich fühle ich mich wohler, denn ich erkenne, dass unerwartete Gäste keineswegs unwillkommen sind – zumal Freddie in etwa so redselig ist wie im Dienst, wenn er die Kronjuwelen bewacht.

»Diesen Ort gibt es hier schon immer?« Meine notorische Wissbegier gewinnt die Oberhand, und ich gerate förmlich aus dem Häuschen. »Oh, Mann, ist das ein echtes Gewehr?«, frage ich und deute auf das Gewehr, das an einer der Wände hängt.

»Der ganze Waterloo Block wurde für die Soldaten aus Wellingtons Garnison gebaut.« Freddie scheint sich zu entspannen, als er bemerkt, wie interessiert ich bin. »Er hat die meisten Pubs im Tower geschlossen und eine strenge Sperrstunde verhängt, sodass die Jungs sich hier ihre eigene kleine Möglichkeit für Geselligkeit geschaffen haben, verborgen vor den Augen ihrer Vorgesetzten. Wenn ich mich nicht täusche, hat sich hier seit dem neunzehnten Jahrhundert nicht viel verändert.« Der Geschichtsfreak in mir hat gerade einen Orgasmus. »Und ja, das ist ein echtes Gewehr.« Er greift sanft nach meinem Handgelenk, als ich meine Hand nach dem polierten Lauf ausstrecke. Seine Finger umschließen meinen Arm mühelos und gleichzeitig so zart, dass mich sofort eine wohlige Gänsehaut überläuft. Rasch löse ich mich aus seinem Griff, bevor er davon etwas bemerken kann oder sich zwischen uns wieder eine unbehagliche Atmosphäre aufbaut.

Der Ausdruck, der ganz kurz in seinem Gesicht aufflackert, ist für mich nicht interpretierbar, und er dreht sich weg, bevor ich ihn genauer mustern kann. Mos herzliches Lachen erinnert mich daran, dass er auch noch da ist, und ich wende meine Aufmerksamkeit wieder ihm zu.

»Das hier ist einfach unglaublich! Ihr werdet mich nachher herauszerren müssen.« Meine Gedanken überschlagen sich, in meiner Fantasie sehe ich Gardisten aus vielen Jahrhunderten, die sich hier versteckt haben, genau wie wir jetzt. Mir ist, als bräuchte ich jetzt eigentlich eine brennende Zigarre in der einen und ein Glas Whisky in der anderen Hand.

Drei Männer in der Ecke fallen mir ins Auge. Mit geöffnetem Waffenrock stehen sie über verschiedene Instrumentenkoffer gebeugt. Einer von ihnen sieht keinen Tag älter als siebzehn aus, aber seine magere Gestalt überragt alle anderen im Raum. Seine Wangen sind mit Aknepusteln übersät, seine blonden Haare millimeterkurz rasiert. Er holt eine alte zerschrammte Geige aus einem der Instrumentenkoffer, drückt sie sich ans Kinn und zupft sanft an den Saiten, während der Mann neben ihm eine Bodhrán zutage fördert, eine irische Rahmentrommel. Der Trommler ist nur wenig kleiner als der

Geiger, aber beinahe doppelt so breit. Er scheint permanent zu lächeln, während er den Gesprächen um ihn herum lauscht, obwohl mir auffällt, dass er nicht ein einziges Mal selbst das Wort ergreift. Der dritte Mann des Trios ist ein Gitarrist. Ich muss nicht näher an ihn herangehen, um zu erkennen, dass ich verglichen mit ihm wie ein Berg wirke. Im Stehen ist er genauso groß wie der Trommler, der inzwischen neben ihm über seine Trommel gebeugt sitzt. Er hängt sich die Gitarre über die Schulter und verschwindet förmlich dahinter. Neben der Bohnenstange von einem Gardisten wirken die beiden nicht einmal wie Angehörige derselben Art, geschweige denn wie Bandkollegen und Kameraden.

»Ihr feiert eine Party?«, frage ich Mo, als ein anderer Gardist den Musikern ein Tablett mit Getränken bringt, während sie ihre Instrumente stimmen.

Er lächelt mich frech an. »Komm, ich stelle dich allen vor! Sie wollen unbedingt unseren besonderen Gast kennenlernen.«

»Besonderen Gast?« Mein Gesicht glüht, und ich schaue hinüber zu Freddie, aber der ist bereits am anderen Ende des Raumes und entfernt sich immer weiter von mir. Mein Seufzen löscht mein Lächeln aus, und ich trotte hinter Mo her. Jetzt bin ich wohl hier gestrandet. Freddie kann mir die Bibliothek auch ein andermal zeigen, falls er das dann noch möchte.

Mo führt mich als Erstes zu der Band hinüber. »Der an der Trommel ist Chaplin, Tiny spielt die Geige und Davidson die Gitarre. Sie werden uns heute Abend unterhalten. Jungs, das ist Maggie.«

Ich winke ihnen schüchtern zu, während Mo sich wieder zu meinem Ohr herabbeugt, um ein paar Zusatzinformationen loszuwerden: »Tiny ist eine unserer Krähen, das heißt, er kommt frisch aus der Ausbildung, und er hat seit sechs Monaten mit keiner Frau mehr gesprochen außer seiner Mutter. Ignoriere es also bitte einfach, wenn er dich anstarrt.« Tatsächlich, der schlaksige neue Rekrut sieht mich an wie ein Reh, das mitten auf der Straße vom Scheinwerferlicht eines Autos erfasst worden ist. Sein Mund steht offen, und er wacht erst aus seiner Trance auf, als seine Geige zu Boden poltert. Hastig bückt er sich, um sie aufzuheben, während Chaplin lautlos lacht und ihm beruhigend den Rücken tätschelt.

»Ich kann es kaum erwarten, euch Jungs spielen zu hören. Gehört ihr alle zum Musikkorps?«

Die Frage galt Chaplin, aber es ist Davidson, der antwortet. »Nein, Chaplin bläst am Ende der Schlüsselzeremonie ›The Last Post‹ auf dem Horn, aber das hier ist eher unser Hobby.«

»Chaplin ist ein Afghanistan-Veteran. Er, ähm, redet eigentlich nicht mehr.« Mir wird schwer ums Herz, als Mo mir das zuflüstert. Jetzt, wo ich so nah vor ihm stehe, sehe ich die feine Narbe auf seiner Wange. Sie zieht sich wie ein silbriges Band durch seine dunklen Bartstoppeln, und sein Lächeln wirkt ganz leicht schief, verzerrt durch den Zug der Narbe an seinen Lippen – allerdings scheint das sein freundliches Grinsen nicht zu beeinträchtigen, das er permanent zeigt. Mir schwirrt der Kopf, und ich kann mich nicht entscheiden, was ich jetzt sagen soll. Soll ich um Entschuldigung bitten? Ihm für seinen Dienst danken? Einfach nur die Klappe halten?

»Ich hoffe, du gehörst nicht zu den Hornisten, die es nie geschafft haben, die hohen Töne richtig zu treffen. Ich kann sie jeden Abend hören, wenn ich auf dem Balkon sitze, und es endet immer so ...« Ich wage einen absolut grauenhaften Versuch, die schrägen Töne nachzuahmen. Alle um mich herum lachen über meine Interpretation des »Last Post«, und Chaplin nickt anerkennend, schweigende Belustigung in seiner Miene. Sie sind nicht anders als die Beefeaters, nur sehr viel weniger korpulent und sehr viel weniger haarig. Mein Optimismus gewinnt die Oberhand, meine Nervosität beginnt sich zu legen. Vielleicht wird dieser Abend ja tatsächlich ein guter Abend.

Allerdings ist da ein Loch, wo eigentlich Freddie sein sollte. Ich kann mich nicht ganz auf die anderen konzentrieren, und instinktiv wandert mein Blick immer wieder durch den Raum auf der Suche nach seinen langen Gliedern und seinen unordentlichen Locken. Davidson erzählt mir gerade, wie Chaplin einmal die Schlüsselzeremonie verpennt und im letzten Moment »The Last Post« aus dem Fenster der Wachstube heraus angestimmt hat, da entdecke ich endlich Freddie. Er beobachtet uns über den Rand eines großen Whiskyglases hinweg. Als unsere Blicke sich treffen, schaut er weg, verlässt den Raum und ist wieder verschwunden.

Mo hat meine Unruhe offenbar bemerkt, legt mir seine schwere Hand auf die Schulter, sagt mir, ich solle einen Moment warten, und lässt mich mit der Band allein. Er durchquert den Raum und verschwindet hinter einem dicken Vorhang, von dem ich angenommen hatte, dass dahinter ein Fenster liege.

Ich wende mich wieder an Davidson, den Gitarristen. »Feiert ihr oft solche Partys?«, versuche ich, das Schweigen zu überbrücken.

»Nur zu besonderen Anlässen – Geburtstage und so. Oder manchmal, wenn wir einfach nur einen Drink brauchen, also ... tatsächlich sind wir vermutlich die meiste Zeit hier.«

»Ist heute ein besonderer Anlass?«

»Natürlich: Du bist hier.« Er sagt das so beiläufig, dass sein Charme seinen Mangel an körperlicher Größe mehr als wettmacht. Es funktioniert: Ich laufe rot an.

»Bist du schon lange Gardist?«, frage ich, als das Feuer auf meinen Wangen langsam erlischt.

»Ich bin das, was man einen Senior Guardsman nennt, das heißt, ich bin schon fast zwei Jahre hier«, erwidert Davidson und strafft sich dabei vor Stolz. »Die meisten anderen haben erst vor einem Jahr ihre Ausbildung gemacht, manche vor zwei Jahren. Das ist unsere erste Stationierung – wir werden sanft eingearbeitet. Außerdem werden wir dermaßen gedrillt, dass wir besser auf und ab marschieren können als die Älteren, also überlassen sie das uns. Meine Zeit ist allerdings fast um.«

»Wohin wird es dich verschlagen, wenn deine Stationierung hier vorbei ist?«

»Das weiß ich noch nicht so genau. Ich warte einfach ab, bis irgendein vornehmer Herr mir das sagt, und gehorche. Es hat keinen Sinn, auf irgendwas zu hoffen, weil einem kaum eine Wahl gelassen wird.« Das scheint ihn allerdings nicht besonders zu stören, und ich verstehe das. Als ich noch Kind war, wussten wir auch nie, ob wir in dem Haus bleiben würden, das wir gerade erst vollständig eingerichtet hatten, oder schon wieder anderswohin geschickt würden. Es ist, wie Davidson sagte: Das gehört zum Leben, man muss es akzeptieren, und je eher man sich damit abfindet, dass der Job das eigene Leben ist, desto leichter fällt es einem.

Mo kommt kurz darauf zurück, in seinen Pranken zwei Martinigläser mit einer undefinierbaren hellrosa Flüssigkeit darin. Sie schimmert im Licht, als er mir ein Glas reicht.

»Danke, aber ... was ist das?«

»Nennt sich Guardsman's Punch. Cantforth mixt ihn. Ich bin mir nicht sicher, ob wenigstens er weiß, was drin ist – es hat nämlich jedes Mal eine andere Farbe.« Vorsichtig hebe ich das Glas, um daran zu schnuppern; der Geruch sticht mir so in die Nase, dass ich sicher bin, all meine Nasenhaare versengt zu haben. Die Flüssigkeit riecht ähnlich wie ein mit Beerenduft aromatisierter Nagellackentferner und erinnert mich an Brans Partys in der Studentenwohnung, wo ich mir meinen eigenen Cocktail aus dem Inhalt sämtlicher fast leerer Schnapsflaschen mixte, die von der letzten Party übrig geblieben waren. Ich nehme ganz vorsichtig einen winzigen Schluck und kriege sofort einen Hustenanfall.

»Jesus Christus. Ist das das Zeug, mit dem ihr eure Waffen

reinigt, oder was?«, frage ich, während ich nach Luft ringe und mir Tränen in die Augen schießen.

»Davon wachsen dir Haare auf der Brust, so viel ist sicher«, mischt Davidson sich ein und lacht über meinen angewiderten Gesichtsausdruck. »Los, runter damit, und such dir einen Partner. Wir legen gleich los«, setzt er hinzu und schlägt probehalber einen Akkord auf seiner Gitarre an.

»Warte ... einen Partner?« Sie antworten nicht, also schütte ich rasch die ätzende Flüssigkeit in mich hinein und winde mich, so scheußlich schmeckt sie. Es würde mich nicht wundern, wenn ich jetzt Feuer speien könnte. Die kleine Gruppe Gardisten jubelt mir zu, und Mo schlägt mir anerkennend auf den Rücken. Das geheime Aufnahmeritual ist überstanden. Ich bin dankbar für den flüssigen Mut, als Tiny die Einleitung zu einer ziemlich peppigen Folk-Melodie spielt und Mo mich in die freie Mitte des Raumes zieht. Als Chaplin und Davidson mit einstimmen, greift Mo nach meiner rechten Hand und legt die andere respektvoll an meine Taille.

Wir tanzen. Verdammt, wir tanzen!

Für jemanden, der es kaum schafft, geradeaus zu gehen, kann Tanzen nur auf eine Weise enden: mit einem Unfall. Ich versuche zu protestieren. Die Atombombe von einem Cocktail reicht noch nicht ganz, um mich völlig von meinen Selbstzweifeln zu befreien. Mo lässt meine Hand los, aber im selben Moment, in dem sie frei ist, schnappt sie sich ein anderer. Freddie.

»Ich denke, der erste Tanz sollte für den Gastgeber reserviert sein, nicht wahr?« Er knufft Mo spielerisch in die Seite, zieht mich aus dessen Griff, und Mos schwere Hand weicht seinen langen Fingern. Als er seine andere Hand auf meinen Hüftknochen legt, verrät mich mein Körper, und ich ziehe hörbar scharf die Luft ein. Wärme durchströmt die komplette linke Seite meines Körpers, und ich versuche, dieses Gefühl zu unterdrücken. Meine Wangen brennen vor Hitze, und Freddie lacht leise.

»Ist das so? Gilt das auch dann, wenn der eigentliche Gastgeber seinen Gast im selben Moment im Stich lässt, in dem sie die Türschwelle überschritten haben?«, frage ich scherzend. Die Anspannung in meiner Stimme verrät vermutlich, wie stark seine Berührung auf mich wirkt.

»Mo schien alles im Griff zu haben. Wer weiß, vielleicht kannst du hier einen neuen Freund finden, dem nicht das Arschloch auf die Stirn geschrieben steht.« Das wärmende Kribbeln in meinem Körper lässt schlagartig nach, und meine Stimmung sinkt.

»Einen Soldaten?«

Er nickt.

»Meine Mum hat diesen Fehler vor vielen Jahren gemacht ... Ich weiß nicht recht, ob ich wirklich ihrem Beispiel folgen will.« Das Leuchten in seinem Gesicht erlischt, und er ist wieder der Freddie, den ich kenne. Meine rechte Hand, die er in seiner hält, wird immer feuchter, und ich entziehe sie ihm rasch, um sie an meiner Jeans zu trocknen.

»Schwitzige Hände, ich bin ganz glitschig und eklig.« Er schüttelt den Kopf, die Lippen ganz leicht zu einem Lächeln verzogen, greift rasch wieder nach meiner Hand und hält sie jetzt noch fester als zuvor.

»Ich musste mal bei einer Übung mit Mo in einem Zelt schlafen. Bis dahin wusste ich gar nicht, was Schwitzen ist. Ich dachte schon, es hätte geregnet und das Zelt wäre undicht, aber dann stellte sich heraus, dass er mich im Schlaf umarmt und an sich gedrückt hat. Wir waren beide klatschnass von seinem Schweiß. Glaub mir, eine feuchte Handfläche ist nichts dagegen.« Er schüttelt den Kopf, amüsiert sich über die Erinnerung und kriegt ganz sicher meinen angewiderten Blick auf Mo mit, der in einer Gruppe von Soldaten tanzt, die mir noch nicht vorgestellt wurden. Sie wirbeln sich abwechselnd im Freistil zur Musik im Kreis herum.

Ohne Vorwarnung hüpft Freddie mit mir mitten in den

Raum und dreht mich immer schneller, als wäre ich ein Fliegengewicht. Hysterisch lachend lande ich bei jedem zweiten Schritt auf Freddies Schuhen. Zu meinem Glück trägt er nicht mehr seine wunderschön polierten Stiefel. Ein rascher Blick nach unten, der dazu führt, dass ich Freddies extrem harten Brustkorb mit dem Kopf ramme, zeigt mir, dass er sie gegen ein Paar weicher weißer Sportschuhe getauscht hat.

»Ich habe geahnt, dass du dazu neigst, deinem Partner beim Tanzen auf die Zehen zu treten, deshalb habe ich die Schuhe gewechselt, während du hier mit Mo zusammen warst.« Er spricht direkt an meinem Ohr, sodass ich ihn trotz der Musik hören kann. Mit allen Sinnen nehme ich ihn wahr. Wir tanzen so eng, dass mir auffällt, dass der moschusartige Duft seines Aftershaves auch Zitrusnoten enthält, die perfekte Kombination von Süße, die mich umhüllt wie eine weiche Wolke. Ich kann nicht sagen, ob es am tödlichen alkoholischen Trank oder an der Erregung durch seine Nähe liegt – seine Hand an meiner Taille, der Duft seines Aftershaves, der sich auf meine Bluse überträgt, die Art, wie wir zusammen in halsbrecherischer Geschwindigkeit durch den Raum hüpfen –, aber ich bin berauscht.

Freddie führt uns tanzend in die Gruppe hinein. Wir wiegen uns zwischen ihnen, während sie im Takt klatschen und mit den Füßen stampfen. Jetzt zeigt niemand hier ein stoisches, starres Gesicht. Sie sind lebhaft, wie elektrisiert, und in Freddies Armen fühle ich mich lebendig wie lange nicht mehr.

Die Musik erreicht ihren Höhepunkt, und unsere Füße kommen endlich zum Stillstand. Mein Atem geht schwer, aber ich lächle, und jeder Atemzug, der meine Brust weitet, drückt mich fester gegen Freddie. Ich kann seinen rasenden Herzschlag spüren. Als Freddie auf mich herabschaut, ist es mir sogar gleichgültig, dass meine Haare an meinen Wangen kleben und meine Lippen kitzeln; es ist mir egal, dass mir Schweiß auf der Stirn steht. Er fährt mit seinem rauen Daumen über mein Gesicht, streicht meine Haare zur Seite und berührt dabei meine Unterlippe, als er die Strähne hinter mein Ohr streift. Das letzte bisschen Anspannung verfliegt, und zum ersten Mal an diesem Tag fühle ich mich ganz wie ich selbst.

Dann blinzelt er zweimal und löst seine Hände abrupt von mir. Bevor ich etwas sagen kann, wendet er sich wortlos ab und verschwindet hinter dem Vorhang.

9. KAPITEL

Selbst als die Band ihr zweites Stück anstimmt, kann ich meinen Blick nicht von dem Vorhang lösen, hinter dem Freddie so schnell verschwunden ist. Habe ich etwas falsch gemacht? Diskret schnuppere ich, ob mein Deo mich im Stich gelassen hat – ein Wunder wäre das nicht nach der wilden Tanzerei. Aber nein, alles in Ordnung. Es lief doch alles so gut, und ausnahmsweise habe ich einmal nichts gesagt, womit ich mich blamiert haben könnte. Frustriert seufzend schaue ich zur Decke, und als ich mich wieder dem Hier und Jetzt zuwende, hält mir jemand ein neues Glas mit pinker Flüssigkeit vor die Nase. Obwohl ich mich innerlich wegen des stechenden Geruchs winde, nehme ich den Drink entgegen, den Mo mir lächelnd reicht, und leere das Glas auf ex.

»Komm, wir verpassen ein tolles Stück!« Mos Dialekt ist ausgeprägter, als er die Musik zu übertönen versucht. Er zieht mich mit sich in den Kreis. In der Mitte versucht ein älterer Mann mit buschigem Schnurrbart zu tanzen. Er wirft die Beine mal hoch, mal zur Seite und schwingt seinen Kopf so heftig hin und her, dass es aussieht, als könnte er gleich abheben und durchs Fenster krachen. Jeder der Gardisten legt einen eigenen Two Step im Kreis hin, und ich beteilige mich instinktiv. Der Blonde und der Dunkelhaarige von vorhin treten gemeinsam in die Mitte und legen eine Choreografie aufs Parkett, die so ausgeklügelt ist, dass man sieht, wie viele Stunden sie immer wieder geübt haben müssen. Ihr Tanz erinnert mich an die Tänze, die Grundschüler sich auf dem Pausenhof ausdenken und aufführen. Der Blonde hüpft in Kauerstellung im Takt der Musik herum, während der Dunkelhaarige routiniert über ihm die Beine hochwirft. Ich mag gar nicht darüber nachdenken, wie oft der Kopf des Blonden beim Üben versehentlich von einem Stiefeltritt getroffen worden sein muss.

»Riley und Walker – die Entertainer des Zugs. Immer, wenn wir irgendwo stationiert werden, geben sie uns eine kleine Vorstellung, um die Stimmung zu heben. Sie haben uns sogar mal ihre eigene Version des Musicals Cats mitten im Dschungel von Belize vorgeführt«, klärt Mo mich auf. Ich nehme mir vor zu fragen, ob die Möglichkeit besteht, noch einmal eine solche Aufführung zu erleben.

Rileys Versuch, zur Folk-Melodie den Roboter zu machen, wird von Walker unterbrochen, der in Slapstickmanier so tut, als schlage er ihm ins Gesicht. Riley spielt mit, lässt seinen Kopf bei jedem vorgetäuschten Schlag heftig zur Seite zucken, reißt die Augen weit auf und setzt eine übertriebene Unschuldsmiene auf. Er gibt wirklich alles, und mir tut bereits das Zwerchfell weh, weil ich so sehr lachen muss.

Das Stück endet, und das Komikerduo verneigt sich, um den begeisterten Applaus entgegenzunehmen. Gleich darauf stimmen die Musiker eine neue Folk-Melodie an. Diesmal suchen sich auch diejenigen, die bisher abseits gestanden hatten, einen Partner, und stellen sich in zwei Reihen einander gegenüber auf. Mo steht vor mir und gibt mir lautlos zu verstehen: »Folge einfach meinem Beispiel.«

Die Partner neben uns tanzen ihre eigene Version eines schottischen Ceilidh-Tanzes. Nach einem Zusammenstoß mit dem Mann mit dem Schnurrbart, der vorhin so wild mit Kopf und Beinen geschlenkert hatte, erfahre ich, dass er Dick heißt. Ich bin mir nicht sicher, ob die Abkürzung für Richard steht oder für die gebräuchlichere Beleidigung, aber er scheint stolz zu sein, sich mir vorstellen zu können. Und obwohl ich ständig über meine eigenen Füße und die der anderen Tänzer stolpere, schaffe ich es, den Tanz ohne Verletzungen zu überstehen.

»Okay, ich bin erledigt! Ich brauche einen Drink.« Lachend lasse ich mich auf das Ledersofa fallen. Mo und Riley folgen links und rechts von mir, und Walker kommt als Letzter, eine halb leere Flasche Whisky in der Hand. Er tut so, als wolle er sich auf meinen Schoß setzen, und drängt sich gekonnt neben mich, indem er Riley ein Stück beiseiteschubst. Riley rächt sich, indem er sich die Flasche schnappt und einen gierigen Schluck nimmt. Er reicht sie weiter, und jeder von uns trinkt daraus. Ich zucke kaum mit der Wimper; obwohl das Zeug so schmeckt, wie ich mir den Geschmack von Benzin vorstelle, ist es absolut harmlos gegen den pinken Cocktail, der mir vorher gereicht wurde, und fließt recht leicht durch die Kehle.

»Also, hier nennt jeder jeden einfach nur beim Nachnamen?«, wende ich mich an Walker und Riley und unterbreche damit ihre Kabbelei, wer mehr vom Whisky geschluckt hat und dafür verantwortlich ist, dass die Flasche so rasch leer wird.

»Mehr oder weniger. Du kannst mich Jamie nennen, wenn du magst, aber vermutlich werde ich nicht darauf reagieren. Sogar meine Mum nennt mich nur noch Riley. Warte ... wie heißt du gleich noch?« Riley wendet sich an den anderen Partner seines Duos, der sich dramatisch an die Brust greift.

»Nichts da, das erzähle ich dir jetzt nicht.« Walker verschränkt in kindischem Trotz die Arme vor der Brust.

»Moment mal! Ihr zwei seid beste Freunde, arbeitet jeden Tag zusammen, aber du kennst nicht einmal seinen Vornamen?« Meine Worte kommen leicht genuschelt über meine Lippen, so verdattert bin ich.

»Aye. Ich würde mich für ihn opfern, aber darüber haben wir einfach nie gesprochen. Vermutlich habe ich ihn mal auf Facebook gesehen oder so, aber ich kann mich nicht entsinnen.« Riley zuckt die Achseln. Je mehr ich über Männer erfahre, desto mehr glaube ich, dass wir nicht einmal derselben Art angehören.

»Also, Walker, wie lautet er?« Er schaut mich verlegen an und murmelt etwas Unverständliches. »Häh? Wie war das?«

»Courtney.« Er spuckt den Namen beinahe aus, und er schlägt ein wie eine Bombe. Sowohl Riley als auch Mo verschlucken sich an ihrem Drink, so sehr müssen sie lachen.

»Okay ... okay ...«, suche ich hilflos nach einer besseren Antwort. Das ganze Sofa erbebt unter hysterischem Gelächter, selbst Courtney Walker lacht, obwohl er puterrot angelaufen ist. Mein rotes Gesicht verblasst daneben. »Dann also Walker.«

Die nächste Stunde verschwimmt in der Erinnerung zu einer Mischung aus Tanzen, Trinken und Wieder-zu-Atem-Kommen. Während wir einander zur Musik durch den Raum wirbeln, überkommt mich das Gefühl, tatsächlich ein paar Freunde gewonnen zu haben. Mo wirbelt mich so überraschend herum, dass ich tatsächlich den Boden unter den Füßen verliere, und ich gerate nicht einmal in Panik, weil er so mitbekommt, wie schwer ich bin.

Seitdem dreht sich der Raum um mich, und es hört nicht auf. Meine Füße fühlen sich nicht einmal mehr so an, als berührten sie den Boden, als ich am Kamin stehen bleibe, mich an seinem Sims abstütze und ungeduldig darauf warte, dass Freddie wieder auftaucht.

In meinem Rausch entscheide ich, dass er genug Zeit hatte, mir aus dem Weg zu gehen; ich bin nicht bereit, es ihm durchgehen zu lassen, dass er mich mitten auf der Tanzfläche stehen lassen hat, so wie Daniel Harris in der sechsten Klasse bei der Klassenparty. Schwankend überquere ich den Tanzboden und ziehe den Vorhang mit theatralischem Schwung zur Seite.

Dahinter verbergen sich Bücherregale, deckenhoch an allen Wänden, vollgestellt mit eingestaubten textil- und ledergebundenen Büchern. Die dunklen Holzregale lassen die harte künstliche Beleuchtung weicher erscheinen, sodass der Raum in einen warmen Lichtschimmer getaucht ist. Das muss die Bibliothek sein. Ich hatte schon fast vergessen, warum ich überhaupt hier bin. Der Frust, der mich eben noch beherrscht hat, legt sich, während ich mich ehrfürchtig umschaue. Eine wacklige Leiter auf Rollen lehnt an einem der Regale, und ich stelle mir vor, wie ich hinaufklettere und an den Regalen voller uralter Bücher entlanggleite. Alles, was ich mir in meiner Fantasie ausgemalt habe, basierend auf »Die Schöne und das Biest«, wird lebendig, das ganze versteckte Leben in der Bibliothek einer Burg, wo ich es allein mit Stiften schaffe, meinen unordentlichen Haarknoten festzustecken.

Ein Soldat, den ich noch nicht kennengelernt habe, taucht plötzlich vor mir auf, und in meiner Trunkenheit und dem Rausch des Anblicks der vielen Bücher bemerke ich ihn erst, als wir mit voller Wucht zusammenstoßen. Er ist nur wenige Zentimeter größer als ich, schaut mir also direkt ins Gesicht, als er mich auffängt. Wie die meisten hier ist er glatt rasiert, seine hellen Haare sind adrett kurz geschnitten, aber er hat etwas an sich, das ihn weniger einschüchternd wirken lässt als die anderen. Sein Kinn wirkt weich und rund, seine braunen Augen sind so groß, dass ich die haselnussbraunen Sprenkel in der Iris erkennen kann.

»Ah, du musst Maggie sein«, sagt er und lässt mich los, lässt aber seine Hände neben meinen Schultern schweben, als wolle er sichergehen, dass ich nicht einfach umkippe. »Ich bin Cantforth ... Cai. Und ich ahne, dass ... dies ein wenig mit mir zu tun hat.« Mit dem Finger deutet er auf mich, die ich schwankend vor ihm stehe und mich immer wieder kurz entweder an ihm oder am Vorhang festhalten muss, um auf den Beinen zu bleiben. »Das tut mir echt leid!«

»Hi. Demnach bist du derjenige, der die rosa Cocktails fabriziert.«

»Allerdings. Ich kann dir aber ein Glas Wasser holen, wenn du möchtest.« Er wendet sich ab, um zu gehen, aber ich greife rasch nach seinem Arm.

»Eigentlich suche ich Freddie. Hast du ihn gesehen?«

»Freddie? Wer ist ... Ach, du meinst Guildford? Ja, er ist dort drüben, an der Bar.« Ich folge seinem ausgestreckten Arm und gehe um das Bücherregal herum. Richtig, in der Ecke findet sich eine kleine Bar – bestückt mit verschiedenen Flaschen und Gläsern. Freddie hat sich daran gelehnt, eine Hand wühlt in seinen Locken, in der anderen schwenkt er die Flüssigkeit in seinem Glas so, wie er es auch mit seiner heißen Schokolade getan hat.

Dadurch, dass ich über meine eigenen Füße stolpere, während ich auf ihn zuwanke, reiße ich ihn aus seiner Träumerei. Ich winke ihm zu, er lacht leise und salutiert mir träge. Als ich endlich die Bar erreiche, versuche ich, mich lässig auf den Drehhocker neben ihn gleiten zu lassen, aber der Sitz dreht sich weg, und ich rutsche ab und knalle mit dem Ellenbogen gegen die Bar. Freddies Reflexe sind so gut, dass er es schafft, mich aufzufangen, bevor ich vor seinen Füßen zu Boden gehe. Diesmal hilft er mir zum Hocker zurück und hält den Sitz fest, sodass ich mich unfallfrei niederlassen kann. Als ich sicher sitze, schiebt er den Hocker mitsamt mir so an die Bar, dass meine Beine sie berühren und ich mich anlehnen kann wie er.

»Hast du dir wehgetan?«, fragt er leise, ohne den Blick von meinem Ellenbogen zu wenden. Ich reibe ihn, der Schmerz ist dumpf, betäubt vom Alkohol.

»Nein, nein, alles gut. Ich wäre nicht ich, wenn ich einen neuen Ort besuchen könnte, ohne mir ein paar Blessuren einzuhandeln.« Er nickt einfach nur und starrt wieder in seinen Whisky. »Du verschwindest andauernd. Lässt mich einfach stehen, als müsstest du vor Mitternacht zu Hause sein, weil deine Hose sich dann in Kohlblätter verwandelt oder so was.«

»Kann es sein, dass du als Kind eine schlechte Kopie von Cinderella gesehen hast?« Ein amüsiertes Lächeln zuckt um seine Lippen, und er nimmt einen Schluck aus seinem Glas.

»Das ist mehr als wahrscheinlich. Da gab es immer diesen einen Typen im Pub, der die Filme für ein Pfund verhökerte. Einmal sah ich eine Version von Der Herr der Ringe, in der nur vier Männer mitspielten. Sie wanderten in einem Wald umher, und einer von ihnen gab vor, ein Zauberer zu sein. Ziemlich verwirrend für eine Zehnjährige. Die richtige Version habe ich bis heute nicht gesehen.«

»Du machst Witze? Du hast Herr der Ringe nie gesehen? Auch nicht Der Hobbit?« Eben noch still und gedämpft, wirkt er auf einmal neugierig wie ein Kind.

»Nein. Weder noch. Was ich von der Fassung verstanden habe, die ich gesehen habe, geht es aber nur um Männer mit haarigen Füßen, die auf Wanderschaft gehen, richtig?«

Er schnappt übertrieben nach Luft. »Blasphemie!« Mit dem Finger deutet er auf mich, und ich rechne beinahe damit, dass ein mittelalterlicher Priester oder ein haariger Mann mit schütterem Vollbart um die Ecke biegt, um mich zu holen und zu bestrafen. »Obwohl ... wenn ich so darüber nachdenke, fasst das ganz gut zusammen, was passiert.«

»Ha!« Diesmal weise ich mit dem Finger auf ihn.

»Dir ist doch klar, dass ich jetzt dafür sorgen muss, dass du dir die Filme anschaust – in Langfassung, wohlgemerkt –, und wenn ich dich dafür in der Wachstube für elf Stunden an einen Stuhl vor dem Fernseher fesseln muss.«

»Elf Stunden? Du meine Güte. Du hast Glück, wenn du heutzutage meine Aufmerksamkeit länger als zehn Minuten fesseln kannst.« Dabei ist die Vorstellung, so viel Zeit mit ihm zu verbringen, durchaus reizvoll – ob mit haarigen Zauberern oder ohne. »Wenn ich mir Herr der Ringe ansehe, dann musst du dir mit mir eine Dokumentation anschauen. Oder Stolz und Vorurteil! Aber dann in der Version von 2005 mit Matthew Macfadyen als Mr. Darcy. Der bessere Mr. Darcy. Und ich werde auf jenem Hügel sterben.« Mein Plädoyer für meine Lieblings-Jane-Austen-Verfilmung gerät ein bisschen zu leidenschaftlich, ich erröte und wende meinen Blick von Freddie ab.

»Da hast du nicht unrecht.« Als ich ihn wieder anschaue, lächelt er. »Macfadyen entsprach dem Buch viel mehr als Colin Firth, der total sexy aussah, als er nur im Hemd aus dem Teich kletterte.« Und zack, schon ist Freddie für mich sexyer, als jeder Mann in einem historischen Kostüm, tropfnass und total verliebt, je sein könnte. Er sieht – und liest – Jane Austen? Der Mann ist mir wirklich ein Rätsel, aber mehr denn je eines, das ich lösen muss.

Offenbar habe ich ihn etwas zu lange wie hypnotisiert angestarrt, denn er ergreift wieder das Wort und reißt mich aus meiner Bewunderung. »Aber eine Dokumentation?«, fragt er. »Woran denkst du dabei?«

»Irgendeine Geschichtsepoche deiner Wahl. Nur nicht die Tudors. Sie können nach einer Weile etwas langweilig werden.« Damit deute ich auf das Fenster hinter uns, durch das man den von Scheinwerfern angestrahlten White Tower sieht.

Freddie streckt mir seine Hand entgegen, damit ich einschlage. »Fein, abgemacht.«

Ich will mir rasch die Hand an der Jeans reiben, aber er greift achselzuckend einfach nach ihr. Ich lächele, und wir schütteln uns die Hände. Wir haben ein Date. Na ja, vermutlich nicht wirklich, nur die Verabredung zweier Freunde, die sich gemeinsam ein paar Filme ansehen wollen, aber … es klingt definitiv aufregender, wenn man das ein Date nennt.

»Du bist also eine Art Geschichtsfreak?«

»Und du ein Fantasyfreak.«

»Touché.« Er hebt das Glas, prostet mir damit leicht zu und trinkt einen Schluck.

»Es ist schon schwer, an diesem Ort nicht wenigstens ein bisschen zum Geschichtsfan zu werden. Wellington hat sich vermutlich in diesem Raum aufgehalten, und einige dieser Bücher sehen sogar so alt aus, als hätten sie ihm gehören können.« Ich spüre, wie mich wieder Begeisterung packt, und drehe mich auf dem Hocker, um die Bücherregale an den Wänden anzusehen. Freude erfasst mich beim Gedanken, wie viele Finger ihre Seiten berührt haben.

»So habe ich das noch nie betrachtet.« Freddie dreht sich ebenfalls um, und wir starren beide eine Weile auf die farbenfrohen Buchrücken.

»Fühlst du dich nicht … überwältigt? Wir leben praktisch in der Geschichte. Jeden Schritt, den wir an diesem Ort tun, haben schon Könige und Königinnen getan, und all die Menschen, die buchstäblich all das geschaffen haben, worin wir leben.«

»Stell dir vor, was sie denken würden, wenn sie sehen könnten, was daraus geworden ist! Mos schrecklicher Tanzstil könnte jeden dazu bringen, aus dem Grab zu steigen.« Wir müssen beide lachen. »Hat er dir schon seinen berühmten Rasensprengertanz gezeigt?«

»Nein! Jetzt habe ich das Gefühl, etwas verpasst zu haben.«

»Das überrascht mich! Normalerweise ist er mehr als froh … Erinnere mich später daran, und ich werde ihn darum bitten. Wenn du ganz großes Glück hast, zeigt er dir vielleicht auch seinen Rasenmähertanz.«

Ich reiße meinen Blick von den Büchern los und nicke. Freddie schaut mich nicht an, als er weiterredet. »Weißt du, vielleicht reden sie in ein paar Jahrhunderten ganz genauso von dir.« Ich grinse verlegen. »Wer weiß …?«, setzt er hinzu, nimmt noch einen Schluck von seinem Drink und weicht dabei geflissentlich meinem Blick aus.

»Ha, wenn ich jemals in die Geschichte eingehe, dann höchstens damit, dass ich die ganze Anlage niederbrenne bei dem Versuch, mir ein getoastetes Käsesandwich zu machen.« Endlich begegnet er meinem Blick und zeigt beim Lächeln seine Zähne. »Lust auf einen weiteren Tanz? Jetzt muss ich unbedingt diesen Rasenmähertanz sehen.« Er nickt wortlos, steht auf, reicht mir die Hand, um mir von meinem Barhocker zu helfen, und ich nehme sie dankbar an, da ich immer noch unsicher auf den Beinen stehe.

Diesmal tanzen wir eher wie Teenager in der Disco als wie auf einem Dorffest. Mo zeigt mir beides, den Rasensprenger und den Rasenmäher. Zu Letzterem gehört eine spektakuläre Pantomime, wie er den Motor anreißt und ein paar krumme Bahnen auf dem Tanzboden mäht. Ich lerne sogar den Kettensägentanz von ihm, zu dem sehr viel heftiger mit dem Becken gezuckt wird als bei der Bedienung gefährlicher Gerätschaften ratsam. Als das Stück endet, zucken alle mit.

Die Band packt schließlich ihre Instrumente weg, und Freddie, Walker, Riley, Mo, Chaplin und ich lassen uns allesamt auf eines der größeren Sofas fallen. Obwohl es so groß ist, sitzen wir eng aneinandergedrängt, und Walker hockt praktisch auf Rileys Knie. Ich werde so fest gegen Freddie gedrückt, dass er seinen zwischen uns eingeklemmten Arm befreit und auf der Rückenlehne hinter mir ablegt.

»Also, du und Stiff, hmm?« Riley stupst mich vielsagend an, und Freddie zieht seinen Arm zurück.

»Oh, nein, nein ...«, wehre ich lachend ab und versuche damit, das Unbehagen und die Enttäuschung zu verbergen, die mich überkommen, als Freddie sich mir wieder entzieht. »Er war mir etwas schuldig, deshalb hat er mich hierher mitgenommen, um mir die Bibliothek zu zeigen. Ich muss zugeben, es hat mich wahnsinnig interessiert, was ihr Jungs hier so treibt, wenn ihr nicht draußen stillsteht. Ehrlich gesagt, hatte ich insgeheim gehofft, dass ein paar gut aussehende Männer unter diesen Bärenfellmützen stecken, aber darauf warte ich noch.« Ich zwinkere Riley zu, und der tut so, als hätte ich ihn zutiefst getroffen.

»Komm, ich bin noch keinem Mädchen begegnet, das dem hier widerstehen konnte.« Mo steht auf, spannt seinen Bizeps unter dem Hemd an. Als ich nur neckisch eine Augenbraue hochziehe, lässt er seine Brustmuskeln zucken. »Okay, okay, und wie steht es damit?«

»Setz dich hin, Corporal«, grummelt Freddie.

»Kein bisschen Geschmack!«, schnaubt Mo und setzt sich wieder, aber obwohl er sich größte Mühe gibt, beleidigt zu wirken, weil die ganze Gruppe seine »Talente« nicht zu würdigen weiß, zeigt das Grübchen in seiner linken Wange mir deutlich, dass auch er nur scherzt.

In dem Augenblick kommt Dick um die Ecke. Sein Schnauzbart ist ein wenig feucht von seinem letzten Drink, und er saugt betrunken daran. »Sorry, ich habe gelauscht«, sagt er. Er spricht undeutlich, wegen der dichten dunklen Barthaare in seinem Mund. »Für jeden dieser Burschen würde ich mein Leben riskieren, ganz ehrlich.« Mit väterlichem Lächeln klopft er Chaplin auf die Schulter. »Aber ich würde nie erlauben, dass einer von ihnen mein kleines Mädchen anfasst. Ich habe schon viel zu viel gesehen und weiß, was sie in den irischen Bars in Soho anstellen, um sie auch nur in die Nähe meiner Tochter zu lassen.« Alle um mich herum nicken zustimmend.

»Er hat recht. Riley versuchte letzte Woche, sich mit einem Mädchen ein Tanzduell zu liefern. Sie dachte, er hätte einen Krampfanfall, und holte den Manager«, spöttelt Walker, der immer noch halb auf dem Schoß seines Freundes sitzt. Daraufhin steht Riley so abrupt auf, dass Walker den Halt verliert und mit lautem Plumps auf dem Hintern landet. Er steht schnell wieder auf und reibt sich das Steißbein, scheint aber der Ansicht, dass sein Scherz das wert war.

Freddie ist wieder sehr still geworden, sitzt mit im Schoß gefalteten Händen da. Er beobachtet einfach nur, was um ihn herum geschieht, und macht keinen Versuch, sich zu beteiligen oder sich mit mir zu beschäftigen. Zum Glück kommt Cantforth zu uns herüber, ein Tablett mit Schnapsgläsern in den Händen. Diesmal enthalten sie eine leuchtend grüne

Flüssigkeit, aber abgesehen davon, dass sie genauso aussehen wie eine Ampulle mit Gift im Film, kippe ich gleich zwei davon, ohne mit der Wimper zu zucken. Die anderen tun es mir gleich, und Cantforth lässt sich mit dem Tablett voll leerer Gläser auf den Boden plumpsen.

»Du fährst vermutlich besser mit Dating-Apps – Tinder und so«, mischt er sich in das Gespräch ein. Wieder einmal laufe ich rot an, als mir bewusst wird, dass gerade die gesamte königliche Garde mir Tipps zur Partnerfindung gibt. »Mädchen haben auf solchen Plattformen nie Probleme, Dates zu ergattern, und du bist viel hübscher als die meisten anderen. Du hättest wahrscheinlich eher Mühe, dir die Kerle vom Leib zu halten.« Das gibt mir den Rest – vermutlich hat mein Gesicht jetzt die Farbe einer reifen Tomate. Mit Komplimenten kann ich nicht umgehen. Was soll ich jetzt tun? Ihm einfach nur danken? Wäre das eitel? Ihm zustimmen? Das wäre noch eitler. Ihm ebenfalls ein Kompliment machen? Zum Beispiel für seine Drinks? Oder seine Frisur? Das wäre höchstens peinlich.

Mit Ehrlichkeit komme ich vermutlich am weitesten. »Es wäre schön, wenn es wahr wäre, aber ich habe mich vor ein paar Tagen bei Tinder registriert und bis jetzt noch nicht mal Appetithäppchen bekommen.« Meinen Misserfolg einzugestehen ist mir zutiefst peinlich, und ich bin ihnen dankbar, dass keiner von ihnen mich auslacht.

»Na dann, zeig uns besser dein grauenhaftes Profil ...« Walker streckt seine Hand aus und gibt mir zu verstehen, dass ich mein Smartphone öffnen soll.

»W-was? Grauenhaft?«, stammele ich total verunsichert.

»Männer würden auf diesen Plattformen selbst für Kermit den Frosch einen Swipe nach rechts machen – sie sind wirklich nicht wählerisch. Du brauchst vermutlich nur ein bisschen Hilfestellung bei deinem Profil, denn ganz ehrlich, ich würde dich jederzeit einem Muppet vorziehen«, erläutert Mo.

Als ich zögernd mein Smartphone aus meiner Jeanstasche ziehe, beugt Freddie sich zu mir herüber und flüstert mir zu: »Bist du sicher? Du musst das nicht tun, weißt du – sie sind alle betrunken.«

»Das ist schon okay. Es ist mir recht«, erwidere ich ein bisschen angesäuert, dass er sich ausgerechnet jetzt einmischen will. Er zuckt nur die Achseln, ich reiche Mo mein Handy und gebe ihm ohne Zögern mein Passwort. Was kann schon schlimmstenfalls passieren? Sie könnten höchstens das Foto von dem Hautausschlag auf dem Rücken finden, das ich vor ein paar Wochen aufgenommen habe, um es mit Internetfotos zu vergleichen, und von dem mir die Google-Bildersuche weismachen wollte, ich hätte eine mittelalterliche Hautkrankheit.

»Ach, Maggie«, sagt Mo seufzend und sieht mich verzweifelt an. Die anderen drängen sich um ihn, überfliegen mein Profil und werfen mir alle denselben mitleidigen Blick zu.

»Was? Liegt es am Foto? An der Bio?«

»Maggie, du hättest ebenso gut einfach schreiben können: ›Ich habe kein Interesse‹ oder ›Ich bin komplett uninteressant‹. Offen gesagt, manche Leute würden trotzdem vielleicht einen Swipe nach rechts machen, aber dann – auf diesem Foto kann man so gut wie nichts von deinem Gesicht erkennen.« Er dreht mir das Display zu. Ganz unrecht hat er nicht; das Foto wurde aus größerer Entfernung aufgenommen, und der Blick des Betrachters fällt automatisch auf meinen Dad und den White Tower. Ich bin im Grunde nur ein unscharfer fuchsroter Fleck in der Ecke.

»Du hast recht. Das weiß ich. Ich ... Das ist einfach nicht so mein Ding.« Hilfesuchend schaue ich Freddie an, aber der sieht nur starr geradeaus, nippt an seinem Drink und ist anscheinend völlig unbeteiligt. Vielleicht hat er ein Problem mit größeren Gruppen.

»Wir bringen das in Ordnung. Heute Abend noch! Jetzt

sofort.« Riley taucht hinter Mos breitem Rücken auf. Er wirkt ziemlich aufgedreht.

»Oh, nein, nein ... das braucht ihr nicht zu tun.« Ich protestiere, versuche schwach, mein Smartphone zurückzuerobern. Vergebens, denn sie sind bereits dabei, die Fotos darauf zu durchsuchen. Jetzt wird es richtig peinlich. Die Verlegenheit, die der Alkohol bis eben noch abschwächen konnte, bricht sich Bahn, und knallige Röte schießt in mein Gesicht. Cantforth schleicht sich zu mir und reicht mir einen neuen Drink – und ich bin dankbar, mir damit neuen Mut antrinken zu können.

Zwischen den Schlucken kaue ich nervös auf meiner Unterlippe herum, die Hände im Schoß gefaltet, als säße ich wartend vor dem Büro des Schuldirektors, um mir eine Standpauke abzuholen. Leises Murmeln und gedämpftes Flüstern sind aus der Runde zu hören, bis Walker schließlich das Wort ergreift: »Tja, wenn wir ein Profil für deine Katze erstellen wollten, wären wir auf eine wahre Goldgrube gestoßen.«

Da steht Freddie urplötzlich auf und reißt Riley mein Smartphone aus der Hand. Verwirrt frage ich mich, worüber er sich ärgern könnte, aber er dreht sich zu mir um und visiert mein Gesicht an. Er macht Fotos von mir, viele Fotos, geht dabei von einer Seite zur anderen, um meinen verdutzten Gesichtsausdruck aus jedem nur denkbaren Winkel einzufangen.

»Sie sieht jetzt nett genug aus, also warum nicht einfach neue Aufnahmen machen?«, erklärt er rundheraus und fotografiert immer weiter.

»Nun, die werden jetzt wohl nicht gerade gut ausfallen, nicht wahr, Mr. Paparazzi? Es sei denn, du willst sie für eine Lösegelderpressung verwenden!« Mo packt ihn an der Schulter: Ihm ist mein Ausdruck von Überrumpelung und leichter Furcht nicht entgangen. Sanft löst er mein Handy aus Freddies Griff und setzt sich schwungvoll ans andere Ende des Sofas. Plötzlich habe ich einen ziemlich üblen Geschmack im

Mund und muss schlucken. Das war ... merkwürdig. Schlagartig bin ich nüchtern und wünsche mir, Cantforth, der Barkeeper, der anscheinend Gedanken lesen kann, würde wieder auftauchen und mir nachschenken. Allmählich dämmert mir, in welcher Lage ich wirklich bin, und wenn Mo nicht der außergewöhnlich muskulöse Fidschianer wäre, dessen Körper dem eines Halbgottes gleicht, hätte ich versucht, ihm mein Handy zu entreißen.

Diesmal ergreift Chaplin die Initiative, nimmt sacht mein Handy an sich, bevor er sich mir zuwendet und mir die Hand reicht, um mir aufzuhelfen. Das Mitgefühl in seiner Miene beruhigt mich sofort, und ich nehme sein Angebot an, ohne nachzudenken. Niemand folgt uns, als er mich hinter den Vorhang und an die Bar führt. Er schnappt sich eine große Flasche Alkohol aus dem Regal, schüttet ihn in ein Glas, gibt einen Spritzer Zitronensaft hinein und bietet mir den Drink an. Ich greife zu und kippe ihn in mich hinein. Der Geschmack ist überraschend gut, und ich bin Chaplin dankbar für seine sanfte Freundlichkeit. Er bereitet sich ebenfalls einen Drink zu und setzt sich schweigend neben mich, holt mein Smartphone aus seiner Tasche, öffnet es, legt es auf die Theke vor mir und zeigt mir eins der vielen Fotos, die Freddie geschossen hat.

Vielleicht liegt es daran, dass mir alles vor Augen verschwimmt, weil ich betrunken bin, aber das Bild, das er gewählt hat, ist tatsächlich kein bisschen scheußlich. Ich kann ehrlich sagen, dass ich darauf beinahe hübsch aussehe. Meine Augen sind weit geöffnet, und das weiche Licht der Messe bringt die verschiedenen Grüntöne meiner Iris bestens zur Geltung. Mein Mund ist leicht geöffnet vor Überraschung, die Lippen ein wenig aufgeworfen; sie schimmern warm rosa, eine Farbe, die bestens zum alkoholbedingten Leuchtfeuer auf meinen Wangen passt. Freddie hat mich völlig unvorbereitet erwischt, sodass ich gar keine Gelegenheit hatte, mich wie üblich nervös in mich selbst zurückzuziehen und zusammenzukauern. Chaplin neben mir schenkt mir schweigend ein strahlendes Lächeln und nickt. Ich erwidere sein Nicken, und angenehme Wärme steigt in mir auf. Ein ungewohntes, fremdartiges Gefühl erfasst mich ... aber ich glaube, dass ich mich tatsächlich zum ersten Mal als schön empfinde.

Er nimmt mein Handy wieder an sich, tut so, als nähme er ein Foto auf, und schaut mich fragend an. Ich verstehe, dass er weitere Fotos von mir machen möchte, und nicke, immer noch leicht lächelnd. Er zeigt mir, welche Pose ich einnehmen soll: Auf dem Barhocker sitzend, lehnt er sich gegen die Theke, stützt seinen Kopf in eine Hand und bedeutet mir, das nachzumachen. Ich folge seinen Anweisungen, und er schießt rasch ein paar Bilder. Dann zeigt er mir noch ein paar Haltungen, die ich, so gut ich kann, nachahme, und als ich auf seinen Versuch, ein Schmollgesicht zu machen, mit Kichern reagiere, schießt er ein weiteres, völlig ungestelltes Foto und fängt mein echtes Lachen ein.

Es sind nur wenige Minuten vergangen, in denen ich ihm Modell gesessen habe, da umfangen zwei Paar starke Arme von hinten meine Schultern – Mo, Riley, Walker und Freddie tauchen auf und nehmen mich in die Mitte für ein Gruppenfoto. Mo fährt mir neckisch mit seiner Hand durch die Haare und wuschelt sie durch, dass sie nach allen Seiten abstehen. Im Gegenzug nehme ich ihn in den Schwitzkasten und rubble mit den Fingerknöcheln in seinen Haaren. Es wäre eine Leichtigkeit für ihn, sich aus meinem spielerischen Griff zu befreien, aber er nimmt das Ganze gutmütig hin. Als Walker und Riley wieder die Aufmerksamkeit auf sich ziehen, indem sie sich auf dem Fußboden einen Ringkampf liefern, lässt Freddie sich mein Handy von Chaplin geben. Bevor er es mir zurückgibt, holt er sein eigenes aus der Tasche und gibt etwas ein, von dem ich nur vermuten kann, dass es meine Telefonnummer ist. Ich wende den Blick ab, als er seine heimliche

Aktion beendet. Er kommt zu mir, schiebt mir diskret mein Gerät in die Gesäßtasche und richtet seine Aufmerksamkeit auf seine Kameraden, die sich vor unseren Füßen auf dem Boden wälzen.

»Jetzt kann ich dich anrufen«, flüstert er mir leise ins Ohr, wobei wir beide es tunlichst vermeiden, einander anzusehen. Nur mit Mühe kann ich mein Pokerface wahren, damit niemand merkt: Mein Herz schlägt so heftig, dass eine Erdbebenmessung einen hohen Wert auf der Richterskala anzeigen würde.

Mag sein, dass der Alkohol schuld ist, aber etwas an diesem Moment fühlt sich völlig natürlich an. Ich schaue mir das Foto an, das erst Sekunden zuvor aufgenommen wurde, und erkenne, dass ich mich mühelos in diese Szene einfüge. Wenigstens ein einziges Mal im Leben steche ich nicht hervor wie ein gigantischer fuchsroter Daumen. Mich mit den Jungs, die ich erst vor wenigen Stunden kennengelernt habe, vor Lachen auszuschütten kommt mir bereits ganz normal vor, ja, beinahe behaglich. Jeder Einzelne von ihnen unterscheidet sich deutlich von den anderen, sie alle haben eine unterschiedliche Geschichte, und doch wird kein Einziger von ihnen abschätzig behandelt. Und sie tun das auch nicht mit mir. Sie scherzen mit mir, als gehörte ich zu ihnen, sie haben mich so akzeptiert, wie ich bin, und ich fühle mich ausnahmsweise mal rundum wohl.

Das Foto schicke ich Mum. Es würde ihr ein Lächeln entlocken.

10. KAPITEL

Es war ein Fehler. Ein gewaltiger Fehler.

Stöhnend drehe ich mich im Bett um. Mein Gehirn pulsiert und schlägt dabei so hart gegen meinen Schädel, dass er sicherlich gleich explodieren und seinen Inhalt im ganzen Zimmer verteilen wird. Uff, wieso ist mir ausgerechnet dieser Gedanke gekommen? Es würgt mich heftig bei dem Bild vor meinem geistigen Auge, und mir wird klar, dass die Wahrscheinlichkeit, meinen gesamten Mageninhalt wie ein Geschoss im Zimmer zu verteilen, schlagartig sehr viel größer geworden ist.

Ich springe auf, aber die plötzliche Bewegung lässt mich erneut würgen, und ich muss mich am Kopfbrett des Bettes festhalten. Der Versuch, mich durch mein Zimmer zu navigieren, um das Bad zu erreichen, fühlt sich so an, als würde ich versuchen, mich in der Matrix zurechtzufinden. Der Teppich wirkt extrem einladend; grauer Flor mit zwei angebrochenen Packungen Käse-Zwiebel-Chips, einer leeren Packung Mikrowellenreis und meiner kreuz und quer verteilten Unterwäsche kommt mir im Moment wie eine superbequeme Matratze aus Memoryschaum in einem Luxushotel vor. Ich falle so elegant wie eine Spinne auf Rollschuhen auf die Knie, der Drang, mich zu übergeben, droht die Oberhand zu gewinnen, und ich zittere, kämpfe mit aller Macht dagegen an. Tatsächlich erinnert mich diese Haltung an Cromwell, wenn er geräuschvoll versucht, sich eines großen Haarballens zu entledigen.

Mir bleibt nicht mehr viel Zeit, also krieche ich auf Händen und Knien zur Toilette – und erreiche sie gerade noch rechtzeitig. Als ich das Schlimmste hinter mir habe, lasse ich meine Wange auf die Toilettenbrille sinken und schließe die Augen, unfähig, den Kopf zu heben. Das erweist sich als überraschend bequem; tatsächlich nehme ich mir vor, den restlichen Tag einfach hierzubleiben.

So schlafe ich ein und werde vom lauten Klingeln meines Handys geweckt, immer noch mit dem Gesicht auf der harten Plastikbrille. Auf Händen und Knien krieche ich zurück in mein Zimmer, und mich überrollt eine weitere Welle von Übelkeit, als ich Kevins Namen auf dem Display sehe. Ich nehme nicht ab, weiß ich doch bereits, dass er anruft, weil ich zu spät bin. Widerwillig schlurfe ich in meinem Zimmer herum, mit der Eleganz einer Nacktschnecke, die gerade Salz gefressen hat und innerlich verbrennt. Nachdem ich mir die Zähne geputzt habe, werfe ich bedauerlicherweise noch einen Blick in den Spiegel und stelle fest, dass die Kante der Toilettenbrille eine ausgesprochen attraktive Druckstelle auf meiner Wange hinterlassen hat. Zu verkatert und immer noch betrunken genug, um mich davon beeindrucken zu lassen, salutiere ich Mum auf dem Weg aus dem Haus und stolpere zur Arbeit.

Unterwegs schaffe ich es kaum, Holly und Duke, dem unzertrennlichen Rabenpaar, Guten Morgen zu sagen. Duke ist der größte und älteste der Rabenbande; er ist in etwa so groß wie ein kleines Kind und dafür bekannt, dass er sich schon mal mit Kindern anlegt, um sich eine Tüte Chips zu erkämpfen. Dennoch ist Holly die Furchteinflößendere von beiden. Sie sind verpaart, und wohin sie geht, dahin folgt er ihr. Er hüpft hinter ihr her, als wäre er ihr größter Fan. Warum, ist leicht ersichtlich: Sie ist atemberaubend schön, ihre Federn sind immer perfekt geglättet. Zweifellos ist sie die Königin der Raben – und sie weiß das. Selbst ich fühle mich abschätzend von ihr gemustert, wenn der Blick ihrer schwarzen Augen mir über den Innenhof folgt. Ich stelle mir vor, wie sie missbilligend schnalzt und murrend meine hängenden Schultern oder meine zerknitterte Bluse kommentiert. Oft schon habe ich gesehen, wie sie Dukes Federn ordnet – wie eine Ehefrau, die die Krawatte ihres Ehemanns richtet, bevor er zur Arbeit geht, während er sich unter ihrem Getue windet.

Unter ihrem wachsamen Blick löse ich mich gewaltsam von dem Zaunpfahl, an den ich mich gelehnt habe, und schleppe mich weiter. Ich bin bereits über zwanzig Minuten zu spät dran und fühle mich so kaputt, dass ich nicht mal die Energie aufbringe, um mich darüber zu ärgern, dass ich heute Abend wieder einmal dazu verdonnert sein werde, die Tageseinnahmen im Safe des White Towers einzuschließen.

Für Kevin bringe ich nur einen Grunzlaut zustande, als ich das Büro durchquere; er ruft mir etwas zu, aber ich halte mir die Ohren zu. Mein Körper reagiert auf seine Stimme genauso wie auf den Alarmton meines iPhones; ich spüre sie in jeder meiner Synapsen, und sie reagieren alle gleich – mit einem Signal, das meinen Magen auffordert, sich erneut zu übergeben. An meinem Platz lasse ich mich auf meinen Stuhl fallen und den Kopf auf das kühle Furnier des Schreibtischs sinken. Die geschlossene Blende des Ticketschalters sperrt das Licht fast vollständig aus, aber trotzdem wirkt heute alles ein bisschen greller und aufdringlicher. Stöhnend verkrieche ich mich tiefer in meine Wolljacke und ruhe für einen Moment meine Augen aus.

»Margaret, was zum Teufel treibst du eigentlich? Nicht mehr lange, und die Schlange reicht bis zum Buckingham-Palast zurück.« Der Klang von Kevins Stimme und das lästige Klacken seiner Absätze reißen mich aus meinem Nickerchen. Schlaftrunken stoße ich meine Computermaus an, und der Bildschirm leuchtet hell auf: 14:35 Uhr. Ich habe es tatsächlich geschafft, unbemerkt fast vier Stunden zu schlafen! Warum habe ich das eigentlich noch nie getan? Hastig reibe ich mir den Schlaf aus den Augen, ziehe die Blende hoch und logge mich ein, bevor Kevin bei mir ist. Als er um die Ecke kommt, drehe ich mich auf meinem Stuhl um und schaue ihn an.

»Ja, was ist denn?« Er mustert meinen Schalter und mich von oben bis unten. Rasch wische ich mir den getrockneten Speichel aus dem Mundwinkel, als seine Augen schmal werden. Er kann nicht entdecken, was er finden wollte, und zieht sich wutschnaubend zurück.

Bis kurz vor fünf ist es mir tatsächlich gelungen, ganze drei Plätze zu finden, wohin ich mich verdrücken und ein Nickerchen machen kann. Nummer eins ist natürlich an meinem Schreibtisch, wo ich mir nicht einmal die Mühe mache, mich zu verstecken – es hat auch Vorteile, die Unbeliebteste im Büro zu sein, weshalb niemand sonderlich auf mich achtet. Nummer zwei befindet sich unter den Regalen in dem Lagerraum, den Kevin nur sehr selten betritt, um einen misstönenden Furz fahren zu lassen, und das ist ein kleiner Preis, den ich willig zahle, um meinen Rausch auszuschlafen. Nummer drei: Ganze zehn Minuten konnte ich aufrecht auf der Toilette sitzend pennen, das Gesicht bequem an den Papierrollenhalter gelehnt, das Höschen um meine Knöchel hängend. Das war nicht gerade meine Sternstunde, aber wenn der Kopf sich so anfühlt, als würde darin jemand Flipper spielen, dann würde ich glatt eine meiner Nieren verscherbeln für ein Zehn-Minuten-Nickerchen.

Es ist immer noch aufdringlich hell, als ich am Ende meines Arbeitstages ins Freie trete, wieder einmal schwer beladen mit der Tasche mit den Tageseinnahmen. Dem feurigen Ball am Himmel den Mittelfinger zeigend, brauche ich mehrere Minuten, bis ich meine Augen ganz öffnen kann. Ich will nicht überdramatisieren, aber die Welt fühlt sich so an, als nehme sie mich in die Zange: die nach wie vor wütenden Kopfschmerzen, die schwere Tasche auf meiner Schulter, meine Haare, die mir immer wieder ins Gesicht fallen und es wagen, mich im Nacken zu kitzeln. Ich bin nur einen lästigen Juckreiz davon entfernt, einen Wutanfall zu bekommen und mich einfach auf den kalten Betonboden zu legen.

Als hätte mich der Wind gehört, erfasst mich eine Böe, und meine roten Haarsträhnen fliegen mir in den Mund. Laut ächzend werfe ich die Tasche zu Boden, lasse mich auf den Bordstein fallen und reibe mir so heftig die Augen, dass ich sicher bin zu sehen, wie meine Kopfschmerzen sich bewegen und stechende Blitze über meine Augenlider schicken.

»Großer Gott, und ich dachte, Riley wäre heute Morgen die menschliche Verkörperung eines Katers ...« Hastig stehe ich auf, als ich die Stimme höre. Zu hastig, wie es sich erweist; vor meinen Augen verschwimmt alles, und Freddie packt mich am Arm, weil ich ins Taumeln gerate.

»Ich habe keine Ahnung, was in diesem rosa Zeug war, aber zusammengebraut war es vom Teufel.«

Er hält immer noch meinen Unterarm fest, während ich mir vor Schmerz den Kopf halte. Mit einem seiner langen Finger reibt er ihn langsam. Der Schmerz klingt ab, und ich kann mich nur auf die warme Reibung seiner Fingerspitzen konzentrieren, auf die instinktive tröstende Bewegung, die meine Haut sofort mit angenehmer Wärme erfüllt.

»Das war meine Schuld. Ich hätte dir die erste und einzige Regel nennen sollen, die in der Messe –«

»Sprich niemals darüber?«, werfe ich ein. Ein wahnsinnig schlechter Witz, und der brennende Schmerz, der direkt auf mein Lachen darüber folgt, ist sogar noch übler. Freddie verdreht die Augen und lacht kurz auf. Seine Finger liegen immer noch auf meinem Arm, und geistesabwesend streichelt er meine Haut. Ich glaube sogar, dass er selbst das nicht einmal bemerkt.

»Nein, du kannst davon erzählen, so viel du willst. Ich bin mir ziemlich sicher, dass dir sowieso niemand glauben würde. Die erste und einzige Regel lautet: Nimm niemals einen Drink von Cantforth an. Er bildet sich ein, er wäre eine Art verrückter Professor, wenn er all diese Tränke zusammenbraut, von denen ich ziemlich sicher glaube, dass sie als Sprengstoff benutzt werden könnten.«

»Komm schon, Mann, du hattest nur einen Job«, sage ich. Er lacht in sich hinein, streicht mir eine Haarsträhne, die sich in meinen Mundwinkel verirrt hat, hinters Ohr – immerhin eine Strähne auf meinem Kopf, die jetzt ordentlich ist.

Kälte erfasst meinen Arm, als Freddie ihn loslässt, und der plötzliche Verlust seiner Berührung macht sich so heftig bemerkbar, dass ich mich zusammenreißen muss, um nicht nach ihm zu greifen. Endlich gelingt es mir, meine Augen ganz zu öffnen, ohne dass es sich so anfühlt, als hätte mir eine Wikingeraxt den Schädel gespalten, und ich sehe, dass er gar nicht seinen roten Waffenrock und das Koppel trägt. Trotzdem wirkt er immer noch überraschend förmlich in seinem perfekt gebügelten weißen Hemd und seiner engen grauen Stoffhose. Ich frage mich, ob er überhaupt eine Jeans besitzt. Oder ein T-Shirt. Hängt dieser Mann jemals einfach nur auf seinem Sofa ab, im Schlafanzug, einen Rest Pizza vom Vortag in sich hineinstopfend? Kastanienbraune Locken kringeln sich auf seinem Kopf, noch leicht feucht von der Dusche. Sie sind das Einzige an ihm, das nicht so aussieht wie einem Katalog entsprungen. Die Ärmel seines Hemdes hat er sich bis an die Ellenbogen hochgekrempelt, und mir fällt auf, wie stark seine Venen unter der blassen Haut sind, als er die Fäuste ballt.

»Willst du irgendwohin?«, frage ich ihn, da er so aussieht, als sei er auf dem Weg zu einem Geschäftsmeeting oder zu einem Date mit einer eleganten Dame der feinen Gesellschaft, die ihre wöchentlichen Lebensmitteleinkäufe bei Harrods erledigt.

Freddie reagiert, indem er sich bückt, die Tasche mit dem Geld aufhebt und sie sich so mühelos über die Schulter wirft, als sei sie leer. »Ich stand heute Morgen um halb neun auf meinem Posten, und wenn ich dich zur Arbeit hasten sehe, heißt das normalerweise, dass es etwa neun ist. Heute Morgen warst du viel zu spät dran, denn als du auftauchtest, tat mir bereits der Rücken weh. Und mir fiel wieder ein, was du gesagt hattest: dass dein Boss dich bestraft. Da dachte ich, du kannst ein wenig Beistand gebrauchen ... wegen der Gespenster ...« Er deutet auf die Tasche auf seiner Schulter, als er unsicher verstummt.

Ich weiß nicht einmal, was ich von all dem zuerst verarbeiten sollte. Die Tatsache, dass er an jedem Morgen, an dem er hier ist, nach mir Ausschau hält? Dass er sich noch an unser Gespräch über das Kellergewölbe erinnert? Oder dass er gekommen ist, um mir beizustehen für den Fall, dass ich Angst habe? In der Ferne sehe ich Bob, der gerade dabei ist, das Haupttor zu schließen. Dafür muss er die letzten Besucher nach draußen scheuchen und einigen wenigen nachlaufen, die versuchen, mit den flauschigen Kopfhörern ihrer Audioguides auf den Ohren abzuhauen.

»Ich bin mir nicht sicher, ob du weißt, worauf du dich einlässt. Du magst ja ein großer starker Soldat sein, aber ich werde dir nicht die Hand halten, wenn die Geister nach deiner anderen Hand greifen. Es heißt, da unten gebe es ein kleines Mädchen. Irgendwer aus der Presseabteilung hat es anscheinend singen hören«, scherze ich lachend. Seine Augen weiten sich gerade genug, dass es mir auffällt. Tatsächlich würde ich viel lieber ernsthaft mit ihm reden, möchte ihn fragen, was gestern Abend los war, warum er mich dorthin eingeladen hat, nur um zu verschwinden, als ich gerade mit ihm warm wurde.

Allerdings ... glaube ich, ich kenne die Antwort bereits. Schließlich hat er für mein Tinderprofil Fotos von mir gemacht! Das tut kein Mann, der mich für sich selbst haben möchte. Freddie ist einfach nur ein Freund. Im Grunde noch nicht einmal das, wenn ich recht überlege, denn ich weiß immer noch kaum etwas über ihn. Je eher ich akzeptiere, dass er sich nicht für mich interessiert, desto besser. Wieso sollte auch ein Mann, der so aussieht, als wäre er gerade von den Dreharbeiten für einen Hollywoodfilm gekommen, jemandem wie mir Beachtung schenken? Ich bin einfach nur ein Kumpel. Ich war immer einfach nur ein Kumpel.

»Wie aufregend. Ich hoffe, sie kennt ein Stück von Metallica oder vielleicht auch Iron Maiden. Ich könnte ihr meine Luftgitarre vorführen.« Jetzt verdrehe ich die Augen. Offensichtlich zufrieden mit seinem Witz, geht er voran, die Tasche mit dem Geld immer noch über die Schulter geworfen. Als ich nicht gleich folge, ruft er mir zu: »Kommst du jetzt? Oder muss ich mir selbst die Hand halten?«

»Ich halte sie dir nicht!«, rufe ich zurück und setze mich in Trab, um zu ihm aufzuschließen, nach Kräften bemüht, meinen Kater zu ignorieren.

Als es mir schließlich gelingt, ihn einzuholen – gar nicht so einfach bei seinen langen Beinen –, zieht er eine kleine Schachtel aus seiner Hosentasche und reicht sie mir. Schmerztabletten. »Ich dachte, du kannst sie vielleicht gebrauchen.« Ich danke ihm und schlucke gleich zwei trocken hinunter, zu ungeduldig, den Schmerz loszuwerden, als dass ich auf ein Glas Wasser warten könnte.

Es gibt keinen schlechteren Zeitpunkt, das Towergelände zu überqueren, als jetzt. Ganze Horden von Angestellten verlassen es eilig über die Zugbrücke, auf der Freddie und ich hineingehen. Neugierige Augen mustern Freddie. Seine schlanke Gestalt und seine äußere Erscheinung – wie ein Prinz aus einem Disneyfilm – machen ihn zum Magneten für verlangende oder neidische Blicke. Und diese Blicke wandern dann automatisch zu mir, und bei jedem wird mir bewusster, dass ich dem Vergleich mit ihm nicht standhalten kann. Mein Gesicht lässt zweifellos erkennen, dass ich eine durchzechte Nacht hinter mir habe, meine Haare sehen aus, als hätte sich eine streunende Katze auf meinem Kopf niedergelassen, und mein Körper ist, wie immer, peinlich groß. Weder fett noch mager, einfach nur schlaksige Glieder und wabbelige Teile. Um mein Gesicht zu wahren, winke ich jedem zum Abschied zu und lächle höflich, aber bei jeder Gruppe, an der wir vorbeigehen, lasse ich mich immer weiter zurückfallen, bis eine angenehme Distanz zwischen Freddie und mir liegt.

Vor allem der Gedanke an die Kameras macht mich nervös. Die Beefeaters, mein Dad eingeschlossen, scherzen gern bei ihren Touristenführungen, sie bräuchten sich keine Sorgen zu machen, dass ihre Kinder heimlich herumschleichen und irgendwelchen Unsinn im Tower anstellen.

»Sie haben nicht nur Eltern, die allesamt ehemalige Sergeant Majors sind«, erklärt mein Dad am Ende jeder Führung frech grinsend. »Sie haben außerdem zweiunddreißig Paten als Nachbarn, die ebenfalls allesamt ehemalige Sergeant Majors sind, und ihnen entgeht nichts. Und selbst wenn, dann erwischen sie die Kameras, die jeden Quadratzentimeter des Geländes vom White Tower bis zur Tower Hill Station abdecken. Also, auch wenn wir nicht hier sind, wird garantiert irgendjemand berichten, wo sie sind, was sie anhaben, mit wem sie zusammen sind, wann sie nach Hause kommen und was sie zum Frühstück essen.«

Für meinen Dad, der im letzten Jahr mehr von mir gesehen hat als in den ersten zwanzig Jahren meines Lebens, bin und bleibe ich immer acht Jahre alt. Vermutlich ist es auch nicht hilfreich, dass ich nie der Typ war, der gern Partys feiert oder sich mit Jungs herumtreibt. Wenn mich jetzt also jemand dabei sieht, dass ich etwas tue, was nicht ganz koscher scheint, gilt das gleich als Wunder, als etwas, worüber sich die Leute die Mäuler zerreißen. Jeder meiner Schritte wird dokumentiert und meinem Dad übermittelt – und den anderen Beefeaters, die alle gleichermaßen den Drang haben, mich zu beschützen. Das ging so weit, dass gleich mindestens fünf von ihnen mich nach meiner Trennung von Bran fragten, ob ich es gern hätte, dass sie ihm eine Lektion erteilen. Es ist wirklich kein Wunder, dass ich mit sechsundzwanzig nur eine Kerbe in meinen Bettpfosten schneiden konnte; meine »romantischste« Begegnung im letzten Jahr bestand in einer flüchtigen Berührung der Hände des gut aussehenden Kassierers im Supermarkt, als er mir meine Einkaufstüte reichte.

Ab und zu sieht Freddie sich nach mir um, und jedes Mal bin ich noch weiter hinter ihn zurückgefallen. Er sagt nichts, wartet auch nicht, dass ich ihn einhole, sondern nickt nur grüßend den Entgegenkommenden zu und geht schnurstracks in Richtung White Tower.

Als wir die Holztreppe erreichen, die hineinführt, fällt mir ein, dass ich den Schlüssel habe, und ich beeile mich, ihn zu überholen. Auf dem Treppenabsatz vor der Tür angekommen, bin ich außer Atem. Obwohl ich zu verbergen versuche, dass ich kurz vor einem Asthmaanfall stehe, nur weil ich ein paar Stufen hochgestiegen bin, ringe ich keuchend nach Luft. Sacht nimmt Freddie mir den Schlüssel aus der Hand, schließt auf und hält mir die Tür auf, damit ich vor ihm die ehemalige Waffenwerkstatt der englischen Könige, einen Teil der Royal Armouries, des nationalen britischen Museums für Waffen und Rüstungen, betreten kann.

Die ausgestellten Rüstungen klappern leise, als wir zusammen über die Holzdielen gehen. »Wie lange arbeitest du schon hier?« Seine Stimme zerreißt das Schweigen des dunklen Raumes, in dem das weiche Licht, das durch ein weit entferntes Fenster fällt, von den Helmen auf einem Regal so reflektiert wird, dass es einen Teil seines Gesichts beleuchtet. Er sieht aus wie in meinem Traum.

»Zu lange. Eigentlich sollte es nur vorübergehend nach der Uni sein. Dad war hier, und ich wollte immer zu den Wächtern gehören. Sie sind wandelnde Geschichtsbücher, wissen einfach alles über jedes Detail dieser Mauern und können sich jeden Tag intensiv damit beschäftigen. Stattdessen bin ich im

Ticketverkauf hängen geblieben und kann mir alles nur von außen ansehen.«

»Kannst du nicht wechseln?«

»Das habe ich versucht. Ich habe den nötigen Abschluss gemacht, monatelang gelernt. Dad hat mich sogar hierher mitgenommen und mich abgefragt. Ich glaube, auf die Weise hat er versucht, eine Beziehung zu mir aufzubauen, weißt du, nachdem Mum ... Aber sie haben mich nicht einmal zu einem Vorstellungsgespräch eingeladen. Also habe ich meine Wünsche und mein Wissen einfach weggesperrt ...« Damit klopfe ich mir leicht gegen die Schläfe. »Dad spricht immer noch davon, versucht, mich dazu zu bringen, hier mit ihm zu üben – für den Fall der Fälle –, aber es hat keinen Zweck mehr.«

»Warum nicht? Ich meine, warum haben sie dich nicht zu einem Vorstellungsgespräch eingeladen?« Er ist stehen geblieben und schaut mich höchst interessiert an.

»Es gibt Gerüchte, dass die Beefeaters und auch ihre Kinder beim neuen Management nicht sehr beliebt sind. Dad meinte, das läge daran, dass wir zu viel wissen und deshalb gern von den vorab genehmigten Geschichten abweichen, die sie den Touristen auftischen wollen. Ich hatte es gewagt, in einer historischen Sehenswürdigkeit die Geschichte wichtig zu nehmen. Ich habe sogar ein paar traumatisierende Monate lang Kevin wirklich den Arsch geküsst und mich bemüht, eine halbwegs anständige Ticketverkäuferin zu sein, damit mir niemand etwas vorwerfen konnte und sie vielleicht in Erwägung zogen, mich zu befördern, aber nichts da. Nichts davon hat funktioniert, also habe ich den Versuch aufgegeben, und jetzt habe ich keine Chance mehr. Die offizielle Ausrede lautet, der Zylinder passe vermutlich nicht über meine Haare. Offenbar gibt es sehr strenge Uniformregeln.«

»Komm, leg los ... unterhalte mich! Welche ist das hier?« Freddie deutet auf eine mächtige Rüstung, die beleuchtet in einem Glaskasten steht. Die Genitalkapsel fällt einem sofort ins Auge. Groß wie eine Männerfaust ragt die abnehmbare Metallkapsel nach vorn. Sie schreit förmlich, dass hier jemand etwas überkompensieren wollte. Die Rüstung wäre etwa so groß wie Freddie, stünde sie auf dem Boden, aber da der Schaukasten auf einem Podest aufgebaut ist, überragt sie uns beide. Beinahe so breit wie hoch, ist der Brustpanzer leicht gebogen, um einem rundlicheren Körper Platz zu bieten, und mächtige Panzerhandschuhe aus Metall sitzen an den Armen. Mir schießt durch den Kopf, wie froh ich bin, dass Freddie bei mir ist. Sonst würde glatt meine Fantasie mit mir durchgehen, und ich würde mir vorstellen, wie diese schreckliche Rüstung monstergleich zum Leben erwacht und mich durch den Raum jagt.

»Das ist die Rüstung eines Mannes, der seinen leistungsschwachen Penis mit einer Genitalkapsel überspielen möchte, die so groß ist, dass sie einen blenden könnte.«

»Ist das eine der Geschichten, die du dir für dein Vorstellungsgespräch angeeignet hast? Falls ja, dann kann ich verstehen, warum sie nicht wollen, dass du Kindern Geschichte erklärst ...«, meint er neckend mit dem Anflug eines Lächelns.

»Okay, okay, das ist die Rüstung von Heinrich VIII., angefertigt 1540. Sie war damals unglaublich teuer, weil er so ein Hüne von einem Mann war.« Ich deute auf den Schaukasten daneben, in dem Ersatz-Panzerhandschuhe und verschiedene Metallteile ausgestellt sind. »Da liegen übrigens kleinere Zubehörteile, die man an der Rüstung befestigen konnte, damit sie verschiedenen Zwecken diente. Das heißt, diese Rüstung hat vier verschiedene Verwendungsmöglichkeiten. Brillante Ingenieurskunst. Die Genitalkapsel hat allerdings offensichtlich mehr mit Imponiergehabe zu tun. Ich kann mir nicht vorstellen, warum er ... das« – ich deute auf das gut männerfaustgroße Teil – »zu einem größeren Ziel für seinen Feind machen wollte. Man muss es einfach anstarren, findest du nicht auch?«

Freddie kichert und nickt. »Es ist ziemlich protzig.«

»Es heißt, als die Rüstung in Viktorianischer Zeit erstmals ausgestellt wurde, wurden Frauen dazu ermuntert, sie zu besichtigen und das Ding zu reiben – zur Steigerung der Fruchtbarkeit. Ich glaube allerdings nicht, dass ich darauf Lust gehabt hätte. Seine Syphilis war vermutlich so ansteckend, dass ich befürchten würde, mich zu infizieren, wenn ich das Ding nur berühre.«

Ebenso angewidert wie amüsiert verzieht er das Gesicht. »Er ist ja auch nicht gerade ein Musterbeispiel für Fruchtbarkeit, nicht wahr? Was kannst du hierzu sagen?« Lächelnd blickt er auf eine winzige Rüstung hinunter. Sie ist kaum einen Meter hoch und mit luxuriös mit Schuppenmuster verziertem Helm ausgestattet, dessen Spitze in die obere Hälfte eines Drachenkopfes ausläuft, der zu den Schulterstücken passt. An den Helm angeschweißt ist ein kleinerer Metalldrache mit weit aufgerissenem Maul – von ferne wirkt er allerdings eher wie ein Irokesenschnitt.

»Es ist nicht wirklich gesichert, wem diese Rüstung zugedacht war. Manche sagen, es sei eine Kinderrüstung, getragen von verschiedenen Prinzen. Eine andere Geschichte deutet darauf hin, dass sie für einen kleinwüchsigen Unterhaltungskünstler gedacht gewesen sein könnte: Jeffrey Hudson, der im siebzehnten Jahrhundert der Königin Henrietta Maria von Frankreich gehörte. Er hat siegreich im Englischen Bürgerkrieg gekämpft und wurde zum Feldherrn befördert.«

Freddie hört aufmerksam zu, während er die Rüstung ehrfürchtig bestaunt.

»Ich glaube, mir würde eine so kleine Rüstung, die auf dem Schlachtfeld quasi aus dem Nichts auf mich zurast, viel mehr Angst einjagen als das Riesending daneben. Heinrich konnte sich darin mit Sicherheit nur schrecklich langsam bewegen.« Sein Blick wandert zurück zu der alles überragenden eisernen Rüstung des berüchtigten Königs. Dann lässt er die Tasche mit dem Geld, unsere in Vergessenheit geratene Aufgabe, zu

Boden gleiten, um sich die winzige Rüstung daneben auf Augenhöhe anzuschauen. Eine Weile betrachtet er sie höchst interessiert, wobei er mir gelegentlich ein jungenhaftes Lächeln zuwirft. Ich habe das Gefühl, er könnte jeden Moment sein Gesicht an die Scheibe drücken wie ein Kind am Eisstand, das sich angesichts der angebotenen Geschmacksrichtungen einfach nicht entscheiden kann.

»Unglaublich, einfach unglaublich. Stell dir nur vor, was diese Rüstung alles gesehen haben muss.« Ungläubig schüttelt Freddie den Kopf. Mich durchflutet ein warmer Anflug von Stolz, so sehr freue ich mich, dass jemand mir und den Geschichten, die ich erzähle, zuhört. Und das obendrein mit Begeisterung!

»Wenn du möchtest, kann ich dir auch die Schilde zeigen. Ooh, und dann gibt es gleich da drüben einen Brustpanzer, der von einer Kanonenkugel durchschossen wurde! Oder sollte ich dir die Kanonen zeigen?« Jetzt bin ich in meinem Element, und ich kann meine freudige Erregung nicht mehr verbergen.

Freddie lacht nicht etwa oder macht sich lustig über meinen Eifer, nein, er lächelt nur und nickt. Seine weißen Zähne blitzen leicht zwischen seinen Lippen hervor, so nah dran sind diese, in ein breites Grinsen zu verfallen. »Zeig mir alles, was du erwähnt hast.«

In meiner Fantasie schließe ich ihn in die Arme und danke ihm wieder und wieder, aber ich unterdrücke den überdrehten Impuls und deute mit ausgestrecktem Arm auf das nächste Ausstellungsstück. »Bitte hier entlang, Sir, damit wir die Führung beginnen können.« Er folgt beschwingten Schrittes.

Die Tasche mit dem Geld lassen wir vor dem Schaukasten liegen, unter Bewachung von König Heinrich selbst, und beim Gang durch die einzelnen Bereiche des Museums verlieren wir jegliches Zeitgefühl. Ich höre nicht einmal auf zu reden, als die Sonne untergeht und wir uns in beinahe vollständiger

Dunkelheit bewegen, in der nur die schwache Beleuchtung einzelner Schaukästen uns den Weg weist.

Ich bin gerade mitten in einem Vortrag darüber, wie die Fenster gestaltet wurden, um die Kanonen hindurchhieven zu können, als Freddies Smartphone deutlich in seiner Tasche vibriert. Er holt es hervor, wirft einen kurzen Blick auf die Anruferkennung und schiebt es zurück in seine Tasche. Seine Miene ist so undurchdringlich wie immer, wenn er seine Bärenfellmütze trägt. »Es ist schon fast sieben!«, erklärt er abrupt, und seine jungenhafte Begeisterung ist wie fortgeblasen. Das reicht, um mich ernüchtern und meine angeregte Stimmung verfliegen zu lassen. Mir ist, als hätte ein Gespenst mich berührt, meine freudige Zuversicht aus meinem Körper herausgesogen und ihn genauso tot und leer zurückgelassen, wie es selbst ist. Alles, was ich eben noch hätte erzählen können, ist vergessen, und ich kann nur noch daran denken, dass Freddie wieder einmal verschwinden wird wie schon öfter.

»Oh, ja, natürlich. Der Safe. Du kannst gern gehen, wenn du musst.« Wir gehen zurück dorthin, wo ich meine Führung begonnen habe, ich nehme die Tasche an mich und nicke Heinrich meinen Dank dafür zu, dass er über sie gewacht hat. »Ich komme allein zurecht. Du musst vermutlich zurück an die Arbeit, immer im Dienst und so ...«

»Nein, nein, nein. Du hast mir Geister versprochen, und ich habe noch keine gesehen, also kann ich jetzt noch nicht gehen.« Erneut nimmt er mir die Tasche ab und tritt zur Seite, damit ich vorausgehen kann. Die Wärme, die mich plötzlich wieder durchflutet, ist so überwältigend, dass ich tatsächlich an ihm vorbeihüpfe.

Seinem Blick weiche ich aus, aber ich höre, dass er leise kichert. »Ignorier das bitte einfach, ich weiß auch nicht, was über mich gekommen ist.« Dennoch ist es mir ausnahmsweise kein bisschen peinlich. Freddies Lachen und der Gedanke, dass ich es ihm noch einmal entlocken könnte, verschaffen mir größere Befriedigung als alles, was Bran jemals im Bett mit mir angestellt hat. Allzu viel gehört allerdings auch nicht dazu; ganze sieben Jahre lang hat er fast immer nur an meinem Beckenknochen gerieben, ohne dem Ziel wirklich näher zu kommen.

Freddie folgt mir die Treppen hinunter, und je tiefer wir gelangen, desto mehr Angst steigt in mir auf. Auf halbem Wege bleibe ich stehen, um ihn zu fragen, ob er vorausgehen möchte – mit der halbherzigen Ausrede, Gästen den Vortritt zu lassen –, aber er grinst nur süffisant und bedeutet mir, einfach weiterzugehen. An der schiefen Tür angekommen, bleiben wir beide stehen und starren sie eine Weile an. Sein süffisantes Grinsen ist wie weggewischt, als er den Luftzug spürt, der ihm um die Fußknöchel streicht.

»Bist du bereit?«, frage ich ihn mit einem Seitenblick. Er zuckt nervös und kaut auf seiner Unterlippe. Als er allerdings bemerkt, dass ich ihn in einem Moment der Schwäche ertappt habe, reißt er sich zusammen, hüstelt und richtet sich kerzengerade auf.

»Ja, ja, natürlich.« Mit den Händen packt er die Riemen der Tasche und verdreht sie unbehaglich, als ich mich der Tür nähere. »Warte, du hast nur gescherzt, als du von Geistern gesprochen hast, richtig?« Er sieht zum Anbeißen aus, mit leicht gerunzelter Stirn, die Lippen so fest zusammengepresst, dass man sie kaum noch sieht.

»Du wirst schon sehen.« Ich stoße die Tür auf, und ein kalter Windstoß begrüßt uns. Freddie weicht instinktiv einen Schritt zurück, als wappne er sich gegen einen drohenden Angriff. Mühsam unterdrücke ich ein Lachen, aber bevor ich ihn necken kann, betritt er den schwach beleuchteten Gang, die Tasche hoch über seinen Kopf erhoben, und stürzt sich die Treppe hinunter in den Kampf. Ich schaue ihm von oben nach und krümme mich vor Lachen, als er einen schrillen Kampfschrei ausstößt. Unten angekommen, hat ihn das Nichts verschluckt wie einen Penny, den man in einen Brunnen geworfen hat.

»Ähm, ich weiß leider nicht, wie ich hineingelangen soll«, ruft er aus der Dunkelheit nach oben. Mit vor hysterischem Lachen immer noch zuckenden Schultern überlege ich keine Sekunde und laufe ohne Zögern schnell die Treppe hinunter.

»Komm schon, Maggie, wo bleibt dein Schlachtruf!« Leises Lachen klingt in seiner Stimme mit. Sein tröstlicher Bass reicht völlig aus, um mich zu ermuntern, einen tierischen Schrei auszustoßen und die letzten Stufen in hohem Tempo zu nehmen. Gerade als ich die vorletzte Stufe erreiche, überschätze ich deren Breite, trete ins Leere und stürze auf den Safe zu. Immer dasselbe Scheißding, das mich umzubringen versucht. Man sollte doch wirklich meinen, dass ich inzwischen meine Lektion gelernt hätte – wahrscheinlich liegt es an all den Gehirnerschütterungen, die ich mir dabei geholt habe. Beinahe in Zeitlupe erlebe ich meinen Sturz, wappne mich und reiße die Hände vors Gesicht, um nicht schon wieder ein blaues Auge erklären zu müssen. Aber der Zusammenprall bleibt aus.

Als ich die Hände sinken lasse, stelle ich fest, dass ich mich regelrecht in Freddies Brust verkeilt habe. Ich spüre die Wölbung seiner Brustmuskulatur an meiner Wange, seiner Bizepse um meine Taille. Obwohl ich nicht gerade die Zierlichste bin, hat sein Körper mich völlig umfangen. Näher könnte ich ihm nicht sein, selbst wenn ich wollte. In dieser intimen Nähe überlagert der leichte Duft von Pfefferminze sein holziges Eau de Cologne, und ich komme sofort zu dem Schluss, dass ich so sterben möchte: erstickt an dem weichen Leinenstoff von Freddies Hemd, erdrückt von seinen vollkommenen Muskeln und ertränkt in seinem Aftershave, wie immer es auch heißen mag.

»Wie du es bisher geschafft hast zu überleben, ist das größte Rätsel der Menschheit. Kannst du wirklich keinen einzigen

Tag überstehen, ohne mit dem Gesicht voran mit irgendetwas zusammenzustoßen?« Seine Brust vibriert bei seinen Worten und zuckt ganz schwach unter seinem Lachen.

Zögernd löse ich mich aus seiner Umarmung und wische mir unbehaglich die Hände an meiner Hose ab. »Würdest du mir glauben, wenn ich dir sage, dass ich mir noch nie etwas gebrochen habe?«

Noch bevor ich den Satz zu Ende gebracht habe, antwortet er. »Auf keinen Fall.«

»Okay, ja. Ich glaube, ich habe mir irgendwann mal die Nase gebrochen.« Damit deute ich auf die schiefe Katastrophe in meinem Gesicht. »Aber noch nichts Wichtigeres.« Seine Gesichtszüge sind in dem schwachen Licht für mich kaum auszumachen, und er hat anscheinend dasselbe Problem, denn er fährt mit einem seiner langen Finger sacht an meiner Nase entlang, folgt ihrem krummen Pfad abwärts bis zur Spitze.

Dabei brummt er etwas Unverständliches in sich hinein und dreht sich zum Safe um. »Hast du den Code?«, fragt er mit einem verlegenen Räuspern.

»Ja, tut mir leid, ich öffne ihn«, murmele ich und schiebe mich an ihm vorbei, um zum Safe zu gelangen und das Einstellrad zu drehen. Es klickt und knirscht in der Stille, die sich über uns gelegt hat, bevor die Tür sich mit einem leisen Ping öffnet. Freddie stopft die Tasche hinein. Er muss sie festhalten, während ich die schwere Metalltür bis auf einen Spalt zuschiebe, und ich knalle sie ins Schloss, als er seinen Arm blitzschnell zurückzieht.

Kaum ist der Safe sicher verschlossen, wende ich mich zu ihm um. Wie eng wir zusammenstehen, wird noch klarer, als mein Busen dabei seine Brust streift. Aber er rückt sogar noch näher. Brust an Brust, sorgt meine Befürchtung, er könne spüren, wie mein Herz gegen meine Rippen schlägt, nur dafür, dass sein Schlag sich noch mehr beschleunigt. Ich muss meinen Kopf in den Nacken legen, um zu verhindern, dass mein Gesicht seinen Hals streift, sosehr ich auch versucht bin, herauszufinden, ob sein Aftershave so gut schmeckt, wie es riecht. Okay, das ist ein sonderbarer Gedanke.

Ich versuche, mich von meinen verrückten Überlegungen abzulenken, indem ich sein Gesicht intensiv mustere. Seine Miene wirkt weich, entspannt, und ich beneide ihn um seine Selbstbeherrschung. Ich bin mir absolut sicher, dass meine Knie nachgeben würden, wenn das Gewicht seines Körpers mich nicht an den Safe drücken würde. Wahrscheinlich wäre ich zu seinen Füßen zerflossen. Mit einer Hand berührt er zögernd meine Wange, schiebt mit dem Daumen ein paar verirrte Haarsträhnen aus meinen Augen. Mein Körper reagiert, indem er näher rückt.

Sanft und doch fest zugleich nimmt er mein Gesicht in seine Hände und nähert sich mit seinem. Wir sind einander so nah, dass sein Atem meine Lippen streift und jeder Quadratzentimeter meiner Haut darum bettelt, dass er den letzten geringen Abstand zwischen uns auch noch überbrückt.

Da schaltet sich plötzlich das Licht ab, das den Gang erhellt hat, und wir stehen schlagartig in absoluter Dunkelheit. Der Zauber ist verflogen. Zutiefst erschrocken, sowohl vor Angst als auch, weil ich erkenne, was fast geschehen wäre, springe ich zurück. Er reagiert ganz genauso.

»Was zum Teufel ...?« Halb flüstert, halb knurrt er mir ins Ohr, und ich kann nicht leugnen, dass ich mich fast wieder an seine Brust geworfen hätte, so durchzuckt es mich.

Ein kalter Windhauch bläst uns die Treppe herab entgegen, und oben fällt krachend die Tür zu. Der Widerhall ruft mir ins Bewusstsein, in welcher Situation wir uns befinden und dass wir vielleicht, vielleicht auch nicht, gerade etwas Übernatürliches erleben. »Okidoki, Zeit zu verschwinden.« Gemeinsam stürzen wir die Treppe hinauf, wobei Freddie hinter mir aufpasst, dass ich nicht ins Straucheln gerate, so eilig, wie ich es habe, und so tollpatschig, wie ich nun mal bin. Als wir die Tür erreichen, versuche ich, den Riegel zu öffnen, aber er lässt sich nicht bewegen. Ein kräftiger Tritt von unten hilft auch nicht – die Tür knarzt nicht einmal.

Freddie legt mir seine Hände links und rechts auf die Schultern, ich zucke zusammen, aber er schiebt mich mit einem höflichen »Entschuldige, bitte« beiseite.

Dann wirft er sich mit der Schulter gegen das rund zehn Zentimeter dicke Holz. Der Rums des Zusammenpralls hallt im Treppenhaus wider, und ich mag mir gar nicht ausmalen, wie es ihm die Knochen durchrütteln muss. Vergebens: Die Tür klemmt immer noch. Diesmal stützt er sich links und rechts mit den Händen im Türrahmen ab und versetzt ihr einen wuchtigen Stiefeltritt. Der Riegel springt ab, fällt scheppernd zu Boden, und die Tür ist offen. Freddie packt mich an der Hand und zieht mich mit sich die nächsten Treppen hinauf, durch die Waffenkammer hindurch und ins Freie.

11. KAPITEL

Als unser Keuchen – na ja, hauptsächlich meines – sich legt und mein Puls sich normalisiert, senkt sich frostiges Schweigen über uns. Freddie schaut an mir vorbei, hat sich leicht abgewandt. Seiner Miene, die sich verhärtet, und seinen Augen, die ausdruckslos und stumpf werden, sehe ich an, dass er wieder auf Abstand geht. Mit einem Finger streiche ich mir ganz leicht über den Amorbogen der Oberlippe. Das kitzelt genauso wie unter seinem Atem. Ich bekomme eine Gänsehaut. Einerseits sehne ich mich nach seiner Berührung, andererseits schauert es mich, wie offensichtlich er seine Annäherung bedauert.

Ein seltsamer animalischer Schrei lenkt uns ab und unterbricht zweifellos Freddies Überlegungen, wie er der Situation entfliehen soll. Auf dem südlichen Rasen des White Towers, vor einer kleinen Gruppe Raben, stehen Tiny, Mo, Chaplin, Riley und Walker. Tiny steht ein wenig vor den anderen und trägt sein Schiffchen verkehrt herum aufgesetzt.

Freddie bemerkt das und stöhnt leise auf. »Ich dachte, er wäre ein bisschen klüger.« Er steigt die Treppe hinunter. Unsicher, ob er will, dass ich ihm folge oder nicht, verharre ich an Ort und Stelle. Unten angekommen, bleibt er kurz stehen, schaut zurück und bedeutet mir mit einer raschen Kopfbewegung, ich solle kommen. Mir fallen sofort die Kameras wieder ein. Was wird Dad denken, wenn er mich hier sieht, ganz offen, nicht etwa mit einem, sondern gleich mit mehreren Gardisten?

»Maggie?« Freddie hat sich noch nicht gerührt; Verwirrung spiegelt sich in seiner Miene. Ein wenig zittrig hole ich Luft und eile zu ihm.

Die Gruppe bemerkt uns, als wir den Rasen überqueren, und Riley winkt so heftig, dass sein ganzer Körper schwankt. Kichernd winke ich zurück, und jetzt nicken uns auch die anderen zum Gruß zu. Mo salutiert sogar scherzhaft. Freddie schüttelt den Kopf, immer noch todernst dreinschauend. Als wir die Männer erreichen, frage ich Mo leise, was zum Teufel Tiny mit den armen Raben anstellt. Als Tiny auch noch anfängt zu krächzen, überlege ich kurz, ob er den Verstand verloren hat.

»Das ist der Zählappell für die Raben. Tiny ist ein neuer Rekrut, also ist er an der Reihe, zu überprüfen, ob alle Raben anwesend sind, und ihnen den gebührenden Respekt zu erweisen.« Mo beendet seine Erklärung mit einem vielsagenden Zwinkern. Jetzt ist mir alles klar. Es gibt keinen Zählappell für die Raben, und die Rabenmeisterin und ihr Team sind verantwortlich dafür, dass die Vögel abends vollzählig ihre Schlafplätze aufsuchen. Das Ganze ist ein altmodisches Initiationsritual für Neulinge.

Tiny hört auf, schrill zu krächzen, und nimmt Haltung an, während er die Absätze aneinanderschlägt. Er entrollt ein zerfleddertes Stück Papier und ruft den ersten Namen: »Duke.« Dann hebt er seine Hand an sein Schiffchen und salutiert – Regina, definitiv nicht Duke. Chaplin neben mir lacht lautlos in sich hinein.

»Holly«, fährt Tiny fort und salutiert erneut zackig. Pflichtbewusst wiederholt er die Prozedur für jeden einzelnen Raben: Merlin, Rex, Regina, Edward und schließlich Lucie. Als er beim jüngsten Vogel angelangt ist, haben wir alle Mühe, nicht laut loszulachen, um nichts zu verraten. Als Nächstes will er sich vor der Rabenbande verbeugen, die ihn meines Erachtens bis zu diesem Moment kein bisschen beachtet hat. Als er jedoch vortritt und sich zu ihnen hinunterbeugt, stößt Holly einen drohenden Ruf aus und hüpft mit ausgebreiteten Schwingen auf ihn zu. So wirkt sie glatt doppelt so groß, und Tiny sieht plötzlich so aus, wie sein Spitzname suggeriert: winzig. Duke folgt seiner Partnerin mit der gleichen Wildheit. Tiny quietscht erschrocken auf, als die beiden wütend auf die polierten Zehenkappen seiner Stiefel einhacken, und er flieht über den Rasen, aber das Rabenpaar lässt sich nicht so leicht abschütteln.

Walker kann nicht länger an sich halten und prustet los. Uns allen geht es genauso, als Tiny sich umdreht. Er wirft den Kopf in den Nacken und stöhnt auf.

»Mann, Leute – ernsthaft?«, fragt der knochige Junge seine Kameraden, teils verärgert, teils peinlich berührt, während er immer noch versucht, Hollys und Dukes Schnabelhieben auszuweichen. Als er mich entdeckt, läuft er so puterrot an, wie ich es nie für möglich gehalten hätte. Ich hole ein paar von Cromwells Katzenleckerlis aus meiner Tasche und werfe sie den gierigen Vögeln zu. Sämtliche Raben, auch die beiden Rüpel, vergessen schlagartig, womit sie sich eben noch beschäftigt haben, und rennen los, um die Leckerlis hinunterzuschlingen. Tiny murmelt verlegen »Danke« und geht zu seinen Kameraden zurück.

»Das war großartig, Tiny. Wirklich professionell«, sage ich, aber obwohl ich es aufrichtig so meine, klingt es sarkastisch, und sein Gesicht verfärbt sich noch intensiver. Wenn das so weitergeht, fürchte ich, wird er noch ohnmächtig, weil ihm so viel Blut in den Kopf steigt.

Freddie hat die ganze Zeit noch nichts gesagt, und als sich das Gelächter legt, habe ich erneut das Gefühl, einen Fremden vor mir zu haben.

Mo reißt mich aus meiner Grübelei über Freddie, als er mich direkt anspricht. »Wie ist es denn heute bei Tinder gelaufen? Jede Menge Matches, nehme ich an?« Ich schaue ihn einen Moment lang verwirrt an. Aus dem Augenwinkel heraus nehme ich wahr, dass Freddie seine Hände in seine Hosentaschen rammt. »Du weißt schon, nachdem wir dein Profil verbessert haben ...«, setzt Mo hinzu.

»Oh! Wisst ihr, ich habe noch gar nicht nachgesehen. Das habe ich völlig vergessen.« Ganz sicher übertrumpft die Farbe meiner Wangen Tinys jetzt bei Weitem.

»Komm schon, Mags, lass uns nachsehen.« Walker und Riley drängen sich links und rechts neben mich und schieben Freddie zur Seite. Tatsächlich interessiert es mich, ob ihre Bearbeitung meines Profils irgendetwas bewirkt hat. Also fummele ich mein Smartphone aus meiner Hosentasche und öffne die App. Die Explosion roter Mitteilungspunkte, die hinter dem Ladebildschirm auftaucht, lässt mich einen Moment befürchten, dass mein Smartphone von einem Virus befallen ist. Ich kann mich nicht mal erinnern, so viele Swipes ausgeführt zu haben, aber ich habe etwa zwanzig verschiedene Matches, und sechs davon haben mir bereits eine Nachricht geschickt.

Mo stößt einen Jubelschrei aus und klopft mir kräftig auf die Schulter, Chaplin zieht vielsagend die Augenbrauen hoch. Tiny und Freddie sind ein wenig auf Abstand zu der Gruppe gegangen, die sich um mein Smartphone drängt, Ersterer wirft hin und wieder einen nervösen Blick auf die Raben, die wie gefiederte Welpen miteinander spielen.

Die neueste Nachricht stammt von jemandem namens Aaron. Er ist neunundzwanzig und eröffnet mit: »Also, wofür bist du hier?« Nicht einmal ein »Hallo«! Ich mag ja ein kompletter Dating-Neuling sein, aber selbst ich weiß, was das wirklich heißt: »Ich bin hier für eine schnelle und unkomplizierte Nummer. Hast du damit Probleme?« Ich ziehe eine Grimasse, und die Jungs um mich herum nicken zustimmend. Sie kommen offenbar zum selben Schluss. Ich unmatche ihn, ohne seine Nachricht zu beantworten; das ist das Beste an solchen Apps; ich muss mir nicht die Mühe machen, höflich zu sein.

Die zweite Nachricht stammt von Stephen, 32. Er hat sich für einen Anmachspruch entschieden: »Ich bin vom Pannendienst und würde dich gern abschleppen ☺.« In seinem

Profil steht, er sei »Berater«. Keine Ahnung, was ich mir darunter vorzustellen habe, aber seine Fotos zeigen ihn in künstlich ausgebleichten Hosen, die etliche Zentimeter zu kurz sind, und einem Hemd, das verdammt viel Brustbehaarung zeigt. Das, zusammen mit dem blöden Spruch und dem Zwinker-Smiley, sagt mir klipp und klar, dass er höchstens fürs Bett taugt.

Na schön, vielleicht bin ich ein bisschen zu voreingenommen. Das Ganze fühlt sich an wie ein Spiel, bei dem man entscheiden muss, für wen man zu gut ist und wer für einen eine Nummer zu groß ist, und das alles anhand weniger schlechter Fotos. Ich beschließe, ihm eine Chance zu geben, und antworte: »Heißt das, ich muss dich bezahlen?« Das ist doch kokett und lustig, oder?

»Du liebe Güte, Mags. Seit wann bist du ein kokettes Luder?«, fragt Walker und boxt mir spielerisch gegen die Schulter.

Ich öffne die dritte Nachricht, jetzt völlig vertieft in das Spiel des Onlinedatings. Henry, 28, ist der Nächste. Er hält sich an das ebenso langweilige wie klassische: »Hi, wie geht es dir? X« Ich antworte mehr oder weniger wortwörtlich genauso, und meine Flügelmänner stöhnen auf, weil das so banal klingt. Rasch nehme ich mir die letzte Nachricht vor.

Angus, 30, schickt mir ein witziges GIF eines Mannes, der in freudiger Überraschung über das, was er vor sich sieht, seine Sonnenbrille auf die Stirn schiebt. Das dumme bewegte Bild verleiht mir ein wenig Selbstvertrauen und das Gefühl, begehrenswert zu sein. Allzu viel verspreche ich mir inzwischen nicht mehr. Ich suche eine Weile nach einem GIF, mit dem ich antworten kann, und entscheide mich schließlich für Audrey Hepburn, wie sie in Frühstück bei Tiffany ihre Sonnenbrille abnimmt, um die Szenerie besser betrachten zu können. Kichernd drücke ich auf Senden in dem Bewusstsein, dass die beiden GIFs so wirken, als ginge es um einen Wettstreit.

Ich lasse mein Smartphone sinken und schaue zu den Gardisten hoch. Sie tragen allesamt ihre Kampfanzüge bis auf ... Freddie ist verschwunden. Wieder einmal. Suchend schaue ich mich um, ob ich ihn noch irgendwo sehen kann, aber er ist längst weg.

Plötzlich bin ich nicht mehr in Stimmung für Tinder.

»Ich bin mir nicht sicher, ob einer von denen zum Ehemann taugt ...«, sage ich seufzend. »Tut mir leid, Jungs, ich sehe lieber zu, dass ich nach Hause komme. Sonst wird mein Abendessen kalt.« Klassische Ausrede, und sie würde ziehen, wenn ich in der fünften Klasse und mit meinen Klassenkameraden draußen mit dem Fahrrad unterwegs wäre, aber ich bin eine erwachsene Frau und eine erbärmliche Lügnerin. Sie glauben mir nicht, wünschen mir aber trotzdem einen guten Abend.

»Warte einen Moment«, hält Walker mich auf. »Fünf Dates«, erklärt er. Wir alle schauen ihn verwirrt an.

»Was willst du damit sagen?« Riley spricht aus, was wir alle denken.

»Ich fordere dich heraus, fünf Dates wahrzunehmen. Fünf verschiedene Kerle, und ich garantiere dir, dass du dir dabei einen Ehemann angelst.« Walker wirkt sehr zufrieden mit sich selbst, nachdem er das gesagt hat.

»Warum fünf?«, frage ich lachend zurück, einerseits peinlich berührt, andererseits fasziniert von seiner Begeisterung.

Der frischgebackene Soldat zuckt die Achseln. »Klingt nach einer vernünftigen Zahl. Und ich mag dich ja vielleicht erst fünf Minuten kennen, aber es gehört nicht viel Grips dazu, um zu erkennen, dass ein schlechtes Date dafür sorgen würde, dass du die Hoffnung auf die Liebe komplett aufgibst.« Bin ich wirklich so leicht zu durchschauen?

»Fein. Fünf Dates.« Ich schüttele ihm die Hand, schließe damit einen ungeschriebenen Vertrag ab, ohne so recht zu wissen, worauf ich mich eigentlich einlasse.

»Du hältst uns besser auf dem Laufenden«, sagt Mo, und Chaplin stimmt ihm enthusiastisch nickend zu.

»Natürlich. Ich schaffe den Kampf nicht ohne die Hilfe meiner Flügelmänner. Bis demnächst, Jungs.« Alle verabschieden sich von mir, und ich gehe rasch um die Kasematten herum nach Hause.

Dad hat tatsächlich bereits mein Abendessen auf dem Tisch angerichtet, als ich dort ankomme. Es ist kein eindeutiges Gericht: Auf dem Teller schwimmen Würstchen, Hähnchen-Tikka-Kebab-Spieße, eine Scheibe Brot, ein Brokkoliröschen in dicker Soße. Ich bin mir ziemlich sicher, dass Dad die Sonderangebote im Supermarkt geplündert hat. Auf meinem Teller ist alles gelandet, was einen grell leuchtenden Prozente-Aufkleber trug, und in Ketchup ertränkt worden. Meine Mum war die Köchin zu Hause. Dad war immer auf Arbeit, und sie hatte in der jeweiligen Garnisonsstadt nicht viel Besseres zu tun, als Monat für Monat ihr gutes Dutzend Rezeptbücher von Gordon Ramsay durchzuackern. Wohin wir auch zogen, ihre Lasagne war im Nu berühmt. Alle Soldatenfrauen baten sie um das Rezept, aber sie lächelte immer nur kokett und schwor, es sei ein Familiengeheimnis. Nie hat sie irgendwem erzählt, dass sie es sich einfach nur während der Zubereitung ausdachte.

»Das hättest du nicht tun müssen«, sage ich zu Dad, als er mir bedeutet, ich solle mich aufs Sofa gegenüber seinem Armlehnsessel setzen. »Sieht toll aus!«, füge ich lächelnd hinzu. Das ist eine Lüge, aber eine verzeihliche, denn er gibt sich Mühe – und sein strahlendes Lächeln ist es wert.

Wir essen in relativem Schweigen. Das Gluckern der fast leeren Ketchupflasche und das Klirren von Messern und Gabeln auf den Tellern sind die einzigen Geräusche, die den mit gedämpftem Ton laufenden Fernseher – er zeigt eine Folge der Comedyserie Carry On – übertönen. Bei einigen der Slapstick-Einlagen von Kenneth Williams schmunzelt Dad, und gelegentlich höre ich ihn über die zahllosen versteckten Anspielungen sogar kichern, ganz recht, kichern.

»Die Füchse waren wieder mal da«, erzählt er mit vollem Mund. »Sie haben sich in Richies Rosensträuchern verewigt.«

»Das soll guter Dünger sein, habe ich gehört«, erwidere ich und frage mich, warum er ausgerechnet dieses Thema anspricht.

»Ja, das stimmt. Aber er tritt immer hinein, wenn er die Sträucher beschneidet. Gestern hat er es im ganzen Haus verteilt. Trixie ist ausgerastet.« Der Dorfklatsch ist »interessant« wie immer. »Die kleinen Mistviecher sind sogar auf die Raben losgegangen. Die Rabenmeisterin musste neulich einen mit ihrem Gehstock vertreiben, weil er es auf die kleine Lucie abgesehen hatte.« Okay, ich nehme es zurück: Das hätte ich nur zu gern gesehen.

»Das ist ja schrecklich. Geht es ihnen gut?«, frage ich, und er nickt.

»Wenn du einen sehen solltest: Richie sagt, du darfst gern den Gartenschlauch am Schuppen benutzen, um sie zu verjagen.«

»Prima, das werde ich tun.« Um ehrlich zu sein, ich werde es vermutlich nicht tun.

»Ähm, Simon, du kennst ja Simon, im Kontrollraum ...« Oh Gott, jetzt ist es so weit. So fängt Dad immer eine seiner ungeschickten Gardinenpredigten an, diejenigen, bei denen er nicht wirklich verärgert ist, aber das Gefühl hat, etwas sagen zu müssen, um seiner Vaterrolle gerecht zu werden, wenn ihm jemand etwas zugeflüstert hat.

»Er sagt, er hätte dich heute Morgen kurz vor fünf über die Kameras gesehen.« Dem treuen Simon entgeht aber auch nichts, und er plaudert immer. »Nicht, dass es mich stört, wenn du so spät nach Hause kommst. Guter Gott, nein, du bist erwachsen. Ich weiß das. In deinem Alter war ich viel schlimmer. Aber wo warst du denn nur? Bob wollte es mir nicht sagen.« Gesegnet seien Bob und sein Mantra: »Ich habe nichts gesehen.« Er ist womöglich der einzige loyale Mensch auf dieser Erde.

»Ich war in der Bücherei und habe auf dem Rückweg ein paar Freunde getroffen. Wir haben gemeinsam einen Drink genommen, und letztlich wurden es ein paar zu viele Drinks. Der Kater hat dafür gesorgt, dass ich heute Morgen wieder mal zu spät zur Arbeit gekommen bin und deshalb die Tageseinnahmen im Safe verstauen musste.« Nun, eine echte Lüge ist das nicht. Dad nickt, ohne ganz überzeugt zu sein, und nippt an seinem Tee. Wir fühlen uns jetzt beide unbehaglich, und ich kann erkennen, dass er mir zwar nicht nachspionieren will, aber seinen väterlichen Beschützerinstinkt nur schwer unterdrücken kann, auch wenn sein Kind jetzt in einem Alter ist, in dem er selbst bereits verheiratet war.

»Sie reden alle – das weißt du. Sei einfach vorsichtig. Du möchtest nicht in Verruf geraten wie Lizzy Mackintosh.«

Lizzy Mackintosh war die Tochter eines Sergeants auf einem Stützpunkt in Deutschland, auf dem wir eine Weile gelebt hatten, als ich gerade mal elf Jahre alt war. Sie war wunderschön und weckte den Neid der gesamten Garnison. Die Ehefrauen behielten sie im Auge, wenn ihr Dad nicht da war, und als Soldaten begannen, bei ihr ein und aus zu gehen, und beim Gehen immer sehr dankbar wirkten, verbreitete sich das Gerücht, sie sei eine Ehebrecherin. Sie machten ihr das Leben zur Hölle, und uns war es verboten, mit ihr auch nur zu reden. Erst etliche Jahre später, als ihre gesamte Familie längst versetzt worden war, erfuhren wir, dass sie im College einen Sportphysiotherapiekurs belegt hatte und allen Soldaten half, die sich beim Training und bei militärischen Übungen verletzt hatten.

Dad benutzt Lizzy immer als abschreckendes Beispiel. Sie tat etwas Gutes, aber in der Gemeinschaft eines Militärstützpunktes verbreiten sich Gerüchte wie Lauffeuer. Die Leute konnten ein Katzenbaby in einen Löwen verwandeln, wenn ihnen nur langweilig genug war. Dad weiß, dass ich niemals etwas anstellen würde, aber an diesem Ort ist der Ruf alles, und mein Ruf wirkt sich direkt auf seinen aus. Ich versichere ihm, dass ich vorsichtig sein werde, dass ich ihnen keinen Grund gebe, sich über mich das Maul zu zerreißen, und er wendet sich schweigend wieder dem Fernseher und seiner Serie zu.

Als ich schließlich nach oben auf mein Zimmer gehe und den Balkon betrete, warten Lucie und Cromwell bereits. Ich nehme Cromwell auf den Schoß, sorge so dafür, dass er seiner gefiederten Rivalin nicht zu nahe kommt, und ausnahmsweise wehrt er sich nicht dagegen. Er genießt das Kuscheln genauso wie ich. Ich hole ein halbes Würstchen hervor, das ich in Küchenpapier eingewickelt mit nach oben genommen habe, und werfe es Lucie zu. Sie fängt es in der Luft, zerkleinert es mit ihrem Schnabel und schluckt es hinunter. Cromwell maunzt neidisch, und ich gebe ihm die wenigen Katzenleckerlis, die ich noch in der Hosentasche finde.

Nachdem sie beide satt und zufrieden sind, spreche ich sie an. »Ich dachte eigentlich, dieser Ort sei längst kein Gefängnis mehr.« Meine Zuhörerschaft schweigt. »Ich habe genug mit meinen eigenen Gedanken zu tun, mit der Analyse jeder verdammten Bewegung, die ich mache, der Erinnerung an all die dummen Sachen, die ich in unpassenden Momenten getan und gesagt habe. Aber nein, das reicht nicht. Ich kann nichts tun, ohne dass die ganze Welt ihre Meinung dazu kundtut. Dad spielt gerade mal wieder den beschützenden Vater, aber hat er sich je Gedanken darüber gemacht, was Mum und ich jeweils in dem halben Jahr angestellt haben, in dem er nicht da war? Nein, hat er nicht. Und was ist so verdammt falsch daran, wenn ich glücklich bin? Will wirklich jeder, dass ich einfach nur herumsitze wie ein Hausmütterchen, am Kaminfeuer nähe und freundlich lächele?«

Ich stecke mein Gesicht in Cromwells weiches Fell. Mir ist zum Schreien zumute. Es fühlt sich beinahe fremd an, Wut zu empfinden. Ich weiß, wer ich bin. Ich weiß, wo ich lebe. Ich weiß, dass mein Leben auf dem Papier perfekt ist. Aber ich fühle mich eingesperrt. »Und warum verschwindet dieser Mann wie der verdammte Harry Houdini jedes Mal, wenn es gerade gut zu werden verspricht? Gerade wenn ich denke, ich hätte jemanden gefunden, der mich so nimmt, wie ich bin, der mich weinen lässt, der mich mehr als einen Satz sagen lässt, dann verschwindet er in einer Rauchwolke. Der eine Mann, der mir das Gefühl gibt, mein Geist und sämtliche Zellen meines Körpers wären plötzlich aufgewacht, jede winzige Faser hätte ihren eigenen Antrieb bekommen, kann mich verlassen – einfach so. Ohne Entschuldigung, ohne Abschied, ohne verdammte Erklärung.«

Ich habe mich in Rage geredet. Weder Lucie noch Cromwell wagt es, auch nur einen Mucks von sich zu geben. Ich glaube, selbst einem Menschen hätte meine Tirade die Sprache verschlagen. »Ist mein wahres Ich wirklich so unerträglich? Warum gibt er sich so viel Mühe, mich zu sehen, wenn er sich dann urplötzlich aus dem Staub machen will?«

Lucie krächzt ganz sacht, und ich spüre, wie eine Gänsehaut meine Arme überläuft. Ihr leiser Einwurf reißt mich aus meinem frustrierten Monolog, und ich begreife, warum ich so aufgebracht bin. Ich mag ihn. Ich mag Freddie.

»Nein! Ich mag ihn nicht«, erwidere ich dem Vogel, aber natürlich gilt das mehr mir selbst. »Ich kenne ihn kaum. Ich bin ihm wie oft – vielleicht vier, fünf Mal begegnet? Man kann niemanden mögen, der praktisch ein Fremder ist!« Die Nacht ist mild, es geht kein Wind, aber innerlich ist mir kalt. »Außerdem ist er Soldat. Ich habe mir immer vorgenommen, niemals so zu enden wie Mum. Ich kann kein Leben führen, in dem ich nie weiß, wohin es meinen Mann in der nächsten Woche verschlagen mag. Weihnachten und Geburtstage immer wieder allein verbringe. In der Woche von Dads Anruf – von welchem geheimen Ort auch immer – hörte ich, wie sie sich in den Schlaf weinte. Stellt euch vor, wie das ist, mit der Liebe eures Lebens nur alle vierzehn Tage zehn Minuten lang reden zu können und zugleich zu wissen, dass dies vielleicht das letzte Mal ist, dass ihr überhaupt von ihm hört. Wie oft hat sie Pläne über den Haufen geworfen, um auf einen Telefonanruf zu warten, der nie kam. Sie wartete pausenlos. Wartete auf einen Anruf, wartete auf ihn. Leben konnte sie nie.« An diesem Punkt beginnen die Tränen zu laufen, dick und rund kullern sie mir über die Wangen. »Selbst wenn er mich wie durch ein Wunder auf seine eigene verkorkste Weise mag, ich kann mich einfach nicht darauf einlassen.«

Cromwell befreit sich aus meinem Griff und lehnt sich an meine Brust. Mit seiner rauen Zunge leckt er mir über die Wangen, fängt die salzigen Tropfen auf, bevor sie auf meine Bluse oder in sein Fell fallen können. In der letzten Zeit hat Freddie Hoffnung in mir geweckt, mir einen Grund gegeben, jeden Morgen aufzustehen. Tag für Tag bin ich neue Risiken eingegangen, um ihn zu sehen – und wurde dabei gesehen. Der Gardist mit seiner steifen Haltung und seiner eisernen Disziplin war wie überraschend frische Luft zum Atmen, eine Abwechslung von der Monotonie des täglich selben Arbeitswegs, den täglich selben Gesprächen mit denselben Leuten. Und wer hätte ihn auch nicht mögen können, nachdem er Bran die Stirn geboten hatte? Er ist der einzige Mensch, der mich wirklich gesehen hat ... seit Mum.

»Arrgh«, gebe ich meinem Frust lautstark Ausdruck, aber das geht fast unter, weil gerade ein Konvoi Einsatzwagen mit heulenden Sirenen die Tower Bridge überquert. »Mum hätte verstanden. Sie hätte gewusst, was ich tun sollte.«

Lucie hüpft näher und stupst mich sanft an. Ich streiche ihr über den Schnabel, und sie quietscht zufrieden. Aus dem Augenwinkel sehe ich, dass Cromwell mit sich kämpft. Soll er die Gelegenheit wahrnehmen und springen? Er entscheidet sich dagegen, entspannt sich, legt sich wieder auf meinen Schoß und beginnt liebevoll zu treteln. Dabei schiebt er jedes Mal mein Handy gegen mein Bein, und ich hole es aus meiner Hosentasche. Vielleicht sollte ich Mum eine Textnachricht schicken; vielleicht hilft es mir ja, Antworten zu finden, wenn ich meine Sorgen ins Leere sende, auch wenn sie mir nicht direkt antworten kann.

Die Liste von Benachrichtigungen auf dem Sperrbildschirm lenkt mich von meinem Plan ab. Allesamt sind mit dem kleinen Flammen-Icon von Tinder versehen, einige von ihnen sind Nachrichten, andere neue Matches. Ich öffne die App, ein bisschen erfreut über die Aufmerksamkeit.

Angus hat auf mein GIF geantwortet, das ich als Antwort auf sein GIF geschickt habe. Und zwar mit Jim Carrey, der wie verrückt winkt, und ich schicke ihm eines mit Forrest Gump. Man darf gespannt sein, wer als Erstes aufgibt und mit Worten reagiert.

Auch Henry hat geantwortet. Er setzt unseren langweiligen Small Talk fort: »Mir geht es gut. Hattest du einen schönen Tag?« Das ist ganz nett, ja, sogar höflich. Aber hat jemals jemand etwas anderes geantwortet als einfach nur »Ja, danke« oder »Mein Tag war gut«? Ich kann ihm schließlich kaum erzählen, dass ich einen grauenhaften Kater hatte, der dazu führte, dass ich um sechs Uhr morgens heiße Lava spie, und zwar oben und unten, oder? Ich antworte mit dem gesellschaftlich akzeptablen, sehr britischen: »Ja, danke, und du?« und wende mich der nächsten Benachrichtigung zu.

Die restlichen lassen sich im Wesentlichen in zwei Kategorien unterteilen. Entweder sehr unverblümt: »Wollen wir uns treffen?« Oder stumpfsinnig-langweilig: »Hi, wie geht es dir?«

Gerade will ich aufgeben, da taucht eine neue Nachricht von jemandem namens Caleb auf. Ich öffne sie sofort und hoffe dabei im Stillen, dass sie unterhaltsamer ist als der ganze Rest. Glücklicherweise spart er sich jede Einleitung.

Caleb: Maggie, du siehst aus wie eine Frau, über die man Lieder schreibt.

Ich lese die Nachricht noch einmal. Und noch einmal. Sechs Mal insgesamt. Ist es seltsam, dass meine erste Reaktion eine kleine Träne ist? Vermutlich sagt er das jeder auf dieser Plattform. Wir sind alle nur aus einem einzigen Grund hier: um uns einen Partner zu angeln. Wenn er das jedem Mädchen sagt, stößt er sicher nicht auf mangelndes Interesse.

Ich öffne sein Profil, bevor ich mich entscheide, ob und wie ich reagiere. Sein erstes Foto ist eine Profiaufnahme in Schwarz-Weiß, die ihn dabei zeigt, wie er auf der Bühne ziemlich wild Gitarre spielt. Seine Haare reichen ihm bis auf die Schultern – oder sie täten es, wenn sie nicht der Schwerkraft spotten würden, weil das Foto ihn mitten in einem Headbang festhält. Das nächste Foto zeigt ihn in entspannterer Haltung: Er sitzt auf einer Holzbank in einem Biergarten, ein Glas Bier in der Hand, und lächelt in die Kamera. Seine Zähne sind leicht schief, aber das passt zu seinem alternativen Gesamtlook. Die Unvollkommenheit seiner Zähne macht sie beinahe zu einem ebenso guten Accessoire wie sein silberner Nasenring und seine schwarze Lederjacke. Die anderen Fotos sind Varianten der ersten beiden: Schnappschüsse von Konzerten und entspannte Freizeitaufnahmen. Selbst wenn ich nur eine von hundert bin, kann ich nicht ignorieren, wie mein Herz zu stolpern beginnt, wenn ich mir vorstelle, dass er diese Worte zu mir sagt. Und sie auch so meint. Was diesen Mann angeht, so hege ich Hoffnung.

Ich beschließe, bei meiner Antwort auf Nummer sicher zu gehen, um nicht zu eifrig zu erscheinen.

Maggie: Oh ja, und zu welchem Genre würden sie gehören?

Caleb: Hmm ... nun ja, du bist zu interessant für eine Ballade. Dein Song wäre ein Folksong. Einer dieser Folksongs, die Geschichten von Feen erzählen, von Generation zu Generation überliefert würden und deine Schönheit zu einem Mythos verklärten.

Caleb: Natürlich nicht nur deine Schönheit, aber dir wohnt eine Tiefe inne. Du bist nicht einfach nur Melodie oder Songtext. Alles an dir ist ein Kunstwerk an sich, aber zusammengenommen ... wow.

Mir stockt der Atem. Der Typ ist wirklich gut darin ... Mein Verstand setzt völlig aus, als ich antworten will. Was soll man dem Mann sagen, der einem gerade das netteste Kompliment gemacht hat, das man jemals erhalten hat? Immerhin befindet er sich in sicherer Entfernung, kann mich nicht sehen, und ich habe Zeit, mich zu sammeln und über eine angemessene Antwort nachzudenken.

Maggie: Du scheinst schrecklich viel über Musik zu wissen. Was hörst du am liebsten?

Caleb: Wäre es zu klischeehaft, wenn ich sage, dass ich Folk bevorzuge?

Maggie: Nur ein bisschen ...

Caleb: Okay, okay, ich stehe mehr auf Rock und Metal. Zum Beispiel Judas Priest, Misfits, Megadeth – so was halt. Meine Band ist allerdings nicht ganz so hart.

Maggie: Das erklärt jedenfalls die Lederjacken. Gebt ihr oft Konzerte?

Ich versuche, ihn mit seinen eigenen Interessen zu ködern. So kann er nicht auf die Idee kommen, mich nicht zu mögen, und ich habe als Teenager zu viele verschiedene Emo- und Punkphasen durchgemacht, um dieses Wissen nicht zu meinem Vorteil zu nutzen.

So läuft es eine Weile hin und her, wir stellen einander dumme Fragen, und er streut verschiedene weitere Komplimente ein. Als ich wieder auf die Uhr schaue, ist Mitternacht bereits vorbei. Die Ereignisse des Abends haben mich gut von den immer noch pochenden Kopfschmerzen abgelenkt, aber jetzt macht mein Körper sich allmählich wieder bemerkbar. Mir fallen fast die Augen zu, und das grelle Licht meines Smartphones lässt sie brennen; also lege ich es zur Seite und gehe zu Bett – und freue mich schon darauf, am Morgen seine Antwort zu lesen.

12. KAPITEL

Ich habe eine Verabredung. Meine erste richtige Verabredung, die ich je getroffen habe. Bran zählt nicht – er hat sich selbst in meinem zweiten Jahr an der Uni in mein Zuhause eingeladen und es praktisch einfach nicht wieder verlassen. Caleb und ich chatten pausenlos seit einer Woche – sogar unter der Dusche erwische ich mich dabei, wie ich ihm im Geiste auf seine vielen Komplimente und die aufregenden Anekdoten über sein Leben in einer Band antworte. Nachdem er mich sieben Tage lang immer wieder gebeten hat, mich auf einen Drink mit ihm zu treffen, und ich ihn jedes Mal mit Ausreden abgewimmelt habe, zum Beispiel damit, dass ich ausgerechnet an dem Tag zu viel zu tun hätte, obwohl ich im Grunde nur schrecklich nervös bin, habe ich endlich den Mut gefasst, mich heute Abend mit ihm zu treffen.

Versteht mich nicht falsch, ich möchte ja raus aus meinem Schneckenhaus! Und ich bin mir darüber im Klaren, dass es nur eine Möglichkeit gibt: nämlich sich auf einen Drink mit einem Mann zu verabreden, dem ich noch nie begegnet bin. Ich mag ja schon wer weiß wie lange nicht mehr aus Tower Hill herausgekommen sein, aber andere Leute tun so etwas permanent ... Ich meine, heutzutage nutzt doch jeder diese Dating-Apps, oder? Jede Menge Leute in meinem Alter haben ihren Partner online kennengelernt. Eine ehemalige Klassenkameradin ist sogar mit jemandem verheiratet, den sie auf Tinder kennengelernt hat, und ihr erstes Baby ist unterwegs. Wie schlimm kann es also sein?

»Eine Menge Frauen sind ihren Tinder-Dates auch zum Opfer gefallen«, erinnert mich eine leise Stimme in meinem

Kopf. Obwohl ich befürchte, genauso zu enden wie eine dieser armen Frauen, von denen man nur zu oft in den Zeitungen liest, habe ich meinen Drang unterdrückt, Caleb um einen Strafregisterauszug und zwei Kopien seines Personalausweises zu bitten. Tief in mir drin weiß ich, dass ich mein Leben nicht versteckt im Tower verbringen kann, weil ich zu viel Angst vor Dingen habe, die passieren könnten. Außerdem wird die bohrende Angst in meinem Bauch schon dafür sorgen, auf der Hut zu sein.

Hier bin ich also, an der Bushaltestelle, und warte auf die Linie 15. Es kostet mich sehr viel Anstrengung, mich nicht vor Nervosität auf meine Schuhe zu übergeben. Wieder und wieder schaue ich auf meinem Telefon nach der Uhrzeit und vergleiche sie mit der LED-Anzeige an der Haltestelle. Die eine sagt sechs Minuten, die andere vier. Beides erweist sich als falsch. Erst nach ganzen zehn Minuten kommt der erste Bus und fährt schon fast los, während ich noch auf dem Bürgersteig stehe und hektisch nach meiner elektronischen Fahrkarte suche. Es ist schon sehr typisch für London, dass man sich unvernünftigerweise ärgert, länger als fünf Minuten auf ein öffentliches Verkehrsmittel warten zu müssen. Zu Hause in Yorkshire wäre es bereits ein Wunder gewesen, wenn der nur alle sechzig Minuten fahrende Bus überhaupt gekommen wäre. Wann immer wir längere Zeit dort stationiert waren, bin ich in der Stadt hängen geblieben und musste mich von meinem Dad abholen lassen, weil der Bus zurück niemals kam. Und wir hatten keine noblen Wartehäuschen mit elektronischen Fahrplänen. Man konnte schon von Glück sagen, wenn es eine Bank gab, und von noch mehr Glück, wenn sie nicht mit irgendeiner undefinierbaren Substanz beschmiert war.

Nachdem ich die Treppe hinaufgestiegen bin und beinahe beim Anfahren wieder hinuntergefallen wäre, ergattere ich auf dem Oberdeck einen Sitzplatz, aber der Bus ist so gerammelt voll mit Leuten, die von der Arbeit nach Hause fahren, dass ich eine ältere Dame bitten muss, ihre Handtasche vom Sitz zu nehmen. Sie schnaubt empört, stellt sie aber auf ihre Knie, und die im Kreuzstich aufgestickten Hunde, die die Tasche zieren, scheinen mich missbilligend anzuschauen, als ich mich neben sie setze. Meine Beine sind zu lang, um sie bequem hinter dem Vordersitz unterzubringen, also muss ich ein Stück zur Seite rutschen, sodass meine Knie in den Gang ragen. Das bedeutet, jedes Mal, wenn jemand ein- oder aussteigt, muss ich unbeholfen Platz machen.

Die Situation ist so ungemütlich und nervenaufreibend, dass meine ursprüngliche Nervosität wegen meines Dates in den Hintergrund tritt. Ich kann mich nicht entscheiden, ob zwei nervliche Belastungen einander einfach aufheben oder ob ich nur ein Schlagloch von einer Panikattacke entfernt bin und gleich hysterisch flennend die missbilligenden Köter der alten Dame einsaue.

Jeden Halt kontrolliere ich auf meinem Handy und versuche zugleich, mich abzulenken, indem ich die Aussicht genieße. Wir fahren an der St.-Pauls-Kathedrale vorbei, als der Abendhimmel die elfenbeinfarbene Kuppel in oranges Licht taucht, als wäre die Sonne selbst in den Marmorsäulen gefangen. Rosa Blütenblätter von den Bäumen regnen auf den Bus nieder, als die obere Fensterreihe die überhängenden Zweige streift. Wenn nicht der überwältigende Geruch von Marihuana und Urin in der Luft hinge, wäre die Szenerie geradezu himmlisch. Wir fahren die Fleet Street und die Strand hinunter. Alte Pubs säumen die Straßen, ihre verwitterten Holzschilder kontrastieren die Menge mit ihren iPhones, die jeden Morgen und jeden Abend über die Bürgersteige hastet, ohne die Schilder vermutlich jemals wahrgenommen zu haben. Die ganze Strand entlang stehen verschiedene Kirchen zwischen Bürohäusern. Als mein Handy achtzehn Uhr anzeigt, höre ich die Glocken von St. Clement Danes, die auf einer Insel mitten auf der Straße steht. Sie spielen die Melodie des alten Kinderliedes »Oranges and Lemons«. Trotz des überwältigenden Straßenlärms und zahlloser Telefonate rings um mich sind die läutenden Glocken deutlich zu hören. Das hat eine seltsam beruhigende Wirkung, ein kleines Stück Tradition, das die Monotonie des Großstadtlebens durchbricht.

Als wir uns Trafalgar Square nähern, rutsche ich unruhig auf meinem Sitz herum und werfe einen Blick auf die Uhr. Ich bin eine halbe Stunde zu früh dran – nur für den Fall, dass ich mich verlaufe oder so sehr ins Schwitzen gerate, dass ich mich ein wenig abkühlen muss, bevor er kommt. An der letzten Haltestelle steige ich aus und werde von der Welle der Pendler mitgerissen. Ohne es zu wollen, schiebt man mich an den Löwen vorbei, die stolz daliegend Admiral Nelson auf seiner Säule umringen, und remple dabei beinah eine nichts ahnende Touristin um, die mitten auf dem Bürgersteig stehen geblieben ist, um ein Foto zu schießen. Während ich mich noch tausend Mal dafür entschuldige, sie fast umgerannt zu haben, werde ich auch schon wieder von der Menge weitergeschoben.

Caleb hat ein Treffen in einem Pub kurz hinterm Leicester Square ausgemacht, und obwohl ich am liebsten jedes Mal schreien würde, wenn eine Vierergruppe stur nebeneinander auf mich zuwalzt und mich zwingt, mich zwischen die Mopeds auf der Straße zu wagen, bin ich recht dankbar, dass unsere Verabredung an einem so stark belebten Ort stattfindet.

Der Pub nennt sich Richard's Tavern und steht in einer der Seitenstraßen in unmittelbarer Nähe von Chinatown. Beinahe wäre ich daran vorbeigegangen, ohne ihn zu bemerken. Das Schild ist verblasst und angerostet. Als ich die Doppeltür aufstoße, liegt der Geruch von Tabak schwer in der Luft. Sofort richten sich aller Augen auf mich, fünf an der Zahl – einer der Gäste an der Bar trägt eine Augenklappe –, und ich wende hastig meinen Blick ab. Die Inneneinrichtung sieht aus, als hätte man einen der Pubs der Kray-Zwillinge im East End hierher in die Innenstadt von London verpflanzt. Der rote Teppich bildet ein Flickenmuster aus dunklen Flecken, der Glücksspielautomat in der Ecke ist abgeschaltet, gibt aber in unregelmäßigen Abständen ein störendes Summen von sich, und der Barkeeper, ein großer, hässlicher Kerl, poliert ein Glas mit einem Lappen, von dem ich annehme, dass er einmal weiß war, inzwischen aber die Farbe von Schmutzwasser in einem Scheuereimer angenommen hat.

Captain Augenklappe beugt sich über eine Packung Pork Scratchings, die er auf die Bar geleert hat. Er trägt einen Anzug, der so alt und verstaubt aussieht, dass es mich nicht wundern würde, wenn er ihn einem Toten aus dem Grab gestohlen hätte. Seine blonden Bartstoppeln reichen ihm bis fast an die wässrig-blauen Augen, seine Fingerspitzen sind geschwärzt und halten ein Glas mit einer Flüssigkeit darin, die fast genauso dunkel ist.

Ich schenke ihnen allen ein Lächeln. Tatsächlich ist es vermutlich eher eine Grimasse, aber von drei Männern angestarrt zu werden, die so wirken, als hätten sie schon ewig keine Frau mehr gesehen, gehört nicht zu den Dingen, die ich an einem Freitagabend gern tue.

»Guten Abend«, wende ich mich mit zittriger Stimme an den Barkeeper. Seine Antwort ist ein Grunzen. »Haben Sie Cola light?« Er knallt eine Dose normale Cola auf den Tresen, und ich zucke bei dem Geräusch zusammen.

»Zwei fünfzig«, grunzt er. Rasch lasse ich die Münzen auf die klebrige Theke fallen und nehme die Cola mit, um mir einen Platz so weit wie möglich von den drei Männern entfernt zu suchen.

Als ich mich an einen Tisch am Fenster setze, stelle ich fest, dass es zu einer Seitenstraße hinausgeht und mir eine erstklassige Aussicht auf die Wand des Gebäudes gegenüber und einen aufgerissenen Müllsack gewährt. Zwei Mäuse huschen hastig davon, als sich eine Ratte, die fast genauso groß ist wie

Cromwell, von der anderen Straßenseite anpirscht und den Inhalt des Müllsacks für sich beansprucht.

Ich rufe mir in Erinnerung, warum ich eigentlich hier bin, starre auf meine Coladose und gehe in Gedanken all die Möglichkeiten durch, ein Gespräch in Gang zu bringen. Entdeckt habe ich sie in einem zufällig ausgewählten Artikel darüber, wie man erste Dates so erfolgreich wie möglich gestalten kann. Aber jetzt fällt mir nur eine einzige Eröffnungsfrage ein: »Was bedauerst du am meisten in deinem Leben?« Allerdings bin ich mir nicht sicher, ob das wirklich gut ankommen würde. »Hi, freut mich, dir zum ersten Mal zu begegnen. Sag mir, was du am meisten an deinem Leben hasst, vermutlich etwas, worüber du nicht mal mit deinem besten Freund reden kannst, aber das du einer Fremden anvertrauen möchtest, die du übers Internet kennengelernt hast?«

Nervös kratze ich an meinem Handrücken; die Haut wird fleckig und rot, wo die Fingernägel ihre Spuren hinterlassen. Hier hätte sich vermutlich Jack the Ripper auf die Lauer gelegt, um sein nächstes Opfer zu finden.

Die Türen öffnen sich quietschend. Ich spähe möglichst unauffällig zu dem Eintretenden hinüber, versuche möglichst nicht zu zeigen, wie gespannt ich bin. Ein großer, dunkelhaariger Mann strebt mit langen Schritten zur Theke. Er trägt eng anliegende Jeans und eine Denimjacke mit verschiedenen Ansteckern an den Aufschlägen. Selbst aus dieser Entfernung sehe ich, dass seine Haare mehr als schulterlang sein müssen, denn er hat sie zu einem unordentlichen Knoten am Hinterkopf hochgesteckt. Bestimmt ist das Caleb. Er sieht wirklich aus wie ein Rockstar. Nervosität erfasst mich, während ich ihn beobachte. Die beeindruckende Gestalt beugt sich über die Theke und bestellt einen Drink beim Barkeeper, der offenbar sehr viel lieber ihn bedient als mich.

Mit seinem Rum Cola in der Hand dreht er sich endlich um. Die Schmetterlinge in meinem Bauch erstarren und plumpsen eine Etage tiefer. Das ist nicht Caleb. Er lächelt mir zu, aber seine Zähne sind nicht schief wie auf den Fotos, sein Gesicht nicht so kantig. Ich bin beinahe enttäuscht, dass ich nicht mit ihm verabredet bin.

Als er sich ans andere Ende der Theke zurückzieht, senke ich meinen Blick wieder auf meine Cola. Jetzt, wo der Kreis der Gäste sich nicht mehr nur auf zwei starrende alte Männer und einen grabplündernden Piraten beschränkt, habe ich etwas mehr Vertrauen in diesen Pub. Vielleicht braucht man einfach eine Weile, um hier warm zu werden, oder alternativen Typen wie Caleb gefällt der »rustikale« Stil – Hipster lieben Dinge, die in den Augen aller anderen nur ein Haufen Müll sind.

Weitere zwanzig Minuten vergehen. Inzwischen ist er wirklich zu spät dran. Während meiner Wartezeit habe ich meine Cola ausgetrunken und versuche verzweifelt, den Druck in meiner Blase zu ignorieren, weil ich wirklich keine Lust habe, mir den Zustand der Toiletten anzusehen – falls sie überhaupt eine Damentoilette haben. Seitdem der attraktive Mann gekommen ist, von dem ich hoffte, er sei Caleb, hat nur noch eine weitere Person den Pub betreten, eine ziemlich hübsche Frau, von der ich nur vermuten kann, dass sie seine Freundin ist.

Inzwischen komme ich mir reichlich blöd vor, stehe auf und greife gerade nach meiner Denimjacke, um zu gehen, als die Türen erneut geöffnet werden. Ein älterer Mann – etwa im Alter meines Dads – tritt ein und kommt direkt auf mich zu, als er sieht, wie ich in der Ecke stehe. Da ich keine Lust habe, mich in eine Unterhaltung mit einem alten Mann verwickeln zu lassen, der vermutlich sein Alter als Ausrede nutzt, um in der Öffentlichkeit junge Frauen zu begrapschen, schüttele ich abwehrend den Kopf.

»Ähm, tut mir leid, ich will gerade gehen. Ich bin, ähm, mit jemandem verabredet«, stottere ich. Dabei komme ich mir zwar unhöflich vor, bin aber wirklich nicht in der Stimmung für Small Talk, nachdem man mich gerade versetzt hat.

»Maggie?«, fragt er. In seinen Mundwinkeln klebt ein wenig Speichel. »Tut mir leid, dass ich mich verspätet habe.«

Unfähig, mich zu rühren, stehe ich da, die Jacke noch in der Hand, und starre ihn mit offenem Mund an. Eine Lederjacke wie die in seinem Profil hängt um seine Schultern, aber darüber hinaus ist er absolut nicht wiederzuerkennen. Sein Haaransatz ist weit nach oben auf seinen Kopf zurückgegangen, und nur wenige dunkle Strähnen finden sich zwischen dem vorherrschenden Grau. Als mein Blick an ihm hinabgleitet, sehe ich, dass seine Jeans löcherig sind – und nicht etwa, weil es sich um fabrikneue, absichtlich zerfledderte und ausgefranste Jeans handelt, für die man ein halbes Monatsgehalt hinblättern muss. Obendrein ist sie voller Farbkleckse, genau wie seine Hände. Offenbar ist Caleb weniger ein Rockstar als vielmehr ein Maler und Tapezierer. Das wäre kein Problem, wenn er nicht zugleich so aussähe, als stände er auf der Warteliste für eine Hüftprothese. Seine Nase ist knollig und rot, die Wangen haben dieselbe Farbe; entweder hat er getrunken, oder er hat in seinem unglaublich langen Leben schon so viel Alkohol in sich hineingeschüttet, dass er dauerhaft die Farbe von Rotwein angenommen hat. Ich habe noch nie Vorbehalte gegen einen älteren Mann gehegt, aber in diesem Fall bin ich gründlich verarscht worden.

Mein erstes Date überhaupt, und ich bin auf ein Internetfake hereingefallen.

»Darf ich dir einen Drink bestellen, Liebes?« Er hat einen breiten Cockneyakzent und passt in diese Umgebung wie ein Puzzleteil.

»Ich – ich warte auf Caleb?«, bringe ich schließlich stotternd über die Lippen – in der verzweifelten Hoffnung, dass dieser Mann mir einfach nur eine Botschaft von seinem attraktiven Enkel überbringt.

»Er steht vor dir, Darling«, erwidert der alte Mann und deutet auf sich. Mich schüttelt es. »Meine Fotos sind ein bisschen alt, ich weiß.« Ich bin mir ziemlich sicher, dass es noch gar keine Farbkameras gab, als »Caleb« in dem Alter war, das er auf den Fotos in seinem Profil hat. Auf keinen Fall gab es schon iPhones, die auf Konzertfotos den Vordergrund aufhellten.

»Ich will ja nicht unhöflich sein, aber in deinem Profil ... Da steht, du seist neunundzwanzig?«, bohre ich nach, wenn auch vorsichtig und unsicher, denn ich habe Angst davor, ihn zu verletzen. Schließlich werden manche Männer ziemlich unangenehm, wenn sie das Gefühl haben, abgewiesen zu werden. Mich hat schon mal einer angespuckt, nur weil ich seine Annäherungsversuche durch Hinterherpfeifen ignoriert habe.

»Ach verdammt, ich weiß einfach nicht, wie ich das ändern soll. Es hat sich automatisch so eingestellt. Es macht dir doch nichts aus, dass ich ein bisschen älter bin, oder?« Der Blick seiner braunen Augen tastet meinen Körper ab, während er antwortet, und mich überläuft es kalt. Ausgerechnet heute habe ich mich für ein kurzes Sommerkleid entschieden, um aus meiner Komfortzone herauszukommen. Ich will mich erneuern, will abenteuerlustiger sein, aber jetzt bereue ich, dass mein Ausschnitt so viel zeigt.

Mir schwirrt der Kopf. Niemand weiß, dass ich hier bin. Dad konnte ich es nicht sagen – das war mir viel zu heikel –, und jetzt muss ich erkennen, dass ich einen schrecklichen, schrecklichen Fehler gemacht habe.

»Oh, nun ja, nein ... ist schon in Ordnung«, lüge ich, um ihn nicht zu beleidigen. Ich weiche seinem Blick aus, schaue an ihm vorbei und sehe, dass alle Anwesenden im Pub uns anstarren. Meine Wangen laufen rot an, eine Hitzewelle überkommt mich, brennt mir in der Kehle. Ich habe keine Ahnung, was ich jetzt tun soll. Soll ich mich mit einer Ausrede verabschieden und gehen? Wird er deswegen womöglich wütend? Soll ich auf einen Drink bleiben, um ihn zu besänftigen? Aber was, wenn ihn das zu falschen Schlüssen verleitet?

»Setz dich doch bitte, ich hole dir einen Drink.« Er nimmt mir die Entscheidung ab. Ich lasse mich wieder auf meinen Stuhl plumpsen, und eine Staubwolke steigt aus dem Sitzpolster auf und reizt mich zum Husten. Caleb geht hinüber an die Theke und plaudert mit dem Barkeeper, als wären sie alte Freunde. Sie drehen sich beide um, um mich anzusehen, und ich ziehe erneut eine Grimasse, weil es für ein Lächeln nicht reicht. Der Mann mit der Augenklappe lacht vor sich hin.

Denk nach, Maggie, verdammt noch mal, denk nach. Vielleicht ist er ein netter Mann. Ich bin es gewohnt, mit Beefeaters zu plaudern, und sie sind bessere Gesellschafter als jeder andere in meinem Alter, die ich bisher kennengelernt habe. Allerdings geben sie sich nicht als neunundzwanzigjährige Gitarristen aus, um mich in einen Pub zu locken, der aussieht wie eine Räuberhöhle.

In meiner Panik fällt mir nur ein logischer Ausweg ein: Ich gehe auf die Toilette. Ich bin mir nicht sicher, ob meine Blase einfach entschieden hat, für mich als Ganzes zu sprechen, aber Caleb kommt bereits mit zwei schmutzigen Gläsern pechschwarzen Lagers zurück, und wenn ich verschwinden will, dann heißt es jetzt oder nie.

Ich entschuldige mich, als er den Tisch erreicht. Ganz kurz überlege ich, ob es merkwürdig wirken könnte, meine Jacke mitzunehmen, aber ich bin sicher, dass alle Männer gelernt haben, nicht infrage zu stellen, was eine Frau mit auf die Toilette nimmt. Ich brauche etwas länger, aber endlich finde ich die Tür weit hinten in einem dunklen Gang des Pubs. Als sie hinter mir zuschwingt, steigt in mir sofort Ekel hoch. Der Gestank von Urin ist überwältigend, und obwohl ich in der Stunde, in der ich im Pub gesessen habe, niemanden gesehen habe, der sich so weit in das Innere des Pubs vorgewagt hätte, ist der Boden voller Pfützen, und es liegt genug Unrat herum, um sowohl die fette Ratte als auch die Mäusefamilie in der Seitenstraße am Leben zu halten. In welcher Farbe die Wände gestrichen sind, lässt sich nicht mehr feststellen, denn da sind viele Farben, alle abgeblättert, und auf allen vier Wänden finden sich mit dickem Filzstift geschriebene Kritzeleien.

Jetzt, wo mich die neugierigen Blicke meines Dates und seiner merkwürdigen Kumpane nicht mehr verfolgen können, kann ich endlich einen Plan fassen. Über der letzten Kabine befindet sich ein kleines Fenster. Aber ich bin fast eins achtzig groß und wiege sechsundsiebzig Kilo. Meine Chancen, dort hinaufzugelangen, um durchs Fenster abzuhauen, sind gering ... aber unmöglich ist es nicht, und mir gehen allmählich die Optionen aus.

Ausgerechnet die Kabine, von der aus das Fenster erreichbar wäre, ist mit einem handschriftlichen Hinweis versehen: Außer Betrieb. Ich versuche, sie gewaltsam zu öffnen, aber sie ist abgeschlossen.

»Mist«, flüstere ich. Mein Plan fällt in sich zusammen. Also, über die Tür klettern kann ich nicht, hindurchgehen kann ich auch nicht ... Misstrauisch betrachte ich den Boden. Meine Schuhe stehen in einer Pfütze. Alle möglichen Haare und ein künstlicher Fingernagel schwimmen darin. Seufzend gehe ich auf die Knie, und der Saum meines hübschen Kleides saugt einen Teil der Flüssigkeit auf. Ich packe die Unterseite der Tür mit einer Hand, greife mit der anderen unter ihr hindurch und versuche, sie von innen zu öffnen. Der untere Rahmen drückt sich schmerzhaft in meine Schulter, und meine Haare machen zum Teil Bekanntschaft mit der Pfütze auf dem Boden, aber schließlich gelingt es mir, den Riegel auf der Innenseite zu erreichen. Er sperrt sich, aber nach einigem Rütteln schaffe ich es, ihn mit einem Ruck aufzuschieben. Ein Seufzer der Erleichterung entfährt mir, aber dann streifen meine feuchten Haare meinen Rücken. Würgend kämpfe ich mich wieder auf die Füße und versuche, die Nässe an meinen Händen irgendwie loszuwerden.

Was sich hinter der Tür verbirgt, ist kein bisschen besser. Eine tote Maus liegt zusammengerollt neben dem Abfalleimer, und die Toilette ist randvoll mit einer Mischung aus Toilettenpapier und Erbrochenem. Wieder würgt es mich, und beinahe hätte ich die Toilettenschüssel noch mehr aufgefüllt.

Flach atmend, um nicht allzu viele Keime in die Lunge zu bekommen, stoße ich mit dem Fuß den Toilettendeckel herunter und klettere darauf. Endlich habe ich meinen Fluchtweg vor Augen und stelle erfreut fest, dass das Fenster bereits leicht geöffnet ist. Ich versetze ihm einen kleinen Stoß, und es öffnet sich ganz zur Seitenstraße hin. Die Kraft in meinem Oberkörper reicht nicht, um mich hochzuziehen, also muss ich mich mit einem Bein auf den Spülkasten stellen, um auf den Fenstersims zu gelangen. Mein Fuß trifft dabei den Spülhebel, eine Welle schmutzigen Wassers schießt unter dem geschlossenen Toilettendeckel hervor und überflutet den Boden. Daher kommt also die ganze Flüssigkeit. Wieder muss ich würgen und stecke den Kopf aus dem Fenster in der Hoffnung, dass die Luft draußen frischer ist.

Da meine Jacke meine Bruchlandung auf der Straße möglicherweise ein wenig abfedern kann, werfe ich sie zuerst aus dem Fenster. Dann erklimme ich den Fenstersims, der lang genug ist, dass ich ein Stück zur Seite rutschen und mich so drehen kann, um mich rückwärts aus dem Fenster hinabzulassen. Erst ein Bein, dann das andere. Gerade als ich zu dem Schluss komme, ich hätte meinen Kletterkünsten mehr vertrauen können, stelle ich fest, dass es nahezu unmöglich ist, meinen Hintern und meinen Bauch gleichzeitig durch das Fenster zu schieben. Die zusätzlichen Pfunde auf den Hüften sorgen dafür, dass ich mich im Fensterrahmen verkeile. Eine meiner Tanten hat mal gesagt, ich sei mit einer Figur gesegnet, die es leicht mache, Kinder zur Welt zu bringen, aber gerade jetzt fühle ich mich kein bisschen gesegnet. Mit dem Hintern voran hänge ich aus einem dreckigen Fenster, während der Rockteil meines Kleides und der gesamte Rest meines Körpers noch drinnen sind.

Was folgt, ist ausgesprochen unelegant. Ich krümme und winde mich wie ein Regenwurm, aber es hilft. Ich rutsche immer weiter nach unten, und endlich ist mein Bauch befreit – mein Kleid aber leider nicht. Ich halte inne, um zu überlegen, wie ich weiter vorgehen soll.

Das letzte Hindernis ist mein Busen. Als ich mich nach der Arbeit auf den Weg machte, war ich richtig stolz darauf, wie prall und straff meine Brüste in diesem Kleid wirkten. Aber jetzt sind sie nur ein weiteres Hindernis auf meinem Weg in die Freiheit. Und so dringend ich auch aus diesem Gebäude entkommen möchte, ich würde es wirklich vorziehen, das voll bekleidet zu schaffen.

Falls das Universum meine flehende Bitte gehört haben sollte, zeigt es mir jedenfalls den Stinkefinger: Es gelingt mir, mich aus dem Fenster zu winden, angespornt von sich nähernden Schritten, aber mein Kleid erreicht die Ziellinie nicht. Ich stehe mit beiden Füßen in der Seitenstraße, der blanke Busen dem Wind ausgesetzt, und mein Kleid hängt schlaff am Fensterhaken fest. Ich zerre daran, ernte aber nur ein laut reißendes Geräusch, weil das Fenster sich weigert, das Kleid freizugeben. Aber da ich auf gar keinen Fall länger als unbedingt nötig nur mit einem Höschen und einem Paar Stiefel bekleidet mitten in London herumzustehen gedenke, versuche ich es weiter und gerate dabei immer mehr in Verzweiflung.

Als der feuchte Stoff endlich wieder mein ist, werfe ich das, was von meinem Kleid übrig ist, über den Kopf. Schnell wird mir klar, dass es kaum noch meine Brustwarzen zu bedecken vermag. Also ziehe ich es wieder aus, stattdessen meine Jacke an, und wickle mir den zerrissenen Stoff um die Taille, wobei ich Gott danke, dass ich den Stringtanga erst beim zweiten Date tragen wollte. Ich habe es geschafft, so auszusehen und zu riechen, als wäre ich gerade von den Dreharbeiten zu einem Horrorfilm gekommen, und mache mich zutiefst gedemütigt auf den Heimweg.

Zum Glück hat die District Line schon viel Schlimmeres gesehen als eine fast nackte, nach dem Urinbeutel eines alten Mannes riechende Mittzwanzigerin. Niemand zuckt auch nur mit der Wimper, als ich den Kopf an das staubige Fenster lehne und den ganzen Weg zurück nach Tower Hill verzweifelt gegen die Tränen ankämpfe.

Die Rabenmeisterin hat Wachdienst, als ich nach Hause komme. Einmal im Monat ist jeder Beefeater dran, Nachtwache zu schieben. Obwohl Nachtwache es eigentlich nicht richtig trifft – meistens sitzen sie nur die ganze Nacht im Byward Tower, dösen im Lehnstuhl oder schauen eine der DVDs, die sich im Laufe der Jahrzehnte angesammelt haben. Nur gelegentlich unterbrechen sie ihr Tun, um betrunkene Gäste der Bar hinaus- oder betrunkene Bewohner von draußen hereinzulassen. Nach meiner Erfahrung muss man manchmal ganz schön oft klingeln, um sie aus ihrem Nickerchen zu wecken.

Die Rabenmeisterin aber öffnet mir das Tor, bevor ich es erreichen kann. Merlin hockt auf ihrer Schulter, die Fänge in ihre Strickjacke gekrallt. Wenn ich mich aufrecht hinstelle, reicht mir die Rabenmeisterin kaum bis an die Brust, denn ein Großteil ihrer Körpergröße ist der immer stärker werdenden Krümmung ihres Rückens zum Opfer gefallen. Deshalb befinden Merlin und ich uns beinahe auf Augenhöhe, und ich bin mir sicher, dass er mir listig zublinzelt.

Als ich mich bei ihr bedanken und den mühsamen Gang über das Kopfsteinpflaster nach Hause antreten will, winkt sie mich schweigend heran und bedeutet mir, ihr in den

Byward Tower zu folgen. Die Tränen, die schon den ganzen Heimweg aufzusteigen drohten, brennen mir in den Augen, wo sie sich festsetzen, aber ich schleiche gehorsam hinter ihr her – zutiefst beschämt und gedemütigt.

Hinter der schweren Tür befindet sich ein achteckiger Raum aus Stein. Zahllose Porträts von Beefeaters säumen die Wände bis hinauf zur hohen Decke, und sofort meine ich, ihre Blicke zu spüren. Ich versuche, mich so gut wie möglich zu bedecken, aber es ist sinnlos. Abgesehen vom Porträt des Duke of Wellington, das dem in der Wachstube entspricht, spiegelt alles hier drin die 1960er-Jahre. Die Tische und Schränke sind alle im selben merkwürdigen Orange furniert, und ein Stiefelputzer von der Größe eines Kühlschranks steht kaum benutzt in einer Ecke. Das Einzige, was unserem jetzigen Jahrhundert entstammt, sind die luxuriösen Lehnstühle. Ihr grobes Leder beißt sich mit dem Rest des Raumes, als hätte man sie aus einer Zeitschrift ausgeschnitten und auf ein antikes Foto geklebt.

Die Rabenmeisterin reicht mir ihre Uniformjacke, und ich ziehe sie mir über meine notdürftige Bekleidung. Die Jacke ist aus hellroter Wolle und reicht der Rabenmeisterin bis an die Schienbeine, bei mir aber nur bis zur Mitte der Oberschenkel. Ich danke ihr leise, während mir der Schweiß ausbricht. Am anderen Ende des Raumes lodert ein Feuer im offenen Kamin, und die Hitze hat den Raum in eine Sauna verwandelt, obwohl die Rabenmeisterin so viele Lagen Kleidung trägt, dass ein Stück Blätterteiggebäck vor Neid erblassen würde. Heute leisten ihr vier der Raben Gesellschaft: Rex, Regina, Edward und natürlich Merlin. Die anderen drei sitzen auf den Rückenlehnen der Stühle, die an den Tischen überall im Raum stehen. Am Tag sind diese Stühle belegt von Beefeaters, die einander hier ihre alten Geschichten aus ihrer Militärzeit zum hundertsten Mal zum Besten geben. Es ist irgendwie witzig, wie die eleganten Vögel jetzt ihre Plätze einnehmen – ich stelle mir vor, dass sie die ganze Nacht mit der Rabenmeisterin plaudern und ihre eigenen Geheimnisse teilen. Der Anblick beruhigt und tröstet mich seltsamerweise, und die Tränen, die mir die Kehle zuschnüren, ziehen sich ein wenig zurück. Wer kann sich schon in Selbstmitleid baden, wenn er zu Hause von so etwas empfangen wird?

Ich gehe hinüber und streichle Edwards Federn. Die auf seinem Kopf stehen nach allen Seiten weg, was ihm den Spitznamen »Slash« eingetragen hat. Er knabbert spielerisch an meinen Fingern, als ich damit aufhöre, also fahre ich fort, ihm die Federn zu glätten, obwohl sie jedes Mal wieder hochspringen, wenn ich den Finger wegnehme.

Normalerweise ist der Tisch mitten im Raum vollgepackt mit Schriftstücken und Formularen, aber heute stehen dort verschiedene Teller mit Vogelfutter und undefinierbaren roten Futterbällen. Die Rabenmeisterin sitzt auf einem Büro-Drehstuhl hinter dem Tisch, und ihr winziger, gekrümmter Körper wirkt auf etwas so Modernem irgendwie bizarr. Ihre unbeschuhten Füße baumeln ungünstig in der Luft, als säße sie auf dem Ast einer hohen Eiche. Ich kann mir nicht helfen, aber ich denke, in einem Baum hätte sie es wahrscheinlich bequemer.

»Launenhafte Männer hüten oft Geheimnisse.« Sie blickt nicht auf, als sie eine ihrer Prophezeiungen von sich gibt. Wieder scheint es mir, als hätte ich ihren guten Rat früher gebrauchen können. Caleb, der nette, geistreiche, wortgewandte Mann, hat sich als doppelt so alt wie ich erwiesen und als jemand, der mit gefakter Internetidentität auf Dummenfang geht. Vielleicht ist sie schon so alt, dass ihre Wahrsagungen immer ein bisschen zu spät kommen.

Ich danke ihr mit einem Nicken für ihre Weisheit, weil ich die wenigen Male, in denen sie es tatsächlich schafft, ein paar Worte zu sagen, nicht entwerten möchte. »Ehrlich gesagt, ich bin immer noch auf der Suche nach einem Mann, der kein

Geheimnis hütet.« Ich lache halbherzig, aber mein Scherz löst einen schmerzhaften Stich in meiner Brust aus. Ich hatte nur vor, was ich immer vorhabe – zu witzeln über etwas, was mir Unbehagen bereitet –, aber plötzlich verschwimmt der Raum vor meinen Augen. Wie sie so nebeneinander sitzen, verschwinden Rex und Regina hinter einem nassen Schleier, während ich versuche, meine Tränen hinunterzuschlucken. Ich weigere mich, zu weinen. Für jemanden, der mietfrei in einer Festung lebt, habe ich schon viel zu viel geweint.

»Nicht alle Geheimnisse sind das, was sie auf den ersten Blick zu sein scheinen«, fährt sie fort. Erneut bin ich mir ziemlich sicher, dass Caleb – sofern er überhaupt so heißt – einfach nur ein alter Mann ist, der mit einer dreißig Jahre Jüngeren ins Bett steigen möchte. »Trotz allem, was dein Exfreund je von sich gegeben hat – er ist einfach nur ein kompletter Vollhonk.«

Meine Tränen sind vergessen, während ich in hemmungsloses Lachen ausbreche. Noch nie habe ich sie so direkt reden hören, und ganz sicher habe ich sie noch nie fluchen hören – höchstens auf ihre eigene schrullige Art. Sie lacht sogar ein wenig. Ihr Kopf sinkt noch tiefer zwischen ihre Schultern, die unter ihrem schüchternen Lachen zucken, und sie sieht sehr zufrieden mit sich selbst und der soeben geäußerten Beleidigung aus. Keine Ahnung, wieso sie überhaupt von Bran weiß. Die Rabenmeisterin ist die Letzte, die auf das Getuschel der Angestellten achtet, aber irgendwie findet sie immer einen Weg, ganz genau zu erfahren, was vor sich geht, obwohl sie so zurückgezogen lebt.

»Danke«, sage ich erneut unter Tränen, aber diesmal sind es Lachtränen.

»Geh zu Bett, Kind. Oh, und Maggie, die alles sehenden Augen werden dir heute Nacht keine Probleme bereiten«, fügt sie hinzu, als sie sich langsam zu dem Computer begibt, der in der Ecke vor sich hin summt.

»Gute Nacht.« Als ich mich der Tür zuwende, ist sie bereits wieder dabei, die Sonnenblumenkerne aus dem Vogelfutter zu picken. Sie winkt ab, ohne aufzublicken. Ich winke den Vögeln zum Abschied zu, schließe die Tür hinter mir und setze meinen Heimweg fort, ohne mir länger den Kopf über mein missglücktes Date zu zerbrechen. Stattdessen kichere ich wie ein kleines Kind über das Wörtchen »Vollhonk«.

13. KAPITEL

Ein paar Tage dauert es, bevor ich mich wieder an Tinder heranwage. Die Grenadier-Gardisten habe ich seit dem Zählappell für die Raben nicht mehr gesehen. Jeden Morgen auf dem Weg zur Arbeit nehme ich denselben Weg durch den Innenhof und halte Ausschau nach den leuchtend weißen Federn an den Bärenfellmützen, und jeden Morgen werde ich enttäuscht. Ich rede mir ein, dass meine Enttäuschung hauptsächlich da herrührt, dass ich gerade wirklich ein bisschen Aufmunterung und Ablenkung durch Riley und Walker gebrauchen kann sowie Mos guten Rat, wie ich mich davor schützen soll, auf gefakte Internetprofile von alten Männern hereinzufallen. Aber Freddie spukt mir immer noch im Kopf herum.

Obwohl ich ihn dabei ertappt habe, wie er sich nach der Party in der Messe meine Handynummer notierte, und obwohl er versprochen hatte, mich anzurufen, habe ich kein einziges Mal von ihm gehört. Vermutlich sollte ich dafür dankbar sein. Er macht es mir sehr viel leichter, nicht denselben Fehler zu begehen wie meine Mutter.

Da ich niemandem von dem Vorfall mit Caleb erzählt habe und außer mir nur die Gäste in einem Pub, den ich nie im Leben wieder aufsuchen werde, davon wissen, bin ich zu dem Schluss gekommen, dass ich keinen Grund zum Schämen habe. Also bin ich bereit, erneut einen Versuch zu wagen und aus meinen Fehlern zu lernen. Außerdem haben Samantha und Andy den ganzen Morgen davon geredet, wie viele Männer ihnen zu Füßen liegen. Andy hat sich sogar die Mühe gemacht, ganz besonders laut zu sprechen, als sie den Kolleginnen erzählte, dass niemand Geringeres als mein Exfreund ihr reihenweise Nachrichten schickt, während er mich glücklicherweise in Ruhe lässt. Offen gesagt, wenn zwei Menschen mit der Persönlichkeit einer verhaltensgestörten Zahnbürste jemanden finden können, der sie liebt, dann gibt es garantiert immer noch Hoffnung für mich.

Ich öffne die App, nehme mir einen Moment Zeit, um Caleb zu blocken und ihn zu melden – die Schamgefühle, die der Anblick seiner Fotos in mir weckt, schiebe ich resolut beiseite –, und klicke mich durch die Matches. Wenn Touristen den Eindruck machen, meinen Schalter ansteuern zu wollen, ducke ich mich hinter meinen Tisch, und sie wenden sich glücklicherweise Andys Schalter zu, die ich laut aufstöhnen höre.

Schnell wird klar, dass alle Profile, die ich öffne, nur eine stetige Wiederholung einiger weniger Typen sind. An erster Stelle steht der Fuckboy: meistens mit E-Zigarette oder zusammengepressten Kiefern, in Jeans, die so eng sitzen, dass sie seiner kleinen Schwester gehören sollten, und einer Bio, die im Großen und Ganzen besagt: »Ich bin hier, um Spaß zu haben, nicht fürs Leben«, garniert mit gruseligen Zwinker-Smileys. Dann folgt der Autonarr: immer an ein Auto gelehnt, das ihm eindeutig nicht gehört, gefolgt von mehr Fotos verschiedener Auspuffanlagen als seines eigenen Gesichts und einer Bio, verfasst in einem Kauderwelsch, von dem ich nichts verstehe, außer dass es offensichtlich um Autos geht. Ebenfalls häufig vertreten ist der Typ »ewiger Student«: Seine Fotos zeigen ihn fast alle in irgendeiner merkwürdigen Aufmachung oder in einem Club, grellbunte Alcopops in den Händen haltend, und seine Bio enthält immer den Namen seiner Universität, damit man nicht vergisst, dass er einen Abschluss hat, von dem man noch nie gehört hat.

Natürlich tauchen auch Soldaten auf; aus irgendeinem Grund stoße ich auf eine Menge Amerikaner. Ihre Fotos zeigen sie normalerweise in Kampfuniform und Stiefeln auf einem schmalen Bett, und sie sind oft ein paar Tausend Kilometer weit weg, eindeutig im Ausland stationiert und auf der Suche nach einer englischen Rose, die ihnen ein paar Fotos von ihren Brüsten schickt, um sie aufzumuntern. Dann ist da der Dad-Typ; er hat zwar keine eigenen Kinder, aber auf all seinen Fotos hält er entweder ein niedliches Baby oder einen Hund auf dem Arm. Natürlich steht in der Bio immer »nicht mein Baby«, nur damit klar ist, dass er ein liebevoller, fürsorglicher Mann ist, aber keine Verpflichtungen gegenüber eigenem Nachwuchs hat. Ganz bestimmt spielt er nur den liebevollen Onkel, aber das Einzige, was ihn an einem Baby interessiert, ist das, was es braucht, um eines zu machen. Und da wir hier in London sind, gibt es hin und wieder auch einen Reisenden, der »nur für drei Tage in der Stadt« ist und jemanden sucht, der ihm während seines Aufenthalts die Sehenswürdigkeiten zeigt. Was übersetzt einfach bedeutet: »Ich will in jedem Land, das ich bereise, mit einer Frau schlafen.«

Es wäre untertrieben zu sagen, dass keiner von denen als potenzieller Ehemann infrage kommt, aber ich blättere trotz des enttäuschenden Angebots weiter. Es ist recht unterhaltsam, alle Profile durchzugehen und sie in verschiedene Schubladen einzusortieren; bei jedem, der auch nur ein wenig aus dem Rahmen fällt, wage ich einen Swipe nach rechts. Bis jetzt habe ich gerade mal drei von der Sorte gefunden, und natürlich ergibt sich daraus kein einziges Match.

Im Laufe der folgenden Woche erziele ich genau vier neue Matches, von denen drei offenbar ihre Meinung wieder ändern, denn nur einer von ihnen ringt sich dazu durch, eine Konversation zu eröffnen. Jake, 28, versucht sofort, so viel wie möglich über mich in Erfahrung zu bringen. Ich muss mir einbläuen, dass eine Frage nach meinem ersten Haustier oder dem Mädchennamen meiner Mutter auf einen Betrugsversuch hindeuten kann, aber er hält sich an harmlose Fragen:

Wie geht es dir? Woher kommst du? Was ist deine Lieblingsfarbe? Für welche Waffe entscheidest du dich in der Zombie-Apokalypse?

Über Letzteres unterhalten wir uns ziemlich lange, da ich so manchen einsamen Abend damit verbracht habe, mir Zombie-Filme anzuschauen und mich zu fragen, warum alle so verzweifelt zu überleben versuchen. Ich meine, warum soll man sich die Mühe machen, den Untoten das Gehirn herauszublasen, um hinterher in einer Welt zu leben, die um vieles schrecklicher ist als vorher? Außerdem glaube ich einfach nicht, dass ich genügend Energie aufbringen könnte, um die Zivilisation wiederaufzubauen. Aber meine Überlegungen scheinen Jake ziemlich zu überraschen, und er antwortet nur: »Ich glaube, ich würde mich für eine Kettensäge entscheiden.«

Danach halte ich es für besser, nicht ganz so ehrlich zu sein. Also wechsele ich die Taktik, überlasse es ihm, die Richtung der Unterhaltung vorzugeben, und die nächste Stunde vergeht damit, dass ich ein bisschen übereifrig auf ihn reagiere und sein anhand verschiedener Gewichte beim Bankdrücken ermitteltes One-Repetition-Maximum ehrfürchtig wiederhole. Anschließend diskutieren wir darüber, ob er mich hochstemmen könnte, wobei mich allein schon der Gedanke daran ermüdet. Mich ein wenig anders zu geben, als ich tatsächlich bin, scheint jedoch zu funktionieren; als er das Thema Fitnessstudio durchgekaut hat, bittet Jake mich um ein Date, und bevor ich kneifen kann, erkläre ich mich rasch dazu bereit.

Wir verabreden uns in einem Restaurant in Shoreditch. Das ist vom Tower aus bequem zu Fuß zu erreichen, und ich plane jedes Detail meines Weges ganz genau, um meine Nerven zu beruhigen. Shoreditch ist ein angesagtes Künstlerviertel und damit voller Leute, die viel cooler sind als ich. Ich hätte nur in einem »Kleid« aus Orangennetzen hierherkommen können, und vermutlich hätte niemand auch nur mit der Wimper gezuckt, schon gar nicht, wenn ich vor einer der graffitibeschmierten Wände Fotos gemacht hätte. Selbst Vandalismus ist hier schick.

Das Restaurant hat Jake vorgeschlagen. Es nennt sich The Medicine Ball, und ich warte um die Ecke, um nicht zu früh zu erscheinen und wieder in der Falle zu sitzen. Erst fünf Minuten nach der verabredeten Zeit betrete ich das Restaurant, aber das war Zeitverschwendung – ich bin trotzdem früher da als er.

Da ich mich nicht blamieren möchte, indem ich gleich wieder rausgehe, suche ich mir einen Platz und sehe mich um. Jetzt erst erkenne ich, dass ich den Namen völlig falsch interpretiert habe. Als Jake von »Medicine Ball« sprach, dachte ich an eine Bar im Stil einer Apotheke mit einer düsteren akademischen Atmosphäre, ein Restaurant, in dem Frauen Kleider tragen wie Keira Knightley in »Abbitte« und ihre Zigaretten in langen Zigarettenspitzen rauchen. Leider habe ich mich von meiner Fantasie in die Irre führen lassen und bin völlig unpassend gekleidet, denn der Name ist viel wörtlicher zu nehmen. Es handelt sich um eins dieser Themenrestaurants, die man häufig auf Instagram sieht. Dort wirken sie immer sehr beeindruckend, aber es wird mehr Mühe darauf verwendet, sie möglichst authentisch zu gestalten, als darauf, den Zweck eines Restaurants zu erfüllen. Die Einrichtung erinnert an eine alte Schulturnhalle, mit Basketballkörben an beiden Enden des Raumes und Spielfeldmarkierungen auf dem Boden. Mit solchen Hallen verbinde ich keine allzu schönen Erinnerungen; die meisten Turnstunden verbrachte ich wegen »meiner Tage« auf einer der Bänke, wie ich meine Sportlehrerin wissen ließ.

Ich habe noch nie verstanden, warum diese Hallen immer so schummerig beleuchtet sind, als hätte der Eigentümer vergessen, die Stromrechnung zu bezahlen. Jedenfalls erhellen die Lampen kaum den Tisch vor mir, als der Kellner, im Trainingsanzug und mit Trillerpfeife um den Hals, mir einen Krug Wasser bringt. Nachdem ich mir nahezu blind ein Glas eingegossen habe, trinke ich langsam und schluckweise. Die Warterei macht mich kribbelig.

Erst fünf Minuten später öffnet sich die Eingangstür erneut. Ein großer Blonder, den ich von seinen Profilfotos als Jake erkenne, stolziert herein. Muskeln wie die eines Rugbyspielers betonen, wie breit seine Schultern sind. Er sieht aus, als könnte er es mit einem Bären aufnehmen, und der Gewinner stünde zweifelsfrei fest. Sein aufgepumpter Bizeps – sowie die Hälfte seiner linken Brustwarze – liegen frei, denn er trägt ein Tanktop. Mit geschwellter Brust, sie ähnelt der einer balzenden Taube, stellt er mich in meinem busenbetonenden Kleid beinahe in den Schatten. Theoretisch würde man ihn nicht attraktiv nennen – sein ganzes Gesicht wirkt leicht nach links verschoben, die Nase ist etwas krumm, und seine Ohren stehen deutlich ab –, aber in seiner Robustheit ist er tatsächlich sexy, in seiner Unvollkommenheit umso faszinierender.

Alles in allem wirkt er ganz anders als Bran, und glücklicherweise ist er das komplette Gegenteil von Caleb. Die starke Nervosität, die mich erfüllt hat, legt sich ganz leicht, als ich erkenne, dass ich diesmal nicht wieder auf ein Fake hereingefallen bin. Das Restaurant ist fast leer, und so entdeckt er mich ziemlich schnell. Ein Lächeln breitet sich auf seinem Gesicht aus, dabei bilden sich tiefe Grübchen, die den ersten leicht imponierenden Eindruck abmildern. Er winkt mir enthusiastisch zu, während er den Raum durchquert und dabei immer größer wird. Als ich aufstehe, um ihn zu begrüßen, überragt er mich weit, und in meinem Bauch rührt sich ein kleiner Schmetterling.

»Maggie, du siehst ... entzückend aus«, sagt er. Mir ist schmerzlich bewusst, dass ich für diesen Ort overdressed bin. Jake sieht aus, als käme er direkt aus dem Fitnessstudio und hätte gerade erst sein Training absolviert und seinen Proteinshake getrunken, aber ich habe mich für ein babyblaues Kleid entschieden, das am Oberkörper eng anliegt und in einen weiten, knielangen Rockteil ausläuft. Wenigstens habe ich keine hochhackigen Schuhe angezogen, darüber bin ich jetzt froh, aber das ändert nichts daran, dass es mir peinlich ist, im Café eines besseren Freizeitzentrums so gekleidet aufzuschlagen, als wären wir in einem halbwegs schicken Restaurant verabredet.

»Danke. Ich freue mich, dich kennenzulernen«, sage ich, als wir uns setzen. »Warst du im Fitnessstudio?«, frage ich und deute auf die Flasche, die er auf den Tisch stellt.

»Nein.« Ich warte auf eine Erklärung, und als klar wird, dass er nichts weiter dazu sagen will, lache ich nervös, ein bisschen überrascht von seiner einsilbigen Antwort. Er lächelt immer noch, anscheinend nicht so uninteressiert, wie seine Reaktion vermuten lässt.

»Also, was machst du so?«, will ich wissen, als mir klar wird, dass ich bei unserem ersten Frage-Antwort-Spiel auf Tinder gar nicht nach seinem Beruf gefragt habe.

»Training im Fitnessstudio hauptsächlich.«

»Oh ... ich meinte deinen Job.« Wieder lache ich.

Jake hebt ein Glas Wasser an seine Lippen und versucht zeitgleich zu antworten. Da er Wasser im Mund hat, läuft ihm ein wenig davon übers Kinn, und er kichert, immer noch mit vollem Mund, und wischt es sich mit dem Träger seines Tanktops ab. »Ja! Fitnessstudio, Training und so, ein bisschen Bodybuilding«, setzt er hinzu, nachdem er endlich sein Wasser geschluckt hat.

»Du ... nimmst also an Bodybuildingshows und so teil? Das muss ziemlich hart für dich sein ... sowohl geistig als auch körperlich.« Ich gebe mein Bestes, um interessiert zu wirken. Bodybuilding gehört nicht gerade zu den Themen, mit denen ich mich super auskenne, aber alles, was eine Unterhaltung in Gang bringt, ist mir recht.

»Ja, ein bisschen hart ist das.« Zum Glück rettet mich der Kellner davor, mir eine Antwort auf diesen fesselnden Beitrag einfallen zu lassen.

»Was kann ich euch beiden zu essen bringen?«, fragt er und beugt sich über meine Schulter, um auf die Speisekarte in meinen Händen zu schauen. Seine Trillerpfeife schwingt an ihrem Band hin und her und schlägt mir mehrmals an die Wange.

Die Speisekarte ist so kurz, dass sie sich schon fast postapokalyptisch anfühlt. Es gibt eine Auswahl an Reis – das heißt, man hat die Wahl zwischen weißem und braunem Reis. Der Rest der Speisekarte widmet sich hauptsächlich den verschiedenen Zubereitungsformen von Hähnchenbrust oder, wenn es etwas Besonderes sein soll, von Lachs.

»Hähnchenbrust vom Holzofengrill und braunen Reis, bitte, Reece«, antwortete Jake, ohne einen Blick in die Karte zu werfen.

»In Ordnung, Jake«, erwidert der Kellner, der mein Date ganz offensichtlich kennt. »Wie geht es den Jungs? Ich habe gesehen, wie du die hundertzweiundvierzig Kilo gepackt hast.« Sie schütteln einander die Hand, obwohl es mehr nach Abklatschen aussieht.

»Mann, das war irre. Ich meine, die hundertsiebenundvierzig Kilo diesmal. Ich muss die Makros ein bisschen erhöhen. Ich fühle mich wie ein Panzer.«

Die beiden unterhalten sich in diesem Stil weiter, und ich schaue von einem zum anderen, lächele und nicke, als wäre ich beteiligt. Auch wenn sie mich in ihr Gespräch mit einbezogen hätten, hätte ich nicht viel dazu beitragen können. Ebenso gut hätten sie in einer Fremdsprache reden können, und als sie anfangen, über Nahrungszusätze und so weiter zu reden, gebe ich auf, widme mich wieder der Speisekarte und warte darauf, dass die beiden sich zur Genüge ausgetauscht haben. Die Tatsache, dass ich kaum fünf Worte aus Jake herausgeholt habe, er jetzt aber einen angeregten Plausch mit dem Kellner hat, lässt mich zu dem Schluss kommen, dass er sich wohl lieber mit ihm verabredet hätte.

Reece nimmt endlich meine Bestellung entgegen, nachdem ich die Speisekarte zwölf Mal von vorn bis hinten gelesen habe. Ich verwöhne mich mit Zitronen-Lachs auf weißem Reis und bin sogar verrückt genug, gedünsteten Brokkoli dazu zu nehmen. Um etwas Anständiges in den Magen zu bekommen, kann ich hinterher immer noch zu McDonald's gehen, sage ich mir.

»Also ... wohin würdest du in der Zombie-Apokalypse gehen?«, fragt Jake nach kurzem Schweigen. Ich beginne mir Sorgen zu machen, ob er etwas erfahren hat, wovon ich nichts weiß – dass die Untoten sich bereit machen, die Welt anzugreifen. Entweder das, oder ihm fällt wirklich nichts ein, womit er sonst eine Unterhaltung beginnen soll ...

»Ähm, vermutlich würde ich einfach zu Hause bleiben«, antworte ich leicht desinteressiert und erinnere mich im Geiste daran, dass ich auf keinen Fall noch einmal erwähnen sollte, für wie sinnlos ich es halte, zu überleben.

Unzufrieden mit meiner Antwort, verwendet Jake die nächste Dreiviertelstunde darauf, in allen Einzelheiten zu beschreiben, was man tun sollte, wenn man einer Armee der Untoten gegenüberstünde. Im Grunde handelt es sich nur um ein Plagiat des Plots von »Shaun of the Dead«, aber er ist mit vollem Ernst bei der Sache und redet ohne Punkt und Komma.

»Also, im Wesentlichen würdest du also in den Pub gehen und warten, bis alles vorbei ist?«, frage ich lachend, nachdem ich mir seinen ausgeklügelten Plan angehört habe.

»Im Grunde, ja.« Er sagt das vollkommen ernst, der Witz entgeht ihm völlig, und ich begreife, dass er sich vermutlich nicht einmal selbst dessen bewusst ist, dass er seinen ganzen Plan aus einem Film von Edgar Wright geklaut hat.

Ich räuspere mich und bemühe mich, das Thema zu wechseln, bevor er als Nächstes den Plot von »Train to Busan« zu erläutern versucht. »Hast du schon immer in London gelebt?«

»Ja.«

Ich seufze. Das wird ganz offensichtlich ein sehr langer Abend ...

Wir essen weitgehend schweigend, und Jake hält seinen Blick auf seinen Teller gerichtet, als könnten dem sonst plötzlich Beine wachsen, auf denen er davonrennt. Mein Essen schmeckt in etwa so wie erwartet, und ich verbringe die meiste Zeit damit, zu überlegen, was trockener ist: Jakes Unterhaltung oder der Lachs. Als wir aufgegessen haben, will ich nur noch fort. Für dieses Treffen hat es sich absolut nicht gelohnt, aus dem Bett aufzustehen.

Wie jede gute Feministin biete ich an, mein Essen selbst zu bezahlen, aber Jake besteht darauf, die Rechnung ganz zu übernehmen, und lässt ein ordentliches Trinkgeld für seinen Freund da. Als wir das schwach beleuchtete Restaurant verlassen, trifft mich dasselbe Gefühl wie beim Verlassen eines Kinos am helllichten Tag. Es ist zwar schon halb acht, aber die Sommersonne steht noch blendend hell am Himmel, und ich muss die Augen zukneifen, als Jake mir nach draußen folgt. Wir bleiben stehen, um uns unbeholfen voneinander zu verabschieden.

»Ich fand den Abend großartig ...«, sagt er.

»Wirklich?«, frage ich zurück, unfähig, meine Verwunderung zu verbergen. Er lächelt, hat genau genommen auch kaum mal aufgehört zu lächeln, aber ich war angesichts seiner Einsilbigkeit dennoch davon ausgegangen, dass er genau wie ich nur so schnell wie möglich wegwollte.

»Ja, du bist in Ordnung«, sagt er, und das soll wohl ein Kompliment sein.

»Danke«, gebe ich ein wenig unbehaglich zurück und zögere, verwirrt von seiner Anerkennung. Urteile ich womöglich vorschnell? Der heutige Abend war kein absoluter Reinfall, und er war auf jeden Fall ein Fortschritt, verglichen mit Caleb. Jake ist immerhin ein halbwegs ordentlicher Mensch, wenn auch kein guter Gesprächspartner. Und einfach nicht Freddie, fügt eine leise Stimme in meinem Kopf hinzu. Ich schüttele den Gedanken ab und wende meine Aufmerksamkeit wieder meinem Date zu.

Gänzlich unerwartet beugt Jake sich langsam vor, verzieht dabei das Gesicht zu dieser peinlichen Miene, die Männer zeigen, wenn sie vorhaben, dich zu küssen: geschlossene Augen, Kopf ein wenig schräg gelegt, die Lippen leicht geöffnet. Verdammt, warum eigentlich nicht? Freddie mag mich vielleicht nicht küssen, aber dieser Mann will es. Also komme ich ihm entgegen. Ich muss abenteuerlustiger sein, spontaner, und was wäre da passender, als einen Mann zu küssen, der mir vor einer Stunde noch ein Fremder war?

Unsere Lippen treffen sich beinahe, als ich seinen heißen Atem auf ihnen spüre. Schlagartig reiße ich die Augen auf und schließe den Mund, als hätte jemand nachgeholfen. Fisch. Ich habe den Lachs gegessen, aber es ist sein Atem, der so riecht, als hätte er die komplette Besetzung von »Arielle, die Meerjungfrau« verspeist. Rasch entscheide ich mich für eine Umarmung statt des Kusses und nutze den Moment, dass er hinter seiner breiten Schulter nicht sehen kann, wie ich würgen muss. Jake zu umarmen ist fast genauso, als würde ich einen Baum umarmen. Sein Körper ist hart von all seinem Training, und ich spüre nicht die geringste Bewegung unter meiner Umarmung.

Als ich mich von ihm löse, wird er rot. Ich fühle mich schrecklich, weil ich ihn in Verlegenheit gebracht und ihn abgewiesen habe, aber ich glaube, dafür wäre er dankbarer als für die Alternative, dass ich mich in seinen Mund übergeben hätte.

»Danke für das Abendessen, Jake. Es war so schön, dich kennenzulernen«, sage ich und lächele so freundlich, wie es mir nur möglich ist. Er erwidert mein Lächeln. »Ich gehe jetzt lieber nach Hause … Ich, ähm, schicke dir eine Textnachricht.« Er winkt mir nach, und als ich weit genug gegangen bin, um mich wieder wohler zu fühlen, drehe ich mich noch einmal um. Dabei sehe ich, wie er in ein Fitnessstudio eilt, das, wie ich jetzt erst sehe, direkt auf der anderen Straßenseite liegt. Ich verdrehe die Augen und setze meinen Heimweg fort. Ich kann nur daran denken, mich in mein Bett zurückzuziehen und mit Cromwell zu kuscheln.

14. KAPITEL

Da der Abend viel früher geendet hat als erwartet, erreiche ich den Tower gerade in dem Moment, in dem die Sonne allmählich hinter den Kasematten versinkt. Mein Pfad über die Zugbrücke wird vom rötlichen Schimmer des Sonnenuntergangs erhellt, und jeder einzelne Pflasterstein leuchtet in der einsetzenden Dämmerung. Tief im Festungsgraben sehe ich Timmy und Charlie bei ihrem abendlichen Spaziergang, wobei es so aussieht, als würde der plüschfellige Hund seinen Beefeater Gassi führen statt umgekehrt. Charlie winkt mir zu, als er mich entdeckt, deutet auf seinen Begleiter, der scheinbar sinnlos den Abendwind anbellt, und schüttelt grinsend den Kopf.

Zurück in meinem vertrauten Zuhause, legt sich allmählich das Gefühl der Leere, das mein unbefriedigendes Date hinterlassen hat. Samuel Johnson hat einmal gesagt: »Wenn ein Mann Londons überdrüssig ist, dann ist er des Lebens überdrüssig.« Nur werde ich tatsächlich Londons überdrüssig. Überdrüssig der Central Line im Berufsverkehr, wenn ich vier verschwitzte Achseln vor der Nase habe, überdrüssig der Sirenen, die Tag und Nacht in den Straßen jaulen, ja, sogar überdrüssig der skurrilen und absurd überteuerten Themenbars und -restaurants. Nur des Towers könnte ich niemals überdrüssig werden, dieses Willkommengefühls. Wenn eine Frau des Towers überdrüssig ist, muss sie den Verstand verloren haben. Die lästigen Kameras, die Regeln, der Tratsch – all das ist nichts verglichen mit dem Gefühl, das mich überkommt, wenn ich die steinernen Mauern am Horizont sehe und in ihre Geschichte eintauche, sowie ich das Tor durchschreite. Dieses Gefühl erfüllt mich jedes Mal, wenn ich hierher nach Hause komme.

Um die Freude auszukosten, die mir der Tower jedes Mal bereitet, nehme ich den langen Weg nach Hause, um die Anlage in all ihrer Schönheit bewundern zu können. Am Ende der Water Lane begrüßt mich als Erstes der hoch aufragende Bell Tower, im dreizehnten Jahrhundert aus glatten Steinen gebaut. Mein Blick gleitet an ihm hinauf bis zu dem kleinen weißen Verschlag an der Spitze mit der Glocke darin, die dem Turm ihren Namen gibt. Die Mauer, die sich dahinter erstreckt, weist noch die Spuren auf, die die Splitter einer Bombe aus dem Zweiten Weltkrieg hinterlassen haben. Der erst vor wenigen Jahrzehnten entstandene Kollateralschaden erzählt seine eigene Geschichte. Dahinter liegt in einem wassergefüllten Becken, einem ehemaligen Teil der Themse, das als Traitors' Gate, Verrätertor, bekannte Water Gate des St. Thomas's Towers. Das schwarze Gitterwerk spiegelt sich im trüben Wasser. Das Tor hat heute keine Funktion mehr; die einzigen Gefangenen hier sind Gespenster, die nie ihre Freiheit erlangt haben.

Unter dem Torbogen des Bloody Towers wende ich mich nach links. Verwitterte, in den Stein gehauene Löwen folgen mit ihrem Blick meinem Weg über das Kopfsteinpflaster. Edward und Merlin hocken auf der verfallenen Mauer unter dem White Tower, und sie hüpfen beide auf mich zu, als sie mich entdecken. Edwards abstehende Federn sind noch aufgeplusterter, denn er schüttelt sich heftig, um mich zu begrüßen. Merlin legt den Kopf schräg und wartet geduldig darauf, dass ich ihm etwas Essbares aus meiner Handtasche hole. Ich krame ein paar Katzenleckerlis hervor, werfe sie ihnen zu, und sie fangen beide eines, bevor sie sich wieder dem Unfug widmen, den sie zweifellos aushecken, bevor ich dazukam.

Als ich um den White Tower herum gehe, zieht eine Stimme meine Aufmerksamkeit auf sich, bevor ich mich wieder der Bewunderung der Anlage widmen kann.

»Maggie!«

»Ayy! Da ist sie ja! Mags!«, stimmt eine zweite Stimme ein. Ich suche nach dem Ursprung, während mein Name über den Innenhof hallt.

»Maggie! Hier drüben!« Mein Blick geht hinüber zum anderen Ende des Waterloo Blocks. Riley und Walker lehnen sich gefährlich weit aus einem der kleinen Fenster. Walker wird von seinem blonden Kameraden fast erdrückt, während beide mir wie Kinder zuwinken.

Ich winke zurück, versuche zu verbergen, wie sehr es mich freut, dass sie wieder da sind und zu wissen, wer eventuell hinter ihnen am Fenster steht. Wie durch ein Wunder wird das Fenster zu dem Zimmer gleich neben dem Paar geöffnet, und mir schlägt das Herz bis zum Hals, so sehr hoffe ich darauf, dass sich ein ganz bestimmtes Gesicht dort zeigt. Ein Gesicht, nach dem ich mich schrecklich gesehnt habe.

»Da ist sie ja, Leute. Unsere gute alte Maggie!« Mo zwinkert mir zu, unverkennbar mit seinem dunklen Kraushaar. Freddie ist vermutlich einfach beschäftigt, sage ich mir und gebe mein Bestes, nicht enttäuscht zu wirken.

Riley pfeift anerkennend, als ich näher komme. »Da sieht aber jemand toll aus. Bitte, sag uns, dass meine Expertise bei Dating-Apps ...«

Bevor er den Satz zu Ende bringen kann, renne ich unter das Fenster, versuche, ihn zum Schweigen zu bringen und auf die Rabenmeisterin aufmerksam zu machen, die gerade den Old Hospital Block passiert und geradewegs auf uns zukommt. Sie ist definitiv kein Klatschmaul, aber ich reagiere völlig instinktiv. Die drei Gardisten, allesamt mit gut trainierten Reflexen ausgestattet, ducken sich und sind nicht mehr zu sehen.

Aus der Leere hinter dem Fenster höre ich jemanden schwach stöhnen, dann Walkers leicht erstickte Stimme: »Du musst wirklich endlich aufhören, so viele Schweinefleischpasteten zu essen.«

Ich unterdrücke ein Kichern und begrüße die Rabenmeisterin stattdessen mit einem breiten, leicht verlegenen Lächeln. Erst als sie den Gruß mit einem Nicken erwidert, sehe ich die kleine Raben-Polonaise, die ihr auf dem Boden folgt. Im Gänsemarsch laufen Rex, Regina und Holly hinter ihr her, als wäre sie eine Entenmutter.

»Unsere Eltern wagen sich zuerst auf den zugefrorenen Fluss. Das Eis bricht unter ihnen, sie bekommen nasse Füße, und manchmal brechen sie sogar ein. Sie gehen die Risiken ein, damit deine Füße trocken bleiben. Aber ihrem Weg nicht zu folgen, heißt nicht immer, in eine entgegengesetzte Richtung zu gehen. Du musst einfach nur den Rissen im Eis ausweichen.«

Ihre weisen Worte treffen den Nagel besser auf den Kopf als je zuvor. Ich kann das Staunen in meiner Miene nicht unterdrücken und nehme mir vor, mein Schlafzimmer nach Abhörgeräten zu durchsuchen.

»Manchmal musst du nur deine Zehen nass machen. Nasse Socken tun niemandem weh.« Damit verliert sie mich; in meinen Augen ist es genauso unangenehm, auf Socken in eine Lache auf dem Küchenboden zu treten, wie sich an einem Blatt Papier zu schneiden oder ein Triefauge zu haben. Manchmal glaube ich sogar, ein Schlag auf die Brust wäre dem vorzuziehen.

Das sage ich ihr, aber sie schüttelt einfach nur den Kopf und trottet weiter wie der Rattenfänger von Hameln, gefolgt von ihren Rabenkindern.

»Außerdem kriegt man davon Fußpilz!«, rufe ich ihr nach. Sie dreht sich nicht um, macht nur eine wegwerfende Handbewegung, und ich lache.

»Psst.« Ich drehe mich zu den Fenstern um und sehe, dass Riley vorsichtig über den Fenstersims späht. »Ist die Luft rein?«

Nickend bestätige ich, immer noch lächelnd über die kurze Belehrung durch die Rabenmeisterin.

»Also?« Auch Walker taucht wieder am Fenster auf. »Tinder? Typen? Triumphe?«

»Sex?«, setzt Riley aufgeregt hinzu und erntet dafür eine Kopfnuss von Chaplin, der sich hinter Tweedledum und Tweedledee schiebt und mir zulächelt.

»Natürlich nicht. Und ganz sicher werde ich nichts davon hier draußen an die große Glocke hängen.« Wie immer bin ich bereits knallrot angelaufen.

»Na, dann komm rauf«, erklärt Mo, als wäre es das Selbstverständlichste auf der Welt, einfach in die Wachstube der königlichen Garde zu marschieren und ihnen allen von meinen gescheiterten Dates zu erzählen.

Ehe ich mir eine Ausrede einfallen lassen oder auch nur protestieren kann, wird das Tor, durch das Freddie mich in die Messe geführt hat, geöffnet, und Chaplins fröhliches Gesicht taucht dahinter auf. Seine Wangen leuchten genauso rot wie meine, aber vermutlich hat das mehr damit zu tun, dass er den Weg aus dem zweiten Stock hier herunter in dreißig Sekunden zurückgelegt hat, als mit Verlegenheit. Bevor ich es mir anders überlegen kann, werfe ich einen verstohlenen Blick über die Schulter und folge ihm.

Statt dem Gang bis zum Ende zu folgen, öffnet Chaplin eine der Türen und führt mich eine alte Treppe hinauf. All meine neuen Freunde warten gespannt auf mich, als ich oben ankomme. Alle, bis auf einen.

»Also ...«

»Ihr alle seid schuld«, erkläre ich anklagend, wenn auch lächelnd.

»Oh Gott ...«, stöhnt Walker.

»Vielleicht sollten wir Cantforth bitten, uns ein paar Drinks zu mixen, bevor du uns alles erzählst?«, setzt Mo fragend hinzu.

»Auf gar keinen Fall – nie wieder.« Sie lachen. »Aber eine Tasse Tee würde ich gern nehmen.« Tiny wird als der Jüngste dazu abgestellt, uns eine Kanne Tee aufzugießen, und die anderen Jungs geleiten mich aus dem Treppenhaus in ihre Wachstube.

Darin riecht es in etwa so, wie man es von einem Raum, in dem vierzehn Männer hausen, erwarten kann. Riley muss bemerkt haben, wie ich meine Nase rümpfe, denn er hechtet rasch über eins der Betten und begast das Zimmer mit dem Inhalt von mindestens einer halben Sprühdose Lynx Africa. Ich verziehe das Gesicht zu einem gequälten Lächeln, während der Anschlag auf meine Sinne meine Augen zum Tränen bringt.

Möglichst unauffällig schaue ich mich in dem Raum um, ob ich ihn nicht irgendwo doch noch entdecke, aber ich werde enttäuscht: Außer den vier Männern, die mich hierhergelotst haben, ist da nur noch Davidson, der auf einem der Betten herumlungert, am Rahmen herumspielt und telefoniert.

»Er ist nicht hier«, flüstert Mo mir zu. Offenbar hat er bemerkt, nach wem ich suche.

»Wer ist nicht hier?« Ich tue so, als hätte ich keine Ahnung, wovon er redet, aber er durchschaut mich und wirft mir einen Blick zu, der ganz klar sagt: Du weißt genau, von wem ich spreche. »Geht es ihm gut?«, hake ich nach.

»Familiäre Pflichten.«

Familiäre Pflichten? Was soll das bedeuten? Mir fällt das Schmuckkästchen wieder ein und der Anruf an jenem Abend, an dem wir uns das erste Mal begegnet sind. »Ein Befehl … ein Botengang für meinen Vater«, hatte er gesagt. Zu dem Zeitpunkt war ich davon ausgegangen, dass er sich nur versprochen hatte – als Soldat, der es so gewohnt ist, Befehle entgegenzunehmen, dass das Wort in seinen Alltagsjargon eingegangen ist. Aber jetzt? Pflichten? Ich erinnere mich, dass auch Mo ein Soldat ist. Mehr als wahrscheinlich mache ich mir einfach nur zu viele Gedanken. Vielleicht meint er ja nur eine Beerdigung oder eine Hochzeit.

»Ich hoffe, es ist nichts allzu Ernstes.«

In dem Moment kommt Tiny mit einer Kanne Tee und so vielen Bechern, wie er Henkel an seine langen, dürren Finger hängen kann. Mit einem Dankeschön nehme ich ihm einen davon ab und schenke mir ein.

»Komm schon, Mags. Die Spannung bringt mich noch um«, meldet sich Riley zu Wort, als ich mir einen Teelöffel Zucker in meinen Tee gebe.

»Sitzen wir alle bequem?«, frage ich neckend, als Mo, Chaplin und ich uns auf ein Bett setzen und Tiny, Walker und Riley sich auf das daneben quetschen. Die drei, die uns gegenübersitzen, beugen sich vor, jeder den Kopf auf die Hände gestützt wie kleine Kinder, die ungeduldig auf ihre Gutenachtgeschichte warten.

»Na schön, Spoileralarm: Das erste Date endete damit, dass ich in der Pisse von fremden Leuten durch ein sehr kleines Toilettenfenster schnellstmöglich geflohen bin ... nackt.«

Ich brauche etwa eine Stunde, um in allen Einzelheiten von meinem traumatischen ersten Date mit Caleb und dem schrecklich langweiligen Date mit Fitnessstudio-Jake zu erzählen. Natürlich finden alle meine Schmach ungeheuer lustig, und jetzt, wo ich darüber rede, kann ich dem Ganzen beinahe auch eine komische Seite abgewinnen.

»Tja, Mags, du hast definitiv ein Händchen dafür, die Richtigen zu wählen«, haucht Riley, als ich meine Erzählung beende.

»In meinen Augen ist das Profil schuld, das ihr mir verpasst habt. Es zieht sämtliche Spinner an.«

»Du wirst uns noch dankbar sein, wenn du dadurch die Liebe deines Lebens findest«, zwinkert Walker mir zu.

»Ich bin mir nicht sicher, ob ich diese App jemals wieder öffnen will.«

»Du kannst doch jetzt nicht aufgeben!«, protestiert Riley, als würde ich für ihn einen Freund suchen.

»Der Eiweißshaker war zumindest schon mal ein Fortschritt, verglichen mit dem alten Mann. Wenn man das logisch weiterdenkt, dann wird jedes Date, auf das du dich einlässt, ein bisschen besser werden. Vielleicht versuchst du es noch ein paarmal, und wer weiß, zum Schluss landest du bei jemandem, der so sexy und charmant ist wie ich«, mischt Mo sich ein. Ich verdrehe die Augen.

Chaplin tippt mir aufs Knie, hält drei Finger hoch und zuckt die Achseln. »Noch drei?«, frage ich, und er nickt. Einen Moment überlege ich. Was habe ich schon zu verlieren? Schon der erste Versuch war ein absoluter Tiefpunkt, also kann es eigentlich nur besser werden, wie Mo sagt. Und schließlich habe ich es Walker per Handschlag versprochen.

»Na schön, ich werde mich auf drei weitere Dates einlassen. Falls ich dann immer noch nicht den Mann meiner Träume gefunden habe, werde ich Tinder von meinem Smartphone löschen, und wir reden nie wieder darüber.« Chaplin lächelt, die anderen tun es ihm gleich.

Vielleicht hätte ich mich nicht so leicht überreden lassen, wenn Freddie hier gewesen wäre, wenn wir noch so einen Abend wie den im White Tower erlebt hätten, wenn er mich wenigstens angerufen hätte … Aber das hat er nicht, erinnere ich mich. Also öffnen wir die App auf meinem Handy, und ich beginne erneut zu swipen.

»Was haltet ihr von dem?« Ich zeige den anderen ein Profil, das ich für halbwegs anständig halte. Alle fangen sofort an zu murren – ein nachdrückliches »Nein«. Für den Rest des Abends orientiere ich mich ausschließlich am Rat der Jungs, als wäre er das Evangelium.

15. KAPITEL

Jake schickt mir in unregelmäßigen Abständen Textnachrichten, aber sowie sie über die Frage »Was hast du vor?« hinausgehen, die immer dazu führen, dass er mir erzählt, er sei im Fitnessstudio, haben wir kaum noch Gesprächsstoff, und genau wie bei unserem Date schläft die Unterhaltung sehr schnell ein.

Daher bin ich dankbar, als ich ein paar Tage später ein neues Match finde und sich damit ein von den Gardisten empfohlener Swipe nach rechts als Treffer erweist. Als ich sein Profil sehe, fällt mir wieder ein, dass Toby vor allem für das Foto seiner Katze mit dem kleinen Cowboyhut über den Ohren Sympathiepunkte eingeheimst hat. Er ist Mitte dreißig, und die meisten seiner Fotos sind steil von oben aufgenommene Selfies, aber sie sind trotzdem nicht grauenvoll. Sie betonen auf angenehme Weise seine dunklen Bartstoppeln, und ein Foto mit nacktem Oberkörper vor einem Spiegel zeigt eine schlanke Figur – mit straffen Muskeln, aber nicht aufgepumpt wie bei Jake, der anscheinend auch im Schlaf noch seinen Bizeps trainiert.

Toby: Hey, Schönheit. Xxxx
Maggie: Hi! X
Toby: Du bist wirklich scharf für eine Rothaarige. Echt jetzt. Xxx

Aha, das klassische zweideutige Kompliment, das jeder Rothaarigen nur zu bekannt ist. Als ich darauf nicht antworte, schickt er mir eine neue Nachricht.

Toby: Ich wollte schon immer mal eine Rothaarige. Passt der Teppich zu den Vorhängen? Xxx

Okay, Toby wird definitiv keiner der fünf Glücklichen, mit denen ich mich auf ein Date einlasse. Also beschließe ich, zurückzuschießen:

Maggie: Wenn du damit meinst, ob lang genug, um Zöpfe zu flechten, dann ja. Ich habe beides zu französischen Zöpfen geflochten.

Gerade, als ich die App schließen will, trudelt eine neue Nachricht ein. Felix, einem ziemlich flotten Blonden, mit dem ich mich vor ein paar Wochen gematcht habe, sind offenbar die Gesprächspartner ausgegangen. Er ist der Typ australischer Surfer. Seine dunkelblonden, vom Wind verwehten Haare hängen ihm in langen Wellen um sein sonnengebräuntes Gesicht – der feuchte Traum jedes Teenagers. Ich kann nicht leugnen, dass ich einen kleinen begeisterten Quietscher von mir gegeben habe, als er sich zum ersten Mal mit mir matchte.

Felix: Hast du Snapchat? Ich bin nicht allzu häufig hier. X

Okay, vielleicht war ich so sehr auf diese von einer salzigen Meeresbrise zerzausten Haare konzentriert, dass ich ein paar kleinere Warnsignale übersehen habe ... Beispielsweise, dass kein Mittzwanziger mit Selbstachtung noch Snapchat nutzt. Die App wird nur von zwei Gruppen benutzt: einerseits von Teenagern, die Fehler machen, hauptsächlich, indem sie Nacktfotos verschicken, und andererseits von verheirateten Männern, die fremdgehen wollen, ohne dabei erwischt werden zu können. Ich überlege kurz, ob ich besser daran tue, ihn schlicht zu ignorieren, aber das Foto, das ihn in einer irre bunten Badehose und mit einem Tattoo zeigt, das sich um einen seiner Oberschenkel zieht, ermuntert mich, ihm doch eine Chance zu geben.

Maggie: Nein. Magst du mir SMS schicken? X

Ich weiß, dass man seine Telefonnummer wirklich nicht unbedingt Fremden im Internet geben sollte, aber seine wirren Haare haben es mir angetan.

Felix: Wie wäre es einfach mit einem Date? Verzichten wir auf den Small Talk ... X

Schon wieder ein Warnsignal ... Es wäre ziemlich leichtsinnig, sich mit einem Fremden zu treffen, bevor man nicht wenigstens so viele Worte miteinander gewechselt hat, dass man davon ausgehen kann, es nicht mit einem Serienmörder zu tun zu haben. Aber, noch mal, er sieht ein bisschen aus wie die erwachsene Version von Jeremy Sumpters Peter Pan, und die sechsjährige Maggie würde mir in den Hintern treten, wenn sie wüsste, dass ich ein Date mit der ersten großen Liebe ihres Lebens ausgeschlagen habe ...

Maggie: Was hältst du von Dinner bei Ricci's in St. Paul's? X

Ich habe keine Ahnung, wie ich es schaffe, ihm eine Frau mit so viel Selbstvertrauen vorzuspielen, aber sie klingt ganz sicher nicht wie dieselbe Frau im Schlafanzug, die zitternd auf Senden drückt.

Felix: Großartig! Ich reserviere für morgen Abend sieben Uhr? X

Maggie: Perfekt, bis morgen. X

Ich muss ein paarmal tief durchatmen, nachdem ich meine letzte Nachricht abgeschickt habe, und brauche nur eine halbe Sekunde, um den ganzen Thread zu bereuen.

»Verdammte Corgis«, murrt Riley zum sechsten Mal innerhalb einer halben Stunde vor sich hin. Ich habe mich in die Wachstube geschlichen, um den Jungs von meinem bevorstehenden spontanen Date mit Felix zu berichten. Riley sitzt mit krummem Rücken auf dem Fußende seines Bettes und poliert wie wild seine Stiefel. Die Jungs sind nach einem kurzen Zwischenspiel am Windsor Castle zurück, wo einer der königlichen Corgis sie nicht nur keck begrüßt, sondern obendrein großen Gefallen an Rileys perfekt geputzten Stiefeln gefunden und es sich für den Rest seiner Wache darauf gemütlich gemacht hat.

»Hey, Tiny«, ruft er dem jüngsten Mitglied des Zuges zu. »Möchtest du dir fünfzig Tacken verdienen? Deiner Mum was Nettes kaufen?«

»Nix da! Ich erledige doch nicht für dich die Drecksarbeit«, lautet die Antwort, und Riley wendet sich seinem nächsten Opfer zu.

»Mein liebster Freund Courtn–«

Walker fällt ihm ins Wort, bevor er aussprechen kann: »Vergiss es.«

Riley versucht es bei jedem Einzelnen im Zimmer, fragt sämtliche Kameraden, bevor sein Blick schließlich an mir hängen bleibt. Ganz offensichtlich kommt er aber zu dem Schluss, dass ich seine Stiefel nur noch schlimmer machen würde, denn er hört auf zu jammern und rückt ihnen wieder selbst mit der Bürste zu Leibe.

»Ist die Bärenfellmütze schwer?«, frage ich. Meine Haare hängen an der Leiter des leeren Etagenbetts hinunter, während ich die Füße gegen die Zimmerdecke stemme und mir das Blut in den Kopf schießt.

Mo wirft mir seine Bärenfellmütze zu, und sie landet weich auf meinem Bauch. »Fell, auf ein Korbgeflecht gespannt. Es kostet mehr Mühe, sie bei Wind aufzubehalten, als sich über Nackenschmerzen Sorgen zu machen.«

Als ich mit der Hand über das weiche Fell streiche, stelle ich fest, dass das Schwerste an dieser Mütze die metallene Kinnkette ist. Umständlich richte ich mich auf, wie ein Seehund, der versucht, einen Baum zu erklimmen, und natürlich stoße ich mir dabei den Kopf an der Zimmerdecke. Ich hüpfe vom Bett und setze mir die Bärenfellmütze auf.

»Die ist nicht besonders geschickt konstruiert, oder?«, frage ich und deute auf die Kinnkette. »Die sollte doch sicher um den Hals verlaufen, um die Mütze festzuhalten.«

»Dafür ist sie nicht gedacht. Wir sind Infanteristen – die Kette soll verhindern, dass dir ein Adliger zu Pferde mit dem

Säbel das Gesicht verziert«, erwidert Riley, und Chaplin beugt sich von seinem oberen Etagenbett herunter und tut so, als schlage er mit einem Schwert nach unten.

»Heutzutage beschränkt sich ihre Funktion darauf, das lästigste Teil der Ausrüstung zu sein, das poliert werden muss. Wo wir gerade davon reden ... Hat jemand Lust, das für mich zu erledigen?« Vierzehn Mal ein klares Nein von sämtlichen Männern des Zuges, und Riley stöhnt laut auf.

Ich nehme die Bärenfellmütze wieder ab und lege sie zurück auf Mos Bett.

»Maggie, darf ich dich etwas fragen?« Walker, der seit meinem Auftauchen fast nichts gesagt hat, meldet sich zu Wort.

»Natürlich darfst du.« Ein wenig beunruhigt bin ich, worauf er hinauswill, aber ich gebe mir Mühe, mir das nicht anmerken zu lassen.

»Deine Eltern, sie sind zurechtgekommen, oder? Mit der Fernbeziehung?« Seine Miene und die kindliche Sorge in seinen Augen lassen noch deutlicher werden, wie jung er ist. Mir wird schwer ums Herz bei dieser Frage.

»Alles in Ordnung?«

Traurig lächelnd deutet er auf sein Handy, nickt aber. »Nur meine bessere Hälfte. Sie leidet darunter.«

Ich habe den Jungs nie von Mum erzählt; es hat sich noch keine Gelegenheit dazu ergeben. Wie soll ich ihm sagen, dass die Ehe meiner Eltern nur gehalten hat, weil meine Mum praktisch alles, ja, sich selbst, aufgegeben hat, um auf meinen Dad zu warten? Wie soll ich ihm sagen, dass die Armee schuld ist, dass mein Dad beinahe jedes wichtige Ereignis in meinem und Mums Leben versäumt hat? Wie soll ich diesen Jungs, die als Teenager ihr Elternhaus verlassen haben, um ihr Leben einem Job zu widmen, sagen, dass dieser Job immer Priorität vor allem anderen haben wird, was sie sich wünschen, vor allem vor der Liebe? Und nicht zuletzt, wie soll ich ihnen sagen, dass ich meinem Vater die Schuld daran gebe, dass Mum ihr Leben nie gelebt hat?

Ich tue es nicht.

»Sie waren fünfundzwanzig Jahre verheiratet. Das war hart, aber sie sind zurechtgekommen. Ihr müsst wissen, dass nicht nur ihr strammen Kerle stark sein müsst, wenn ihr euch verpflichtet habt. Eure Partnerinnen sind im Grunde auch in der Armee, auf ihre Weise. Allerdings werden sie nicht dafür bezahlt.« Ich setze mich neben ihn auf sein Bett.

»Mum hatte große Probleme damit ... Es ist ein einsames Leben. Einsam auch für euch alle, stelle ich mir vor, in fremden Ländern oder auch nur hier stationiert zu sein, aber ihr habt einander. Mum hatte nur mich.«

»Ich hätte lieber dich, als ihn ständig jammern zu hören.« Mo deutet auf Riley, der seine Schuhputzbürste nach ihm wirft. Walker wirkt wehmütig, verletzlicher, nicht so quietschfidel wie sonst.

»Ganz ehrlich, Walker, ich bin mir nicht sicher, ob ihr euch je daran gewöhnen werdet – ihr werdet einfach Wege finden, damit umzugehen.« Das ist keine Lüge, aber eine geschönte Version der Tatsachen. »Besorg ihr Eintrittskarten für die jährliche Militärparade im Juni, damit sie sieht, wofür du das tust, und noch mehr Stolz empfindet. Und mal ehrlich, wer findet einen gut disziplinierten Mann in einem roten Waffenrock nicht sexy, hmm?« Walker lächelt leicht, aber es ist offensichtlich, dass er in Gedanken ganz woanders ist.

»Meinst du?« Mo springt auf, wirft sich seinen Waffenrock über und nimmt stolz Haltung an, die Hände in die Hüften gestemmt.

»Hmm, bei näherer Betrachtung ...«, spotte ich, und er setzt sich kichernd hin.

»Du hast nur Augen für Stiff, nicht wahr, Maggie?« Riley zieht vielsagend die Augenbrauen hoch, als mein Gesicht brennend rot anläuft.

»Ganz und gar nicht«, schwindele ich. »Ich habe ein Date mit Felix, schon vergessen?«

»Ja, ja, ja.«

»Übrigens, ich habe ihn seit Ewigkeiten nicht mehr gesehen. Kann mich kaum noch erinnern, wie er aussieht!«, witzele ich. Ein Versuch, die Erwähnung des einen durch Abwesenheit glänzenden Gardisten als Gelegenheit zu nutzen, um an Informationen zu gelangen, die ich unbedingt hören will.

»Soweit ich gehört habe, spielt er oben in Schottland den feinen Herrn.« Riley steht auf, um sich seine Bürste zurückzuholen, bevor er weiter an seinen Stiefeln herumwienert. »Ich wette, er muss nicht mal seine eigenen verdammten Stiefel polieren.« Bevor ich fragen kann, was er damit meint, steht Mo auf und knufft ihn in die Seite. Das hat zur Folge, dass der Holzgriff der Bürste eine unschöne Spur auf den endlich akkurat geputzten Schuhen hinterlässt. Das daraus folgende Gerangel lenkt sie beide davon ab, mit mehr Informationen herauszurücken. »Also, hat irgendjemand Lust, ein Koppel zu polieren? Zwanzig Tacken?«

Als es Zeit für das Date mit Felix ist, habe ich mich über sechs Mal davon abhalten müssen, ihm per SMS abzusagen. Außerdem habe ich meine Meinung bezüglich meines Outfits zwölf Mal geändert und mir mindestens achtzehn Millionen Mal geschworen, mich nie wieder auf ein Date einzulassen.

Ricci's ist ein kleines italienisches Restaurant im Schatten der St. Paul's Cathedral. Kleine Bistrotische säumen eine mit Kletterpflanzen bewachsene Veranda, und vom eigenen Platz hat man den schönsten Blick auf die gewaltige Kuppel des weißen Marmorbaus.

Zum ersten Mal ist ein Date früher erschienen als ich. Felix sitzt in der Ecke, bequem zurückgelehnt auf seinen Stuhl, die Beine lässig übereinandergeschlagen. Er trägt ein weißes

Baumwollhemd mit offenem Kragen, Shorts und marineblaue Segelschuhe. Seine intensive Sonnenbräune passt hervorragend zu diesem Look und vermittelt den Eindruck eines Mannes, der gerade mit dem Flieger von einer schönen exotischen Insel zurückgekommen ist. Felix scheint der Inbegriff des entspannten Surfertyps, auf den ich gehofft hatte, und ich bin ein bisschen aufgedreht, als mir klar wird, dass er sich ein Date mit mir gewünscht hat.

»Hi ... Felix, richtig?«, frage ich, nervös an seinem Tisch stehend.

Er rührt sich kaum, deutet nur auf den Stuhl neben sich, und ich setze mich. Ich umklammere meine Handtasche auf dem Schoß und sitze starr und steif auf der äußersten Stuhlkante. Dabei fühle ich mich, als wäre ich zu einer Besprechung mit meinem Boss geladen, der lässig an seinem Schreibtisch lehnt, aber drauf und dran ist, mich erbarmungslos zu feuern.

»Ich freue mich so, dich kennenzulernen!«, plappere ich nervös drauflos. Er schaut mich unter dichten Wimpern hervor an, als studiere er mich, hebt nachdenklich seine rechte Hand an sein Kinn, während er mich von oben bis unten mustert. Mein Körper windet sich instinktiv unter seinem intensiven Blick. »Ich mag dieses Restaurant einfach, ich meine, schau dir den Ausblick an.« Damit deute ich auf das in der Sonne leuchtende Gebäude neben uns, aber Felix wendet seinen Blick nicht ab.

Aalglatt dreht er sich leicht so, dass er sich zu mir herüberlehnt, und fährt sich mit einer Hand durchs Haar, eine sichtlich einstudierte Geste, bevor er etwas sagt. »Was würdest du davon halten, wenn wir irgendwohin gehen, wo wir ein bisschen ... mehr unter uns sind?«

Ich schaue ihn verständnislos und verwirrt an. Nur ein Kellner steht in der entferntesten Ecke, außer uns sind keine Gäste da. »Ich denke, wir haben großes Glück«, erwidere ich.

»Sieht ganz so aus, als wären wir hier heute Abend ziemlich unter uns. Es ist, als hätten wir das ganze Restaurant gebucht.«

Dabei lächle ich ihn an, und er rutscht noch näher an mich heran. »Ich meine, lass uns zu mir gehen ... Die Aussicht ist dort auch nicht so übel.« Seine Stimme klingt diesmal ein wenig schroffer.

Ich versuche, darüber hinwegzugehen. »Besser als St. Paul's? Das bezweifle ich. Was möchtest du essen? Ich glaube, ich entscheide mich für die Carbonara. Hast du sie hier schon mal probiert? Sie ist einfach himmlisch – sehr passend für diese Lage.«

»Schau, wir wissen doch beide, warum wir hier sind.« Er greift unter den Tisch und streichelt meinen Oberschenkel. »Also lass uns einfach auf das Essen verzichten und gleich zum Dessert übergehen ... wenn du verstehst, was ich meine?«

Ich verschlucke mich an meinem eigenen Speichel. »Oh, ich, nun, ich bin nicht ... ich ... Normalerweise tue ich so etwas nicht ...« Wild gestikulierend versuche ich, etwas auszudrücken, von dem ich selbst nicht genau weiß, was ich ausdrücken will. »... nicht bei einem ersten Date.«

Mein Gesicht brennt wie Feuer, und ich wünschte mir, der arbeitslose Kellner würde mir ein Glas Wasser bringen, mit dem ich mich beschäftigen kann. »Ich fände es trotzdem schön, gemeinsam zu essen, und dann sehen wir, wie sich die Sache künftig entwickelt.«

Felix starrt mich an, das Gesicht angewidert verzogen, als hätte ich ihm gerade erzählt, dass ich Babys zum Frühstück verzehre oder so was. »Sorry ...«, platze ich heraus, besorgt, ihn beleidigt zu haben. »Es ist nicht so ... Es hat nichts damit zu tun, dass du nicht attraktiv wärst ... Du bist sehr attraktiv. Ich bin mir sicher, es wäre ... schön. Aber ich, nun ja, so etwas, ich ... Tut mir leid.«

Er steht auf, und es zeigt sich, dass er etwas kleiner ist als erwartet. »Dann sollte ich uns wohl ein paar Drinks besorgen«, sagt er, und ich entspanne mich, schenke ihm ein herzliches Lächeln.

»Das wäre nett, danke. Ich hätte gern einfach eine Zitronenlimonade, bitte.« Er verschwindet im Restaurant, und ich lehne mich erleichtert seufzend auf meinem Stuhl zurück.

Ein Teil von mir – ein ziemlich großer Teil – hat inzwischen leichte Zweifel an diesem Date. Beinahe möchte ich es nicht zu mehr kommen lassen, weil ich jetzt weiß, dass es ihm letztlich nur darauf ankommt, mit mir ins Bett zu steigen. Vielleicht habe ich ihm irreführende Signale gesendet, weil ich bereit war, mich ohne vorherige Unterhaltung mit ihm zu treffen. Oder vielleicht bin ich einfach nur naiv, zu glauben, dass irgendwer, der diese Dating-Apps nutzt, mehr will als das, was zwischen meinen Beinen liegt. Aber ich habe den Jungs von der Garde versprochen, mich auf drei weitere Dates einzulassen, und jetzt bin ich hier. Wenn sonst nichts dabei herauskommt, ist dieses Date wenigstens leicht und schnell abgehakt.

Allein hier zu sitzen ist mir peinlich, also spähe ich zu den Türen des Restaurants hinüber, ob ich Felix an der Bar entdecken kann. Er muss wohl einen Abstecher zur Toilette machen, denke ich und hole mein Smartphone hervor, um mir die Zeit zu vertreiben. Keine SMS. Immer noch nichts von Freddie und glücklicherweise auch nichts von Bran. Sieht ganz so aus, als hätte das, was Freddie zu ihm gesagt hat, ihn nachhaltiger vertrieben als alles, was ich bereits unternommen habe. Dafür bin ich sehr dankbar. Das Display zeigt nur eine Benachrichtigung, und die ist von der App, die meine Periode überwacht und mir freundlich mitteilt, dass ich in den nächsten vierundzwanzig Stunden damit rechnen muss. Brillant.

Zehn Minuten vergehen, und immer noch ist weder von

Felix noch von meinem Drink etwas zu sehen. Ich schaue mich weiter hoffnungsvoll um, aber es tut sich nichts. Etliche Minuten später tritt der Kellner mit ausdrucksloser Miene an meinen Tisch heran. Er gehört zu den Leuten, die aussehen wie zwölf und fünfundvierzig zugleich. Grußlos und ohne zu lächeln, murmelt er nur: »Sie wissen, dass er gegangen ist, oder?«

Ich schlucke die bittere Galle hinunter, die in meiner Kehle aufsteigt, und atme ein paarmal tief durch, um die drohenden Tränen zu besiegen. Vor diesem Mann kann ich nicht weinen – er verdient vermutlich kaum genug pro Stunde, um dafür den ganzen Tag auf den Beinen zu sein, ganz abgesehen davon, dass ich ihm nicht zumuten kann, meinen Tränensee aufzuwischen.

Ein leiser Stich durchfährt mich, als mir einfällt, dass ich vor nicht allzu langer Zeit Caleb genau das Gleiche angetan habe. Internet-Fake oder nicht, zu wissen, dass ich jemandem das Gefühl gegeben habe, so wertlos und zurückgewiesen zu sein, wie ich mich jetzt fühle, fügt der Mischung unangenehmer Empfindungen eine ordentliche Portion Gewissensbisse hinzu.

»Ja.« Ich lächle, gebe alles, um ihm nicht zu zeigen, dass die Zurückweisung mich schmerzt. »Danke.«

»Möchten Sie etwas bestellen?«

»Ich nehme die Carbonara. Dazu ein großes Glas Rosé, bitte.« Er notiert meine Bestellung auf seinem Block.

Kein misslungenes Date kann mich davon abhalten, mir diese verdammte Carbonara zu gönnen. Als er geht, rufe ich ihm nach: »Wissen Sie was, bringen Sie mir bitte eine ganze Flasche, ja?«

Mit einem randvollen Glas Wein versorgt, nehme ich die Gelegenheit wahr, mich wieder auf die fruchtlose Suche nach einem halbwegs anständigen Menschen zu machen, mit dem ich mich verabreden kann. Diesmal gebe ich mein Bewertungssystem auf; es funktioniert ja doch nicht, und vielleicht muss ich vorurteilsloser an die Sache herangehen.

Beim Essen blättere ich mit meiner freien Hand durch unzählige Profile und mache noch lange weiter, als mein Teller längst leer ist. Als mir eine Barfrau von drinnen eine zweite Flasche Wein an den Tisch bringt, setzt sie sich zu mir, um mir bei meiner Suche zu helfen. Ihre Haare sind halb schwarz, halb stahlblau gefärbt und am Hinterkopf rasiert, wodurch sie den Blick freigeben auf ein umwerfendes Mandala-Motiv. Dazu scheint jeder Quadratzentimeter ihrer Haut mit Piercings versehen zu sein: Ihre Grübchen werden von zwei Stiften mit Silberkugeln betont, und sie hat es geschafft, in ihrer winzigen Nase gleich drei Piercings unterzubringen. Dicker Eyeliner umrahmt ein wunderschönes Paar grüner Augen. Nachdem sie mir eine halbe Stunde über die Schulter geschaut und mir dabei gesagt hat, ob ich nach links oder rechts swipen soll, erfahre ich, dass sie Jenny heißt.

»Der sieht so aus, als hätte er definitiv einen Tripper«, erklärt sie mit tiefer Stimme, die mit ihrem südwestenglischen Akzent ihr ganzes Erscheinungsbild abmildert. Ich folge ihrem Rat und gebe Liam, 25, einen Swipe nach links. Dabei bin ich mir nicht sicher, was an seinem auf einem Hotelbalkon aufgenommenen Foto schreit: »Ich habe eine Geschlechtskrankheit!«, aber ich vertraue ihrem Urteil.

So machen wir eine Weile weiter, und zum Schluss habe ich eine Handvoll Matches mit von Jenny für gut befundenen Männern. Mit einer Flasche billigem Wein abgefüllt, habe ich genug Selbstvertrauen zurückgewonnen, um den kleineren Rückschlag mit Felix hinter mir zu lassen und mich sofort daranzumachen, einem der Männer eine Nachricht zu schicken.

Oliver, 30, fasziniert mich am meisten. Die meisten seiner Bilder zeigen ihn lächelnd. Schönes dichtes dunkles Haar rahmt sein freundliches Gesicht ein, ein lehmbraunes Muttermal zieht sich von seinem Wangenknochen nach oben und bildet eine Insel um sein Auge. Er wirkt angenehm menschlich und umgänglich, so, als wäre er der Typ, der beim Händchenhalten mit dem Daumen die Handfläche streichelt.

»Du musst ihm zuerst eine Nachricht schicken, ihm zeigen, dass du selbstbewusst bist und weißt, was du willst«, muntert Jenny mich auf, während wir überlegen, was ich schreiben soll. »Er sieht empfindsam aus, butterweich, weißt du. Immer im Pullover. Schreib ihm vielleicht was Süßes, sollte aber auch sexy klingen.« Ich glaube, es würde mir leichter fallen, mir Flügel wachsen zu lassen und nach Kambodscha zu fliegen, als süß und sexy zu sein.

»Kannst du das für mich tun? Ich kann so was nicht gut.« Ich lalle bereits, als ich ihr das Handy zuschiebe.

»Natürlich kannst du das!«, tadelt sie mich freundlich.

»Hmmm ...« Ich lehne meinen Kopf an ihre Schulter und schreibe:

Maggie: Hey, du siehst nett aus.

Halb lachend, halb seufzend nimmt Jenny mir mein Telefon ab. Sie tippt eine Nachricht ein, ihre langen Fingernägel klacken heftig aufs Display, und sie reicht mir das Handy zurück, nachdem sie bereits auf Senden gedrückt hat. »Hier.«

Maggie: Aaaalso, wann führst du mich denn nun aus? X

»Gut, ich muss zurück an die Arbeit. Viel Glück!«, sagt sie und steht auf.

»Danke. Vermutlich sollte ich mich jetzt auch auf den Weg machen. Soll ich meine Rechnung drinnen bezahlen?« Ich greife ein wenig wackelig nach meiner Handtasche und wäre dabei fast vom Stuhl gefallen.

Jenny winkt ab. »Schon erledigt«, sagt sie einfach. »Das hast du gebraucht.« Ihre Freundlichkeit erschüttert mich zutiefst, und ich muss kämpfen, um nicht in Tränen auszubrechen.

»Du bist einfach die Beste«, sage ich ein bisschen zu leidenschaftlich, und sie muss kichern.

»Geh, komm gut nach Hause.« Damit verschwindet sie im Restaurant, und ich stolpere in die Nacht hinaus.

16. KAPITEL

Ein paar Tage nach meinem dritten Date, das ziemlich nahtlos an meine Reihe mieser Dates angeknüpft hat, fühle ich mich immer noch tief deprimiert, als ich zur Arbeit gehe. Cromwell hat beschlossen, mich heute Früh zu begleiten. Beim Gehen streift er immer wieder durch meine Beine und schlingt seinen langen Schwanz um meine Knöchel.

»Du solltest besser nicht versuchen, mich zu Fall zu bringen, junger Mann«, warne ich die flauschige Kreatur zu meinen Füßen, als ich einen kleinen Hüpfer über ihn hinweg machen muss, um einen Zusammenstoß zu verhindern.

Seine Reaktion besteht darin, dass er dasselbe Manöver noch einmal versucht, und ich schaue ihn aus schmalen Augen an, aber bevor ich meinen felligen Kumpanen ernstlich ermahnen kann, zieht das leise Vibrieren meines Handys in meiner Hosentasche meine Aufmerksamkeit auf sich. Blitzschnell habe ich es in der Hand, um zu schauen, wer anruft, und mein Herz schlägt schneller in der Hoffnung, seinen Namen zu sehen. Voll auf das Handy in meiner Hand konzentriert, vergesse ich völlig meinen Kater und stolpere über ihn. Um dem noch einen draufzusetzen, ist das, was ich lese, furchtbar enttäuschend. Der unentschuldigt fehlende Gardist glänzt weiter durch Abwesenheit. Stattdessen lese ich eine Nachricht von Bran.

Bran: Geh mit mir ins Britische Museum. Du fehlst mir.

Ich bleibe wie erstarrt stehen. Das haben wir einmal wöchentlich gemeinsam unternommen, bevor die Partys mit Kollegen wichtiger für ihn wurden. Jeden Sonntag verabredeten wir uns, um entweder durchs Museum zu schlendern oder still in der Britischen Staatsbibliothek zu sitzen und in allem zu stöbern, was wir in die Finger kriegen konnten.

Das sind schöne Erinnerungen, auch wenn sie heute von Traurigkeit überschattet werden. An diesem Punkt unserer Beziehung glaubte ich, ich würde mein Leben mit ihm verbringen. Meine letzten drei Dates gehen mir durch den Kopf: Caleb, Jake und Felix. Vielleicht ist Bran ja gar nicht so übel, wie ich dachte? Vielleicht finde ich nie jemanden, der besser ist als er? Sind vielleicht alle Männer grässlich? Wenn ich so darüber nachdenke, die meisten Autorinnen großartiger Liebesromane waren unverheiratete alte Jungfern ... Bin ich nur zu der Annahme verführt worden, dass es Männer gibt, die eine Frau bedingungslos lieben?

Vielleicht sind meine Ansprüche viel zu hoch, vielleicht sollte eine Frau, die so aussieht wie ich, sich mit dem zufriedengeben, was sie kriegen kann. Ich kann nicht von mir behaupten, schön zu sein; es gibt kaum jemanden, der mir mit Begeisterung sagen würde, dass ich es bin. Nun ja, abgesehen von gruseligen alten Männern, die mir erzählen, ihre Frauen hätten vor etwa dreißig Jahren genau solche Haare gehabt wie ich. Ich habe Männern nichts zu bieten, weder Geld noch einen tollen Beruf, noch die Figur eines Supermodels.

Cromwell, der mir sein Köpfchen gegen die Wade rammt, reißt mich aus meinen Grübeleien.

»Nein, du hast recht«, sage ich zu ihm, als wäre er mir als Stimme der Vernunft zu Hilfe gekommen. »Ich habe nachher ein Date, und ich muss wenigstens mein dummes Versprechen an Walker erfüllen, also werden wir jetzt so tun, als wäre ich nicht eine von Ängsten und Selbstzweifeln geplagte Verrückte, die weder nackt noch bekleidet den Anblick ihres Bauches erträgt. Und ich werde diesen schrecklich unbequemen Push-up-BH von Ann Summers anziehen. Mit meinen Brüsten direkt unter meinem Kinn werde ich ihn davon überzeugen, dass ich sexy und selbstbewusst bin ... und ihm dann natürlich beweisen, dass mein Verstand ebenso sexy ist.«

Am Ende meiner kleinen aufmunternden Rede an mich selbst angelangt, schreitet ein Ritter mit dunklem Dreitagebart breit grinsend an mir vorbei. Einer der Schauspieler, der vor den Kindern im Tower auftritt, und zugleich einer der schönsten Männer, die ich je im Leben gesehen habe, hat eindeutig mit angehört, dass ich um halb acht Uhr morgens mit einer verdammten Katze über meinen Busen geredet habe.

»Morgen«, sagt er grienend, wirft seine langen dunklen Haare zurück und lässt meine Wangen rot erglühen.

»M-morgen«, antworte ich vor Verlegenheit stotternd.

Oliver lehnt an der Wand der Tube-Station London Bridge, als ich ihn erreiche. Obwohl ich normalerweise Schwierigkeiten habe, die Profilfotos mit der Person in Verbindung zu bringen, entdecke ich ihn sofort. Er ist athletisch gebaut, kräftig und muskulös, aber er trägt einen weichen Wollpullover und eine braune Cordhose. Damit erinnert er mich an einen dieser riesigen Teddybären, die gemeinerweise das halbe Zimmer belegen und, ganz egal, wie alt du bist, in dir sofort den Wunsch wecken, sich an sie zu kuscheln und einzuschlafen.

Glänzend schwarzes Haar quillt unter einer kamelbraunen Wollmütze hervor. Er hat sie so weit nach hinten geschoben, dass sie nichts von seinem Gesicht verdeckt, und mir fällt auf, dass seine Nase steil und gerade ist und sein Unterkiefer einen Schatten auf seinen Hals wirft, der auf die scharf geschnittenen Konturen aufmerksam macht. Die wiederum werden abgemildert durch seine vollen Lippen, die sein Lächeln von Natur aus sanft erscheinen lassen. Sein ganzes Äußeres zeugt von einer perfekten Mischung aus Kompetenz und Zärtlichkeit.

Ich stehe nur knapp außerhalb seines Blickfeldes hinter einem günstig geparkten Bus und beschließe, anders als sonst an die Sache heranzugehen, nämlich selbstbewusst. Ich werfe meine Schultern zurück und richte mich zu voller Größe auf, streiche mir ein paar verirrte Locken aus den Augen und stolziere los – zum ersten Mal in meinem Leben. Auf einen unbeteiligten Londoner Zuschauer mache ich vermutlich den Eindruck einer völlig Verrückten, aber in meinem Kopf stelle ich Tyra Banks in den Schatten und kann mir sogar vorstellen, dass ein Talentsucher mich von der Straße weg für die London Fashion Week engagiert. Der Zauber hält jedoch nicht vor, denn ich knicke auf einer unebenen Gehwegplatte um und muss mich an einem Passanten festhalten, um nicht zu fallen. Der Mann mustert mich böse, schüttelt mich ab, und ich muss mich mit aller Kraft dagegen wehren, vor Scham im Boden zu versinken. Zum Glück schaut Oliver immer noch in die andere Richtung, und so stolziere ich weiter und ignoriere, dass mein Gesicht vor Verlegenheit glüht.

Als ich ihn erreiche, lege ich ihm kokett meine rechte Hand auf die Schulter.

»Oliver?«, spreche ich ihn leise, aber volltönend an. »Es ist so schön, dich endlich kennenzulernen.«

Ich spreche dabei so vornehm und korrekt, dass mir selbst Zweifel kommen, ob die Worte wirklich aus meinem Mund stammen. Als er sich zu mir umdreht, fällt mir auf, dass er gar kein Muttermal im Gesicht hat, und ich komme ins Stocken. Schon seltsam, dass jemand ein Muttermal mit Photoshop in seine Fotos einfügt. Normalerweise werden die Fotos so heftig weichgezeichnet, dass man nicht die kleinste Sommersprosse sieht.

Zu konzentriert auf das Muttermal beziehungsweise sein Fehlen, brauche ich einen Moment, um zu begreifen, dass er meinen Gruß nicht erwidert hat. Tatsächlich starrt er mich nur an, die Brauen verwundert hochgezogen.

»Ähm ... ich glaube, Sie verwechseln mich«, sagt er schließlich, immer noch verwirrt dreinschauend. Mir sackt der

Unterkiefer hinunter; ich kann hören, wie das Blut in meinem Kopf pulsiert, und habe den plötzlichen Drang, in unkontrollierbares Weinen auszubrechen, weil das Ganze so unglaublich peinlich ist.

»Ah, oh, ja, ich ...« Bevor ich einen zusammenhängenden Satz herausbringen kann, greift eine Hand nach meiner, und jemand anderes drängt sich neben mich. Ein rascher Kuss landet auf meiner Wange.

»Maggie! Hi, ich habe in der Station gewartet, deine irren Haare aber in der Menge entdeckt.« Der echte Oliver hält meine verschwitzte Hand. Sein Muttermal umfasst weich sein Auge und zieht sich über die Wange herab, die mir am nächsten ist – völlig unübersehbar. Als ich mich umdrehe, um mich bei dem Fremden zu entschuldigen, den ich versehentlich auf offener Straße zu verführen versucht habe, ist der bereits weg.

Ich wende mich Oliver zu, immer noch mit offenem Mund. »Alles in Ordnung mit dir?«, fragt er. Ich schüttele meine Beschämung ab, schenke ihm ein gekünsteltes Lächeln und schwöre mir, zum letzten Mal in meinem Leben so getan zu haben, als wäre ich selbstsicher. Ich habe das Gefühl, nicht nur immer kleiner zu werden, sondern mich einfach aufzulösen. Würde ich jetzt versuchen, in einen Waggon der Tube zu steigen, würde ich glatt durch die Lücke zwischen Zug und Plattform fallen und mich zu den Mäusen im Gleisbett dazugesellen.

»Ja, tut mir leid. Hi. Es ist schön, dich endlich kennenzulernen.« Normalerweise wage ich mich zu diesem Zeitpunkt an eine Umarmung oder wenigstens ein freundliches Winken, aber er hat all das ausgelassen und seine Finger bereits um meine geschlossen. Zu viele Gedanken, überwiegend Teil eines inneren Monologs, der mich fertigmacht, schießen mir durch den Kopf, um das sofort zu verarbeiten. Und er streicht mir tatsächlich mit dem Daumen über die Handfläche.

Als ich zu ihm hochschaue, erkenne ich, dass er dem armen

Fremden ganz und gar nicht ähnlich sieht. Seine Haut ist viel dunkler, ein Milchkaffeebraun, ähnlich wie Karamell, und beide Wangen zieren jede Menge Sommersprossen. Er ist auch nicht ganz so groß, wie ich ihn mir vorgestellt hatte, aber immerhin gerade groß genug, dass ich zu ihm aufblicken muss. Hätte ich Absatzschuhe getragen, würde ich ihn definitiv leicht überragen. Er strahlt mich an, und mir fallen sofort zwei tiefe Grübchen auf seinen Wangen auf. Seine Zähne sind so perfekt und weiß, dass ich verunsichert den Mund schließe, um ihn nicht mit meinem erheblich weniger perfekten Gebiss zu enttäuschen.

Er löst seine Hand von meiner und legt mir stattdessen den Arm um die Schulter. Mir geht der ironische Gedanke durch den Kopf, dass ich nur drei Minuten nach dem Kennenlernen bereits engeren Körperkontakt mit diesem Mann habe als in den gesamten letzten Monaten.

Meine Psyche spielt den Verräter und erinnert mich an Freddie im Kellergewölbe. Daran, wie er mich aufgefangen hat, als ich fiel, daran, wie es sich angefühlt hatte, als mein weicher Körper gegen seine harte Brust flog, daran, wie sicher ich mich in seinen starken Armen fühlte. Ein vertrautes Kribbeln steigt an meinen Beinen hoch und breitet sich in meinem ganzen Körper aus, als mir einfällt, wie ich jede Bewegung seiner Muskeln unter seinem Hemd spürte.

Wo aber steckt er jetzt? Scharf rufe ich mich zur Ordnung. Er hat seit fast einem Monat keinen Versuch unternommen, Kontakt mit dir aufzunehmen. Er denkt nicht an dich; du bist ihm egal.

Das Kribbeln vergeht, und ich schaue mein jetziges Date an, das offenbar die ganze Zeit geredet hat, und ich habe kein Wort davon wahrgenommen. Oliver scheint das nicht zu bemerken. »... also sagte meine Schwester, ich sollte ein paarmal ausgehen. Meine letzte Freundin hat sie gehasst, aber dich wird sie meiner Meinung nach mögen. Du scheinst nicht allzu viel Wert auf Make-up und all das Zeug zu legen. Lily mag Leute nicht, die sich zu viele Gedanken darüber machen, wie sie aussehen.«

Ich lache gekünstelt. »Das ist schön.« Er hat ja keine Ahnung, dass ich fast zwei Stunden gebraucht habe, um mich fertig zu machen, und tatsächlich habe ich ziemlich viel Make-up aufgelegt. Ob er wohl denkt, dass ich mit den dicken schwarzen Lidstrichen geboren wurde? Na, immerhin hat er versucht, mir ein Kompliment zu machen.

Oliver betrachtet mein strahlendes Lächeln offenbar als Einladung, weiterzureden. »Für später habe ich etwas geplant, aber das soll eine Überraschung werden. Du wirst niemals erraten, was es ist!« Er wirkt sehr zufrieden mit sich selbst und reckt die Brust heraus. »Es findet etwa halb neun statt, und wir brauchen zwanzig Minuten zu Fuß dorthin. Deshalb dachte ich, wir essen erst irgendwo zu Abend.«

Alle zweideutigen Komplimente, die mir gemacht wurden, sind vergessen – jetzt hat er meine volle Aufmerksamkeit.

»Das klingt gut. Gehen wir«, sage ich, ohne meine aufrichtige Vorfreude verbergen zu können.

Hand in Hand überqueren wir die London Bridge. Oliver redet dabei die ganze Zeit. Ich erfahre, dass er Philosophie studiert und die meisten seiner Tage in der Bibliothek des University Colleges von London verbringt, wo er sich mit den Werken der größten Denker der Geschichte beschäftigt. Einen halben Kilometer lang schwärmt er hingebungsvoll von Rousseau. Das meiste, was er sagt, ist für mich viel zu komplex, um folgen zu können, während wir mitten durch die geschäftige Innenstadt wandern. Aber er redet mit solcher Begeisterung, dass ich völlig fasziniert bin. Mit seiner freien Hand gestikuliert er wild, und gelegentlich muss er sich bei einem Passanten entschuldigen, den er im Eifer des Gefechts mit der Hand trifft.

»Er war solch ein Pionier. Ich würde alles dafür geben, nur

fünf Minuten mit ihm zu verbringen.« Damit wendet er sich mir zu, und in seinen Augen lodert echte Leidenschaft. Es ist wirklich großartig, jemanden so voller Begeisterung über etwas reden zu hören, was er liebt. Ich nehme mir vor, mich gründlich über Jean-Jacques Rousseau zu informieren, wenn ich nach Hause komme.

»Egal, tut mir leid, mit mir sind die Pferde durchgegangen.« Leichte Röte überzieht seine glatte Gesichtshaut. »Ich habe mich zu sehr in Begeisterung geredet – entschuldige bitte. Lass uns eine Weile über dich reden!«

»Kein Grund, sich zu entschuldigen!«, widerspreche ich viel zu schnell. »Ich finde es toll, jemanden kennenzulernen, der so sehr in seiner Arbeit aufgeht. Das klingt alles faszinierend! Alles, was ich sagen könnte, wäre viel weniger interessant.«

»Nein, nein, stell dein Licht nicht unter den Scheffel. Auf welchen Bereich in Geschichte hast du dich spezialisiert?« Meine Wangen schmerzen, so anstrengend wird das Lächeln.

»Nun, es sind eine ganze Reihe ... Ich liebe die Militärgeschichte – sie ist mir wegen meiner eigenen Familie ziemlich wichtig. Oh, und ich lese unglaublich gern mittelalterliche Literatur. Du kennst doch ganz bestimmt The Letter of Alexander the Great to Aristotle – da du Philosophie studierst? Ich hatte an der Universität einen Kurs über mittelalterliche Science-Fiction belegt, wirklich paradox, ich weiß, aber das war so faszinierend –« Meine Begeisterung über die Gelegenheit, mich mit jemandem zu unterhalten, der sich genauso für ein Thema erwärmen kann wie ich, reißt mich mit.

»Aber das ist Fiktion, hat nichts mit der Realität zu tun. Das weißt du, oder?«, fällt er mir überraschend ins Wort.

»Ja, natürlich. Aber ich glaube, dass Fiktion aus jeder geschichtlichen Epoche uns unglaublich viel über die Welt zur betreffenden Zeit erzählen kann. Besonders mittelalterliche Romane ... Ein Fenster in die Vorstellungswelten von Menschen geöffnet zu bekommen, die vor tausend Jahren gelebt haben, ist fesselnd. Ich schätze, mein hauptsächliches Interesse an Geschichte liegt bei den Leuten. Ich interessiere mich dafür, wie du und ich vor einem Jahrhundert oder Jahrtausend wohl gelebt haben würden.«

»Aber Aristoteles hat viel bessere Werke verfasst, über die nachzudenken sich lohnt. Du solltest einige seiner tatsächlichen Werke lesen«, gibt er zurück, aber ich schalte ab. Meine Begeisterung legt sich, und für den Rest des Weges halte ich den Mund.

Etwas verdutzt bin ich schon, als wir die Tower Hill Tube Station erreichen. Da ich Oliver aber nie gesagt habe, wo ich wohne, kann er natürlich nicht wissen, dass er mich gerade dorthin geführt hat, woher ich komme. Sofort bin ich auf der Hut, und ich schaue mich verstohlen in alle Richtungen nach vertrauten Gesichtern um.

»Das ist es.« Am Ufer der Themse angekommen, deutet er auf ein Restaurant. Ein Dschungel perfekt gepflegter Blumen dominiert den Außenbereich, und die Mauern sind von Efeu berankt. Abgesehen vom stetigen Hintergrundlärm der Innenstadt kann man sich leicht vorstellen, dass wir uns hier mitten in einem kleinen englischen Dorf befinden. Oliver erweist sich als Gentleman, rückt mir einen Stuhl zurecht, und nachdem ich mich gesetzt habe, versucht er ungeschickt, den Stuhl näher an den Tisch zu schieben. Das gelingt ihm erst, als ich mich halb wieder erhebe und mitsamt dem Stuhl nach vorn rutsche.

Da die Sonne bereits untergeht, ist die Tower Bridge beleuchtet, und die Lichter spiegeln sich im Wasser der Themse. Glücklicherweise steht ein Gebäude zwischen uns und dem Tower beziehungsweise seinen wachsamen Augen, sodass ich mich allmählich entspanne.

Die meiste Zeit unterhalten wir uns über Bücher, während das Essen auf dem Tisch kalt wird. Ich erfahre, dass Oliver sich für Liebesromane begeistern kann, und daran, wie er meine Hand auf dem Tisch hält und mir Komplimente macht, erkenne ich, dass er aus diesen Büchern eine Menge gelernt hat.

»Ach, herrje.« Erschrocken schaut er auf seine Armbanduhr und steht hastig auf. »Es wird höchste Zeit zu gehen.« Wir waren so darin vertieft, einander kennenzulernen, dass zwei Stunden vergangen sind, ohne dass wir es bemerkt haben.

Oliver beeilt sich, die Rechnung zu bezahlen, obwohl ich protestiere, greift nach meiner Hand und führt mich zu unserem nächsten Ziel. Wir gehen nicht weit. Zehn Meter, um genau zu sein, um das Gebäude herum, das mich den ganzen Abend vor meinem Zuhause verborgen hat.

»Seit Hunderten von Jahren wird der Tower von London abends in einer besonderen Zeremonie, der Ceremony of the Keys, verschlossen«, verkündet Oliver, und seine Augen funkeln dabei vor Begeisterung. Ich bringe es nicht übers Herz, ihm zu sagen, wie vertraut mir diese Zeremonie ist. Es gibt nur wenig, was ich ihm heute Abend nicht erzählt habe, und dazu gehört, wo ich wohne. Ich hatte gehofft, das würde auch so bleiben. Aber jetzt stehe ich vor der Herausforderung, bei meinem allerersten Date mit einem Mann mein Zuhause zu besuchen, umgeben von den Mitgliedern meiner erweiterten Familie … was in etwa so ist, als ließe man sich von seinem One-Night-Stand zur Beerdigung der eigenen Großmutter begleiten.

Die warme Decke von Wohlbehagen, die sich nach einem so vollkommenen Date über uns gelegt hat, wird mir entrissen, und ohne sie beginne ich zu zittern. Ohne Oliver anzusehen, der immer noch von der Schlüsselzeremonie spricht, suche ich verzweifelt nach einem Ausweg, um nicht hineingehen zu müssen, nicht mit einem Date im Tower gesehen zu werden.

»Maggie?«, fragt Oliver, dem offenbar aufgefallen ist, wie verstört ich wirke. Also reiße ich mich zusammen, lächele ihn an, so gut ich kann, und drücke seine Hand. Sofort gewinnt er seine unbeschwerte Fröhlichkeit zurück und redet weiter.

Bob öffnet das Tor mit militärischer Präzision absolut pünktlich – und damit entschwindet mein letzter Funken Hoffnung, dem Ganzen entgehen zu können. Es gelingt mir, meine Hand aus Olivers sanftem Griff zu befreien, und ich stecke mir die Haare hinten ins Kleid in der Hoffnung, mein am leichtesten erkennbares Markenzeichen zumindest ein bisschen zu verschleiern. An Bob komme ich aber nicht vorbei; er erkennt mich beinahe sofort, als er Olivers Eintrittskarten entgegennimmt.

»Ohh, hallo, M...« Rasch lege ich einen Finger an meine Lippen und deute auf Oliver, der sich abgelenkt und bewundernd umsieht. Bobs Augen weiten sich verständnisvoll, und er nickt. Erleichtert danke ich ihm stumm, greife wieder nach der Hand meines Dates und manövriere uns beide mitten in die Zuschauermenge in der verzweifelten Hoffnung, dass die Leute um uns herum mir genügend Deckung bieten, um nicht von den anderen Beefeaters entdeckt zu werden.

»Ist das nicht fantastisch?«, meint Oliver und deutet dabei auf den Middle Tower. Ich nicke zustimmend und versuche, mir die Haare, die nicht in meiner Kleidung versteckt sind, so gut es geht ins Gesicht fallen zu lassen, damit man mich nicht erkennt.

»So viel Geschichte«, füge ich leise hinzu, um mein Unbehagen zu verschleiern.

Heute Abend hat Richie Dienst, und er beginnt die kleine Einführung, die der Zeremonie vorangeht, auf einem Podest, um seine Stimme für alle hörbar zu machen, mit ein paar Witzen, die ich ebenfalls auswendig kenne. Obwohl er die Zuschauermenge von oben überblickt, bleibe ich von meinem Tür an Tür wohnenden Nachbarn unbemerkt, und ich seufze erleichtert, als wir zum Verrätertor hinuntergeführt werden, um uns auf das Hauptereignis vorzubereiten. Oliver, der immer noch meine Hand umklammert hält, lächelt mich liebevoll an, und für einen Moment vergesse ich, wo ich bin, und entspanne mich.

Als wir den vertrauten Weg die Water Lane hinuntergehen, kommt ein Gardist in rotem Waffenrock und mit Bärenfellmütze auf dem Kopf am Schilderhäuschen in Sicht. Aber erst als wir unser Ziel am Verrätertor erreicht haben, fällt mir die weiße Feder an der Bärenfellmütze auf, und ich versuche, nicht erschrocken nach Luft zu schnappen. Das führt dazu, dass ich den Atem anhalte und mich vor Angst und Nervosität völlig verkrampfe.

Völlig synchron knallen Stiefelnägel aufs Pflaster, und das Geräusch hallt in den Mauern wider, als unsere Eskorte aus vier weiteren Gardisten den Hügel herunterkommt und sich paarweise unter dem Torbogen des Bloody Towers aufstellt. Erst als ich es wage, den Blick von den Pflastersteinen unter meinen Füßen zu heben, sehe ich sie: Riley steht vorn, Tiny hinter ihm, dahinter Walker. Und ganz hinten, leicht im Schatten zum ersten Mal seit Wochen: Freddie.

Instinktiv entreiße ich Oliver meine Hand. Falls er mich anschaut, bemerke ich es nicht. Freddie und ich sehen einander an – in einer Pattsituation –, und keiner von uns beiden gibt auf und wendet den Blick ab. Das Herz schlägt mir wie wild in meiner Brust, und als es mir endlich gelingt, Luft zu holen, füllt sie kaum meine Lungen. Gefühle überwältigen mich – Demütigung, Wut, Trauer, all das verpackt in eine schmerzliche Sehnsucht –, aber so gern ich auch flüchten würde, ich bin dazu verdammt, zu bleiben, während der oberste königliche Leibgardist sich nähert, die Schlüssel und eine Laterne in den Händen.

Freddie ist der Einzige, der kein Gewehr trägt. Das heißt, er hat heute Abend die Aufgabe, die Laterne zu tragen, aber da er immer noch mich unverwandt anschaut und ich ihn, bemerkt er nicht, wie ihm der Messinggriff in die ausgestreckte Hand gelegt wird. Die jahrhundertealte Laterne fällt zu Boden, und eine der Glasscheiben zerspringt zwischen seinen Stiefeln. Erschrocken über sein Missgeschick und das kollektive Nach-Luft-Schnappen der Zuschauer, schüttelt Freddie die Trance zwischen uns ab und beeilt sich, die beschädigte Laterne wieder aufzuheben.

»Also, das gehört definitiv nicht zur Zeremonie«, flüstert Oliver mir zu. »Das muss ein Amateur sein, von einem ausgebildeten Gardisten ist so etwas nicht zu erwarten ... was für ein Trottel.«

Mir bricht fast das Herz. Am liebsten wäre ich zu Freddie gerannt, hätte ihn an die Hand genommen und ihn mit mir in den White Tower gezogen, aber der oberste Leibgardist bellt seine Befehle, und er steht wieder stramm, diesmal die beschädigte Laterne fest in der Faust. Scherben knirschen unter schweren Stiefeln, als Richie sich zu den Gardisten gesellt und alle sechs Männer sich in Bewegung setzen, um zu den Toren abzumarschieren.

Mein Atem kommt stoßweise, während ich ihnen nachsehe. Warum muss gerade heute Freddie an der Zeremonie beteiligt sein? Den ganzen Monat hatte ich mir so sehr gewünscht, ihn wiederzusehen, und als er endlich auftaucht, tut er das ausgerechnet in dem Moment, in dem endlich eins dieser dummen Dates gut verläuft. Ich habe ihn viel mehr vermisst, als ich je für möglich gehalten hätte. Allein schon, ihn zu sehen – mich daran zu erinnern, wie es sich anfühlte, als sein warmer Atem meine Lippen streifte, als sein Körper sich an meinen drückte in jenem flüchtigen Moment im White Tower –, sorgt dafür, dass Oliver dagegen verblasst. Plötzlich will ich nicht hier sein; jetzt weiß ich, dass all diese »Dates« nichts weiter waren als sinnlose Ablenkung. Und es ist noch nicht mal was dabei herausgekommen.

Mitten in meine Gedanken hinein kommt die Eskorte zurück, die Tore hinter ihnen sicher verschlossen. Es ist Cantforth, der sie anruft: »Halt! Wer kommt da?« Sein Gewehr ist auf seine Kameraden und die beiden Leibgardisten in der Mitte gerichtet.

»Die Schlüssel«, erwidert der oberste Leibgardist.

»Wessen Schlüssel?«

»Die Schlüssel von König Charles.«

»Ihr dürft passieren, Schlüssel von König Charles – alles in Ordnung.«

Alle Gardisten außer Cantforth, der wieder seinen Posten am Schilderhäuschen der mittleren Zugbrücke einnimmt, marschieren weiter, passieren den Torbogen und gesellen sich zum Rest ihres Zuges, der auf dem Broadwalk postiert ist. Die Zuschauer werden eingeladen, ihnen zu folgen, und wir sehen zu, wie der in der Mitte stehende Offizier mit der hohen Bärenfellmütze sein Schwert zieht. Ich verstecke mich hinten in der Zuschauermenge und höre kaum, wie Chaplin »Last Post« spielt. In meinem Kopf hat nur ein Gedanke Platz: Wie kriege ich Oliver hier heraus?

Sowie der letzte Ton in der kühlen Brise verklungen ist, ziehe ich ihn an der Hand über das Kopfsteinpflaster zum Ausgang.

»Maggie, wohin gehen wir? Ich wollte den Beefeater etwas fragen«, beschwert Oliver sich. Als ich mich zu ihm umdrehe, bin ich schon fast hysterisch. Mit weit aufgerissenen Augen und Schweiß auf der Stirn schaue ich ihn schwer atmend an.

»Ich möchte nach Hause!«, schnauze ich ihn an, als Bob aus seinem Sicherheitsstand herauskommt, um uns das Tor zu öffnen.

Oliver schaut mich verletzt an, und mir wird schwer ums Herz. »Es tut mir leid«, sage ich, bemüht, ruhiger zu atmen. »Ich ... ähm, ich muss einfach nach Hause. Ich hatte einen schönen Abend – ja, einen wundervollen Abend.« Er wirkt immer noch verletzt, als ich ihm besänftigend die Hand drücke. »Mit Abstand das beste Date, das ich je hatte.«

»Du meinst das ernst?«, fragt er, aufkeimende Hoffnung im Blick. Mir kommt mein letzter Abend mit Freddie in den Sinn – der Safe im White Tower, die Führung durch die Armoury, der Beinahe-Kuss –, und meine Hände zittern. Das war kein Date, rufe ich mir in Erinnerung.

»Vollkommen ernst.«

»Ich kann dich nach Hause begleiten, wenn du möchtest?« Oh, verdammt noch mal, warum muss das einfach nur so schwer sein? Mir bleiben nur noch wenige Minuten, bis alle anderen uns am Tor einholen.

»Sei nicht albern«, versuche ich lachend abzuwehren, aber die drei Worte klingen eher wie ein erstickter Ruf eines Vogels. »Darum würde ich dich niemals bitten. Das ist überhaupt kein Problem – fahr du einfach nach Hause.«

»Nein, wirklich, ich bestehe darauf.« Stimmengewirr nähert sich. Sie kommen.

»Sieh mal, Oliver ... ich wohne ganz in der Nähe. Das ist also wirklich nicht nötig.«

»Es spielt keine Rolle, ob du fünf Minuten oder fünf Kilometer weit weg wohnst! Man weiß nie, wer in den Straßen herumlungert. Ich würde dich gern zu einem zweiten Date treffen und kann nicht zulassen, dass dir vorher etwas zustößt.«

Das bringt mich ins Wanken. Zum allerersten Mal will jemand ein zweites Date ... mit mir! Ein echter, gut aussehender Mann will mich tatsächlich wiedersehen, ich habe ihn nicht abgeschreckt! Warum nur ist das Timing grundsätzlich gegen mich, wenn mal irgendetwas gut läuft? Rasch konzentriere ich mich wieder auf das drängende aktuelle Problem: »Nein, nein! Ich ... nun ja, ich ... ähm ... wohne hier.« Damit deute ich hinter mich, wo der Middle Tower wie ein monumentaler schwarzer Schatten im Mondlicht über uns aufragt.

»Sehr witzig.« Er lacht ein bisschen zu laut. »Das ist der Tower von London. Niemand wohnt hier.«

Wenn ich jedes Mal, wenn mir jemand das sagt, ein Pfund bekäme – meistens sind es die Fahrer von Lieferdiensten, die drei Stunden nach der Adresse suchen und dann aufgeben, ohne mein bestelltes Essen auszuliefern –, könnte ich mir vermutlich den White Tower kaufen.

»Nein, kein Witz, Oliver. Lange Geschichte, aber mein Dad arbeitet hier, und ich wohne bei ihm.« Er runzelt die Brauen, ein Ausdruck in seiner Miene, den ich nicht deuten kann – entweder Überraschung oder immer noch Verwirrung. Am ehesten vermutlich beides.

»Du machst echt keine Witze?«

»Keine Witze. Es tut mir leid, aber ich habe jetzt echt keine Zeit, alles zu erklären; ich muss jetzt wirklich gehen.« Ich werfe einen verstohlenen Blick auf die Menge, die sich uns nähert.

»Also, dieses ganze Date hat dort stattgefunden ... wo du wohnst? Warum hast du mir das nicht gesagt?«

»Ich wollte deine Gefühle nicht verletzen, und als ich endlich den Mut aufbrachte, war es zu spät. Es tut mir leid.« Er starrt mich mit großen Augen an, sein Blick zuckt zwischen meinem Gesicht und den steinernen Türmen hin und her.

»Mein lieber Schwan.« Er schnaubt, sichtlich entnervt, und reibt sich mit der Handfläche übers Gesicht.

»Aber ich habe den heutigen Abend wirklich sehr genossen! Das meine ich ernst. Und wenn du immer noch willst, würde ich dich gern wiedersehen, vielleicht aber ein bisschen weiter weg von zu Hause ...«

»Ja, das würde ich gern.« Er lächelt. Zufrieden, dass es mir gelungen ist, das erste gute Date, das ich hatte, noch zu retten, will ich gehen, denn es brennt mir immer noch unter den Nägeln, die Sache schnellstens zu beenden, aber er packt meine Hand und zieht mich an sich, drückt seine Lippen auf meine, bevor ich auch nur begreifen kann, was passiert. Als mein Verstand sich endlich meldet, stoße ich ihn von mir, nur um erneut zu sehen, dass er sich verschmäht fühlt. Aus dem Augenwinkel sehe ich die rot blitzende Kuppel einer der Kameras im Tower. An jedem anderen Ort, zu jeder anderen Zeit, würde ich auf Wolke sieben schweben; alles wäre perfekt. Aber mit Richie und Dad und Freddie – großer Gott, Freddie – und was weiß ich, wem sonst noch alles nur wenige Meter entfernt als Augenzeugen, die jede meiner Bewegungen verfolgen, schwirrt mir der Kopf, und sein Kuss lässt mir nur eine Wahl: kämpfen oder fliehen. Mein ganzer Körper vibriert vor Anspannung, und ich spüre, dass ich ganz kurz vor einer Panikattacke stehe.

»Ich bin nicht ... ich ... nur ... Hier sind nur sehr viele Kameras«, stammele ich nervös. »Und ein Wachmann. Und ich kenne wirklich jeden, und –«

Bevor ich ausreden kann, beugt er sich erneut mit geschlossenen Augen über mich und flüstert: »Vergiss sie einfach. Im Moment zählen nur du und ich ...« Er will mich ein zweites Mal küssen, die Lippen geschürzt, aber bevor ich ihn abschütteln kann, hallt der Knall einer Tür, die gegen eine Wand fliegt, über den Tower Hill.

Oliver reißt erschrocken seine nach mir ausgestreckten Arme zurück, und unsere Aufmerksamkeit richtet sich auf den Middle Tower. Der rhythmische Marschtritt von Stiefeln auf Kopfsteinpflaster nähert sich uns.

»Zurücktreten!«, bellt die tiefe, so vertraute Stimme von Freddie. Immer noch in Waffenrock und Bärenfellmütze, aber jetzt mit Gewehr statt Laterne, wird er von den Jungs begleitet, die im Moment alles andere als vergnügt dreinschauen. Mein Herz liegt am Boden, zusammen mit meiner Selbstachtung.

»Fredd–«, setze ich an, und mein Blick wandert verzweifelt zwischen ihm und meinem Date hin und her.

Ich werde unterbrochen. »Was zum Teufel«, ruft Oliver mit zittriger Stimme. Ich kann nicht mehr atmen, meine Lunge brennt.

»Zurücktreten von der Lady!«, bellt Richie hinter den Gardisten; der stille alte Mann, den ich jeden Morgen so liebevoll seine Rosen gießen sehe, ist einem Angst einflößenden Panzer von einem Mann gewichen. »Mach, dass du wegkommst.« Sein rotes Gesicht läuft von Sekunde zu Sekunde noch dunkler an. Oliver springt gehorsam zurück. »Du hast exakt fünf Sekunden, um zu verschwinden, bevor ich diese Truppe wie Hunde auf dich hetze«, fährt Richie im selben schneidigen Tonfall fort und deutet dabei auf die bewaffneten Gardisten.

Mein Date lässt sich das nicht zwei Mal sagen. Er rennt regelrecht vor mir davon und schaut auch nicht zurück. Ich habe mich nicht gerührt; ich kann mich nicht rühren. Ich wünschte, die Themse würde über die Ufer treten, mich wegschwemmen und davontragen.

Richie kommt näher. »Alles in Ordnung mit dir, Maggie, Liebes?« Jetzt ist er wieder der nette Nachbar mit der sanften, freundlichen Stimme.

An ihm vorbei gehe ich direkt auf Freddie zu, in mir ein Tumult von Emotionen, die ich nicht länger unter Kontrolle habe; all die Angst, Anspannung, Sehnsucht, Freude und Traurigkeit des Abends gipfeln in ... Zorn. Ich bin zornig auf Freddie, und ich kann nichts dagegen tun. Ich koche vor Wut, weil er verschwunden ist, weil er zum ungünstigsten Zeitpunkt zurückgekommen ist, den man sich nur denken kann, weil er ihn gestört hat, ja, weil er mein ganzes Leben so durcheinanderbringt.

»Du hattest nicht das Recht«, presse ich zwischen zusammengebissenen Zähnen hervor und stoße ihm schwach den Finger vor die Brust. Seine Miene ist ausdruckslos, lässt nichts erkennen, als ich ihm zum ersten Mal seit Wochen ins Gesicht blicke. In seinem leeren Blick liegt Dunkelheit. Seine Züge sind angespannt, und mir fällt auf, dass seine Fingerknöchel weiß sind, so fest hält er sein Gewehr umklammert, dass er sich selbst das Blut abschnürt.

»Ich nehme an, das war wieder ein Reinfall?«, meldet Riley sich fröhlich grinsend zu Wort.

»War es nicht, bevor er es einfach ruiniert hat.« Die anderen Gardisten halten den Mund, während ich weiter wütend Freddie anstarre.

»Geh nach Hause, Margaret«, sagt er kalt. Das Eis in seiner Stimme sorgt dafür, dass mir eine einzelne Träne über die Wange läuft.

Mit gesenktem Kopf laufe ich davon, und ich höre nicht auf zu laufen, bis ich zu Hause ankomme.

Dad macht sich nie die Mühe, die Haustür abzuschließen, da wir uns in einer der am besten gesicherten Festungen der Welt keine Sorgen wegen Einbrechern machen müssen. Ich stoße also die Tür auf, und sie knallt gegen die Flurwand.

»Mags! Bist du das?«, ruft Dad schlaftrunken aus seinem Schlafzimmer im Erdgeschoss.

Ich gebe mir alle Mühe, ruhig und gelassen zu antworten, obwohl meine Hände zittern und ich so aufgewühlt bin, dass es mir die Kehle zuschnürt. »Ja, Dad. Ich bin es nur. T-tut mir leid, ich habe ein bisschen zu viel getrunken.«

»Schon gut, Darling, mach, dass du ins Bett kommst.«

Ich schleppe mich die Treppe hinauf, und als ich schließlich mein Zimmer erreiche, breche ich fast zusammen. Alles in mir fühlt sich an, als würde ich ersticken. Ich bewege mich, aber jeder Muskel ist steif und unbeweglich, so als würden tausend Hände zugleich nach mir greifen, und ich bin zu müde, um sie abzuwehren. Überwältigt kann ich mich nur mit meinen eigenen Unsicherheiten befassen. Ich brauche meine Wut, und ich kann meinen Hass nur gegen mich selbst richten.

Also reiße ich mir die Kleider vom Leib und stelle mich nackt vor den Spiegel. Ich will nicht ich sein; ich will weder diesen Verstand noch diesen dämlichen Körper, der mich einengt. Vielleicht würde das alles keine Rolle spielen, wenn ich schön wäre. Meine Dates würden alle gut verlaufen. Die Leute würden sich nicht über mich lustig machen, weil sie sich nicht vorstellen können, dass ein Mann mich begehren könnte. Ich müsste mich nicht durch die Spreu der Männer wühlen, um jemanden zu finden, der mich liebt. Dann wäre es keine solche Neuigkeit, wenn ich mit einem schönen intelligenten Mann ein Date hätte. Ich wäre mit sechsundzwanzig nicht mehr Single und hätte nicht das Gefühl, dass mir die Zeit davonläuft.

Wenn ich schön wäre, würde Freddie vielleicht für mich empfinden, was ich für ihn empfinde.

Mein Körper fühlt sich nicht an, als gehörte er mir. Ich bin blass, farblos bis auf die dunkelroten Dehnstreifen auf Oberschenkeln und Bauch, die aussehen, als hätte ein Löwe mich dort mit seinen Krallen erwischt. Mit den Händen fahre ich mir über den Körper und zwicke mich an allen möglichen Stellen, bis es wehtut.

Ich sollte mich so auf den Balkon stellen, zulassen, dass sie mich sehen in meiner ganzen nackten Pracht. Manchmal habe ich das Gefühl, dass mein Körper das Einzige ist, worüber ich Kontrolle habe, das Einzige, was noch mir gehört, aber selbst dann will ich ihn nicht. Inzwischen heule ich wie ein Schlosshund. Heftige Schluchzer schütteln mich von Kopf bis Fuß. Ich sinke zu Boden und drücke die Hände in den Teppich.

Zweifellos werde ich nie wieder von Oliver hören. Sicher, es war nur ein Date, aber er war der Einzige, dem meine Gesellschaft so viel Freude gemacht hat, dass er mich wiedersehen will. Anscheinend war das Ganze zu schön, um wahr zu sein.

Und Freddie! Wie ein Jo-Jo springt er dauernd in mein Leben herein und wieder hinaus – immer im falschen Moment und ohne Vorwarnung, lässt seine Freundschaft verlockend vor meiner Nase herumbaumeln wie eine Möhre vor einem Esel. Und sobald sie in Reichweite ist, zieht er sie zurück und zerbricht sie sozusagen vor meinen Augen. Man muss nur mal betrachten, wie er mich heute Abend begrüßt hat, nachdem ich jeden wachen Augenblick an ihn habe denken müssen, nur um zu erkennen, dass er nie dasselbe für mich empfinden wird.

Die Erinnerung daran, wie er heute Abend aussah, an die Ausdruckslosigkeit, die Kälte, lässt mich erneut heftig schluchzen. Am schlimmsten aber ist, dass ich ihm das nicht einmal verüble. Warum in aller Welt sollte er sich auch jemals nach mir umdrehen. Nach allem, was ich mit Bran erlebt habe, nun auch noch das! Ich bin eine tragische Gestalt. Jeder Abend endet irgendwie mit Tränen, mit Verlegenheit, mit Scham. Heute Abend hat er vermutlich den eigentlichen Grund erkannt, warum ich niemanden habe, warum Bran mich betrogen hat, warum Andy und Samantha mich nicht ausstehen können.

Ich schaue mich im Spiegel an, am Boden kauernd, mit geröteten Augen und verquollenem Gesicht vom Weinen. Ich biete ein Bild des Jammers. Die Erschöpfung gewinnt die Oberhand, ich lasse meinen Kopf zu Boden sinken, ziehe meine Knie an die Brust und lasse mich vom Schlaf überwältigen.

17. KAPITEL

Cromwells raue Zunge fährt mir über die Augenbraue und weckt mich, als das Sonnenlicht durch die Balkontür ins Zimmer fällt. Sobald ich den Kopf hebe, macht er es sich quer über meinem Hals gemütlich, und seine felligen Ohren kitzeln an meinen Ohren. Mein Körper ist entweder komplett taub oder schmerzt, weil ich vom nächtlichen Schlaf auf dem Boden völlig verspannt bin. Meinen kleinen Kater an die Brust gedrückt, kämpfe ich mich auf die Beine, lasse mich mit ihm aufs Bett fallen und ziehe die Bettdecke über uns. Cromwell schnurrt mir glücklich ins Ohr, und das lindert für einen Moment das Gewicht, das auf meiner Brust zu lasten scheint.

Die Kränkung vom Abend zuvor hat sich im Laufe der Nacht verflüchtigt und einer Betäubung Platz gemacht, in der jedes Gefühl zu viel zu sein scheint. Ich kann nur einen klaren Gedanken fassen: Heute kann ich mich nichts und niemandem stellen. Solche Phasen hatte ich immer wieder als Teenager, wenn der Stress, alle sechs Monate die Schule wechseln zu müssen, mich einholte. Dann zog ich mich komplett in mich selbst zurück. Verkroch mich ein oder zwei Tage. Nicht einmal Mum konnte mich dann hervorlocken.

Normale Menschen erleben ein übles Date, schütteln es ab und schauen nach vorn. Wenn es ganz besonders schlimm ist, dann holt sie die Peinlichkeit noch mal ein, wenn sie am Arbeitsplatz in Tagträumerei verfallen, und manchmal schlagen sie sogar noch im Nachhinein die Hand vors Gesicht. Aber dann können sie die Sache einfach hinter sich lassen und so tun, als wäre sie nie geschehen. Im Tower dagegen spricht sich alles wie ein Lauffeuer herum, und es ist unmöglich, dem

Klatsch zu entgehen. Kein Wunder, dass in diesen Mauern Leute einfach nur aufgrund von Gerüchten umgebracht wurden. Obwohl der Vorfall noch keine zwölf Stunden zurückliegt, kann ich davon ausgehen, dass es niemanden mehr gibt, der sich noch nicht für mich fremdgeschämt hat.

Eins weiß ich aber mit Sicherheit: Ich werde mich keinesfalls auf das fünfte und letzte Date einlassen, das ich den Jungs versprochen habe – oder überhaupt jemals wieder auf irgendein Date.

Ich rolle mich herum und schlafe noch einmal vier Stunden, Cromwells leises Schnurren in den Ohren. Freddies Gesicht verfolgt mich in meine Träume, belauert mich wie ein Phantom. Seine Enttäuschung, der kalte Blick, den er mir zuwarf, hat sich so eingebrannt, dass ich ihn sofort im Geiste vor mir sehe, wenn ich die Augen schließe.

Als ich wieder aufwache, fühle ich mich leer und ausgebrannt. Meinen Arbeitsantritt habe ich längst verpasst. Ab und zu summt mein Handy auf meinem Schreibtisch, und vor ungefähr einer halben Stunde hat sogar jemand an der Tür geklingelt, ist aber wieder gegangen, als er begriffen hat, dass ich nicht kommen würde.

Ich kann mich dem nicht stellen. Die Gardisten werden kaum mal gerufen, solange es nicht mindestens um eine Bombendrohung geht. Wenn sie also ausrücken, um ein Date von mir abzuschrecken, werden sie deshalb das Gesprächsthema schlechthin sein. Ich bin sicher, dass meine Kollegen im Ticketbüro sich allein schon darüber vor Lachen ausschütten, dass ich jemanden gefunden habe, der sich mit mir verabredet hat. Sie werden heute ohne mich auskommen.

Als Dad zur Mittagszeit zum Essen nach Hause kommt, findet er mich immer noch im Bett vor. Ich bin ihm dankbar, dass er nichts sagt, sondern einfach nur mein Zimmer verlässt und mit einer Tasse Tee zurückkommt, der inzwischen eiskalt auf meinem Nachtschränkchen steht. Es ist ausgeschlossen, dass er nicht erfahren hat, was geschehen ist. Richie wird es ihm heute Morgen erzählt haben, als er von seinem Wachdienst nach Hause gekommen ist, und wenn nicht er, dann irgendjemand anderer.

Erst als die Sonne längst untergegangen ist und es bereits auf Mitternacht zugeht, beschließe ich endlich, aufzustehen – weit gehe ich allerdings nicht, sondern wickle mich nur in meinen Morgenmantel und trete hinaus auf den Balkon. Lucie, die es wieder mal geschafft hat, sich nicht für die Nacht hereinholen zu lassen, sitzt wartend auf ihrem üblichen Posten und hüpft auf die Mauer, als sie mich kommen sieht. Ich setze mich auf einen der Balkonstühle und streichele sanft und schweigend ihren Schnabel. Viel zu sagen habe ich ihr heute nicht, oder vielmehr: Es gäbe viel zu viel in Worte zu fassen, und obwohl ich den ganzen Tag im Bett verbracht habe, bin ich erschöpft.

So sitzen wir eine Weile zusammen, lauschen den Sirenen und dem Rufen drüben auf der Tower Bridge. Ich beobachte die Flugzeuge, die über den sternenlosen Himmel ziehen, stelle mir die Leute darin vor – wer sie sind, wohin sie fliegen – und frage mich, wie der Tower wohl von dort oben aussehen mag.

Ich kann die Gebäude des Old Hospital Blocks von meinem Balkon aus sehen, die dunklen Ziegel bilden einen scharfen Kontrast zum weißen Stein des Constable Towers. Das flackernde Licht eines Fernsehers erhellt die Bogenfenster; ein Bauwerk aus dem dreizehnten Jahrhundert, aber immer noch genauso lebendig wie zu der Zeit, als es noch voller offener, mit Holz gespeister Feuerstellen war und mittelalterliche Waffen beherbergte. Der Turm ist eine Zeitcollage, ein immer wieder neu beschriebenes Manuskriptblatt der Geschichte. Ein Stückchen seitlich davon ist die beleuchtete Tower Bridge mit ihren hellblauen Akzenten zu sehen, die auf ihren betagten Nachbarn herabblickt.

Inmitten all dessen bin ich winzig. Nicht nur an Statur, sondern auch an Bedeutung. Ich fühle mich fast wie eine Hochstaplerin. Eine Frau aus der Arbeiterklasse aus Yorkshire, die ihre Kleidung vollständig in billigen Geschäften in der Hauptstraße kauft und deren Vorstellung von einem netten Essen sich auf ein Fleischbüfett in einem Restaurant der Toby Carvery-Kette beschränkt, sollte nicht an einem Ort leben, der einst Königen und Königinnen vorbehalten war. Was habe ich, verglichen mit ihnen, schon erreicht?

Immerhin kann ich von mir behaupten, nie jemanden getötet zu haben. Von daher bin ich vielleicht moralisch überlegen.

Dass ich meine Bedeutungslosigkeit akzeptiere, sorgt seltsamerweise dafür, dass es mir etwas besser geht. Wen wird es schon in zehn Jahren interessieren, ob ich mich auf ein paar miese Dates eingelassen habe? Wer wird sich schon an das Mädchen erinnern, das immer ein bisschen mitgenommen aussieht, wenn es zur Arbeit kommt? Nichts davon ist wirklich wichtig.

Außerdem weiß ich, dass es immer noch schlimmer sein könnte. Einige, wenn nicht sogar die meisten Leute betrachten mich mit Neid und sagen mir, ich sei das glücklichste Mädchen der Welt. Und vielleicht bin ich das. Ich lebe mietfrei in einer Palastfestung. Aber Einsamkeit wird nicht durch eine interessante Adresse aufgewogen. Ob ich nun in einem Palast wohne oder nicht, meine Probleme tun mir immer noch weh; meine Brust schmerzt immer noch so heftig, als hätte man mir mit einem Stiefel mit Stahlkappen dagegengetreten.

Gerade als ich Lucie Gute Nacht sagen will, höre ich, wie jemand meinen Namen zischt. Zögernd blicke ich mich um, in der Hoffnung, dass es kein weises altes Gespenst ist, das mir guten Rat erteilen möchte.

»Maggie! Hier drüben«, meldet sich erneut eine laut flüsternde Stimme. Ich drehe mich um, schaue zur gegenüberliegenden Ostmauer hinüber und falle vor Schreck fast vom Balkon, als ich die Gestalt entdecke, die sich über die Brüstung beugt.

»Was zum …« Scharf hole ich Luft.

»Schh, Maggie! Ich bin es.« Freddies Locken fallen ihm ins Gesicht, als er einen Finger an seine Lippen hebt, um mich zum Schweigen zu bringen.

Bei seinem Anblick hüpft mir das Herz in der Brust. Die Freude, ihn wiederzusehen, und darüber, dass sein kalter Zorn verflogen ist, begräbt meine eigene Wut auf ihn. Mit der Hand fahre ich mir durch die ungekämmten Haare, und plötzlich wird mir schmerzlich bewusst, dass ich nur einen Morgenmantel trage. Wieder einmal bewahrheitet sich, dass er mich immer auf dem falschen Fuß erwischt.

Freddie winkt mich heran, bedeutet mir, zu ihm zu kommen.

»Falls es dir entgangen sein sollte: Hier geht es rund zehn Meter in die Tiefe und macht das unmöglich …«, erwidere ich möglichst leise.

Er schüttelt den Kopf, ein leichtes, aus der Entfernung gerade eben noch wahrnehmbares Lächeln um die Lippen. »Beauchamp Tower, in zehn Minuten.«

Ohne ein weiteres Wort verschwindet er hinter der Mauer und ist nicht mehr zu sehen. Ich stehe da, starre ihm mit offenem Mund nach und rühre mich nicht von der Stelle. Erst Lucie, die von der Mauer hüpft und mit ihrem Schnabel so hart nach meinem Zeh hackt, dass ich kurz aufschreie, holt mich schließlich in die Wirklichkeit zurück.

»Es war nicht nötig, mich so verdammt heftig zu malträtieren«, beschwere ich mich, hüpfe dabei auf einem Bein und reibe mir den schmerzenden Zeh mit der Hand. Sie kommt näher, hat es jetzt auf meinen anderen Fuß abgesehen, und ich springe hastig zurück. »Okay, okay, ich gehe ja schon, du Sadistin!«

Lucie fliegt über die innere Festungsmauer davon und verschwindet in der Schwärze der Nacht, während ich in mein Zimmer zurückgehe. Wie immer stapelt sich der Inhalt meines Kleiderschranks auf dem Fußboden. In dem Versuch, etwas halbwegs Anständiges zu finden, das Freddie hoffentlich vergessen lässt, dass er mich in meinem uralten Morgenmantel gesehen hat, wühle ich mich durch den Haufen. Mitten darin entdecke ich Cromwell, der es sich, vergraben unter mehreren einzelnen Socken und einem T-Shirt, im Körbchen eines meiner BHs bequem gemacht hat. Als ich sein Versteck lüfte, maunzt er laut protestierend, und ich decke ihn hastig wieder zu.

Ich brauche ziemlich lange, um mich zu entscheiden, was ich anziehen soll. Dabei ist mir im Grunde bewusst, dass ich lediglich Zeit zu schinden versuche. Nach dem gestrigen Abend habe ich Angst, ihm gegenüberzutreten. Was könnte er mir jetzt noch sagen wollen? Er hat mir die Sache mit Oliver gründlich ruiniert, aber es sah ganz und gar nicht so aus, als hätte er das getan, weil er irgendetwas für mich empfindet. Ich hingegen weiß jetzt ganz genau und ein für alle Mal, dass er mir ganz erheblich mehr bedeutet als ich ihm. Warum sonst sollte er mich so leicht fallen lassen? Nicht einmal ein bloßer Freund geht einfach, ohne sich zu verabschieden. Aber er verschwindet immer wieder spurlos, nur um genau in dem Augenblick wieder aufzutauchen, wenn ich ihn am allerwenigsten zu sehen wünsche.

Letztlich entscheide ich mich für ein T-Shirt und Jeans und verlasse das Haus. Der Beauchamp Tower steht genau auf der gegenüberliegenden Seite der Anlage zwischen dem hohen Haus des Arztes und der Ecke des King's House. Freddie steht genau da, wo ich ihn vor wenigen langen Wochen in meinem Traum gesehen habe, unter der flackernden Laterne an das kaltblaue Metall des Mastes gelehnt. Wenn ich nicht nach ihm Ausschau halten würde, ein bisschen zu sehnsüchtig für meinen eigenen Geschmack, dann hätte ich ihn vermutlich einfach übersehen. Nur seine Locken werden vom Licht der Laterne beleuchtet, der Rest seines Körpers steht im Schatten, den die hoch aufragenden Gebäude und die dichten Laubbäume im Innenhof auf ihn werfen.

Ich versuche, so weit wie möglich vor neugierigen Blicken geschützt im Schatten zu bleiben und mein Gesicht vor den Kameras zu verbergen, die überall am Waterloo Block angebracht sind, bis ich endlich vor ihm stehe. Gerade hole ich Luft, um ihn anzusprechen, da greift er nach meiner Hand und zieht mich durch die Tür in die relative Ungestörtheit des Beauchamp Towers. Erst in der völligen Dunkelheit des kalten steinernen Raumes, wo ich kaum seine Silhouette vor mir ausmachen kann, vergräbt er eine seiner großen Hände in meinen Haaren, streicht mir mit der anderen über meinen Rücken und drückt mich an seine Brust. Ich kann nicht sicher sagen, ob ich seinen Herzschlag höre, der an meiner Wange pocht, oder meinen eigenen. Sein Brustbein hebt und senkt sich in einer Reihe tiefer Atemzüge. Mit dem Daumen streicht er mir über die Kopfhaut, und mit der Hand auf meinem Rücken drückt er mich immer enger an sich, als fürchte er, es könne jemand kommen und mich ihm entreißen.

Als Oliver mich so berührte, als seine Hände nach meinen Wangen griffen, wollte ich nur fortrennen, so weit wie möglich von ihm wegkommen. Aber das jetzt, das ist außerweltlich. Freddies Körper ist fest und straff unter seiner Kleidung, und doch liegt in der Art, wie er mich hält, etwas Weiches, Sanftes. Er gibt mir das Gefühl, zart und zerbrechlich zu sein, aber weder hilflos noch verletzlich, noch schwach.

»Geht's dir gut?«, haucht er so dicht an meinem Ohr, dass seine Lippen mein Ohrläppchen streifen. Freude erfasst und erschüttert mich so heftig, dass ich weder reden noch denken kann, sondern nur an seiner Schulter nicke.

Die Zeit vergeht, als hätte die Welt gerade aufgehört, sich

zu drehen, und wir sind erstarrt wie die Körper in Pompeji, die für alle Zeiten in der Asche konserviert sind und sich bis in alle Ewigkeit in ihrer letzten schönen Umarmung aneinanderklammern. Als Freddie sich schließlich doch bewegt, trifft mich die Wirklichkeit wie eine ganze Tonne Ziegelsteine. Zum ersten Mal werde ich gewahr, wie kalt und zugig es in dem alten steinernen Raum ist. Die Leere hier drin spiegelt die Leere wider, die ich spüre, als er mich loslässt.

Keiner von uns sagt ein Wort, aber er holt die Laterne hervor, die er am Abend zuvor hat fallen lassen, und reißt ein Streichholz an. Der kurze Funke schenkt mir das klarste Bild von ihm, das ich bis jetzt gesehen habe, und als er die Kerze in der Laterne entzündet, hüllt sie ihn in einen sanften Schein, der seine Augen mit winzigen Flammen füllt.

»Ich hoffe, es macht nichts, dass ich mir die ausgeliehen habe.« Damit deutet er auf die Laterne. Die Glasscheiben sind mit Messingdrähten vergittert, der Fuß mit flachen Gravuren verziert. Allerdings fehlt jetzt eine der Scheiben, und der schwere Messingfuß ist an einer Stelle eingedellt, sodass die Gravuren dort nicht mehr zu sehen sind. Ich beäuge sie nervös, frage mich beunruhigt, wie viel Ärger Freddie sich wohl einhandelt. Dabei male ich mir aus, dass dem diensthabenden Wachmann heute Abend auffällt, dass sie nicht da ist, und er den Tower schließt, um danach zu suchen.

»Keine Sorge, ich habe Bescheid gesagt, dass ich sie mitnehme und versuche, sie wieder in Ordnung zu bringen. Ich wollte hier drinnen nicht die Hauptbeleuchtung einschalten. Das wäre praktisch eine Aufforderung für jeden gewesen, uns hier zu finden«, sagt Freddie, als hätte er meine Gedanken gelesen.

Noch habe ich kein Wort zu ihm gesagt. Mein Körper bebt noch von seiner Berührung. Als er die kleine Tür der Laterne schließt, gibt sie ein leicht flackerndes Licht ab, das seine kantigen Züge weich erscheinen lässt. Er wirkt ätherisch, eine

Muse für die Präraffaeliten mit wildem Haar und einem perfekt geschnittenen Profil. Vor dem Hintergrund der Steinmauern des Towers könnte ich glatt vermuten, dass ich in ein Gemälde versetzt worden bin und einen der Ritter getroffen habe, wie sie Edmund Blair Leighton zu malen pflegte.

»Ich möchte dir etwas zeigen, was ich kürzlich entdeckt habe«, fährt er fort und geht mit der Laterne zur Tür. »Möchtest du es sehen?«

Ich rühre mich nicht, und er bleibt in der Türöffnung stehen.

»Ich hatte alles im Griff«, sage ich zittrig, unfähig, meine Gefühle länger zu unterdrücken. »Gestern Abend. Warum? Warum musstest du ... das tun?«

»Ich habe dich rufen hören, Maggie.« Er kommt zu mir zurück, die Kerzenflamme tanzt in seinen klaren Augen. »Ich machte mir Sorgen um dich.«

»Sorgen? Sag das nicht so, als wäre es so selbstverständlich!« Ich kann nicht anders, in mir beginnt es zu brodeln, seine Worte reizen mich erneut zur Wut. »Dein Gesicht! Das zeugte nicht von Sorge. Du hast mich nach Hause geschickt, als wäre ich ein Kind. Du hast mir das gleiche Gefühl vermittelt, das alle anderen mir vermitteln: Als wäre ich ein Problem, das du loswerden wolltest. Ich dachte wirklich, du wärst anders.«

»Ich wollte nie ... Das war es nicht ... So habe ich es nicht gemeint – ganz und gar nicht.« Er streckt seine Hand nach meinem Gesicht aus, aber ich lasse nicht zu, dass er mich berührt.

»Du hast das einzig Gute, das mir seit Wochen geschehen ist, ruiniert. Er war der erste Mann, der nett zu mir war, der mich wirklich wollte! Und wofür? Nur um mich daran zu erinnern, dass ich anscheinend kein bisschen Kontrolle über mein eigenes Leben habe!«

»Ich schwöre dir, Maggie, das war nie, wirklich nie meine

Absicht. Ich habe impulsiv gehandelt. Ich dachte, du wärst in Gefahr. Ich dachte, ich täte das Richtige. Offensichtlich habe ich mich geirrt. Ich habe einen schrecklichen Fehler gemacht, und es tut mir leid.«

Ich sinke zu Boden, ziehe die Knie an und starre auf die Holzdielen unter seinen Füßen, die leise knarzen, wenn er sein Gewicht verlagert.

»Du hast nie angerufen«, flüstere ich, und damit findet endlich die eigentliche Ursache für meinen Zorn ihre Stimme, auch wenn es so klingt, als käme sie aus dem Mund einer anderen Person.

»Ich weiß. Es tut mir leid«, haucht er, lässt sich auch zu Boden sinken und setzt sich neben mich. »Ich wollte anrufen.«

»Aber du hast es nicht getan.«

»Nein«, gibt er seufzend zu. »Die Dinge in meiner Familie sind ... kompliziert. Ich habe ein Problem mit Nähe. Du bedeutest mir viel, Maggie. Du bist mir eine gute Freundin.«

Freundin. Instinktiv versteife ich mich, und obwohl ich mich nicht vom Fleck rühre, habe ich das Gefühl, von einer unsichtbaren Kraft quer durch den Raum auf die andere Seite gezerrt worden zu sein, hinaus in die Dunkelheit. Diese Umarmung ... Ich hatte geglaubt, die Art und Weise, wie Freddie mir mit den Fingern über den Körper strich und mich an sich zog, hätte mehr bedeutet, als es tatsächlich der Fall ist. Wieder einmal.

»Maggie, ich könnte Stunden in deiner Gesellschaft verbringen. Ja, ich wünsche mir nichts mehr, als so viel Zeit wie nur irgend möglich mit dir zu verbringen, und es schmerzt mich zu wissen, dass ich dir das Gefühl vermittelt habe, weniger faszinierend und bemerkenswert zu sein, als du bist. Ich bin noch nie jemandem wie dir begegnet. Du bist so ganz anders als alle, die ich je kennengelernt habe ... aber vielleicht ist genau das das Problem.« Er weicht meinem Blick aus, scheint tief in seine eigenen Gedanken versunken zu sein und einen inneren Kampf auszufechten.

Es fällt mir schwer, seine Worte zu verdauen. Warum nur bringt mich alles, was mit Freddie zu tun hat, so fürchterlich durcheinander? Jeder, der die ersten zwei Drittel seiner Ansprache gehört hat, müsste zu dem Schluss kommen, dass es sich um eine zärtliche Liebeserklärung handelt, und doch schafft er es immer wieder, seine Monologe so abzuschließen, dass ich wieder daran zweifle, ob er mich überhaupt mag. Von welchem verdammten »Problem« redet er? Warum gibt es eigentlich immer ein Problem? Vielleicht hätte ich nicht auf die Rabenmeisterin hören sollen; vielleicht hatte ich recht damit, an ihm zu zweifeln und ihn von mir zu stoßen. Aber stattdessen habe ich mir nicht nur nasse Füße geholt, als ich andeutungsweise den Fehler meiner Mutter wiederholte ... nein, ich bin direkt ins eiskalte Wasser gesprungen und ringe jetzt verzweifelt nach Luft. Ich ertrinke in meiner Zuneigung zu ihm.

»Gott, du hast mir so gefehlt, Maggie Moore. Als ich dich gestern Abend gesehen habe ...«, fährt er fort, und ich zucke zusammen, als er endlich meinem Blick begegnet. »Kaum hatte ich dich im Torbogen des Verrätertors entdeckt, da schwor ich mir, dass ich für dich da sein werde. Ich will für dich da sein. Ich glaube, gestern Abend habe ich mich durch diesen Schwur zu sehr mitreißen lassen und alles nur noch schlimmer gemacht. Aber von jetzt an ist unsere Freundschaft keine Teilzeitangelegenheit mehr. Ich verspreche dir, dass ich nicht mehr weglaufen werde.«

Ich traue meiner Stimme nicht und nicke nur als Antwort. Endlich hat er seine Gefühle für mich gestanden, seine Freundschaft. Ich schäme mich. Ich schäme mich dafür, das Ganze so falsch verstanden zu haben, mich so sehr nach seiner Zuneigung verzehrt zu haben, und dafür, wie mein Körper jetzt vor ihm zittert.

Krampfhaft versuche ich, mich zusammenzureißen – Freddie darf nicht sehen, wie bitter enttäuscht ich bin. Es ist nicht seine Schuld, dass ich ihm so blind verfallen bin, dass mein Herz sich im freien Fall befindet, seitdem er mich heute Abend in die Arme genommen hat. Ich kann nicht von ihm erwarten, dass er mich fängt – das wäre in etwa so, als würde ich von einem Spinnennetz erwarten, dass es eine Bowlingkugel aufhält, die auf ein Schwarzes Loch zurast. Unerwiderte Liebe ist schon schlimm genug, aber aus diversen Liebeskomödien weiß ich, dass es immer noch erheblich schlimmer ist, wenn das Objekt der Anbetung erkennt, wie hoffnungslos man in es verliebt ist.

»Was wolltest du mir zeigen?« Ich wehre mich gegen die Schwere meines Körpers, die mich im Boden versinken und unter den Dielen verschwinden lassen möchte, mühe mich auf die Beine und biete Freddie die Hand, um ihm aufzuhelfen. Er steht aus eigener Kraft auf, nimmt aber trotzdem meine Hand und drückt sie sanft. Dann lässt er mich los, greift nach der Laterne und führt mich die Wendeltreppe hinauf.

Freddie geleitet mich in den ersten Stock und quer durch den Raum. Dass er nur teilweise erhellt wird, lässt mich frösteln. Das schwache Licht der Laterne wandert über die verwitterten Ziegelwände.

Der Beauchamp Tower ist berühmt für die in die Wände geritzten Inschriften. Er hat im Laufe der Geschichte eine große Anzahl Gefangener gesehen, die teilweise mehrere Jahre darin festgehalten wurden, und solange der Turm steht, werden die Inschriften die Erinnerung an sie wachhalten. Sie bestehen nicht nur aus Namen, auch detaillierte Zeichnungen von Familienwappen und religiösen Symbolen zieren die Steine, so wunderschön platziert und so komplex ausgearbeitet, dass man fast meinen könnte, genau diese Verzierungen wären von Anfang an geplant gewesen.

Manche der Inschriften wirken zeitloser, so, als könnten sie auch auf einem modernen Schulschreibtisch eingeritzt sein oder im Tagebuch eines Teenagers von heute stehen. Ein Beispiel dafür ist ein kleines Herz mit einem E in der Mitte. Möglich, dass das E für Königin Elisabeth I. steht und von ihrem italienischen Hauslehrer in die Wand geritzt wurde, nachdem der arme alte Kerl von der älteren Halbschwester der Königin gefoltert worden war. Jedenfalls zeigt es, dass es dem Menschen durch die Jahrhunderte bis heute ein Bedürfnis war, Zeichen ihrer Liebe zu hinterlassen, sei es nun die zu einem Menschen oder die zu ihrem Land. Die Viktorianer schätzten den Wert dieser schlichten Zeugnisse der Menschheit so sehr, dass sie beim Abriss einiger Türme die mit Inschriften versehenen Ziegel bewahrten und allesamt in diesen Turm einbauten. Ich finde den Gedanken, dass solche Geschichten an diesen Wänden lebendig bleiben, ergreifend schön, auch wenn ich mir Sorgen mache, dass vielleicht noch einer der vielen Johns, Williams oder Edwards hinter dem Vorhang lauert, bereit, an jedem, der wieder in diesen Mauern weilt, Rache zu üben.

Freddie bleibt vor einem der Namen stehen, meinem eigenen – Margaret –, der hier in zittrigen Buchstaben diagonal in die Wand geritzt ist. Zufrieden lächelnd dreht er sich zu mir um und hält die schwere Lampe so hoch, dass sie die Inschrift beleuchtet. Sein Lächeln erwidernd, ziehe ich die Buchstaben mit den Fingerspitzen nach. Die Kälte des Steins versetzt ihnen einen leichten Schock.

»Margaret Pole«, murmele ich, ohne die Hand von der Wand zu lösen.

»Ja. Als ich das gesehen habe, musste ich dich hierherbringen. Du trägst denselben Namen wie eine wirklich bemerkenswerte Frau, wie es scheint.« Mein Herz hüpft vor Freude in dem Wissen, dass er Zeit allein hier drin verbracht hat und durch die Inschrift auf dem Stein an mich denken musste.

»Sie ist faszinierend, nicht wahr? Ich frage mich, ob sich

mehr Leute an sie erinnern würden, wenn sie eine schöne junge Königin gewesen wäre. Tatsächlich wird sie nie erwähnt, wenn über die Tyrannei von Heinrich VIII. gesprochen wird«, bedaure ich.

Wie viele andere Frauen wurde Margaret nicht wegen eigener Verfehlungen, sondern wegen derer ihres Sohnes in den Tower gebracht. Da sie sich für den Geschmack des Königs zu offen äußerte, setzte er die ältere Gräfin gefangen, als sein eigentliches Opfer ins Exil nach Italien floh. Da ihre Gefangensetzung den feigen Sohn nicht dazu veranlasste, zurückzukommen und sich den Konsequenzen seines Verrats zu stellen, wurde ihre Hinrichtung befohlen.

Aber sie war eine Mutter. Sie hatte den schrecklichen Feigling auf die Welt gebracht, Jahrhunderte, bevor eine Periduralanästhesie Geburten erleichterte. Deshalb gab sie nicht einfach kampflos auf. Sie hatte mehr Tapferkeit in ihrem linken Zeh als all ihre feigen Söhne zusammen. Statt sich in ihr Schicksal zu ergeben, weigerte sie sich, ihren Kopf auf den Hinrichtungsblock zu legen. Stattdessen blieb sie aufrecht stehen, erklärte, der Block sei nur für Verräter, und sie sei keine Verräterin.

Der Henker musste ihr im Stehen den Kopf abschlagen.

»Sie verfügte über solche Stärke. Stell dir vor, wie viel Kraft es gekostet haben muss, dazustehen, dem Henker in die Augen zu schauen, das eigene Spiegelbild in der Axt zu sehen und trotzdem nicht nachzugeben.« Ehrfürchtig schüttele ich den Kopf vor der in Stein geritzten Erinnerung an sie, die auch fünfhundert Jahre nach ihrem Tod von ihr zeugt. »Manche Leute behaupten, auf dem Tower Green ihren Geist schreien zu hören. Ich würde mich so gern zu ihr setzen und mit ihr reden. Jeder erinnert sich an Anne Boleyn, aber sie war nicht die einzige starke Frau, die hier verurteilt wurde.«

Ich bin wieder in meinem Element. Freddie hält die Lampe jetzt so, dass ihr Licht auf mein Gesicht fällt und nicht mehr auf die Ziegel. Die ganze Zeit schaut er mich unverwandt ein. Als unsere Blicke sich treffen, würde ich ihn am liebsten küssen. Ich muss mich daran erinnern, dass es vielleicht ein bisschen unsensibel wäre, einen Mann zu küssen, wenn man sich über die Geschichte der Hinrichtung einer Frau in Begeisterung redet. Ganz abgesehen davon, dass ich mit Sicherheit weiß: Ein solcher Kuss wäre eine einfache Fahrkarte Richtung Zurückweisung, denn er hat mir gerade mehr als deutlich zu verstehen gegeben, dass wir nur Freunde sind.

»Glaubst du, dass es auch an diesem Ort spukt?«, fragt Freddie, schaut sich in dem leeren Raum um und lenkt mich damit glücklicherweise von meinen trüben Gedanken ab.

»Hast du noch nie vom Beauchamp-Tower-Exorzismus gehört?«, frage ich teuflisch lächelnd zurück.

»E-exorzismus?«, gerät er ins Stottern, und sein Adamsapfel hüpft, als er nervös schluckt.

»Ja. Jahrelang haben sich Besucher darüber beschwert, dass sie eine Hand auf dem Rücken spürten, die sie diese Treppe hinunterzustoßen versuchte.« Sein Blick folgt meiner Hand, als ich auf die Wendeltreppe deute, die wir erst vor wenigen Momenten heraufgestiegen sind.

»Es wurde so schlimm, dass sie eine Frau als Medium engagierten, das versuchen sollte, mit dem ruhelosen Geist zu sprechen. Als sie den leeren Raum nach einem Namen fragte, verspürte sie den Drang, in diesen Gang zu gehen.« Ich führe ihn hinter ein Seil, das einen Bereich für die Öffentlichkeit absperrt, und suche an der Wand nach dem richtigen Namen. Da steht er: Thomas. Ich lege meine Hand darauf.

»Es gelang ihnen herauszufinden, dass Thomas zusammen mit einigen Freunden hier eingekerkert war. Von dem Fenster dort sah er jeden Tag zu, wie seine Mitgefangenen zum Tower Hill eskortiert wurden, um hingerichtet zu werden. Aber er selbst starb, bevor er Bekanntschaft mit der Henkersschlinge machen konnte. Sein Geist blieb hier, im Beauchamp Tower, gefangen, nie befreit, weil sein Urteil nie vollstreckt worden war.« Freddie zieht eine Braue hoch, Mitgefühl zeigt sich in seiner Miene. Er tritt vor, berührt sacht den eingeritzten Namen, so, wie ich es getan habe, und das Schaudern ist ihm anzusehen, als er das tut.

»Das Medium schlug einen Exorzismus vor. Aber nicht so einen, bei dem katholische Priester geweihtes Wasser verwenden und Dämonen austreiben, die den Kopf auf den Schultern kreisen lassen. Sie holten einen der Offiziere des Towers, jemanden mit Macht, damit der Thomas in aller Form entließ. Er hatte Jahrhunderte im Fegefeuer darauf gewartet, entlassen zu werden, gesagt zu bekommen, dass er seine Zeit abgesessen hatte und gehen durfte. Angeblich soll ein Windstoß durch den gesamten Turm gefahren sein, und seitdem wurde niemand mehr diese Treppe hinuntergestoßen.«

»Ziemlich traurig«, meint Freddie, die Hand immer noch auf der Inschrift.

»Ja«, hauche ich und runzele die Stirn. »Ich hoffe, er hat jetzt seinen Frieden gefunden.«

Freddie streicht mit den Fingerspitzen über den Rest der Wand, hinweg über die tief eingeritzten Buchstaben.

»Einen Moment noch«, sage ich, als mich ein Gedanke durchzuckt. »Dein Nachname ... der lautet doch Guildford, richtig?« Er schaut mich einen Moment verwirrt an und nickt. Ich gehe bis ans Ende des Gangs, er folgt mir zögernd.

»Lord Guildford Dudley«, verkünde ich. Freddie hält die Lampe dichter an die Wand, um die Inschrift besser sehen zu können. Das Wappen der Familie Dudley ist neben dem Namen eingeritzt, verewigt im Stein. »Unser beider Namen finden sich hier drin.«

»Faszinierend«, murmelt er kaum hörbar, und ich könnte fast glauben, dass er mit der Wand redet.

»Der Mann der armen Lady Jane Grey, der Neuntagekönigin. Sie war kaum älter als sechzehn, als Bloody Mary sie beide zum Tode verurteilte. Und sie musste aus der Nachbarzelle zusehen, wie er nach draußen gezerrt und hingerichtet wurde, während man zugleich ihr eigenes Schafott errichtete. Er hat auch ihren Namen in den Stein geritzt, ein bittersüßes Zeugnis ihrer kurzen Liebe.«

Das scheint ihn aufrichtig zu berühren. Seine Miene wirkt so weich, so dessen gewahr, was da vor ihm liegt. Es macht mich ziemlich neidisch, dass nicht ich es bin, die er so anschaut.

»Einige große Liebesgeschichten hat dieser Ort gesehen, und den meisten war alles andere als ein Happy End beschieden ... außer einer. Meiner absoluten Lieblingsgeschichte. Hast du schon mal von William Maxwell, fünfter Earl of Nithsdale gehört?«

Freddie schüttelt den Kopf. Er hört wie gebannt zu.

»Er wurde gefangen genommen und hierhergebracht, nachdem der erste Jakobitenaufstand gescheitert war. Unter den Schotten hatte er eine wichtige Stellung inne, also verurteilte der König ihn wegen Hochverrats zum Tode. Seine Hochzeit mit Lady Winifred hatte erst wenige Tage vor seiner Gefangensetzung stattgefunden, aber sie reiste nur in Begleitung ihrer Zofen von Schottland nach London, um den König um Gnade zu bitten. Und es kommt noch krasser: Als der König sich weigerte, ihren Mann zu begnadigen, besuchte sie am Tag vor der Hinrichtung ihren Mann im Tower. Sie und ihre Zofen schmuggelten unter ihren Röcken einen vollständigen Satz an Kleidern in den Tower und gingen so oft in der Zelle ein und aus, dass sie den Beefeater, der den Gefangenen bewachte, völlig durcheinanderbrachten.«

»Ich sehe, worauf das hinausläuft und warum das deine Lieblingsgeschichte ist«, unterbricht Freddie mich breit grinsend.

»Sie steckten diesen großen, kräftigen schottischen Kerl, mit Bart und allem Drum und Dran, in die Kleider einer Zofe und spazierten einfach an dem nichts ahnenden Beefeater vorbei aus der Zelle und raus aus dem Tower. Die beiden verbrachten ein langes, glückliches gemeinsames Leben im Exil.«

»Ha, ich wäre nicht scharf darauf, das dem Chief Yeoman erklären zu müssen, so viel steht fest.« Freddie lacht im Licht der Kerzenflamme. »Wie hat er den Bart erklärt?«

»Vielleicht war er vorher nicht vielen schottischen Frauen begegnet!« Unser Lachen hallt kurz im Raum wider, dann herrscht einvernehmliches Schweigen.

»Aber jetzt etwas anderes, Lord Guildford«, durchbreche ich die Stille im Raum, bevor meine Gedanken wieder anfangen können zu kreisen. »Bist du sicher, dass du nicht zu erhaben bist, um dich mit gemeinem Volk wie mir abzugeben?«

Freddie reagiert völlig überrumpelt, seine Miene verrät tiefes Erschrecken. »Nein, nein, ganz und gar nicht. Wer hat dir das gesagt?«, sprudelt er hervor.

Ich deute wieder auf seinen Nachnamen an der Wand. »Eine ganze Reihe von Lords tragen deinen Namen.«

Er entspannt sich sichtlich und nickt ein bisschen zu eifrig. »Ah, ja, ja, tatsächlich, natürlich«, murmelt er.

Seine starke Verunsicherung macht mich neugierig und lenkt mich ab von dem Schmerz, der in meiner Brust wütet. Ich kann nicht anders, ich hake nach: »Warum? Was dachtest du denn, was ich meine?«

Er öffnet den Mund, um zu sprechen, schließt ihn aber wieder. Einen kurzen Moment herrscht Stille, bevor er etwas sagt. »Ich bin es dir schuldig, aufrichtig zu dir zu sein, aber ich möchte nicht, dass sich dadurch irgendetwas daran ändert, wie du über mich denkst. Ich hätte es dir früher sagen sollen.«

Jetzt bin ich es, die verwirrt dreinschaut, und Angst schnürt mir die Kehle zu. Mir schwirrt der Kopf ob all der Möglichkeiten, was er mir wohl sagen will.

Natürlich fällt ihm auf, mit welchem Unbehagen ich reagiere, und er ergreift meine Hand. »Versprichst du mir das?«

Flehend schaut er mich an, die Brauen besorgt zusammengezogen, Angst steht ihm ins Gesicht geschrieben. Ich nicke nervös, obwohl ich mir ehrlicherweise nicht sicher bin, ob ich mein Versprechen halten kann.

»Ich sollte kein einfacher Gardist werden. Mein Vater ... Nun, mein Vater ist Oberst der Grenadier-Garde. Wie sein Vater vor ihm und der Vater seines Vaters und so weiter. Der Posten ist in der Familie stets vom Vater auf den Sohn vererbt worden, und während der älteste Sohn darauf wartet, ihn antreten zu können, wird er Offizier der Garde.« Er schaut mich vorsichtig an, als hätte er Angst, ich könnte fortlaufen. Mir dämmert die Bedeutung dessen, was er sagt: Unter Adligen kommt seine Familie gleich nach dem König. Das meinte er also, als er von familiären Pflichten sprach ... Unbewusst spiele ich mit dem Saum meines billigen Nylon-T-Shirts.

»Das sollte auch mein Schicksal sein. Ich bin der Älteste, aber ich habe den Job immer nur als meine ... Pflicht betrachtet. Er war nie etwas, worauf ich mich gefreut habe. Mein Vater hat mich zum Soldaten erzogen, nicht zu seinem Sohn. Er hat hohe Erwartungen an mich, aber das ist nicht das ... was ich mir für mich selbst wünsche.«

Ich habe mich noch nicht wieder gefangen, nachdem er mir den Schlag versetzt hat, dass wir nur Freunde sind, aber dennoch freut es mich, dass er sich mir anvertraut. Trotz allem fühle ich mich ihm näher als je zuvor.

»Allerdings hat mein jüngerer Bruder Albert – Bertie – alles Militärische geliebt seit dem Augenblick, in dem er eins der Spielzeugschwerter in die Hand genommen hat, die mein Vater mir zu meinem zehnten Geburtstag geschenkt hat. Als er deshalb zwei Monate nach Beginn meiner Ausbildung begann, mich um mein ererbtes Schicksal zu beneiden, bin ich sofort zu meinem Vater gegangen und habe auf meinen Posten verzichtet. Vater blieb kaum eine andere Wahl, als ihn Bertie anzubieten. Er war schrecklich enttäuscht und zwang mich, mich im niedrigsten Rang zu verpflichten, während er ... andere Vorbereitungen traf.« Das Letzte bringt Freddie nur mühsam über die Lippen und schaut dabei einen Moment die Wand mit den Inschriften an. »Das war mir ziemlich egal. Ich hatte nie Angst vor der Armee, nur vor den hohen Erwartungen, der Verantwortung, nehme ich an.«

»Warum sollte er enttäuscht sein? Immerhin übernimmt doch ein Sohn den Posten«, will ich wissen. Politische Beziehungen und Vetternwirtschaft sind nicht gerade mein Spezialgebiet.

»Wenn mein Vater stirbt, erbe ich seinen Titel. Es machte ihn beinahe krank zu wissen, dass sein Titel an einen Sohn geht, der nicht mehr als eine Nummer in der Infanterie ist. Ich glaube, er sagte wortwörtlich ...« Für möglich hatte ich es nicht gehalten, aber Freddie spricht mit einem Akzent weiter, der noch geschliffener ist als sein eigener, und ahmt seinen Vater nach: »Unsere Familie besteht aus Anführern, hat seit Jahrhunderten aus Anführern bestanden, und das soll auch in den kommenden Jahrhunderten so bleiben. Das darfst du nicht durch Feigheit verhindern. Denk an deine Familie.«

Die Art, wie er scherzt, die Art, in der seine Augen eine Traurigkeit preisgeben, die er zu überspielen versucht, aber es nicht schafft, wirkt so vertraut.

»Moment mal ... Titel?« Die Worte kommen mir kaum über die Lippen, fast wäre ich an ihnen erstickt. Die ganze Zeit habe ich mich vor jemandem blamiert, der so bedeutend ist, dass seine Familie praktisch zu den Royals gehört.

Freddie wirkt verlegen. Er hat den Blick abgewendet und wippt nervös auf den Füßen auf und ab. »Der künftige Earl of Oxford zu deinen Diensten«, murmelt er, sich spöttisch verneigend.

»Du nimmst mich auf den Arm!«, entfährt es mir. Dabei weiß ich bereits, dass er die Wahrheit sagt. Plötzlich begreife ich so vieles: den Internatsakzent, die Verklemmtheit, die Art, wie die anderen ihn behandeln, als stünde er über ihnen, obwohl sie offiziell einen höheren Rang bekleiden.

»Leider nein.«

Ich weiß nicht, warum ausgerechnet dieses letzte Eingeständnis mir die Sprache verschlägt. Selbst ohne den Titel seines Vaters ist er ein Viscount. »My Lord«, so hätte ich ihn schon die ganze Zeit ansprechen sollen, wie eine Debütantin aus einem Roman von Jane Austen auf der Suche nach einer vorteilhaften Verbindung während eines Balls. Nur dass ich nie einen solchen Ball besucht hätte. Ich wäre seine Bedienstete gewesen, hätte sein Geschirr abgewaschen und ihm das Bett gemacht.

Wir leben nicht nur in verschiedenen Steuerklassen, sondern in gänzlich verschiedenen Welten, und ich habe den Unterschied zwischen uns gewaltig unterschätzt. Kein Wunder, dass er mich nur als Freundin wahrnimmt und nicht als mögliche Partnerin in Betracht zieht; in Wahrheit hatte ich nie eine Chance. Nicht, dass ich je wirklich geglaubt hätte, dass ein Mann, der aussieht, als hätten Götter ihn geschnitzt, sich für eine Frau interessieren könnte, die eher wie aus den Holzabfällen des Künstlers zusammengesetzt wirkt. Er hat es also ernst gemeint, als er sagte, das »Problem« bestehe darin, dass ich so gar nicht bin wie er. Ein Earl kann sich kaum dabei erwischen lassen, mit einer Bürgerlichen zusammen zu sein, nicht wahr? Freunde also ...

»Wow ... hattest du je Gelegenheit, die Königin zu treffen?«, frage ich scherzhaft, denn im Gegensatz zu dem, was amerikanische Touristen möglicherweise glauben, geschieht das selten, selbst wenn man die richtigen Beziehungen hat.

»Sehr oft sogar. Sie war meine Patentante«, erwidert er leicht lächelnd und bar jeder Ironie. Diese unerwartete Antwort sorgt dafür, dass mir die Kinnlade hinunterklappt. Als ich ihn weiter nur anglotze und kein Wort über die Lippen bringe, lacht er. »Einige meiner schönsten Augenblicke als

Kind habe ich in ihren Gärten erlebt. Ich habe mich immer glücklich geschätzt, sie zu kennen. Vielleicht ist sie der Grund, warum ich so viel Freude daran habe, als Gardist zu dienen – sie hat immer sehr nett von ihnen gesprochen. Mein Vater ist ein alter Freund des Königs, sodass wir immer noch jedes Jahr einen dieser wunderbaren Gärten besuchen werden.«

»Weißt du ... du bist womöglich der einzige Brite, der tatsächlich mit Ja antworten kann, wenn ein Amerikaner fragt, ob er schon mal mit der Königin Tee getrunken hat«, platze ich erstaunt heraus.

Freddie lacht. »Sie hatte auch immer die besten Kekse.« Er redet, als spinne er einfach meinen Witz weiter, aber ich weiß, dass er es ernst meint.

»Warte ... Heißt das, dass ich vor dir einen Hofknicks machen muss?«

»Bitte nicht. Ich fand es schrecklich, dass mein Vater den Jungs befohlen hat, vor mir zu salutieren; deshalb habe ich sie gebeten, das sein zu lassen.«

»Gut, denn ich bin so elegant wie ein Huhn mit einem asthmatischen Anfall, würde dir also vermutlich nur den Kopf in den Bauch rammen oder so was, wenn ich das tun müsste.«

»Ha! Das würde ich wirklich gern mal sehen.«

»Hmmm ...« Spielerisch funkle ich ihn aus verengten Augen an.

»Also, du denkst jetzt nicht anders über mich?«, will Freddie wissen und wird schlagartig wieder ernst.

»Nun ... Ich denke, deine Familie führt einen Titel, von dem ich dachte, den gäbe es nur in den Romanen von Jane Austen. Und obendrein ist mir jetzt nur zu bewusst, dass die meisten meiner Kleider aus dem Secondhandladen stammen. Aber ansonsten fühle ich mich sehr geschmeichelt, dass jemand so Bedeutendes gern mein Freund wäre.«

Bevor ich seiner Miene ansehen kann, wie er darauf reagiert, hat er mich bereits in eine heftige Umarmung gerissen.

Völlig überrascht reiße ich die Augen weit auf. Meine Arme drückt er so fest an meinen Körper, dass ich keinen Einfluss darauf habe, wie lang diese Umarmung anhält. Genauso wenig weiß ich, wie lange ich diese Freundschaft aufrechterhalten kann.

18. KAPITEL

Es wird schon fast hell, als wir den Beauchamp Tower verlassen. Ich gehe zuerst, lasse ihn und die inzwischen überflüssige Laterne hinter der Tür zurück, wo er den passenden Moment abwartet, um sich fortzuschleichen. Ich bin völlig durcheinander, und wenn ich zu viel über den vergangenen Abend nachdenke, fange ich womöglich an zu weinen. Also konzentriere ich mich lieber darauf, nach Hause zu kommen, damit mir genug Zeit für ein kurzes Nickerchen vor der Arbeit bleibt, und renne praktisch über den Hof. Statt eines Hahnenschreis höre ich Duke und sein tiefes Krächzen, das die übrigen Bewohner des Towers weckt.

Jede Stufe, über die ich mich zu meinem Schlafzimmer schleiche, knarzt widerlich und schreit meinem Dad im Erdgeschoss praktisch zu: »Sie hat etwas angestellt.« Wahrscheinlich ist es egal, ob ich leise bin oder nicht; ganz sicher wird schon bald jemand aus dem Kontrollraum anrufen, um zu petzen, dass ich erst um halb vier Uhr morgens nach Hause gekommen bin.

Nach einem extrem kurzen, aber dennoch von Träumen heimgesuchten Nickerchen bin ich wieder draußen auf dem Hof. Meine Arbeitsuniform ist an Stellen zerknittert, von denen ich es nicht für möglich gehalten hätte, und jeder Schritt ist mühsam. Meine Lider sind so schwer, dass es mich Anstrengung kostet, sie zu öffnen, und ich lege einen Großteil des Weges am White Tower entlang mit geschlossenen Augen zurück. Ganz sicher spüre ich einfach nur physisch, wie schwer Freddies ehrliches Geständnis am Vorabend auf mir lastet, und ich nehme mir vor, mir später bei Lucie und den anderen Luft zu machen.

Stiefelabsätze knallen auf den Boden, und ich reiße meine Augen vor Schreck weit auf. Anklagend schaue ich zu den Gardisten auf ihrem Posten hinüber. Das tun sie gern, nehmen Haltung an, wenn man es am wenigsten erwartet, und lassen dabei einen Donnerhall erklingen, der von den Gebäuden verstärkt wird und jeden im Umkreis von hundert Metern aus der Fassung bringt. Häufig sieht man den Anflug eines spöttischen Grinsens in ihren Gesichtern, wenn ein nichts ahnender Tourist erschrocken aufquietscht. Da sie so lange stillstehen müssen, suchen sie nach jeder Möglichkeit, ihre Langeweile zu durchbrechen, und wenn sie Gelegenheit haben, überraschend zu rufen oder einem naiven Zuschauer Angst einzujagen, dann tun sie das ganz besonders gern.

Natürlich, als ich den heutigen Gardisten ins Auge fasse, ist es Freddie, der so vertraut grinst. Ich kann nicht anders, ich muss zu ihm gehen und ihn meinerseits ironisch anlächeln, einen wackeligen Hofknicks machen und dabei so tun, als hielte ich meine vielen Röcke hoch. Aus dem Mundwinkel raune ich ihm zu: »Bastard.«

Er kann nicht verhindern, dass ein kleiner Atemstoß zwischen seinen Lippen entweicht, als er lautlos lacht. Im Bemühen, wieder eine ernste Miene aufzusetzen, zuckt sein Gesicht unter seiner Bärenfellmütze. Er nickt mir ganz kurz zu, ich nicke zurück, drehe mich auf dem Absatz um und mache mich wieder auf den Weg zur Arbeit.

»Wir dachten schon, du wärst gestorben«, höhnt Kevin, als ich zur Tür hereinkomme.

»Ihr dachtet oder hofftet?«, erwidere ich im Flüsterton – denn es ist nicht für ihre Ohren bestimmt.

»Ich wäre bestimmt am liebsten gestorben nach diesem kleinen Date«, spottet Samantha hinter ihrem Boss stehend. Sie sieht nicht mich an, sondern Andy, die kichernd die Hand vor den Mund schlägt.

»Ich auch! Man stelle sich das nur vor, von all diesen

Gardisten erwischt zu werden! Ich wäre auf der Stelle tot umgefallen«, meldet sich Andy zu Wort und versucht, das Gift des Gesagten unter einem unschuldigen Lachen zu verstecken.

»Lasst gut sein, Mädels ...«, sagt Kevin, und eine Sekunde lang frage ich mich, ob er sich tatsächlich mal wie eine Führungskraft verhalten will. »Wir sollten alle viel schockierter sein, dass Prinzessin Maggie tatsächlich ein Date aufgetan hat. Wie hast du das geschafft?« Offenbar versucht er gar nicht erst, zu verbergen, wie beleidigend seine Worte gemeint sind.

»Diese Unverschämtheit, das praktisch vor der eigenen Haustür zu tun. Wie heißt es doch noch gleich? Oh ja ... Scheiß nicht dort, wo du isst.« Andy schiebt einen Finger in ihren offenen Mund und tut so, als müsste sie sich übergeben.

»Nächstes Mal tu es im Gebüsch und komme gefälligst zur Arbeit. Ich übernehme nie wieder für dich.« Samanthas verträumte Miene verschwindet und offenbart endlich, wie durch und durch verdorben und fies sie ist. Als ich das wahrnehme, denke ich nur, dass sie hervorragend einen Dämon in einem Horrorfilm spielen könnte.

Inzwischen habe ich genug gehört. Jedenfalls genug, bevor sie auch nur richtig anfangen, sich das Maul über mich zu zerreißen, aber in diesem Moment reicht es mir, und ich flüchte mich an meinen Tisch.

»Ach ja, Margaret, du hast eine ganze Woche lang Safe-Dienst«, ruft Kevin mir nach. Andy und Samantha kreischen vor Lachen.

Ich verdrehe die Augen, ohne mich noch mal umzudrehen. Es schmerzt, aber ich kann ihnen nur auf eine Weise Paroli bieten, nämlich, indem ich nicht weine. Ihre Gehässigkeit ist meine Tränen nicht wert, und ich sollte ihnen diese Befriedigung nicht geben.

Freddie wartet auf mich, als ich endlich das stickige Büro verlassen kann, und ich freue mich, dass er sein Wort hält –

kein plötzliches Verschwinden, keine Unbeholfenheit, kein Teilzeit-Freddie. Ich schenke ihm das erste Lächeln, das ich aufbringen kann, seitdem ich ihn am Morgen gesehen habe.

»Du, Sir, wirst noch mein Tod sein. Du hättest fast dafür gesorgt, dass mir das Herz stehen bleibt«, scherze ich und ramme ihm spielerisch die Tasche mit dem Geld gegen die Brust. Er nimmt sie lachend entgegen. »Aber mal ehrlich, woher wusstest du, dass ich wieder Safe-Dienst haben würde?«

»Dein ›Hofknicks‹ ...« Die Anführungszeichen setzt er mit den Fingern einer Hand, während er mit der anderen die schwere Tasche hält. »Du hast mindestens zwanzig Minuten gebraucht, um dich daraus zu erheben. Nach der Aufführung konntest du unmöglich noch pünktlich zur Arbeit kommen.« Er lacht aus voller Brust, und sein Lachen geht mir durch Mark und Bein. »Ich bin mir ziemlich sicher, dass meine Großmutter das besser kann, und sie hat zwei Hüftgelenksprothesen.«

»Nun, das ist der erste und letzte Knicks, den ich je vor dir machen werde.« Ich stoße ihm meinen Finger in die Rippen, während wir nebeneinanderher gehen, und er zuckt zusammen und lächelt mich an.

»Das freut mich.« Damit stößt er seinen Ellenbogen gegen meinen.

»Ich hätte nicht gedacht, dass du in der Lage sein würdest, dich noch mal den Gespenstern zu stellen. Du kriegst doch hoffentlich keine Angst, oder?«

»Ich habe keine Ahnung, wovon du redest«, erwidert er grinsend. »Ich gehöre zu den Streitkräften Seiner Majestät ... Furcht kann ich gar nicht empfinden.«

»Pah! Dieses Mal nehme ich dich auf, und du kannst Seiner Majestät das Video zu Weihnachten zeigen, wenn du magst.«

Wir erreichen den White Tower, bevor mir bewusst wird, wo ich bin. Den ganzen Weg haben wir, mehr oder weniger eng beieinander, in unserer eigenen Welt zurückgelegt. Ein

Anflug von Nervosität lässt mich kurz zögern, aber Freddie öffnet die Tür und legt mir leicht die Hand auf den Rücken, um mich in das Gebäude zu führen. Mit den Fingerspitzen trommelt er in langsamem, spielerischem Rhythmus auf einen Fleck genau über meinem Gesäß, und jeder Gedanke an irgendwen oder irgendwas sonst löst sich einfach in Luft auf.

»Erzähl mir von deiner Familie«, fordert er mich auf, als wir den dunklen Ausstellungsraum betreten.

»Was möchtest du wissen? Meine Geschichte ist mit Sicherheit nicht so aufregend wie deine.«

»Alles! Deine Eltern, Großeltern, Geschwister.«

»Nun, wir sind nur noch zu zweit, Dad und ich. Meine Mum ... Sie ist vor ein paar Jahren gestorben – gleich nach meinem Universitätsabschluss. Meine Eltern wollten sich scheiden lassen, aber sie wurde krank, gleich nachdem sie sich von Dad getrennt hat. Nur kurze Zeit später haben wir sie verloren.«

»Es tut mir leid, das zu hören ...«, erwidert er leise, seine Augen ausdrucksvoll im schwachen Licht. »Standet ihr euch nahe?«

»Ich bin als Soldatenkind aufgewachsen, also lebten wir auf Militärstützpunkten kreuz und quer in Europa und mussten etwa alle sechs Monate umziehen. Offen gesagt, niemand könnte sich näherstehen als wir zwei einander. Sie war der einzige Mensch, von dem ich nicht alle paar Monate Abschied nehmen musste.« Mir fällt auf, dass mein Akzent sich verstärkt, als ich von meiner Kindheit erzähle. »Nachdem ich an die Uni gegangen war ... konnte sie es nicht mehr ertragen. Sie lebte so isoliert, hatte die meisten Jahre praktisch als alleinerziehende Mutter verbracht, und kaum hatte sie Freundinnen gefunden, musste sie sie auch schon wieder zurücklassen. Ich glaube, ihr Körper gab einfach auf, folgte ihrer Psyche, und nicht lange danach verloren wir sie ...«

Freddie legt mir seine Rechte auf die Schulter und drückt

tröstend. »Tut mir leid. Du brauchst nichts weiter zu sagen. Ich wollte dich nicht aus dem Gleichgewicht bringen.« Erst jetzt, wo er das sagt, bemerke ich, dass ich weine. Ein salziger Tropfen landet auf meiner Lippe, und ich wische ihn hastig weg.

»Schon okay. Es tut gut, über sie zu reden. Ich glaube, du hättest sie gemocht. Sie hat die besten Braten zubereitet, die du je gegessen hast. Ihr Lammbraten ... Hach, ich würde alles darum geben, noch einmal ihren Lammbraten zu essen. Sie bereitete ihn im Ofen zu, wo er in Entenfett gebacken wurde, bis der Braten so kross war, dass er beim Zubeißen laut knusperte. Und, ach, ihre Soße! Das war ganz was anderes als der wässrige Mist, in dem man lediglich sein Gemüse ertränkt. Das war eine himmlisch dicke und cremige Soße mit Fleischbröckchen darin. Ich hätte sie pur trinken können!«

»Sie hat dir doch hoffentlich ihr Rezept gegeben? Es ist Jahre her, dass ich einen vernünftigen Braten gegessen habe.«

»Ich glaube, mit meinen Kochversuchen würde ich dich umbringen. Das Beste, was Dad und ich zustande bringen, sind Pasteten und Chips – als Fertigprodukte aus dem Tiefkühlsortiment, wohlgemerkt.«

Er schüttelt den Kopf, tut so, als wäre er bitter enttäuscht.

»Habt ihr denn keinen Chefkoch, der dir einen Braten auf einer Silberplatte servieren könnte, wenn du nur mit den Fingern schnippst?«, frage ich lächelnd.

»Schön wär's. Das Höchste der Gefühle ist der Chefkoch im Buckingham-Palast, wenn wir dort Wachdienst haben. Er ist ein äußerst freundlicher Italiener namens Christian, der seine Speisen immer mit einem Klapps auf den Hintern und einem zweideutigen Zwinkern serviert. Und das Essen ist das nicht mal wert, um ehrlich zu sein. Es ist übel, wie oft ich Pizza zum Palast liefern lassen muss.«

»Die Gardisten können sich Pizza zum Buckingham-Palast liefern lassen?«, frage ich und ziehe die Brauen hoch.

»Maggie, du bestellst dir Pizza zum Tower von London. Wieso überrascht dich das?«

»Ach ja.« Jetzt lachen wir beide. »Sollen wir?«, frage ich.

»Was ... eine Pizza bestellen? Jetzt sofort?«

»Klar, warum nicht?«

»Warum nicht?«, erklärt Freddie sich einverstanden. »Ich bin sogar bereit, sie zu bezahlen, wenn ich nicht ganz bis in den Keller gehen muss.«

»Für mich eine Peperoni-Pizza.« Ich strecke ihm meine Hand entgegen, er nimmt sie und drückt sie sanft.

Dann folgt er mir bis zur Kellertür, den Lieferdienst bereits auf seinem Handy aufgerufen. Ich gehe beklommen allein die Treppe hinunter. »Hi. Hallo. Guten Abend ...«, grüße ich die Wand bei jedem Schritt.

»Maggie!«, ruft Freddie mir oben von der Tür aus nach, die er offen hält, indem er sich an sie angelehnt hat.

Voll und ganz auf meine Aufgabe konzentriert, antworte ich nur mit einem »Hmm?«.

»An welche Adresse soll ich sie liefern lassen? Einfach nur Tower von London?«

»Wenn es doch nur so einfach wäre.« Ich drehe mich auf der Treppe und spähe im Dunkeln am Fuß der Treppe zu ihm hinauf. »Du gibst besser das Tower Hill Starbucks ein, und ich muss dann nur rausgehen und sie dort abholen.«

»Starbucks? Wie kann es leichter sein, ein Starbucks zu finden als eine mittelalterliche Festung?«

»Verrate du es mir! Ich hatte schon mal einen Lieferdienstfahrer, der mich zehn Minuten nach seiner Ankunft gefragt hat: ›Welches Gebäude ist der Tower von London?‹ Damals dachte ich noch ganz ehrlich, dass eine große alte Festung mitten in London kaum zu verfehlen ist, aber offensichtlich geht es doch.« Er schnaubt leise, und das Geräusch hallt im Türrahmen wider.

Ich drehe mich um, um mich wieder meiner Aufgabe zu

widmen. Da ich Angst habe vor einem weiteren Unfall, gehe ich sehr vorsichtig die letzten Stufen hinunter und schaffe es bis auf den Boden vor dem Safe, ohne auch nur ansatzweise zu fallen. Ich bringe alle nötigen Handgriffe hinter mich und verstaue das Geld sicher im Safe, bevor ich mich wieder an den Aufstieg mache. Ein Windhauch erfasst meine Haare und jagt mir eine Gänsehaut über die Arme. Fröstelnd bleibe ich nur kurz stehen und schaffe es tatsächlich die ganze Treppe hinauf, ohne in Panik zu fliehen.

»Siehst du! Ich verstehe nicht, warum du solch ein Weichei bist.« Damit bohre ich Freddie einen Finger in die Brust, als ich ihn erreiche. »Danke, Leute, einen schönen Abend noch«, rufe ich in den Keller, bevor ich die Tür zuschlage.

Plötzlich packen mich zwei Hände. Instinktiv schreie ich auf, aber es klingt eher wie das Quieken eines in Panik geratenen Schweines. Meine Eingeweide machen den Eindruck, entweder schlagartig hoch- oder heruntergerutscht zu sein, und mein Herz schlägt so heftig, dass es sich anfühlt, als könnte gleich ein Tsunami durch meine Adern rauschen.

»Buuh!«, ruft Freddie mir ins Ohr.

»Du kleines ...« Ich schwinge so heftig herum, dass ich ihn vermutlich einfach umgeworfen hätte, wenn da nicht seine guten Reflexe wären, dank derer er meinen ungeschickten Gliedern mühelos ausweicht. Er krümmt sich vor Lachen, stützt sich dabei mit den Händen auf den Knien ab, die Augen fest geschlossen, Lachfalten im Gesicht. Mit jedem keuchenden Atemzug wird sein Lachen lauter und schriller, bis ich einfach in seine Euphorie mit einstimmen muss. Jede Bewegung seines Körpers wirkt poetisch, das Zucken seiner Schultern, das Zurückwerfen des Kopfes, das Zurückstreichen der Locken aus der Stirn, die an ihm aussehen wie die Krone eines römischen Gottes. Schließlich holt er ein paarmal tief Luft, und der Lachanfall ist vorbei. Seine Wangen glühen in jugendlichem Rot.

Da ich den Blick nicht von ihm wenden kann, starre ich ihn einfach an. Meine Wangen schmerzen vom Grinsen darüber, wie seine Brust sich heftig hebt und senkt, weil sein kleiner Streich sich als so anstrengend erwiesen hat. Ziemlich außer Atem tritt er vor und packt mich an den Schultern.

»Und wer ist jetzt das Weichei?« In seinen Worten klingt immer noch leichtes Lachen mit.

Kindlich schmollend schiebe ich meine Unterlippe vor und grummele: »Arschloch.«

Er ist mir näher, als ich dachte, und ich spüre seinen heißen Atem an meinem Mund. Ganz sicher ist er normalerweise viel größer, aber trotzdem befinden wir uns irgendwie auf Augenhöhe. Seine meerblauen Augen erforschen mit so intensivem Interesse mein Gesicht, als zählte er jede einzelne Sommersprosse. Die Sekunden vergehen schmerzhaft langsam, während er jedes pfirsichfarbene feine Härchen in meinem Gesicht einer Musterung unterzieht. Ich meinerseits folge mit den Augen seinem Bartschatten über die Wangenknochen und muss mich zusammenreißen, um nicht die Linie an seinem Hals zu küssen, wo er endet.

Mit den Fingerspitzen streicht er mir sacht den Vorhang aus meinen Haaren aus dem Gesicht, während er mit der anderen Hand mein Kinn und meine Wange streichelt. Instinktiv dränge ich mich enger an ihn, sodass seine Hand die Röte verbirgt, die sich über mein Gesicht zieht, als meine Brüste seinen Oberkörper streifen.

Er wird mich küssen. Ganz sicher wird er das. Er neigt sich weiter nach vorn … Meine Welt besteht nur noch aus Freddie. Ich kann mich nicht beherrschen, meine Lider senken sich flatternd, und ich warte auf die Berührung, nach der mein Körper sich sehnt.

Sie kommt nicht. Stattdessen erklingt schrecklich laut der Rufton seines Handys, und wir springen beide zurück, als wären wir Teenager, die dabei erwischt werden, wie sie sich hinter dem Fahrradunterstand der Schule küssen. Er räuspert sich, bevor er das Gespräch annimmt, und schaut dabei angelegentlich an mir vorbei.

»Ja. Ja. Sie sind hier? Okay, in Ordnung. Wir sind gleich da.« Seine Stimme, scharf und knapp, hallt im Raum wider. Mir ist, als sei die Temperatur plötzlich gefallen, und ich verschränke meine Arme vor der Brust.

»Pizza«, sagt Freddie zu mir und schiebt sein Handy zurück in seine Hosentasche. Er dreht sich um, um zu gehen, aber ich fasse leicht nach seiner Schulter. Obwohl er sich mir wieder zuwendet, weicht er immer noch stur meinem Blick aus und lenkt sich stattdessen mit den Spinnweben in der Ecke ab.

»Ich muss sie holen. Du darfst den Tower ja nicht verlassen. Du hast ihn zu Starbucks bestellt, richtig?« Ein bisschen heiser klingt das. Freddie nickt.

Um zu gehen, muss ich mich an ihm vorbeidrängen. Mein Körper streift ihn, und er zuckt sichtlich zurück. Ich wehre mich dagegen, mich nach ihm umzusehen, während ich aus dem Turm und die Water Lane hinunterrenne. Meine Schuhe donnern auf das Kopfsteinpflaster, und mein Atem geht schwer.

Was zum Teufel ist eigentlich los? Was ist gerade passiert? Dieser Beinahe-Kuss. Die Art und Weise, wie er sich an mich gedrückt hat. Und dann, wie er vor mir zurückgescheut ist, mich ausgesperrt hat. All das ergibt keinen Sinn. Wie kann er mir an einem Abend ausdrücklich erklären, dass wir nichts weiter als Freunde seien, und keine zwölf Stunden später versuchen, mich zu küssen? Vielleicht hatte ein Geist von ihm Besitz ergriffen.

Bob lächelt mich aus seinem kleinen Wachhäuschen am Haupttor an, und ich gebe mich fröhlich wie immer.

»Alles klar, Maggie. Du willst ausgehen, ja?«, sagt er, hält seinen Schlüsselbund über der halbhohen Tür hoch und rasselt damit.

»Leider nur Essen vom Lieferdienst. Theoretisch sollte ich gleich wieder zurückkommen, aber du weißt ja, wie das ist.«

»Verdammt zwecklos ist es. Ich habe hier vorhin eine Dreiviertelstunde darauf gewartet, dass Lunchbox zurückkommt, nachdem er seinem chinesischen Essen durch die halbe Stadt hinterhergerannt ist.«

»Lunchbox? Hinterhergerannt? Ach du Schande, er muss ja sehr hungrig gewesen sein.«

Bob lacht. »Ich bin mir ziemlich sicher, dass er eine Portion Chow Mein geöffnet hat, als er die Mint Street hinunterging. Die arme Sandra hat vermutlich nur noch ein paar Krabbenchips abbekommen, als er endlich zu Hause ankam.«

»Brillant.« Ich kichere. »In diesem Sinne ... Ich mache mich lieber auf die Jagd nach meiner Pizza.«

Bob humpelt zum Tor und schließt es für mich auf. Auch er ist ein Veteran, obwohl er vermutlich nicht ganz dafür qualifiziert ist, ein Beefeater zu sein. Er war Fallschirmjäger, und ihm wurde in Afghanistan ins Bein geschossen, sodass er aus dem Dienst entlassen werden musste, bevor er genug Dienstjahre hinter sich hatte. Dennoch betrachten ihn alle anderen als einen der Ihren; vom Geplänkel bis hin zur Unterkunft ist dieser Ort im Grunde ein Seniorenheim für Soldaten, Marineangehörige und Flieger, die noch nicht ganz bereit sind, ihre Uniform endgültig an den Nagel zu hängen.

Es überrascht nicht wirklich, dass mein Lieferdienstfahrer weit und breit nicht zu sehen ist, als ich das Starbucks erreiche. Außerdem wird mir klar, dass ich ihn nicht einmal kontaktieren kann, denn ich bin so überstürzt losgerannt, dass ich keine Sekunde daran gedacht habe, dass sämtliche Kontaktdaten auf Freddies Handy sind.

Nach ein paar Minuten beschließe ich, den Tower Hill hinaufzugehen, um auf der Hauptstraße nach Lieferdienstfahrern Ausschau zu halten, die ein bisschen verwirrt wirken.

Als ich wieder am Tor vorbeikomme, werfe ich Bob einen Blick zu und verdrehe übertrieben die Augen.

»Das hast du davon, dass du zu faul bist, selbst zu kochen!«, ruft er mir nach, ich zeige ihm den Mittelfinger über meine Schulter und höre ihn lachen.

Zwanzig Minuten laufe ich rings um den Tower herum, bis ich endlich den Lieferdienstfahrer entdecke, der auf einem Betonblock neben All Hallows-by-the-Tower sitzt, der kleinen anglikanischen Kirche, deren Glocken immer drei Minuten früher läuten als alle anderen Glocken in der Stadt. Er raucht eine Zigarette, das Fahrrad an die Wand eines Restaurants gelehnt.

»Hi! Ist das für Freddie?«

»Häh?« Sein Gesicht ist hager, und er wirkt fast so dünn wie sein Fahrrad. Ein gereizter Bartausschlag bedeckt seine Wangen, und er reibt gedankenverloren daran herum.

»Die Pizza?«

»Irgendein Kind hielt es für witzig, sie ins Starbucks zu bestellen und dort eine Mitteilung zu hinterlassen, ich solle sie dorthin bringen.« Er deutet auf den Tower hinter mir.

»Das war ich. Ich wohne dort«, erwidere ich verlegen.

»Ja, klar doch«, spöttelt er. »Niemand wohnt dort.«

»Ähm ... doch, ich schon. Tatsächlich sogar eine ganze Reihe von Leuten.«

Er lacht ein bisschen zu laut, und als ihm klar wird, dass ich es ernst meine, fängt er an, unzusammenhängend vor sich hin zu schimpfen. Der hagere Mann drückt seine Zigarette auf dem Beton aus und geht zu seinem Fahrrad.

»Da, bitte.« Er drückt mir die Pizzaschachtel in die Hand, ich nehme sie rasch entgegen und danke ihm widerwillig.

Bob jubelt sarkastisch, als ich ihn schließlich bitte, mich wieder hereinzulassen. Er wirft einen Blick auf seine Armbanduhr. »Zwanzig Minuten ... Das ist ein neuer Rekord. Sie könnte glatt noch lauwarm sein.«

Ich schlage mit der Hand auf die Unterseite der Schachtel, und das Fett überzieht sofort meine Haut. »Nein, eiskalt. Sie haben sich vermutlich nicht mal die Mühe gemacht, sie zu backen.«

Wir lachen beide, als ich ihm zum Abschied winke.

Freddie kommt die Water Lane herunter, als ich am Bell Tower vorbeigehe. Seine schweren Stiefel knallen so hart aufs Pflaster, dass ich mich frage, ob er die Steine beschädigen könnte. Als ich näher komme, sehe ich, dass er heftig die Stirn runzelt. Er bemerkt mich erst, als er das Verrätertor erreicht, und bleibt erstarrt stehen. Seine Schultern lockern sich, und er atmet sichtlich auf, obwohl er seine straffe Haltung bewahrt.

Unbeholfen winke ich ihm zu und halte die Pizza triumphierend hoch. Den Rest des Weges zwischen uns legt er im Laufschritt zurück. Diesmal machen seine Stiefel keinen Lärm, und er erreicht mich blitzschnell.

Als er mir die Pizza abnimmt, richtet er sich wieder auf. »Alles in Ordnung mit dir?«

»Du hattest Angst, ich könnte mit deiner Pizza durchbrennen, hmm?«

»So was in der Art«, erwidert er leise.

»Nun ... zu deinem Glück ist sie eiskalt und stellte deshalb keine große Versuchung für mich dar.«

Gemeinsam gehen wir zurück in den White Tower und setzen uns dort auf zwei parallel aufgestellte Kanonen. Der Pizzakarton liegt offen zwischen uns, und Freddie fordert mich auf, mir das erste Stück zu nehmen. Also reiße ich es mir von den anderen ab und versuche, das spitze Ende in meinen Mund zu schieben. Das Fett hat den Boden jedoch durchweicht, und es baumelt ungeschickt herum, bis ich es endlich mit den Zähnen fangen kann. Freddie schüttelt lächelnd den Kopf auf eine Weise, die mir allmählich so vertraut ist, und nimmt sich selbst ein Stück.

Unbehaglich fasst er das Stück am krossen Rand und verzieht leicht das Gesicht zu einer Grimasse. Er schaut auf seine Hand und reibt sie sich dann an der Hose, als müsste er sie von unsichtbarem Schmutz befreien.

»Jetzt sag nur nicht, dass du Pizza normalerweise mit Messer und Gabel isst?«

Schuldbewusstsein blitzt in seinen Augen auf. »Es gibt einige Gewohnheiten aus meiner Kindheit, die ich noch nicht ganz ablegen konnte.«

»Warte einen Moment«, erwidere ich. Diesmal will ich mich nicht über ihn lustig machen.

Ich eile ein paar der düsteren Gänge hinunter, bis ich einen der Pausenräume der Angestellten erreiche. Dort schnappe ich mir zwei Teller und einmal Messer und Gabel – für mich grenzt es immer noch an Blasphemie, Pizza mit Besteck zu essen – und renne zurück in die Kanonenausstellung. Ein bisschen zu schwer atmend von meinem kurzen Lauf, reiche ich sie Freddie, der leicht rot anläuft.

Er lacht nervös auf. »Das hättest du nicht tun müssen! Ich hätte mich schon überwunden. Schließlich kann ich im Manöver ganz gut draußen essen, wenn ich im Dreck herumgekrochen bin und eine Woche lang keinen Zugang zu fließendem Wasser hatte. Allerdings gewinnt mein Kopf immer die Oberhand, wenn ich zurück in der Zivilisation bin. Trotzdem danke.«

»Ist schon in Ordnung. Das gehört einfach nur zu den Dingen, die dich interessant machen, auch wenn es vermutlich das Merkwürdigste ist, was ich je gesehen habe.« Er sitzt auf dem Lauf der Kanone, über einen winzigen Teller mit Pizza gebeugt. Messer und Gabel wirken unglaublich klein in seinen Händen, während er die Arme ungeschickt anwinkelt. Die kuriose Situation wird uns beiden bewusst, und wir lachen über uns selbst. Ganz sicher sehe ich genauso merkwürdig aus. Das Fett der Pizza tut mir keinen Gefallen, ich habe es überall an den Händen und muss gleichzeitig dagegen ankämpfen, von meiner Kanone zu rutschen. Alles fühlt sich irgendwie richtig an, und doch kann ich kaum das Verlangen abschütteln, ihn am Kragen zu packen und endlich die Kluft zwischen uns zu schließen, die wir anscheinend beide nicht überwinden können.

»Erzähl mir mehr über sie«, sagt Freddie nach angenehmem Schweigen. »Über deine Mutter, meine ich. Wenn du möchtest.«

Ich schlucke meinen letzten Bissen Pizza hinunter und lächle. »Hmm, womit soll ich anfangen? Okay, sie hat im Autoradio fast ausschließlich House aus den Neunzigern laufen lassen. Du weißt schon, die Art von Musik, die man eigentlich nur in den Clubs auf Ibiza spielt. Jede Autofahrt wurde so zum Rave; sie hatte sogar Knicklichter im Handschuhfach liegen. Ich weiß bis heute nicht, warum sie das so liebte – sie ging nie in Clubs und auch nicht häufig zu Partys. Sie sagte immer nur, diese Musik mache sie glücklich. Es hat sie sehr enttäuscht, dass ich in meiner Jugend auf melancholische Balladen stand, und sogar noch mehr, als ich mich zornigen Rocksongs zuwandte ... Irgendwie schaffte sie es immer, meine Musik mit ihren eigenen CDs zu übertönen, und zum Schluss tanzten wir zusammen in der Küche.«

Ich sehe sie vor mir, über die Küchenfliesen wirbelnd und den Text eines Liedes falsch mitsingend, obwohl sie ihn schon tausend Mal gehört hatte. Ihre Haare wirbelten mit ihr herum, die weichen Locken, die sie ihr ganzes Leben lang zu bändigen versuchte, befreiten sich und standen nach allen Seiten ab. Mit ihren kleinen Händen umfasste sie meine Hände und zog mich mit sich in ihren Wirbelwind, bezwang so meine Teenagerangst und meine Unsicherheit, bis ich selbst so frei und sorgenlos wie ein Vogel war.

Beinahe hätte ich vergessen, dass ich nicht allein bin, aber Freddie ruft mir seine Anwesenheit in Erinnerung, als er sich vorbeugt und mit dem Daumen sanft über meinen Mundwinkel streicht. Ich werde rot, als er den Daumen ableckt.

»Entschuldige, Tomatensoße. Sie hat mich permanent abgelenkt«, murmelt er verlegen und läuft dabei ebenfalls rot an, als hätte er gar nicht bemerkt, was er tat, bevor er es getan hatte. »Ich wünschte, ich hätte sie kennenlernen können.«

»Das wünschte ich mir auch.« Ja, genau das tue ich. Ich wünschte mir, sie hätte ihn kennengelernt, nicht Bran, sie könnte sehen, wie ich aufblühe, wenn ich ihm nahe bin, wie mein Körper zum Leben erwacht, wenn ich ihn nur aus dem Augenwinkel erblicke, und in meinem Bauch die Schmetterlinge tanzen.

»Meine Mutter hat Bertie und mir beigebracht, wie man in einem Ballsaal tanzt. Natürlich zusammen, also sorgte sie dafür, dass wir abwechselnd die Rolle der Frau übernahmen. Sie konnte sehr streng sein, aber sie liebte das Tanzen, genau wie deine Mutter. Manchmal ertappte ich sie dabei, wie sie allein so leise, wie sie nur konnte, im Wohnzimmer tanzte. Ich bin mir sicher, sie brachte es uns bei, damit sie mit uns tanzen konnte, wenn wir alt genug dafür waren.«

»Und tut ihr das?«

»Bertie war viel besser, als ich es jemals war ... Vater hat schließlich meinem Tanzen ein Ende gemacht. Er nahm mich mit auf lange Geländemärsche und Läufe, um mich stattdessen auf die Armee vorzubereiten. Einmal habe ich mit ihr getanzt, als er nicht da war, aber mein Bruder ist ihr bevorzugter Tanzpartner. Albert stand unseren Eltern immer viel näher als ich.«

»Kannst du es mir beibringen?«, frage ich spontan. So sehnsüchtig, wie er übers Tanzen spricht, ist offensichtlich, dass er es vermisst. In seinen Augen funkelt es ganz leicht, als er nickt und aufsteht, um mir seine Hand zu bieten. Er geleitet mich auf die freie Fläche in der Mitte zwischen den Ausstellungsstücken, unser Publikum besteht aus antiken Waffen, leeren Rüstungen und hölzernen Pferden.

»Warte, geht das überhaupt ohne Musik?« Es macht mich nervös, ihm wieder so nahe zu sein, und ich gerate ins Schwanken.

Er nickt einfach nur und zieht mich an sich. Mit geübter Hand umfasst er meine Taille, die andere wechselt zu meinem Arm und nimmt meine Hand.

Obwohl er mir schon oft versichert hat, dass es ihm nichts ausmacht, fallen mir sofort wieder meine verschwitzten Handflächen ein. Er schaut mir in die Augen, scheint meine Gedanken zu lesen, und sein Griff wird fester. Sacht führt die Hand um meine Taille mich vorwärts, bis mein Körper an seinem ruht.

Freunde. Freunde, Maggie, muss ich mich erinnern, als mein dämliches Herz in meiner Brust wie wild zu hämmern beginnt.

Freddie summt vor sich hin, während er uns zu seiner eigenen improvisierten Melodie wiegt. Sein Gesicht liegt dicht vor meinem, und sein Summen vibriert durch meinen Körper wie ein elektrischer Schlag. Ich lasse mich von ihm führen, während er uns beide so flüssig bewegt, als wären wir eins. Wir tanzen auf der Stelle, lehnen uns nur aneinander, und ich seufze in seinen Armen.

So bleiben wir eine Weile, bis sein langsames Tanzlied allmählich verklingt. Ohne Zeit zu verschwenden, schlägt er einen etwas flotteren Jig an. Breit lächelnd tritt er etwas zurück, hält mich nur noch an einer Hand und wechselt in einen salopperen Tanzstil.

»Ich kann nicht behaupten, auch nur ein Stück House zu kennen«, sagt er schließlich, unterbricht seinen unregelmäßigen Takt, um mich herumzuwirbeln, und fängt mich geschickt auf, als ich gegen ihn stolpere.

Sein Lachen wird zu unserer Musik, und wir tanzen wie eine angeschickerte Tante und ein betrunkener Onkel am Ende einer Hochzeitsfeier.

Mitten hinein in unser Luftgitarrenstück hören wir, wie die Tür des White Towers quietschend geöffnet wird, und verstummen erschrocken. Wie erstarrt bleiben wir stehen. Freddie schaut mich an, ich ihn, und in seiner Miene liegt jetzt kein bisschen Humor. Ich spüre, wie mir alle Farbe aus dem Gesicht weicht und mir sich fast der Magen umdreht.

»Gespenst?«, frage ich lautlos, einerseits hoffend, dass es sich wirklich um einen der ruhelosen Geister handelt und nicht um einen lebendigen Menschen.

Langsam schüttelt Freddie den Kopf und legt einen Finger an seine Lippen, um mich zum Schweigen zu bringen. Meine Brust hebt und senkt sich rasch, weil ich mich beim Tanzen verausgabt habe, und ich versuche, meinen Atem zu beruhigen. Freddie dagegen scheint sich kein bisschen angestrengt zu haben; er ist ganz ruhig und beherrscht.

Wieder nimmt er mich an die Hand, duckt sich und geleitet mich durch den Raum. Die alten Holzdielen ächzen an beiden Enden des Raumes, als meine Füße und die des Störenfrieds schwerfällig und unelegant herumschleichen. Freddie und ich ducken uns hinter die Holzpferde und erblicken unter einem Holzbauch die Stiefel eines Beefeaters, der den Raum mit seiner Taschenlampe gründlich ableuchtet. Man kann förmlich sehen, wie sich die Zahnräder in Freddies Kopf drehen, während er angestrengt nach einem Fluchtweg sucht.

Das Herz ist mir in die Hose gerutscht, als unser kleiner Pizzaabend sich so plötzlich in eine Art militärische Operation verwandelt. Unwillkürlich fällt mir Prinz Griffin of Wales ein, der im dreizehnten Jahrhundert die Flucht aus dem White Tower versucht hat. Er verknotete seine Bettlaken und ließ sich daran aus dem Fenster hinunter, aber es endete längst nicht so gut für ihn wie im Film. Die Laken rissen, und da er seine Rüstung trug, landete er auf dem Kopf und brach sich das Genick.

»Wir klettern aber nicht aus dem Fenster, oder?«, frage ich flüsternd, als Freddie mich weiterführt, um dem Beefeater zu entwischen.

Er schaut mich verdutzt an.

»Nein, natürlich nicht. Dumme Idee.«

Grinsend schüttelt er den Kopf.

Meine Knie protestieren, nachdem wir uns geduckt ein ganzes Stück weit geschlichen haben – knapp fünf Meter, um genau zu sein –, und der Anblick der Tür ist umso mehr Erleichterung, als wir uns ihr nähern.

»Folge mir«, sagt er leise und zählt mit den Fingern bis drei. Abgelenkt von dem bisher nicht bemerkten Siegelring an seinem kleinen Finger, verpasse ich den Einsatz, und er reißt mir fast den Arm aus, als er auf die Tür zuhechtet. Unwillkürlich quietsche ich auf und mache damit versehentlich unseren Verfolger darauf aufmerksam, wo wir sind.

»Oi! Ihr da! Stehen bleiben!« Beinahe erleichtert erkenne ich Lunchboxs Stimme. Es gibt nur wenige Menschen auf dieser Welt, denen ich davonlaufen könnte, aber Lunchbox gehört zum Glück dazu. Außerdem bewege ich mich mit Freddies Hilfe, der mich zur Tür hinaus- und die Treppe hinunterzerrt, so schnell, dass mir schwindlig wird. Der alte Beefeater hat wirklich keine Chance. Unten angekommen, zieht Freddie mich unter die Treppe und legt seine Hand sacht auf meinen Mund, während Lunchbox die Treppe herunterpoltert und in die entgegengesetzte Richtung rennt. Erst als er außer Sicht ist, lässt Freddie mich los, und wir lachen beide.

»Geht's dir gut?«, fragt Freddie zwischen seinen Lachanfällen.

»Ja! Das war definitiv ein besserer Plan, als kopfüber aus dem Fenster zu fallen.« Wieder schaut er mich verwirrt an. »Prinz Griffin? Sagt dir nichts? Egal, ich erzähle dir ein andermal davon.«

Die goldene Uhr schlägt neun, und Freddie entschuldigt sich, um sich auf die Schlüsselzeremonie vorzubereiten, sodass ich allein nach Hause gehe. Und obwohl ich allein bin, fühle ich mich weniger einsamer als seit Jahren. Pizzakartons, Geschirr und Besteck liegen noch in der Kanonenausstellung, doch da Lunchbox uns zwar gehört, aber nicht erkannt hat, kümmert mich das nicht.

19. KAPITEL

In den nächsten zwei Wochen erwache ich jeden Morgen durch eine Textnachricht von Freddie auf meinem Smartphone. Sie reichen von einem schlichten »Guten Morgen« bis hin zu Fotos von Riley in gewagten Schlafpositionen. Seit dem Abend, an dem Lunchbox uns beinahe erwischt hätte, nehmen Freddie und die übrigen Grenadiere an einer Trainingsübung in Wales teil. Angefangen hat die Übung mit einem aufregenden Trip von London aufs Land, um tatsächlich mal zu tun, wofür sie sich eigentlich verpflichtet hatten – beziehungsweise etwas, was dem Kriegshandwerk so nahe kommt wie nur möglich, wenn man ein paar Schüsse abgibt und einen Hügel in Brecon erklimmt. Aber nach vierundzwanzig Stunden schickte Freddie mir eine für ihn eher untypische Nachricht: »Wir sitzen bisher nur im Dauerregen herum, und mir geht's beschissen.«

Das soll so viel heißen wie: Ich funktioniere nicht mehr als menschliches Wesen, und mir tun Körperteile weh, von denen ich nicht mal wusste, dass es sie gibt.

Beinahe hätte ich ihn gefragt, ob Walker sein Handy geklaut habe, da schickte er mir ein Selfie vom Typ begossener Pudel, das Gesicht beschmiert mit Tarnfarben und Schlamm, als hätte er gerade den Mount Everest bestiegen. Und trotzdem sah er immer noch so aus, dass er für ein Titelbild der Vogue geeignet gewesen wäre. Das Leben ist wirklich nicht fair.

Ich bin mir fast sicher, dass er mir jeden Morgen um dieselbe Zeit eine SMS schickt, damit ich rechtzeitig zur Arbeit komme. Meine innere Uhr weckt mich jetzt um 8:45 Uhr, und anstatt die Welt zu verfluchen, begrüße ich den Morgen mit einem Lächeln.

Selbst der Ticketschalter stellt nicht die übliche Folter dar, da ich weiß, dass ich spätestens zum Feierabend noch einmal von ihm gehört haben werde, auch wenn ich es lieber hätte, er würde draußen auf mich warten.

Heute aber ist mein Handy den ganzen Tag stumm geblieben. Natürlich ist er es mir nicht schuldig, mit mir zu kommunizieren. Ich kann mich also nicht darüber ärgern, aber es ist schon erstaunlich, wie ein paar Worte von der richtigen Person einem die Tage einfach etwas leichter machen können. Statt am Telefon auszuharren, wandere ich die Treppe hinunter zum Haustierfriedhof, als es fünf Uhr schlägt.

Die Rabenmeisterin sitzt auf ihrem üblichen Platz, als hätte sie ihn nie verlassen. Diesmal leisten Regina und Rex ihr Gesellschaft, während Edward auf den Zinnen Wache hält.

»N'Abend«, begrüße ich sie alle lächelnd, und sonderbarerweise erwidern alle den Gruß mit einem kurzen Nicken, Raben wie Rabenmeisterin.

Wie üblich setze ich mich neben sie, und wir schweigen einvernehmlich. Nach kurzer Zeit ziehe ich mein Smartphone aus meiner Tasche und seufze, als nur Cromwells Gesicht mich anschaut – keine Nachrichten von irgendwelchen Gardisten.

»Geduld, Kind«, murmelt die Rabenmeisterin. »Dein Verstand arbeitet mit Überschallgeschwindigkeit. Wenn du gerade entschieden hast, du seist glücklich, redest du dir sofort wieder ein, dass du unglücklich zu sein hast.« Autsch. Anscheinend hat die Rabenmeisterin vergessen, sich mehrdeutig und kryptisch auszudrücken, und mich stattdessen gleich an der empfindlichsten Stelle getroffen. Verlegen stecke ich mein Telefon wieder ein.

Sie tut, was sie immer tut, und legt mir ein Häufchen Samen auf jeden Oberschenkel. Damit fesselt sie mich an die Bank und sorgt dafür, dass ich stillsitze. Da ich mich so nur auf meine Atmung konzentrieren kann, versuche ich, den Kopf freizubekommen, was viel schwieriger ist, als man meinen sollte. Wie viel Zeit vergeht, in der ich meine Lungen abwechselnd fülle und meinen angehaltenen Atem wieder entweichen lasse, kann ich nicht sagen. Erst nachdem ein Rotkehlchen und ein Starenpaar meine Hose von Vogelfutter befreit haben, darf ich mich wieder bewegen. Das muss ich der Rabenmeisterin lassen: Jetzt geht es mir tatsächlich viel besser. Offensichtlich kann sie meine Gefühle besser einschätzen als ich selbst.

Nachdem ich Rex, dem anhänglichsten des Rabentrios, den Schnabel gestreichelt habe, verabschiede ich mich mit einem Dankeschön von der Rabenmeisterin und gehe wieder die Treppe hinauf. Oben stehe ich direkt vor der schweren schwarzen Tür des Byward Postern, des Hintereingangs des Byward Towers. Es handelt sich um eine beeindruckende Doppeltür aus dem dreizehnten Jahrhundert, und es fasziniert mich jedes Mal, wenn ich darüber nachdenke, wie viele Hände sie seither aufgestoßen haben müssen. Früher ein privater Eingang für bedeutende Leute, diente er zugleich als Ausfallstor. Dahinter liegt ein dunkler Gang, der von Soldaten genutzt werden konnte, um bei einer Belagerung aus dem Tower zu schleichen und den Feind in der Nacht aus dem Hinterhalt anzugreifen. Man sollte meinen, dass Türen von gerade mal der Größe zweier Männer nicht so effektiv sein können, aber der Eingang liegt so versteckt, dass die meisten Leute seine Existenz fast vergessen haben – und er dient immer noch als eine Art geheimer Ausgang.

Als ich mich abwende, um die winzige Brücke zu überqueren, die den Festungsgraben überspannt, und nach Hause zu eilen, wird die Tür geöffnet, und ich werde hineingezogen, bevor ich überhaupt begreife, wie mir geschieht.

Der verborgene Gang ist dunkel und feucht. Ich brauche einen Moment, in dem meine Augen sich blinzelnd an die

Dunkelheit gewöhnen, bevor ich erkenne, dass die Arme, die meine Taille umfangen, und die Hand, die sich auf meinen Mund gelegt hat, zu einem ganz bestimmten lockenköpfigen Gardisten gehören. Die Erkenntnis, dass ich weder entführt noch überfallen werde, sollte eigentlich meinen Herzschlag beruhigen, aber der Anblick seines Gesichtes beschleunigt ihn noch.

Freddie lässt mich los, und ich schlinge ihm sofort meine Hände um den Nacken und umarme ihn voller Freude. Unwillkürlich hüpfe ich vor Begeisterung, als er seine Arme wieder um meine Taille legt und sein Gesicht zwischen meinen Haaren an meinem Hals vergräbt.

»Seit wann bist du zurück?«, flüstere ich aufgeregt, dankbar, dass wir in diesem dunklen Winkel des Towers nicht heimlichtun und uns wegen der Kameras zusammenreißen müssen. Unwillkürlich frage ich mich, wie viele Liebende sich hier verbotenerweise versteckt haben mögen, um einen heimlichen Kuss oder einen kostbaren Augenblick zu zweit genießen zu können. Wobei Freddie und ich natürlich kein Liebespaar sind, sondern einfach nur Freunde, die sich hier abseits vom prüfenden Blick der Kameras wiedersehen.

»Heute Nachmittag«, antwortet er lächelnd. »Ich wollte dich überraschen.«

Ich werfe mich ihm praktisch wieder an den Hals und nehme ihn fest in die Arme, obwohl ich halb damit rechne, dass er mich abschüttelt und von mir abrückt. Aber das tut er nicht. Stattdessen entspannt er sich in meiner Umarmung.

»Hast du eigentlich eine Vorstellung davon, wie schwierig es ist, am Arsch der Welt ausreichend Mobilfunkempfang zu finden, um dir jeden Tag eine SMS zu schicken?« Er lacht. »Gestern musste ich auf Mos Schultern klettern, nur um dir eine Textnachricht zu senden.«

»Nun, ich war dafür sehr dankbar. Seit ganzen zwei Wochen musste ich nicht ein einziges Mal in diesen Keller hinunter, denn deine Nachrichten dienten mir als Wecker. Die kleine Barbara fehlt mir beinahe schon.«

»Barbara?«

»Der Geist. Ich habe ihr gleich nach deiner Abreise diesen Namen gegeben, damit sie mir nicht mehr solche Angst macht.«

Lächelnd schüttelt Freddie den Kopf und streicht mir die Haare aus dem Gesicht. Diese Bewegung fühlt sich für uns beide so natürlich an, dass wir kaum wahrnehmen, dass er das tut.

»Du weißt, dass du mir eine SMS hättest schicken können, damit wir uns treffen! Mich zu kidnappen war nicht nötig.«

»Das hält dich auf Zack, und wie schon gesagt, ich wollte dich überraschen. Allerdings muss ich dir unbedingt etwas Unterricht in Selbstverteidigung geben – du bist viel zu leicht zu entführen. Ich hatte eigentlich damit gerechnet, dass du dich wenigstens ein bisschen zur Wehr setzt.«

»Nun, wir sind hier schließlich im Tower von London. Woher hätte ich wissen sollen, womit ich es zu tun habe? Es wäre zwecklos gewesen, zu versuchen, einem Geist einen Faustschlag zu verpassen. Wenn du wolltest, dass ich dich verprügele, dann hättest du mich einfach darum bitten sollen.« Das unterstreiche ich, indem ich ihn spielerisch gegen die Schulter boxe. Freddie tut so, als hätte ich auf ihn geschossen, zuckt zurück und verzieht das Gesicht in vorgetäuschtem Schmerz.

»Du hast mir gefehlt.« Als er das zugibt, wirkt er plötzlich sehr ernst.

Ich überspiele, was dieses Eingeständnis in mir auslöst, nämlich einen elektrischen Schlag, der meinen gesamten Körper durchzuckt. »Nach nur zwei Wochen! Ich muss ja eine tolle Gesellschaft sein.«

»Oder Riley, Walker und Mo sind eine so üble Gesellschaft, dass deine im Vergleich damit automatisch besser ist?«

Freddie findet seine Unbekümmertheit wieder, weicht aber meinem Blick aus. »Ich, ähm, wollte dich um etwas bitten.«

Mir stockt der Atem. Was, wenn er es sich anders überlegt hat? Was, wenn er nicht länger nur mein Freund sein will? Will er mich um ein Date bitten? Hitze steigt in meine Wangen.

»Walker hat während des Trainings einfach nicht aufgehört, von der kleinen Herausforderung zu reden, auf die du dich eingelassen hast, und mir ist eingefallen, dass du, nachdem ich dir dein letztes Date ruiniert hatte, das Handtuch werfen wolltest.«

Ich wage nicht zu atmen, weil ich befürchte, dass die kleinste Unterbrechung durch mich ihn von seinem Vorhaben abbringen könnte.

»Nun, da ist diese Sache, diese Gala, die ich nächste Woche besuchen muss, und ich habe mich gefragt, ob du mich vielleicht begleiten möchtest? Du könntest Walker sagen, das sei dein fünftes und letztes Date. Du weißt schon, damit er Ruhe gibt. Glaub bitte nicht, dass du das tun musst oder so. Es geht um eine Spendengala zugunsten der Restaurierung von Burgen in Schottland. Ich dachte, vielleicht … möglicherweise hättest du daran Interesse? Ich weiß selbst nicht allzu viel darüber, aber es werden ein paar Leute dort sein, mit denen ich … mich vernetzen sollte, wegen der Arbeit, und … ich wollte Wiedergutmachung leisten. Es tut mir ehrlich leid, Maggie. Außerdem dachte ich, dass es mir leichter fallen wird, gesellschaftliche Kontakte zu knüpfen, wenn ich von einer Freundin begleitet würde.« Die letzten Worte kommen ihm nur mühsam und überhastet über die Lippen, als hätten sie ihn unendlich viel Mühe gekostet.

»Ich …«, beginne ich verunsichert. Ein vorgetäuschtes Date. Ich versuche, meine Enttäuschung zu verbergen, aber im Grunde weiß ich, dass meine Miene sie überdeutlich verrät. Natürlich würde er sich nie ernstlich auf ein Date mit mir einlassen – der Typ sorgt anscheinend bei jeder unserer Unterhaltungen dafür, dass ich nie vergesse, was ich für ihn bin: nur eine Freundin. Freunde sind wir, Freunde, Freunde. Je eher ich das akzeptiere, desto leichter wird es für mich.

Der Gedanke an Burgen, noch dazu schottische, führt jedoch dazu, dass ich ihn am liebsten an die Hand genommen und sofort mit ihm dorthin marschiert wäre. Aber im Tower von London zu wohnen und von allen Leuten für etwas Besseres gehalten zu werden ist bei Weitem nicht dasselbe, wie eben die Leute persönlich kennenzulernen, die tatsächlich in einen königlichen Palast gehören. Ja, hier gehen ständig Prominente und Leute mit hochtrabenden Titeln ein und aus. Aber das Ganze wird von der Arbeiterklasse am Laufen gehalten, von Veteranen, die sich jahrelang in ihrer speziellen Waffengattung hochgearbeitet haben, die jede Beförderung ihrem eigenen Tun zu verdanken haben, nicht ihrer Herkunft. Wir leben alle in einer Festung, aber wir sind einfach nur hierher versetzt worden. Die Beefeaters haben sich nicht verändert; sie halten sich nicht für etwas Besseres, und sie verdienen ganz sicher nicht mehr Geld als andere Leute. Niemand hat eine Privatschule besucht, und die meisten von uns arbeiten immer noch für das nächste Monatsgehalt.

Freddies Welt ist eine ganz andere. Jemand wie ich, mit nördlichem Akzent, einem Kleiderschrank voller Secondhandkleidung und keiner Ahnung von Tischmanieren, fügt sich da nicht leicht ein.

»Es ist nur, nun ja, bist du sicher, dass du jemanden wie mich mitnehmen willst?« Das kommt mir über die Lippen, bevor ich es mir anders überlegen kann, und seine Miene zeigt plötzliche Verwirrung.

»Was meinst du mit jemandem wie dir?«, fragt er abwehrend.

»Ich meine, ich weiß ja, dass ich in einem noblen Gebäude wohne, aber du hast mehr Klasse und Wohlstand in deinem kleinen Finger als ich in meinem ganzen Körper.« Mir wird heiß, und unter dem Kragen meiner Bluse fängt es an zu jucken.

»Ach, Maggie ...«, seufzt er. »Erstens, ich kenne jede Menge Leute mit mehr Geld als Verstand, die alles andere als fein sind. Dass du keine Millionärin bist, heißt nicht automatisch, dass du nicht dazugehörst. Ich halte dich für brillant. Ich würde mich geehrt fühlen, von ›jemandem wie dir‹ begleitet zu werden.« Er übertreibt, deutet die Anführungszeichen mit Fingern in der Luft an, um seinen sarkastischen Ton zu unterstreichen.

Ein vorsichtiges Lächeln stiehlt sich auf mein Gesicht. Solange ich mit Freddie zusammen bin, weiß ich, dass alles gut gehen wird – schließlich hat er mir angeboten, mich gegen Geister zu verteidigen. Wie viel schlimmer können ein paar reiche Leute schon sein?

»Okay!«, erkläre ich mich einverstanden. »Wie ist die Kleiderordnung?«

20. KAPITEL

Ich hätte keinen Tanga anziehen sollen. Ich stehe am Monument und zappele herum, um den String des Tangas möglichst irgendwohin zu bewegen, wo er sich nicht anfühlt, als müsste ich ihn gleich schmecken können. Freddie hat versprochen, mich außer Sichtweite des Towers abzuholen, am Fuß der zweiundsechzig Meter hohen Säule, die an den großen Stadtbrand von 1666 erinnert. Während ich warte, summe ich leise »London's Burning« vor mich hin, so wie Mum es in meiner Kindheit gern tat.

Das Kleid, das ich mir gestern eilig gekauft habe und bei dessen Preis mir fast das Herz stehen geblieben ist, schmiegt sich an meine Hüften und Beine. Ich muss mir immer wieder sagen, dass eine kleine wunde Stelle zwischen meinen Gesäßbacken immer noch besser ist, als dass jede Naht und jeder Saum meiner Omahöschen zu sehen wäre. Der Stoff ist von der seidigen Sorte, die jedem sofort verrät, wenn man sich nach dem Gang auf die Toilette die Hände am Rockteil abtrocknet. Von der Farbe, Smaragdgrün, bilde ich mir ein, dass sie das Grün meiner Augen vorteilhaft unterstreicht.

Obwohl er normalerweise so pünktlich ist, dass ich schon fast glaube, er könne schlagartig aus dem Nichts auftauchen, kommt Freddie überraschenderweise zu spät. Jeder, der an mir vorbeigeht, ist entweder Tourist oder Büroangestellter auf dem Weg zur Bahnhaltestelle, um seinen irrsinnig langen Heimweg anzutreten, oder in einen Pub, um sich vor seinen Kollegen aufzuspielen. Allein dastehend und in einer Weise gekleidet, in der ich mich überhaupt nicht wohlfühle, spiele ich mit dem Handtäschchen herum, das ich mir von Richies

Frau Trixie ausleihen konnte. Meine Haare habe ich mit Unmengen von Haarspray zu bändigen versucht, und jedes Mal, wenn ich nervös mit den Enden spiele oder mit den Händen hindurchfahre, muss ich ein paar Strähnen auseinanderzupfen, die fest miteinander verklebt sind.

»Komm schon, Freddie«, sage ich leise und wippe auf meinen Schuhen auf und ab, deren Absätze so hoch sind, dass ich allmählich Höhenangst bekomme. Sie drücken mir jetzt schon an den Zehen, und meine Fußsohlen drohen sich zu verkrampfen. Gerade als ich mit dem Gedanken spiele, mich auf den Bürgersteig zu setzen, weil meine Schuhe mich so sehr quälen, dass mich der Gedanke an den Londoner Straßendreck, der mein teures Kleid ruinieren könnte, nicht mehr sonderlich schrecken kann, hält endlich ein Auto am Straßenrand vor mir, ein schnittiger nobler Schlitten mit glänzendem Lack und verdunkelten Scheiben. Das kann nur entweder Freddie, der reiche Erbe, sein oder ein hochrangiger Londoner Drogenhändler. Zu meiner Erleichterung steigt der Gardist aus. Seine Uniform hat er heute gegen einen schwarzen, sehr noblen Abendanzug getauscht, der seinen straffen Hintern sehr vorteilhaft betont.

Freddie lächelt, seine strahlend weißen Zähne passen hervorragend zu seinem strahlend weißen Hemd, das er zu meiner Überraschung am Kragen nicht geschlossen hat. Er trägt keine Krawatte.

»Es tut mir wirklich sehr, sehr leid, dass ich mich verspätet habe«, sagt er, als er mich erreicht, fasst nach meinen bloßen Armen und drückt sie leicht.

»Ist schon gut«, erwidere ich lächelnd.

»Wenn ich ganz ehrlich sein soll, dann weiß ich, dass du nicht gerade für deine Pünktlichkeit bekannt bist. Deshalb hielt ich es für am besten, dir zu sagen, du solltest etwas früher hier sein.« Er zwinkert dabei, und ich versetze ihm, so gut es in seiner liebevollen Umarmung geht, einen Stoß.

»Du solltest wissen, dass ich sehr pünktlich bin bei allem, was ich wirklich tun will«, gebe ich mich beleidigt und bringe ihn damit zum Lachen. Ohne mich loszulassen, tritt er auf Armeslänge zurück und mustert mich eine Weile; auch wenn er sich zunächst auf mein Gesicht fokussiert, verraten ihn seine Instinkte, und er lässt seinen Blick kurz an mir hinab- und wieder heraufwandern. Infolge dessen werden wir beide rot.

»Du, ähm ...« Er hüstelt. »Du siehst ... sehr hübsch aus.« Damit lässt er meine Arme los und öffnet mir die Autotür, damit ich einsteigen kann. Wegen meiner hohen Absätze stoße ich mir den Kopf am Türrahmen, obwohl ich mich ducke, aber der Aufprall ist überraschend weich. Erst als ich bequem sitze, bemerke ich, dass Freddie seine Hand wegzieht, bevor er die Tür schließt; offenbar hat er meine Ungeschicklichkeit mit einkalkuliert und war wieder einmal da, um zu verhindern, dass ich mir wehtue. Ich bin dankbar für die himmlisch getönten Scheiben, denn so kann Freddie mich nicht sehen, während er um den Wagen herumgeht. Er steigt sehr viel eleganter ein als ich, aber er hat natürlich auch viel mehr Übung.

»Danke, Carol, wir können losfahren.«

»Natürlich, Sir, Madam.« Die Chauffeurin blickt uns beide im Rückspiegel an, bevor sie anfährt.

Ein Stück weiter die Straße hinunter holt Freddie eine kleine Holzkiste hervor. Er öffnet den Verschluss und hebt den Deckel. Darunter kommt eine Sammlung seidener Brusttücher und Krawatten in jeder nur denkbaren Farbe zum Vorschein. Nachdem er zwei verschiedene Grüntöne ausgewählt hat, hält er sie mir entgegen. Die Augen leicht zusammengekniffen, hält er den Stoff näher an mein Kleid, bevor er sich für das Set entscheidet, das fast dieselbe Farbe hat. Wahnsinnig geschickt faltet er das Tuch und schiebt es sich in die Brusttasche seines Anzugs, nachdem er sich die Krawatte gebunden hat. Schweigend sitzen wir da, ich errötend, er vollkommen ruhig, in zueinander passender Kleidung. Er nimmt seine Rolle als mein vorgetäuschtes Date viel ernster, als ich es für möglich gehalten habe. Ich lasse mich in meinen beheizten Sitz zurücksinken und versuche mein Lächeln zu verbergen.

Wir brauchen nicht allzu lange, bis wir ein ziemlich nobles Hotel erreichen. Der Concierge begrüßt uns, als er die Wagentür auf meiner Seite öffnet, noch bevor Carol das Auto ganz zum Stehen gebracht hat.

»Guten Abend, Madam«, sagt er. Mit seiner ordentlich gebundenen Fliege und dem einheitlichen Gesicht, das alle Menschen in der gleichen Uniform anscheinend tragen, sieht er den Pinguinen in Mary Poppins nicht ganz unähnlich.

Er bietet mir seine Hand an, und ich werde so schnell aus dem Wagen und die mit einem Teppich belegte Marmortreppe hinaufgeführt, dass ich mich nicht einmal vergewissern kann, ob Freddie mir folgt. Auch bekomme ich kaum Gelegenheit, die Schönheit des Hotels zu bewundern, denn das übertrieben aufmerksame Personal drängt mich von einem Service zum nächsten. Ich komme mir fast vor wie auf einem Fließband. Jemand nimmt mir die Jacke ab, die ich überm Arm trage, der Nächste reicht mir eine Art Programmheft, und der Dritte drückt mir eine Champagnerflöte in die Hand. Sie alle sagen dabei etwas, aber meine Sinne sind bereits so überreizt, dass ich gerade noch weit genug denken kann, jedem von ihnen kurz zuzunicken.

Mir schnürt es zwischen den vielen Leibern in der Lobby mehr und mehr die Luft ab. Im Hintergrund spielt leise Klaviermusik, aber sie wird von Stimmengewirr und künstlich klingendem Lachen fast übertönt, und das gibt mir den Rest. Als ich eine Toilettentür entdecke, die ein wenig abseits von der glatten Vollkommenheit des Raumes liegt, schlüpfe ich hindurch, bevor mich ein weiterer Angestellter in Uniform bedrängen kann.

Zu meiner Bestürzung ist die Toilette genauso überwältigend. Wenn ich in diesem Hotel Gast wäre und mir die Toiletten als Zimmer angeboten würden, wäre ich mehr als zufrieden. Die Decke ist mit dicht gewebtem cremeweißem Stoff behangen, jede Nische mit goldenen Schnitzereien aus Ranken und Blumen verziert. Die Spiegel hängen in Goldrahmen, wie man sie eher in der Nationalgalerie wähnen würde. Wenn man hineinschaut, sieht man sich wie in einem prunkvollen Porträt. Meines zeigt eine Frau, die offensichtlich nicht hierhergehört: Die Frisur ist bereits hinüber, auf dem Scheitel kräuseln sich winzige Löckchen, und der Rest klebt an dem Schweißfilm im Gesicht und auf dem Rücken. Rote Wangen, rote Lippen, rotes Dekolleté – von Kopf bis Fuß bin ich gerötet, und ich atme, als wäre das furchtbar anstrengend. Schweiß durchfeuchtet den Stoff meines Kleides, und ich schlage seufzend die Hände vors Gesicht. Ich hätte nicht mitkommen dürfen. Noch nicht einmal bis in den verdammten Ballsaal habe ich es geschafft – schon das Foyer hat mich besiegt.

Mit einem feuchten Handtuch wische ich mir über Gesicht und Dekolleté. Es ist keines dieser kratzigen Papierhandtücher, die zerfallen, wenn man sich damit abtrocknet, sondern ein richtiges Handtuch. Ich lasse mich viel zu leicht beeindrucken. Für meine Frisur kann ich im Moment nicht mehr tun, als mir mit angefeuchteten Händen über die Haare zu fahren und zu hoffen, dass der neue Look besser wirkt als der jetzige.

Ich atme ein paarmal tief durch und kehre in die Lobby zurück. Sofort habe ich das Gefühl, auf eine viel befahrene Straße hinausgetreten zu sein. Körper fliegen an mir vorbei, und einen Moment schließe ich die Augen. Wann immer Furcht in mir aufkam, ließ Mum mich dumme kleine Ablenkungsspiele spielen.

»Dein Verstand kann sich nur auf eine Sache gleichzeitig völlig konzentrieren«, pflegte sie zu sagen. »Komm schon, Männernamen von A bis Z.«

A ... Angus. B ... Billy. C ... Callum. D ... David. E ... Elliot. F –

»Maggie, da bist du ja. Ich habe dich überall gesucht.« Freddie.

Anders als sonst berührt er mich nicht, sondern bleibt gerade so weit von mir entfernt stehen, dass ich ihn nicht erreichen könnte, wenn ich wollte. Dennoch zieht er seine Brauen hoch, weil er seine Sorge nicht verbergen kann.

»Tut mir leid, ich bin so nervös, ich musste schnell mal wohin.« Ich lache. Er lächelt kurz, eindeutig vorgetäuscht, und sein Lächeln vergeht genauso schnell, wie es gekommen ist.

»Komm mit, ich möchte dich ein paar Leuten vorstellen.« Er geht mit großen Schritten voraus, und ich muss mich zwischen den Menschen in der vollen Lobby hindurchschlängeln, um mit seinen langen Beinen Schritt zu halten. Dabei bemühe ich mich nach Kräften, nicht noch offensichtlicher zu schwitzen als bereits geschehen.

Freddie dreht sich um, um mir ein letztes Mal zuzulächeln, bevor er zwei mit abgestepptem Leder besetzte Türen aufstößt und mich kopfüber in einen Tsunami von Prunk und Pracht stürzt. Überall im Raum stehen Frauen, die nichts Geringeres als echte Diademe und lange Seidengewänder tragen. Die Männer, die sich zwischen diesen majestätischen Gestalten bewegen, tragen Anzüge wie Freddie, aus schwerem teurem Stoff, maßgeschneidert für den Träger. In dem Kleid, für das ich mein Bankkonto geplündert habe, komme ich mir billig vor.

Freddie, der mich durch die Menge führt und dabei Kellnern mit ihren Tabletts voller Getränken ausweicht, die sie unablässig anbieten, bleibt keinen Moment stehen und beachtet nicht, wie viele Blicke uns folgen. Ich fühle mich wie eine Debütantin, die sich zum ersten Mal der Oberschicht präsentiert. Allerdings wissen sie genau wie ich, dass es mir besser anstünde, ihnen Cocktailhäppchen zu servieren. Ob sie mich tatsächlich beobachten, weiß ich nicht mit Sicherheit, aber das kribbelnde Jucken, das mein Dekolleté bis in den Nacken hinaufwandert, sagt mir, dass sie es tun. Ich versuche, mein Gesicht in meinen Haaren zu verbergen, und kratze mich, wobei ich mir ausmale, was sie denken: wie hässlich ich bin; dass ich mit leicht gespreizten Beinen gehen muss, damit die Oberschenkel nicht aneinanderreiben; dass mein Schweiß mein Kleid durchtränkt; dass ich einen so fähigen und schönen Mann wie Freddie in Verlegenheit bringe. Meine Fingernägel hinterlassen dunkle Linien auf meinem Dekolleté so wie die Kunstflieger der Britischen Luftwaffe am wolkenlosen Himmel.

Mein Date bleibt erst stehen, als wir eine kleine Gruppe von Pärchen erreichen. Jeder von ihnen ist hochgewachsen und dünn, wie das Modell eines Künstlers, und in die allerfeinsten Kleider gehüllt.

»Hallo, allerseits, darf ich euch meine ... Freundin vorstellen, Margaret.« Das ist die Bestätigung. Das ganze Date dient nur dazu, Walker ruhigzustellen. Noch ein Schlag in die Magengrube, aber vor all diesen gut aussehenden Menschen darf ich nicht das Gesicht verlieren. Ich höre auf zu kratzen und richte mich gerade auf, zwinge mich zu einem Lächeln. Sie nicken alle, aber keiner sagt auch nur ein Wort zu mir. Eine besonders hagere junge Frau tritt vor, und mir wird bewusst, dass ich alle Knochen in ihrem Leib sehen kann, als wäre sie ein eng in ein Laken gewickeltes Skelett. Sie streckt einen Arm aus, der so dünn ist, als müsste er brechen, wenn er das Gewicht ihrer Hand zu lange tragen muss. Dumm, wie ich bin, glaube ich, sie wolle mir die Hand schütteln, aber als ich danach greife, zieht sie sie hastig zurück und hält sie eindeutig Freddie hin. Er hebt ihre Hand an seine Lippen, um sie zu küssen, und ich versuche so zu tun, als hätte ich mir nur ungeschickt die Schulter kratzen wollen. Überzeugend ist das zweifelsohne nicht.

»My Lord«, sagt sie, die Stimme honigsüß und so voller Wärme, dass es mir eiskalt über den Rücken läuft. Sie wirkt ebenso Angst einflößend wie seltsam beruhigend.

»Lass gut sein, Verity. Du und ich kennen uns schon viel zu lange für solche Formalitäten.«

Sie führt ihre knochige Rechte an ihren Mund und kichert leicht. »Du siehst sehr gut aus.«

»Und du so atemberaubend wie immer.«

Unsicher lächle ich die anderen an, in dem Gefühl, einen privaten Augenblick zu stören. Keiner erwidert mein Lächeln.

Einer der Männer beäugt mich misstrauisch. »Was machst du so, Mabel?«, fragt er, eindeutig kein bisschen bemüht, sich meinen Namen zu merken.

»Ich, ähm … nun, ich arbeite in der Tourismusbranche«, antworte ich, um meinen Job zum Mindestlohn ein bisschen vornehmer klingen zu lassen.

»Oh, meine Freundin hat das in ihrem Brückenjahr getan«, sagt seine Partnerin. »Wo lebst du? Asien? Griechenland? Sie hat sich für Singapur entschieden. Könnt ihr euch vorstellen, dass sie als Trinkgeld von einem ihrer Kunden einen Bentley bekommen hat? Schrecklich reich, wisst ihr?«

»Im Moment in London.« Sie reagiert mit einem knappen »hm« und nimmt einen Schluck von ihrem Drink.

»Welch eine interessante Frisur«, meldet sich eine andere zu Wort. Sie ist natürlich blond, trägt ihre Haare glatt zurückgekämmt in einem so straff gebundenen Pferdeschwanz, dass sie deswegen vermutlich keinen Gesichtsmuskel bewegen kann. »Das erinnert mich an … Ach, Pandora, was ist das für ein Hund, den dein Großvater hat, der mit den lockigen Haaren?«

»Ein Goldendoodle. Ein riesiger dummer Kerl. Ja.« Sie kichert.

»Ja! Genau daran erinnert es mich! Typisch für die Achtzigerjahre.«

Unbewusst spiele ich mit den Haarspitzen. »Nach vielen Jahren habe ich begriffen, dass es vermutlich am besten ist, sie einfach tun zu lassen, was sie wollen. Sie haben wirklich ihren eigenen Willen.« Ich versuche, ihnen keine Schwäche zu zeigen – sie sind wie Wölfe, haben es auf die Weichteile abgesehen.

»Hmm, das sieht man«, meint die Blonde nachdenklich.

»Glättest du sie überhaupt jemals? Du weißt, dass man das inzwischen ohne Chemie für längere Zeit machen kann? Das sieht viel ordentlicher aus!« Verity hat sich aus der privaten Unterhaltung mit Freddie gelöst und wickelt sich jetzt eine Strähne meiner Haare um den Fingernagel. Sie lässt sie fallen und wedelt angewidert mit den Fingern. »Funktioniert anscheinend am besten bei sehr groben Strähnen. Deshalb bin ich sicher, dass es gut bei dir klappen würde.«

»Ich mag Maggies Locken«, wirft Freddie zu unser aller Überraschung ein. Die vom Botox teilgelähmten Gesichter um uns herum können kaum verbergen, wie schockiert sie sind. »Habt ihr gar nicht bemerkt, dass jede Haarsträhne eine leicht andere Farbe hat als die daneben? Ich bin mir sicher, dass sie darin irgendeine Form von Magie versteckt. Und ihr solltet wissen, dass nur die attraktivsten Menschen Locken haben.« Damit deutet er auf seine eigene Lockenpracht, die wirkt, als wäre jede Locke einzeln perfekt gelegt worden. Die Frauen schauen einander sprachlos an, nur ihre Augen reden noch.

Ich drücke mir die Hände an die Wangen, um diese ein wenig zu kühlen, da wendet Freddie sich an mich und fragt leise: »Geht es dir gut?« Ich nicke nur, und er, offensichtlich zufrieden mit meiner Antwort, nimmt seine Unterhaltung mit dem Partner der blonden Frau auf, der ebenfalls blond ist und ohne Weiteres als ihr Bruder durchgehen könnte. Seine Haare sind ein wenig dunkler, aber genauso fein wie ihre. Beide haben eine leichte Stupsnase, und wenn sie künstlich lächeln, fletschen sie ihre vollkommen gleichmäßigen Zähne, sodass man eine Menge Zahnfleisch zu sehen bekommt. Ich hätte sie für Geschwister gehalten, wenn er seine Hand während des Gesprächs auch nur einmal von ihrem Po genommen hätte. Schweigend höre ich der Unterhaltung zu und erfahre, dass er Alexander heißt, obwohl Freddie ihn freundschaftlich nur Al nennt, und dass die Blonde den Namen Xanthe trägt.

Das zweite Paar besteht aus Pandora, die jeden Satz mit einem leichten »Ja« beendet, und ihrem Partner Hugo, der über alles, was irgendwer sagt, vor allem er selbst, ein bisschen zu laut lacht. Verity ist die Einzige ohne Partner, und sie klammert sich an Freddies Arm. Ich finde mich selbst hinter ihr wieder, ausgeschlossen aus dem lachenden Kreis, aber das beunruhigt mich nicht allzu sehr; in Gedanken bin ich immer noch bei dem, was Freddie gerade gesagt hat, rufe es mir wieder und wieder ins Gedächtnis, bis ich wie eine Bekloppte vor mich hin grinse.

Ich schaue mich um. Weiße Tischdecken auf runden Tischen, Schleierkraut und weiße Rosen um jeden extravaganten Tafelaufsatz – eine kleine Steinstatuette in Form eines schwebenden Cherubs. Sie alle haben ihren eigenen Gardisten: Ein adrett gekleideter Kellner steht neben jedem einzelnen dieser Tische, bewaffnet mit einer Flasche Champagner, jederzeit bereit, die Gläser der Gäste zu füllen. All das kommt mir reichlich übertrieben vor. Ich habe noch nicht viele noble Veranstaltungen besucht, aber eins weiß ich: Ich würde ein Essen in einem Pub und ein Bier dem hier jederzeit vorziehen. Wetten, dass die Speisen, die sie hier anbieten, nicht an eine Steak-and-Kidney-Pie heranreichen und dass die Spatzenportionen nicht mit den Bergen von Essen in den Pubs zu Hause mithalten können?

Die Leute drängen sich in exklusiven Gruppen, um sich zu vernetzen. Mitten im Raum umringen ein paar Männer einen

Gentleman, dessen Orden so schwer sind, dass sie schräg vor seiner Brust baumeln. Glatt rasiert, hochgewachsen, schlank und extrem gut aussehend, ist sein Alter sehr schwer einzuschätzen. Wenn ich nur nach den Orden gehe, dann ist er vermutlich in den Sechzigern, aber er sieht jünger aus. In dem Pulk herausgeputzter Männer ertönt in unregelmäßigen Abständen störend lautes Gelächter, und so mancher dreht sich irritiert nach ihnen um. Mr. Ordensträger ist eindeutig jemand, den man beeindrucken sollte.

Als ich endlich aufhöre, die Leute zu beobachten und ältere Herren ihren Frauen zuzuordnen, wende ich mich wieder der Gruppe zu, mit der ich eigentlich zusammen sein sollte. Der Kreis ist jetzt vollständig geschlossen, ich stehe außerhalb. Xanthes schön schlanker und athletischer Rücken bildet eine Mauer, die zu umgehen ich keine Lust habe.

Ein neues Gesicht gesellt sich dazu, ein eher kleiner, rundlicher Mann, der sich auf die Zehenspitzen stellt, um Freddie etwas ins Ohr zu flüstern. Was immer er sagt, Freddie sieht ihn nicht an. Seine Aufmerksamkeit gilt endlich wieder mir, und er hält meinen Blick fest. Seine Brauen schießen in die Höhe, seine Miene wird finster, und er nickt steif, ohne mich aus den Augen zu lassen.

»Freddie, mein Lieber, ist alles in Ordnung?«, fragt Verity leise und legt ihm dabei die Handfläche auf den Arm. Es befriedigt mich ein wenig, als er sie abschüttelt.

Entschieden löst er sich von der Gruppe, bleibt gerade lange genug neben mir stehen, um den Stoff meines Kleides durch seine Finger gleiten zu lassen und sich kurz zu entschuldigen. Bis ich begriffen habe, was geschieht, hat Freddie getan, was nie wieder zu tun er mir versprochen hat: Er ist ohne mich verschwunden.

Allein gelassen, wird es mir zunehmend zuwider, bei Verity und ihrem Trupp Schwäne herumzustehen, und ich beschließe kurzerhand, mich auf die Suche nach jemandem mit einem

Tablett des für meinen Geschmack ein bisschen zu herben Proseccos zu machen – von dem mir jetzt allmählich klar wird, dass es sich tatsächlich um Champagner handeln könnte – und herauszufinden, wie viele Drinks ich abstauben kann, bevor es jemandem auffällt.

Ich schlendere in eine Ecke des Raumes, mein Ziel vor Augen. Eine sehr junge Serviererin steht ein wenig abseits und nippt gelegentlich heimlich von den Getränken auf ihrem Tablett, wenn sie sich unbeobachtet glaubt. Sie zuckt zusammen, als sie mich neben sich bemerkt, richtet sich instinktiv auf und weicht meinem Blick aus.

»Schmeckt ziemlich gewöhnlich, wenn man bedenkt, wie teuer es ist«, sage ich, und die Kellnerin lacht nervös und ein wenig erleichtert auf.

»Ein klein wenig.«

Ich nehme mir eins ihrer Gläser – eines von denen, aus denen sie nicht genippt hat – und stelle es wenige Sekunden später leer zurück. »Darf ich?«, frage ich und greife nach dem nächsten. Das junge Mädchen zuckt die Achseln, ich nehme mir die zweite Champagnerflöte und lasse sie allein.

Selbst wenn ich mich unter die Gäste mischen wollte, die meinen Studienkredit mit einem Manschettenknopf oder einer Handtasche abbezahlen könnten, wäre es mir nicht vergönnt, denn jeder Einzelne von ihnen weicht meinem Blick aus, als ich vorbeischlendere, und sie schließen instinktiv die Lücken in ihren Kreisen. Mit den Fingern klopfe ich einen unregelmäßigen Takt in meine Handfläche, während ich durch die Gala gleite, mein Dekolleté fängt immer stärker an zu jucken, bis ich einknicke und kratze, was erneut zu tiefen roten Streifen auf der Haut führt.

Außerhalb des Hauptsaals suche ich verzweifelt nach einem ruhigen Plätzchen oder, noch besser, Freddie. Er ist überraschend leicht zu finden, denn er steht in einer ruhigen Ecke der Lobby. Ich will gerade nach ihm rufen, als ich bemerke, dass er vor dem Mann mit den vielen Orden steht. Er wendet mir den Rücken zu, und sie sind zu weit weg, um zu hören, worüber sie reden, aber nach Freddies Haltung zu urteilen, findet dort nicht einfach nur ein freundliches Gespräch statt. Er sieht aus, als hätte er Wachdienst: hart, unnachgiebig, einschüchternd.

Da er mich noch nicht entdeckt hat, schleiche ich mich am Rand der Lobby entlang, in der Deckung der vielen herumwuselnden Hotelangestellten und echter lebender Bäume. Ich finde einen Platz auf einem Sofa in einem kleinen Wartebereich nur wenige Meter von den beiden Männern entfernt und kann sie endlich hören. Gewissensbisse und die Angst, ertappt zu werden, lassen mich zittern, aber ich kann es nicht lassen.

»Du hast deiner Familie gegenüber eine Verpflichtung, Frederick. Mhairi ist deine Pflicht.«

»Ich weiß, Sir«, erwidert Freddie. Er steht in Habachtstellung, angespannter, als ich ihn je zuvor erlebt habe.

»Wer ist sie?«, will der ordensgeschmückte Mann wissen.

»Niemand, Sir.«

»Niemand, und doch bringst du sie hierher. Bringst sie hierher, um uns alle lächerlich zu machen.«

»Das war nie meine Absicht, Sir.«

»Du wolltest schon immer rebellieren, Frederick. Du bist schon immer undankbar gewesen für die Möglichkeiten, die diese Familie dir bietet. Ich habe den Abend für dich organisiert, um Argyll auf unsere Seite zu ziehen, und du hast das absichtlich sabotiert.«

»Es tut mir leid, Vater.«

Wer andere belauscht, wird unweigerlich nur verletzt. Diese Lektion wurde mir schon als Kind erteilt, aber ich habe sie offensichtlich nie gelernt. Selbst wenn ich nicht die schlechte Angewohnheit hätte, immer gleich zu viel zu denken und davon auszugehen, dass es bei bösen Bemerkungen stets um mich geht, fällt es schwer zu glauben, dass es das diesmal nicht tut. Dem Earl of Oxford und seinem Sohn ist es peinlich, dass ich hier bin. Es ist eine Sache, sich unwillkommen zu fühlen, aber die zwei Menschen, die man am meisten beeindrucken möchte, darüber reden zu hören, wie unerwünscht man ist ... nun, das fühlt sich weniger wie ein Schlag in die Magengrube an, sondern vielmehr, als würde man von einem Bulldozer überfahren.

Hätte Freddie mir gegenüber auch nur erwähnt, dass sein Vater ebenfalls anwesend sein würde, hätte ich seine Einladung viel zögerlicher angenommen. Ich unterdrücke die Tränen, will weder mich selbst so öffentlich blamieren noch Freddie noch stärker in Verlegenheit bringen. Mein Herz und meinen Stolz lasse ich auf dem Sofa zurück, stolpere durch die Lobby, bis ich einen Barhocker finde, den ich mühsam zu erklimmen versuche. Mit den hochhackigen Schuhen brauche ich vier Anläufe, um mich erfolgreich auf den Drehhocker zu setzen.

»Kann ich bitte einen Wodka Zitrone haben«, wende ich mich an die Bardame, die schon vor mir steht, bereit, meine Bestellung endlich entgegenzunehmen.

»Einen einfachen oder einen doppelten, Madam?«, fragt sie automatisch.

»Ich schätze, einen dreifachen können Sie mir nicht servieren?« Sie lacht nicht mal. »Einen doppelten, bitte«, erkläre ich nach kurzem unbehaglichen Schweigen.

»Jetzt schon so schlimm, hmm?«, spricht mich jemand von der Seite an. Ich schaue hin und entdecke ein paar Hocker entfernt eine Frau, zierlich und hübsch, die gerade ein Glas Rotwein leert.

»Mhmhm«, murmele ich und nehme einen großen Schluck von meinem Drink. »Ich bin gekommen, weil mir Burgen versprochen wurden, und bisher wurden sie mit keinem Wort erwähnt.«

Die Fremde lacht. Auch sie ist eine Rothaarige, aber ihre Haare sind vollkommen glatt und schwingen ihr frei ums Gesicht. Obwohl sie auf einem ziemlich unbequemen Hocker sitzt, hält sie sich vollkommen gerade, und ihr seidig glänzendes schwarzes Kleid weist nicht eine einzige Knitterfalte auf. Nach meiner Einschätzung sind wir etwa gleich alt, aber sie zeigt eine Reife, die ich noch nicht erlangt habe.

»Ich bin Katie«, stellt sie sich mit kaum hörbarem Akzent vor.

»Maggie.«

»Du hast den besten Platz in diesem Haus gefunden, Maggie. Es wird nur noch schlimmer, wenn sie anfangen, mit Geld nur so um sich zu werfen. Ich bin nur wegen der freien Getränke mitgekommen.«

»Australien, richtig? Der Akzent?«, frage ich, und sie lächelt erneut.

»Ich habe schon drei Gläser intus, und dann macht er sich normalerweise bemerkbar.«

»Das verstehe ich gut. Ich bin aus Yorkshire, und schon nach einem Schluck Alkohol klinge ich wie Sean Bean. Vermutlich bist du es längst leid, ständig darauf angesprochen zu werden?«

»Nicht wirklich – nur wenn sie mich bitten, etwas zu sagen. Du weißt schon, die ganzen Klischees.« Sie verdreht die Augen.

»Wie hat es dich hierher verschlagen?«, frage ich.

»Zum Studium hierhergekommen und einfach geblieben. Das Klima entspricht einfach mehr meiner Natur, glaube ich.« Sie deutet auf ihre Haare. Eine Weile unterhalten wir uns, aber sie erwähnt weder ihren Beruf, noch verrät sie viel über ihr Leben. Stattdessen stellt sie nur mir viele Fragen. Offensichtlich gibt es da irgendwo eine besondere Geschichte, aber sie bleibt zurückhaltend.

Allerdings erläutert sie mir, wer sich alles hier versammelt hat. Dabei erfahre ich, dass eine ganze Reihe von Lords anwesend sind: Lord Austen of Bath, Lord Choudhry of Fulham, Lord Featherstone, Viscount Wise und der Earl of Cornwall. Allesamt ältere Gentlemen mit runden Bäuchen und einer Frau, die viel jünger ist und viel besser aussieht. Die eine oder andere Baroness ist ebenfalls da – inklusive Baroness Asquith-Beatty und Baroness Norton, zwei absolut furchterregende ältere Damen, die neutrale Hosenanzüge tragen wie eine Rüstung.

»Aber die Hauptattraktion heute Abend«, fährt sie fort, »sind der Duke of Argyll und der Earl of Oxford. Der Duke leitet die Schottische Garde, der Earl die Grenadier-Garde. Sie sind also sowohl alte Freunde als auch alte Rivalen.« Die Erwähnung von Freddies Vater und seiner Macht erinnert mich an die Unterhaltung der beiden, und mein Magen droht sich umzudrehen. Ich kippe einen der Sambuca Shots, die Katie uns bestellt hat, um die einzelne Träne, die mir über die Wange läuft, als Ergebnis des harten Alkohols zu tarnen, und höre ihr weiter zu.

»Sie sind seit Jahrzehnten befreundet. Wobei … eigentlich ist hier niemand mit irgendwem befreundet. In Wirklichkeit sind die anderen jeweils nur fürs eigene Image gut, also treffen sie sich jährlich auf ihren Gütern. Der Duke ist heute der Gastgeber, und das Projekt der Burgenrettung ist zweifellos einfach nur gequirlte Scheiße. In Wirklichkeit braucht er vermutlich nur ein bisschen mehr Geld für seinen Besitz und irgendwelche anderen Geschäfte, die er im Sinn hat. Der Earl tritt nur selten in der Öffentlichkeit auf, also ist das lediglich eine Veranstaltung, auf der sie zeigen wollen, wie eng die beiden Familien verbunden sind. Wieso bist du eigentlich hier? Nichts für ungut, aber du scheinst nicht zu diesen feinen Pinkeln zu gehören.«

»Kein Problem. Ich wurde von einem Freund eingeladen, aber er hat mich sitzen lassen. Warum er mich eingeladen hat, weiß ich nicht so genau, um ehrlich zu sein. Es ist definitiv nicht gut für sein Image, mit mir gesehen zu werden.« Katie schiebt mir einen zweiten Shot zu, wir stoßen miteinander an, bevor wir die Drinks kippen. »Bist du allein gekommen?«, frage ich, immer noch benommen von dem bitteren Getränk.

»Ich ... ähm, bin auch mit einem Freund hier. Sieht so aus, als hätte man uns beide sitzen lassen.« Sie schaut sich um, mustert die anderen Gäste mit betrunkenem Elan und prostet mir sarkastisch zu.

»Ist dieser Platz besetzt?«, fragt ein Mann mit rauer Stimme und unterbricht unser Gespräch mit Blick auf den Barhocker neben mir. Seine Haare sind rabenschwarz und schimmern sogar blau im Licht, genau wie Lucies Gefieder. Sie sind lang, aber nicht unordentlich, oben glatt zurückgekämmt, und kringeln sich um seine Ohren. Nicht eine Strähne wagt es, aus der Reihe zu tanzen. Seine weißen Zähne leuchten in seinem Gesicht, seine Haut hat die Farbe von Milchkaffee, seine Augen sind kaffeebraun. Er wirkt wie ein Filmstar, also gebe ich ihm zu verstehen, er dürfe sich ruhig setzen.

»Sie sind mit Guildford gekommen, richtig?«

»Ja ...«, erwidere ich zögernd, unsicher, ob ich das jetzt zugeben soll, wo Freddie doch so eindeutig bereut, mich eingeladen zu haben.

»Moment mal ...«, meldet Katie sich zu Wort. »Dein Freund ist Freddie Guildford? Der Sohn des Earls of Oxford?« Sie wirkt aufgescheucht, als ich nicke.

»Oh, Scheiße. Ich wusste nicht ... Ich meine, das hättest du mir sagen können!«, ruft sie, sichtlich aus der Fassung gebracht, als sie begreift, dass sie über meinen Freund und seine Familie gelästert hat.

Ich lache. »Kein Problem, wirklich nicht«, beruhige ich sie, und sie bittet die Bardame um ein weiteres Glas Wein, während ihre Lippen so dunkelrot anlaufen, dass sie fast schwarz wirken.

»Woher kennen Sie ihn?«, will der Mann wissen. Er weist dieselbe Autorität auf wie ein Polizist, und ich fühle mich genötigt, ihm zu antworten.

»Er arbeitet dort, wo ich wohne«, sage ich, und erst seine verdutzte Miene zeigt mir, wie seltsam das klingt. »Ich wohne im Tower ... in London. Ich habe ihn kennengelernt, als er dort Wachdienst hatte.«

»Der Tower von London?«, fällt Katie uns wieder ins Wort, die Augen weit aufgerissen. Ich sehe ihr an, wie sich ihre Gedanken förmlich überschlagen.

»Es ist nicht das, was du denkst, wirklich nicht.«

»Dann haben Sie die Familie kennengelernt? Und Mhairi?«, setzt der Schwarzhaarige sein Verhör fort.

»Ähm ...«, setze ich an. »Wir sind wirklich noch nicht lange befreundet. Er hat mich nur eingeladen, weil ich mich für Geschichte interessiere.« Irgendwie drängt sich mir das Gefühl auf, etwas falsch gemacht zu haben.

»Wer sind Sie gleich noch?«, frage ich mit leicht zittriger Stimme.

»Entschuldigen Sie bitte, wie unhöflich von mir. Ich bin Theodore. Vorhin haben Sie meine Schwester Verity kennengelernt. Ich bin mit Freddie zur Schule gegangen – wir sind im selben Jahr aufs Internat gekommen.«

»Ah«, nicke ich und hoffe, dass er umso schneller geht, je weniger ich sage.

»Eine wundervolle Neuigkeit, seine Verlobung mit Lady Campbell, nicht wahr?«

Verlobung? Ich verschlucke mich an meinem Drink; der Wodka brennt ein bisschen stärker als vorher. Ich spüre, wie er mir die Kehle hinunterrinnt und ein Feuer in mir entfacht. Das Feuer raubt mir den Sauerstoff, und ich ringe nach Atem. Dabei halte ich mich an der Bar fest, aber das scheint nicht zu helfen. Tausend verschiedene Gedanken jagen mir durch den Kopf, und zugleich kann ich keinen einzigen von ihnen fassen.

»Ah, wenn man vom Teufel spricht, hier kommen sie«, erklärt Theodore hochentzückt. »Countess Guildford, Lady Campbell, darf ich Sie mit Maggie bekannt machen, Gast des Viscounts.«

Zwei Ladys schweben auf mich zu. Beide gleichermaßen schön und Arm in Arm ziehen sie aller Blicke auf sich. Freddies Mutter trägt lange Spitzenhandschuhe und eine Pelzstola, die sie sich um die Schultern ihres karamellfarbenen Kleides gelegt hat. Ihre Haare sind aschblond, hochgesteckt, wie es sich für eine Dame des Hochadels geziemt, und mit einigen wenigen Perlen verziert. Kein Zweifel, dass Freddie ihr Sohn ist: Sie haben die gleichen ausdrucksstarken Augen in einer Farbe zwischen Grün und Blau, die ich nicht ganz definieren kann. Ihrem Blick kann man sich unmöglich entziehen. Sie wirkt königlich im Sinne des Wortes, und ich fürchte, wenn ich jetzt die Bar loslasse, falle ich vor ihren Füßen in Ohnmacht.

Lady Campbell, seine Verlobte, ist frustrierend schön. Wenn Freddie aus demselben Material ist wie Michelangelos David, dann entspricht sie einer Malerei von da Vinci. Sie ist eine strahlende Schönheit: völlig glatte, glänzende Haare in tausend verschiedenen Mahagonitönen, gekonnt hochgesteckt, sodass ein paar Strähnen ihr wie ein Wasserfall auf die Schultern fallen. Ich bezweifle, dass sie Make-up aufgelegt hat. Ihre Wangen sind mit ganz leichten Sommersprossen gesprenkelt, und ein natürlicher rosiger Schimmer liegt auf ihren Wangen und ihren vollen Lippen. Sie trägt ein bodenlanges Satinkleid in der Farbe des Himmels bei Dämmerung, und sie überragt fast alle Gäste in ihren mäßig hohen Schuhen, die ihre natürliche Größe betonen. Im Grunde gehört sie auf die Titelseite von Hochglanzmagazinen. Ach verdammt, sie hat ganz bestimmt schon etliche Titelseiten geziert.

Den letzten tödlichen Stoß versetzt mir die Kette, die sie um ihren schlanken Hals trägt: dicke Saphire an einer zarten

Silberkette, passend zu ihren Tropfen-Ohrringen und ihren meergrünen Augen. Es ist die Saphirkette aus jenem lackierten Holzkästchen, das an jenem Abend bei meinem Zusammenstoß mit Freddie zu Boden gefallen ist – mit dem Ergebnis einer angestoßenen Ecke und ein paar abgesplitterter Holzteile. Diese wunderschön geschmückte Kathedrale von einer Frau gehört zu ihm, und zwar schon seit meiner ersten Begegnung mit ihm.

Katie dreht rasch ihren Barhocker weg, als sich eine kleine Gruppe bildet. Sie verbirgt ihr Gesicht vor den neuen Gästen mit ihren dichten Haaren, und ich muss mich zusammenreißen, um ihren Hocker nicht zurückzudrehen, damit ich ein bisschen Beistand habe, wenn auch nur von einer beschwipsten Australierin, die ich erst vor einer Stunde kennengelernt habe.

»Ein Freund meines Sohnes, sagst du?«, wendet sich die Countess an Theodore. »Ich habe ihn nie eine ... Maggie erwähnen hören?« Sie schaut mich nicht an, redet nur mit dem Mann, der diesen Hinterhalt ausgelöst hat.

Lady Campbell ignoriert die beiden und wendet sich direkt an mich. Am liebsten wäre ich davongerannt, aber ich sitze an der Bar in der Falle.

»Hi, ich bin Mhairi. Schön, dich kennenzulernen«, sagt sie. Ihre Stimme ist so glatt und weich wie ihr Haar, der kaum merkliche schottische Akzent lässt sie nur umso beruhigender erscheinen. Sie erfasst meine Hand, um sie zu schütteln.

»Ah, äh ... verschwitzt«, ist alles, was ich über die Lippen bringe. Sie lacht leise. Selbst ihr Lachen klingt vollkommen. Ich blicke auf ihre Hand hinunter, die immer noch meine sanft festhält. Ein eleganter Goldring mit einem Diamanten von der Größe einer Eichel ziert ihren Ringfinger. Das Feuer in meiner Brust steigt mir in die Augen und brennt schmerzhaft in den Augenwinkeln.

»Geht es dir gut?«, fragt sie und beugt sich mit besorgter

Miene herab, um mir besser ins Gesicht schauen zu können. Komm schon, Maggie, reiß dich zusammen. Je schneller du das hier hinter dich bringst, desto schneller kannst du abhauen.

»Entschuldigung, ja ... ich freue mich, dich endlich kennenzulernen.« Ich versuche, die Tränen wegzublinzeln, die einen Moment meinen Blick verschwimmen lassen.

»Freddie hat mir so viel von dir erzählt.«

»Das ... hat er?«, frage ich verdutzt.

»Ja, natürlich! Ich würde so gern den Tower besuchen. Noch hatte ich keine Gelegenheit zu kommen, da ich die meiste Zeit in Schottland bin.«

»Du bist jederzeit willkommen. Ich kann dir alles zeigen«, erwidere ich lächelnd, obwohl jedes ihrer freundlichen Worte nur ein weiterer Stich in mein Herz ist.

Er hat seiner Verlobten von mir erzählt. Ich weiß, dass er gesagt hat, wir seien nur Freunde, aber in den letzten Wochen dachte ich wirklich, dass da mehr zwischen uns wäre – so, wie er mich berührt, so, wie er mich beinahe geküsst hätte. Ich bin als sein Date hier, verdammt noch mal! Wenn er mich will, wenn er irgendetwas für mich empfindet, warum erzählt er ihr dann von mir? Weil er nichts für mich empfindet, sage ich mir.

»Oh, das wäre wirklich nett!« Sie klatscht in ihre Hände, und ihre Augen werden ganz klein, so freundlich lächelt sie. »Du musst auch kommen und uns in unserem Haus in Schottland besuchen. Mi castle es su castle, wenn du möchtest.« Erneut lacht sie.

Wie nur kann eine Frau alles das sein, was ich immer sein wollte? Alles das sein, was ich nicht bin? Ich fühle mich lächerlich, weil ich jemals geglaubt, ja, gehofft habe, Freddie könne etwas für jemanden wie mich empfinden, wenn er doch in Wirklichkeit mein absolutes Gegenstück liebt.

Freddies Mutter wendet ihre Aufmerksamkeit endlich mir

zu. Sie erinnert mich an eine Schuldirektorin, und ich ducke mich unter ihrem strengen Blick.

»Wie kommt es, dass du meinen Sohn kennst, junge Dame?« Ihre Stimme klingt weich, aber bestimmt. Jeder Ton ist sorgfältig geplant, um mich in Angst zu versetzen. Dessen bin ich mir sicher.

»Ich, nun ja ... ich, ähm ... es ist so ...«

»Komm schon, meine Liebe, wir haben nicht den ganzen Tag Zeit.« Eigentlich ist doch allgemein bekannt, dass man das Problem nur verschärft, wenn man jemanden dazu auffordert, sich zu beeilen, der sowieso schon Mühe hat, seine Aufgabe zu bewältigen – genauso, wie wenn man jemandem, der hysterisch ist, sagt: »Entspann dich.«

»Maggie wohnt im Tower von London, Countess.« Die fehlerlose Mhairi eilt zu meiner Rettung. Natürlich tut sie das. Vermutlich rettet sie in ihrer Freizeit streunende Hundewelpen.

»Verstehe«, erwidert Countess Guildford. »Wohnt Lord Bridgeman immer noch dort als Constable? Er hat vor ein paar Jahren ein wirklich vorzügliches Dinner für uns im Queen's House gegeben.« Den zweiten Satz richtet sie an Mhairi.

»Leider nein, Ma'am. Lord Herbert hat kürzlich diesen Posten übernommen«, bringe ich mühsam über die Lippen.

»Oh, Herbert. Ein brillanter Mann. Ich muss ihn anrufen.« Natürlich kennt sie jeden, der einen Adelstitel hat. »Dein Vater ist demnach ein pensionierter Angehöriger des Militärs?«

»Ja, Ma'am. Pionierkorps.«

»Aber kein Offizier?«

»Nein, Ma'am.«

»Auf welche Schule bist du gegangen, als dein Vater auf verschiedene Stützpunkte versetzt wurde?«

»Ich bin immer mit umgezogen. Obwohl die Leute lustigerweise meinen, ich müsste ein Mädcheninternat besucht haben, weil meine Mum mich so oft wegen meiner krummen Haltung getadelt hat, dass ich jedes Mal, wenn ich die Schultern hängen lasse, meine, ihre Stimme zu hören, die mich auffordert, gerade zu stehen.« Ich lache. Mhairi lacht ebenfalls, aber eher aus Höflichkeit, nur die Countess ist kein bisschen amüsiert.

»Aber du hast nicht wirklich ein Mädcheninternat besucht?«, fragt sie scharf.

»Nein ...« Ich lasse den Kopf sinken, und Hitze steigt mir in die Wangen. »Wann soll die Hochzeit stattfinden?«, wende ich mich an Mhairi, um das Thema zu wechseln. Die Worte muss ich an dem Kloß in meiner Kehle vorbeizwängen, der meine Tränen zurückhält. Ich weiß, dass es Folter für mich sein wird, Einzelheiten über Freddies Beziehung zu erfahren, dass ich mich nur selbst damit unglücklich mache, aber ich kann nicht anders. Je weniger ich mit ihm zusammen sein will, desto gleichgültiger wird es mir sein, wie diese Leute auf mich herabsehen.

»Wir hoffen auf eine Hochzeit im Winter in Balmoral. Vielleicht im Dezember! Schottland ist so märchenhaft im Schnee.« Sie lächelt, in Gedanken sichtlich bereits bei der Feier. Dieses Jahr. Schon dieses Jahr wird er heiraten.

»Das ist schön, so ... schön«, hauche ich, rutsche von meinem Barhocker und füge in geheuchelter Fröhlichkeit hinzu: »Ich muss leider mal verschwinden.« Verzweifelt suche ich nach einem Weg, mich zu entschuldigen, bevor meine Atemnot in eine ausgewachsene Panikattacke mündet. »Es war so nett, dich kennenzulernen. Vielleicht sehen wir uns ja mal wieder ... Mi castle es, äh, dein castle und so weiter.«

Mhairi lächelt mich zum Abschied an.

»Es hat mich sehr gefreut, auch Sie kennenzulernen, Mrs. ... Countess Guildford.«

Sie verdreht die Augen, aber ich eile schon davon. Während ich mich durch die Lobby kämpfe, verschleiern Tränen mir den Blick. Jeder, der mich kommen sieht, weicht mir aus, fliegt an mir vorbei wie ein verschwommener Komet. Das Blut rauscht so laut in meinen Ohren, dass kein geflüsterter Kommentar der Zuschauer mich erreicht.

Als ich durch die reich verzierten Türen nach draußen stürme, stelle ich fest, dass es regnet. Dicke Tropfen treffen mein Gesicht und verschlagen mir kurz den Atem. Aber ich kann nicht stehen bleiben. Ich kann nicht anhalten, bevor ich diesen Ort weit hinter mir gelassen habe. Die unvertrauten Straßen sind leer, nur vereinzelt rauschen Autos durch die Pfützen am Fahrbahnrand. Die Dunkelheit und der Regen haben alle verscheucht, und ich begegne keiner Menschenseele. Schließlich bleibe ich stehen, als ich begreife, dass ich mich völlig verlaufen habe.

Weinend klammere ich mich an ein Geländer, schluchze in den Wind. Ich sinke gegen das kalte Metall, meine Mascara läuft mir in die Augen, aber ich bemerke kaum, wie es brennt. Als ich den Kopf hebe und in den Himmel sehe, treffen mich die Regentropfen wie nasse Kugeln. Eine Weile bleibe ich so stehen.

Wie konnte ich nur zulassen, dass ich mich in jemanden wie Freddie verliebe? Wie konnte er mir nicht einmal sagen, dass er verdammt noch mal heiraten wird? Mich juckt es überall beim Gedanken daran, was ich Mhairi angetan habe. Sie hat ja keine Ahnung, wie oft wir uns beinahe geküsst hätten. Wie oft er mich so sacht berührt hat, so vertraulich mit mir umgegangen ist, dass wir unmöglich nur Freunde sein können. Tatsächlich und ganz offiziell bin ich die andere Frau.

Das Gesicht in den Händen verborgen, stoße ich einen animalischen Laut aus, ein Mittelding zwischen Grunzen und Schreien. Eine zuschlagende Autotür unterbricht meinen Zusammenbruch. Schauernd wirble ich herum, um zu sehen, ob mir Gefahr droht, und ich kann in dem Wolkenbruch so gerade eben einen Rolls-Royce ausmachen, der ein Stück weiter vorn abrupt anhält. Ein schwarz-weißer Klecks rennt auf mich zu. Freddie, in seinem piekfeinen Anzug, steht blitzschnell vor mir und legt mir seine Jacke um die Schultern. Nach ganz kurzer Zeit rinnen ihm Wassertropfen aus den Locken. Er hält mich an beiden Armen, halb umarmt, halb ein wenig auf Abstand, um mich richtig ansehen zu können, während seine schönen Augen mein Gesicht abtasten und nach möglichen Verletzungen suchen.

»Geht es dir gut?«

»Alles bestens«, sage ich und stoße ihn weg. Die Fahrerin des Rolls hat am Straßenrand gehalten, die Tür steht noch offen.

»Maggie? Was ist los? Warum bist du gegangen? Du hättest zu mir kommen sollen.«

»Ich muss zurück, vor der Schlüsselzeremonie.«

»Maggie, ich organisiere die Schlüsselzeremonie. Lüg mich nicht an.«

Erneut streckt er die Hände nach mir aus, und ich explodiere. »Fass mich nicht an, verdammt noch mal.«

Er springt zurück. »Wa–«

»Ich habe deine Verlobte kennengelernt, Freddie.«

Er macht ein langes Gesicht und wendet sich ab, streicht sich mit einer Hand rasch die nassen Haare aus dem Gesicht.

»Ich wusste, dass es wehtun würde, sich in jemanden wie dich zu verlieben. Ich wusste, dass ich immer mit der Tatsache würde leben müssen, dass ich einfach nicht gut genug bin. Aber für einen einzigen dummen Augenblick dachte ich, dass wir etwas Besonderes hätten. Dass du vielleicht der Erste bist, der mich so sieht, wie ich wirklich bin. Das wollte ich so entsetzlich gern. Ich lebe mein Leben wie ein Geist. Als du zu mir gekommen bist und immer wieder kamst, dachte ich ... dachte ich einfach ...« Erneut beginne ich zu weinen, vergrabe mein Gesicht in meinen Händen, und meine Kräfte verlassen mich endgültig. »Aber wie du zu deinem Dad gesagt hast: Ich bin niemand.«

»Zu meinem ...? Oh.« Ich sehe, wie es Freddie allmählich dämmert. »Das war nicht für deine Ohren bestimmt, Maggie. Es tut mir leid.«

»Nun, ich habe es gehört«, schluchze ich.

»Mein Vater ... Es ist kompliziert.«

»Warum hast du mich überhaupt zu dieser Veranstaltung eingeladen? Du musst doch gewusst haben, dass deine Familie mich hassen würde. Dass deine Freunde auf mich herabsehen würden. Hast du das getan, um dich über mich lustig zu machen? Über das dumme Mädchen, das sich in dich verliebt und eine Sekunde lang geglaubt hat, sie könnte bei den hohen und mächtigen Guildfords eine Chance haben? Wie saukomisch – was für ein Spektakel. Ich bin keine Freakshow, Freddie.«

Kalte Finger fassen nach meinen Wangen, und Freddie schaut mich an, als wäre gerade ein Stern vom Himmel gefallen und direkt in seinen Händen gelandet. Mit dem Daumen streicht er sanft über die Haut unter meinen Augen, versucht, das Make-up fortzuwischen, das mit dem Regen zu fliehen versucht.

»Wag es nicht, mich so anzusehen. Du hast nicht das Recht, mich so anzusehen. Du hast eine Frau ...« Meine Stimme bricht in einem Schluchzen. »... du hast eine verdammte Frau.«

»Sie ist nicht meine Frau, Maggie«, widerspricht er ruhig und sanft.

»Oh, es tut mir so leid, dass ich damit sechs Monate zu früh dran bin. Dann eben die Frau, die du heiraten wirst. Jene schöne, noble, hochgebildete Frau, die dieselbe Party besucht hat, zu der du mich eingeladen hast!«

»So ist es nicht!«, beeilt er sich zu sagen. »Ich wusste nicht, dass sie auch da sein würde; das war nicht so geplant. Bitte ... du verstehst nicht.«

»Pah. Und dadurch wird es so viel besser, wie? Was ist,

bitte schön, an dem gewaltigen Stein an ihrem Finger nicht zu verstehen? Du bist mit ihr verlobt, richtig?«

Er nickt.

»Und ihr beide werdet dieses Jahr heiraten, richtig?«

Wieder nickt er, zutiefst beschämt.

»Dann will ich nichts von dir. Ich renne nicht einem bereits vergebenen Mann nach. Und ich werde ganz sicher nicht als seine Geliebte herhalten, als sein schmutziges kleines Geheimnis. Ich kann nicht mitansehen, wie du mit einer anderen Frau zusammen bist. Ich kann es nicht ...«

»Es war nicht so gedacht. Bitte, glaub mir. Ich wollte ... ich brauchte dich hier.« Mein Herz bricht endgültig, der gewaltige Widerhall durchspült mich und stellt den Donner in den Schatten.

»Es ist meine Schuld. Ich habe mir etwas eingebildet, irgendwo in meinem dummen Kopf. Ich glaubte, wir bedeuteten uns mehr. Es tut mir unendlich leid, mich in dich verliebt zu haben, Freddie Guildford. Es tut mir wirklich leid.«

»Maggie, sag so etwas nicht. Bitte. Bitte ...« Er will nach meiner Hand greifen, entscheidet sich aber dagegen. Ich zittere, die Kälte der Nacht ist mir tief in die Knochen gekrochen.

»Ich muss zurück nach Hause«, flüstere ich und wische mir den Regen aus dem Gesicht, der mir von der Nasenspitze tropft.

»Nimm den Wagen.«

Ich würde gern stur bleiben. Würde ihm gern sagen, er solle sich mitsamt seinem dämlichen Wagen mit seinen dämlichen beheizten Sitzen zum Teufel scheren. Aber ich weiß, dass ich mir damit ins eigene Fleisch schneiden würde – es ist kalt und ich bin bereits durchnässt.

Die Arme vor der Brust verschränkt, schaue ich Freddie an. Er leidet – das kann ich seinem Gesicht ansehen. Er reibt sich grob das Gesicht, und es tut mir leid um seine tropfnassen

Locken, die den größten Teil seines Frusts abbekommen, als er mit der Hand hindurchfährt.

Als er sich vergewissert hat, dass ich nicht einfach in die Nacht davonrennen werde, geht Freddie hinüber zum Fenster des Beifahrersitzes. Carol, die Chauffeurin, lässt das Fenster hinunter, und er beugt sich hinein, um ihr Anweisungen zu geben. Die hintere Tür steht immer noch offen, und eine Pfütze hat sich auf dem Ledersitz gebildet. Freddie winkt mich heran, geht um den Wagen herum und öffnet die Tür auf der anderen Seite. Ich folge. Wir schweigen beide. Ich kann erkennen, dass er mich am liebsten berührt hätte, meine Hand genommen hätte, um mir beim Einsteigen zu helfen. Aber stattdessen zucken seine Finger nur, weil er damit meine Haut berühren möchte. Er begnügt sich damit, meinen Kopf wieder vor dem Türrahmen zu schützen, und schlägt anschließend die Tür zu.

»Carol, sorg bitte dafür, dass sie sicher nach Hause kommt, und fahr erst weg, wenn sie das Tor durchquert hat«, sagt Freddie.

»Ja, Sir«, erwidert sie und nickt knapp.

Er geht um den Wagen herum, um die immer noch offen stehende Tür auf der Seite mit der Pfütze auf dem Ledersitz zu schließen, und bleibt stehen, um mich anzusehen. Der Regen prallt von seiner durchweichten Anzugjacke ab, die ich ihm vorm Einsteigen zurückgegeben habe. »Gute Nacht, Margaret.«

Sein kalter Ton trifft mich zutiefst. Keine Regung ist darin erkennbar, und er schlägt die Tür zu. Sie verriegelt sich automatisch, und Carol fährt los, die Straßen von London hinunter.

Die Heckscheibe ist nass geregnet. Die Welt und ihre Lichter brechen sich in den kleinen Tropfen. Jeder einzelne verwandelt sich in eine Juwelierslupe, vergrößert Bremslichter, Geschäftsbeleuchtungen, Ampeln – das Ganze sieht aus wie ein melancholischer Weihnachtsbaum. Freddie wird kleiner und kleiner, bis er in einen einzigen Tropfen passt. Er hat sich nicht von der Stelle gerührt, sieht dem Wagen nach, während wir davonfahren. Die Entfernung zwischen uns ist inzwischen unermesslich groß.

21. KAPITEL

Als ich am Morgen das Haus verlasse, um zur Arbeit zu gehen, komme ich an Richie vorbei, der sich um seine Rosen kümmert. Er kratzt sich den Kopf und brummelt vor sich hin, er verstehe nicht, warum die unteren Blätter immer braun werden. Joe, einer der jüngeren Beefeaters, nur teiluniformiert in Hose, T-Shirt und mit Hosenträgern, lacht hysterisch, als er seine beiden Spaniels rauslässt. Die rennen zu den Büschen, heben jeweils eins ihrer Hinterbeinchen und pinkeln gegen die Sträucher. Richie flucht und lacht zugleich, und ich schüttle milde lächelnd den Kopf über diese Szene.

»Morgen«, brüllt Joe zu mir herüber, als er mich bemerkt. Richie tut es ihm gleich, mit cornischem Grummeln, und gibt kurz den Versuch auf, die Spaniels zu verscheuchen, um mir zuzuwinken.

»Oh, du kleiner Bastard«, schimpft er mit einem der Hunde, weil der die kurze Verschnaufpause nutzt, um sich zwischen die Rosen zu hocken. Joes Gelächter hallt von den Mauern wider, und ich lache vor mich hin, als ich meinen Weg fortsetze.

»Morgen, Linda«, begrüße ich die Beefeaterin an der Ecke, als ich an ihr vorbeigehe. Sie sitzt vor ihrem Haus auf einem kleinen Liegestuhl, pflückt winzige Erdbeeren und schiebt sie sich in den Mund.

»Guten Morgen, Maggie, Schätzchen.« Lächelnd wirft sie mir eine Erdbeere zu, die ich zu meiner eigenen Überraschung tatsächlich fange.

An den Kasematten herrscht reges Treiben, als ich die Nordbastion erreiche. Beefeater Jolly kommt in voller Uniform auf mich zu.

»Morgen, Rotschopf«, ruft er mir frech grinsend zu und tippt sich an den Hut, als er an mir vorbeigeht. Sein Bart ist überwiegend dunkel und bildet einen Gegensatz zum Grau aller anderen Haare. Außerdem gehört er zu einem der wenigen, die trotz ihres Bauches immer noch ihre Zehen sehen können. Jolly bleibt immer auf einen kurzen Plausch oder wenigstens ein Lächeln stehen – daher rührt sein Spitzname. Als Exmarine sollte er zumindest auf dem Papier Furcht einflößend sein, aber Jolly gibt sich immer Mühe, andere zum Lachen zu bringen. Er hat die Marine noch nicht ganz hinter sich gelassen und verbringt seine Freizeit damit, in den Rettungsbooten die Themse auf- und abzufahren, sodass man sich immer darauf verlassen kann, dass er die eine oder andere Geschichte zu erzählen hat. Allerdings geht es dabei meistens um die Entdeckung von etwas Albernem oder Widerlichem oder beidem, das den großen Fluss von London hinuntertreibt.

Ich habe das Kopfsteinpflaster noch nicht ganz überquert, da springt Timmy, der Neufundländer, auf mich zu, den Charlie von der Leine gelassen hat. Er fegt direkt auf mich zu, seine Hängebacken schwingen fröhlich hin und her, sodass sein Speichel gegen die Wand der Kasematten fliegt. Von der Größe eines Eisbärenjunges, mit fliegendem, dichtem Fell, sieht er einfach nur hinreißend aus. Wenn ich auf diese Weise sterbe, begraben unter diesem liebenswerten Tier, dann soll es meinetwegen so sein.

Unmittelbar bevor er mich erreicht, lässt Timmy sich auf den Rücken fallen und präsentiert seinen grauen Bauch. Ungeduldig windet er sich auf dem Boden und bettelt darum, dass ich ihm den Bauch kraule. Also beuge ich mich zu ihm hinunter und tue ihm den Gefallen. Charlie erreicht mich wenige Augenblicke später, grinst und sagt: »Morgen, Schönste.« Dann wendet er sich an seinen Hund, der immer noch alle viere von sich gestreckt hat und mit hängender Zunge auf dem Boden liegt. »Komm schon, Dicker, lass Maggie zur Arbeit gehen.« Timmy erhebt sich unwillig und trödelt mit seinem Herrchen weiter.

Die Rabenmeisterin steht am Rand des Anlegers und späht hinunter in den Festungsgraben. Auch sie bemerkt mich und nickt mir grüßend zu. Dabei segelt ein kleines Blatt von ihrem Kopf herab. Ich erwidere ihr Lächeln, lege das letzte Stück Weg über die Zugbrücke und hinüber zum Ticketbüro zurück.

Seit der Gala sind zwei Wochen vergangen, zwei Wochen, in denen ich Freddie nicht mehr gesehen habe. Nachdem Carol mich abgesetzt hatte, brauchte ich drei Tage, bevor ich mich wieder meinen Mitmenschen stellen konnte. Ich bin mir nicht sicher, ob es am Regen lag oder an der emotionalen Erschöpfung, aber ich brauchte nicht einmal zu lügen – ich war tatsächlich krank. Mein Körper fühlte sich an, als wäre er aus Blei, und er tut es immer noch. Mein Kopf ist wie mit Watte ausgestopft, und über das, was geschehen ist, nachzudenken tut weh. In meiner Brust herrschen Leere und Kälte, wo der Wind eisig durch das klaffende Loch gefahren ist, wo mein Herz sich befand.

Aber jetzt bin ich wieder in meinem Alltag angekommen, und heute Morgen bin ich sogar die Erste. Ja, ich bin sogar so früh dran, dass noch nicht einmal die Ratten es geschafft haben, sich rechtzeitig in ihre Verstecke zurückzuziehen. Sie huschen über die Böden, und mir wird übel, wenn ich daran denke, wo sie sich in der Nacht überall herumgetrieben haben mögen. Das hat man davon, wenn man über einem jahrhundertealten Tunnelsystem arbeitet (und wohnt!) …

»Schluss jetzt, ihr dreckigen Frechdachse, es reicht«, rufe ich den Fellknäueln zu, die genug Zeit ihres Lebens in London verbracht haben, um längst vergessen zu haben, dass sie eigentlich die Menschen fürchten sollten. Stattdessen bleiben sie einfach sitzen und starren mich an. Ich hole mir einen

Besen aus dem Schrank und jage sie damit. Zunächst versuche ich, sie mit dem Stiel vor mir her aus der Tür zu treiben, muss aber schnell einsehen, dass es so nicht funktioniert. Die Nager bleiben nahezu unbeeindruckt. Also gehe ich nach fünf Minuten dazu über, mit dem Besen auf den Boden zu schlagen, und endlich setzen sie sich in Bewegung. Nach zwanzig Minuten habe ich alle Energie verbraucht, die mir hätte helfen sollen, den Tag zu überstehen, aber endlich kann ich keine Ratte mehr sehen. Damit sind sie jetzt das Problem anderer Leute. Bevor ich mich auf meinen Stuhl setze, hole ich mir zwei Rollen Frischhaltefolie aus der Teeküche und wickle die Sitzfläche komplett damit ein. Sicherheitshalber behandle ich die Tischplatte genauso, bevor ich mich endlich auf den Stuhl plumpsen lasse.

Charlies Arschlöcher treffen nach wenigen kostbaren Minuten himmlischer Ruhe ein. Sie sind bereits am Kichern, sehen mich aber nicht.

»Habt ihr schon gehört? Anscheinend haben Gardisten überall nach Maggie gesucht. Rachel aus der Buchhaltung vermutet, dass sie in der Wachstube war, um sie zu ›unterhalten‹, wenn ihr versteht, was ich meine.« Samantha spricht laut, ihre Stimme schnarrt so sehr, dass ich überzeugt bin, ihre Kehle müsse davon schmerzen.

Ich drehe mich auf meinem Stuhl um, die Frischhaltefolie auf dem Sitz quietscht laut genug, um sie auf meine Anwesenheit aufmerksam zu machen. »Samantha, hast du dir heute Morgen die Zähne geputzt?«

Sie ist verdutzt und läuft rot an, zum einen, weil ich sie ertappt habe, zum anderen wegen meiner merkwürdigen Frage. »Was? Warum?«, fragt sie scharf.

»Nun, da kommt jeden einzelnen Tag so viel Scheiße aus deinem Mund, dass dein Mundgeruch absolut widerlich ist.« Ich wedle mir mit der Hand vor der Nase herum und setze mich wieder richtig hin. Es verschlägt ihnen beiden die Sprache.

Freddie hat nicht versucht, mit mir zu reden; die Gardisten, von denen Samantha spricht, sind Riley und Walker. Ich glaube nicht, dass einer von ihnen wirklich weiß, was passiert ist, und sie versuchen beide, mich dazu zu bringen, wieder auf einer Party vorbeizuschauen. Der bloße Anblick einer Bärenfellmütze sorgt im Moment aber dafür, dass ich mich hinter allem und jedem verstecke, was oder den ich gerade finden kann. Ich habe mich in mein normales Leben zurückgezogen, existiere nur, ohne mich von großen, gut aussehenden Soldaten stören zu lassen.

Jeder Tag verläuft exakt so wie der vorhergehende. Der Tag zieht sich dahin, und ehe ich's mich versehe, gehe ich über das Kopfsteinpflaster der Water Lane wieder nach Hause. So könnten Monate vergehen, und ich würde es nicht bemerken – nur den Wechsel des Bodens unter meinen Füßen von grünem Gras über trockenes Laub bis hin zu glattem Eis und wieder zu grünem Gras. Ich bin so weggetreten – von mir selbst, vom Rest der Welt –, dass ich allem gegenüber taub bin. Den größten Teil des Weges lege ich völlig in Gedanken zurück, erinnere mich, gehe an verschiedenen Punkten vorbei, die für mich untrennbar mit ihm verbunden sind.

Das ist auch heute so. Auf dem gleichen Pfad wie jeden Morgen und jeden Abend stelle ich fest, dass ich die letzten acht Stunden bereits vergessen habe und nichts anderes in Aussicht habe, als das Ganze morgen erneut zu tun. Auf dem Weg nach Hause schenke ich denselben Leuten dasselbe Lächeln wie immer und halte den Kopf gesenkt, um nicht noch mehr Erinnerungen zu wecken, mit denen ich mich aufhalten könnte.

Schuhnägel auf den Pflastersteinen reißen mich aus meinen Grübeleien. Nur sehr wenige Leute klingen so, als trügen sie Stepptanzschuhe, wenn sie über den Platz marschieren, und sie alle gehören der einen Gruppe an, der ich um jeden Preis aus dem Weg zu gehen versuche: Gardisten.

Ich schaue mich nach einem Versteck um. Einen irren Moment lang spiele ich mit dem Gedanken, in das Wasserbecken hinterm Verrätertor zu springen, komme aber schnell wieder zur Vernunft, als ich sehe, dass das Wasser beinahe schwarz ist. Ich haste am Bloody Tower vorbei auf die mittlere Zugbrücke zu. Nach einem Sprung über das niedrige Geländer lande ich nicht richtig auf meinen Füßen und krieche deshalb auf Händen und Knien um die dort stehende Eisbären-Skulptur herum. Die Marschiergeräusche bleiben, und ich blicke auf; ganz sicher beobachtet mich mein arktischer Freund und fällt sein Urteil über mich. Ich bringe ihn mit einem Finger an den Lippen zum Schweigen, so wie die Helden in Actionfilmen es tun, wenn ein Kind ihr Versteck entdeckt hat.

Endlich sind die Gardisten vorbeimarschiert, und ich komme aus meinem Versteck hervor. Gerade als ich ein Bein über das Geländer geschwungen habe, taucht wie aus dem Nichts die Rabenmeisterin auf, als hätte sie nur darauf gewartet, mich zu überfallen. Sie drückt mir ein Paar Gummihandschuhe in die Hände und verschwindet in ihrem kleinen Geräte- und Vorratsraum.

Von drinnen ertönt das schaurige Geräusch eines Metzgerbeils, das auf ein Holzbrett herabfährt, während ich die Gummihandschuhe überstreife. Kurz darauf kommt sie mit einem blutbespritzten Eimer voller Schlachterzeugnisse wieder heraus und zieht damit los. Ich kann nur vermuten, dass sie will, dass ich ihr folge. Also tapse ich verlegen hinter ihr her. So kann ich über ihren Kopf hinwegsehen und bin mir fast sicher, in ihren verfilzten Haaren ein kleines Vogelei zu sehen.

Am südlichen Rasen angelangt, eilen die Raben aus allen Richtungen herbei, gerufen von der Aussicht auf Futter und ihre Meisterin. Sie versammeln sich vor unseren Füßen und warten geduldig darauf, dass die Rabenmeisterin ihnen die erste Maus zuwirft. Nur Merlin hüpft zu mir und hackt ungeduldig gegen meinen Schuh. Ich betrachte das als Aufforderung, in den schmierigen Eimer zu greifen und ihm sein Abendessen vorzuwerfen.

Während wir den Raben zusehen, wie sie sich auf ihr Futter stürzen, meldet sich die Rabenmeisterin mit schüchterner Stimme zu Wort. »Geschichten ergeben nur dann einen Sinn, wenn man sie sich zu Ende anhört.«

»Leicht gesagt. Und was ist Ihre Geschichte?«, gebe ich zu unser beider Überraschung zurück. Sie schaut mich einen Moment mit unergründlicher Miene an, wendet sich dann wieder ihren Vögeln zu und kippt den ganzen Eimer vor uns aus.

»Es tut mir leid. Ich wollte nicht ...« Sie unterbricht mich, indem sie sich auf dem Absatz umdreht und davonschlurft. Wie üblich fühle ich mich schlecht, weil ich weiß, dass ich sie aus der Fassung gebracht habe. Der Eimer klappert, als sie ihn in den Vorratsschrank stellt.

»Kommst du nun?«, ruft sie mir zu und winkt mich mit ihrer faltigen Hand heran. Immer noch mit schlechtem Gewissen gehorche ich und laufe zu ihr. Edward nimmt die Einladung ebenfalls an und flattert herüber, um sich auf ihrer Schulter an unser Ziel tragen zu lassen. Sie führt mich über den Hof, um die Kapelle herum, hinter das Absperrseil in den Devereux Tower. Das Zuhause der Rabenmeisterin liegt abseits von den anderen in einer Ecke der inneren Festungsmauer. Es ist eines der Häuser, das niemand betreten möchte, was ihr vermutlich sehr entgegenkommt, wie mir bei näherer Überlegung klar wird. Der Hof vor der Tür liegt über der Kapellenkrypta, die man mit den auf dem Gelände des Towers gefundenen Knochen gefüllt hat, die man nicht identifizieren konnte. Wenn man der Legende Glauben schenken darf, wird der Devereux Tower von einer Mutter heimgesucht, die ihr Baby am Fenster stillt, und ich bin mir fast sicher, dass nicht nur sie hier spukt. Der Keller grenzt vermutlich direkt an die Krypta, und ich habe gehört, dass es dort unten einen gespenstischen Brunnen gibt und vor der Tür nasse Fußspuren gefunden wurden.

Ich kann nicht leugnen, dass mein Körper mich verrät; einerseits bin ich schrecklich fasziniert und fühle mich geschmeichelt, das Innere des Hauses der Rabenmeisterin zu sehen zu bekommen, aber andererseits sorgt meine Angst vor diesem Gebäude dafür, dass ich mich gegen den Impuls wehren muss, wegzurennen.

Die schmächtige Frau schwingt die Tür auf und tapst hinein, ohne sich zu vergewissern, dass ich ihr folge. Ich erwische die Tür gerade noch, bevor sie sich schließt, und betrete das Haus. Der Flur ist dunkel und eng, beide Wände sind zugestellt mit allerhand Krimskrams, der Stück für Stück so aussieht, als stamme er aus dem Schlafzimmer einer Hexe. Edward flattert von der Schulter der Rabenmeisterin hinunter, während sie sich einer Tür nähert. Er landet am hinteren Ende des Flurs und lässt sich neben mehreren präparierten Vögeln und Vogelskeletten nieder, was ihn wie eine zum Leben erwachte Wachsfigur aus dem Kabinett von Madame Tussaud wirken lässt. Während ich langsam den Flur hinuntergehe, beäuge ich misstrauisch Gefäße aller Art auf den Regalbrettern, die bis an die Decke reichen. Auf einem steht »Knochenbruchstücke«, und ich entscheide mich dagegen, darüber zu spekulieren, welcher Art Lebewesen besagte Knochen entstammen mögen.

Meiner Gastgeberin folge ich in ein Zimmer, dessen Bogenfenster ein bisschen mehr Licht hereinlassen. Der Raum ist leer, bis auf einen großen Ledersessel in einer Ecke und Hunderte von Fotos an den Wänden. Jedes einzelne zeigt winzig das Gesicht eines Soldaten, Männer wie Frauen. Ich gehe auf eines zu, auf dem ein junger Mann auf einem Sandboden kauert, die dunklen Haare kurz geschoren, strahlend lächelnd unter seinem Schnurrbart. Bei der Musterung der Fotos ringsum bemerke ich, dass die Hunderten von Fotos nur etwa dreißig verschiedene Menschen zeigen, in immer wieder neuen Posen – und auf jedem sind sie lächelnd abgebildet, immer in Militäruniform.

Die Rabenmeisterin setzt sich langsam und vorsichtig, wie unter Schmerzen, und schaut zu den Wänden hoch.

»Mehr als zwanzig Jahre lang war ich Feldärztin.« Sie räuspert sich, bevor sie fortfährt. »Ich war noch jünger als du jetzt, als ich auf den Falklands war. Danach hätte ich aussteigen sollen, wegen einiger Dinge, die ich dort erlebt habe. Aber ich tat es nicht. Ich blieb. Und sah, was in Irland geschah. Und ging danach noch ein paarmal nach Irak und Afghanistan, und jeder Einsatz war schlimmer als der vorherige.« Wieder hustet sie, da sie es nicht gewohnt ist, so lange zu sprechen. »Als mein letzter Einsatz kam, glaubte ich nicht, es noch länger ertragen zu können. Ich hatte zu viel gesehen, zu viele Kameraden verloren. Also setzte die Armee mich in der Verwaltung eines Feldlazaretts ein, um mich davon abzubringen, zu kündigen. Ich dachte, es ginge nur um Büroarbeit, weißt du. Darum, zu protokollieren, was passiert war, Arzneimittel zu verschreiben. Aber ... sie starben einfach immer weiter.«

Mir wird das Herz schwer. Ich brauche nicht zu hören, wer all diese Menschen auf den Fotos sind. Ich glaube es bereits zu wissen.

»So viele Leichen kamen durch diese Türen, und ich hatte die Aufgabe, ihre Rückführung zu organisieren. Musste sie einpacken wie Spielzeugsoldaten und sie nach Hause verfrachten.« Sie steht auf und stellt sich neben mich, ich betrachte immer noch die Fotos. »Das sind all die Männer und Frauen, die ich in Leichensäcken nach Hause schicken musste.«

»Es tut mir leid«, hauche ich. Sie schaut mich nicht an.

»Danach bin ich ausgestiegen. Kam hierher, und meine Vögel kümmerten sich um mich. Ich konnte Menschen nicht mehr gegenübertreten, also war es schön, die Vögel zu haben.«

Sie setzt sich wieder auf ihren Sessel. Das Ganze ergibt endlich Sinn; sie hält Abstand von jedem, weil sie zu viel Angst hat, wieder jemanden zu verlieren. Sie tut mir in der Seele leid, während ich den Blick über die vielen Gesichter wandern lasse.

»Kann ich Ihnen etwas zu trinken machen?«, frage ich nach einer Weile, die wir schweigend verbracht haben. Offensichtlich hat es sie sehr angestrengt, ihre größten Traumata mir anzuvertrauen, und sie wirkt zerbrechlich und müde in ihrer Ecke. Ihre Antwort ist ein leichtes Nicken, und ich tue, was wir Briten am besten können: Ich brühe eine Kanne Tee auf, um dafür zu sorgen, dass alles sich ein bisschen erträglicher anfühlt.

Als die Sonne untergeht und das Zimmer in Dämmerlicht versinkt, verlasse ich den Devereux Tower. Wir haben die letzten zwei Stunden damit verbracht, ein Foto nach dem anderen durchzugehen. Sie hat mir die Namen der Personen genannt und dazu jeweils eine kurze Anekdote erzählt. Obwohl sie das schmerzen muss, lächelt sie dabei auf eine Weise, wie sie bestimmt noch nie jemand im Tower hat lächeln sehen. Es ist, als fände sie endlich ihren Frieden darin, aus dem Leben der Menschen zu erzählen, die so lange in der Dunkelheit des Zimmers – und ihres Geistes – weggesperrt waren.

Ich verlasse sie erst, nachdem ich ihr versprochen habe, sie bald wieder auf eine Tasse Tee zu besuchen, woraufhin sie in ihrem Lehnsessel zum zweiten Mal einnickt. Zwischendurch wacht sie auf, erzählt mir eine Geschichte über Lance Corporal Scott, einen jungen Hundeführer, dessen Hund sich noch lange nach seinem Tod weigerte, von seiner Seite zu weichen, und beginnt wieder leise zu schnarchen. Auf meinem Weg nach draußen bleibe ich vor dem staubigen Spiegel im Flur stehen, um meine Fassung zurückzugewinnen. Ich konnte nicht anders, ich musste weinen, als ich ihre Geschichte hörte.

Die Trauer, die ich für sie und die Menschen, von denen sie erzählt hat, empfinde, steht mir ins Gesicht geschrieben.

Als ich nach Hause komme, sitzt Dad in seinem Sessel in der Ecke. Sein Bauch ist zwischen Hosenbund und T-Shirt zu sehen, und er streicht sich mit der Hand durch den Bart.

»Hallo, Mags. Soll ich dir was zu essen machen, Schatz?« Damit steht er auf, lächelnd, bereit, mich zu bedienen. Ich sage nichts, eile nur zu ihm und nehme ihn fest in die Arme. Er zögert keine Sekunde und erwidert die Umarmung, klopft mir dabei spielerisch auf die Schultern.

»Geht's dir gut, Kind?«

Ich nicke an seiner Schulter. »Ich wollte dir nur sagen, dass ich sehr stolz auf dich bin.« Damit drücke ich ihn noch fester.

»Stolz auf mich? Weshalb? Ich habe doch nur die ganze Packung Doppelkekse mit Vanillecreme verputzt, und du weißt, dass das für mich nichts Besonderes ist.« Er lacht, und seine breite Brust vibriert dabei.

Mein Dad ist immer mit allem fertiggeworden; und obwohl er stahlhart ist, hat er doch ein weiches Herz und würde nie jemanden mit seinen Problemen belasten. Schuldbewusst stelle ich fest, dass mir jetzt erst klar wird, unter welchem Druck er gestanden haben muss: Immer wieder musste er seine Familie verlassen, hat Dinge erlebt, wie die Rabenmeisterin sie erlebt hat, und ist doch immer lächelnd nach Hause gekommen, bereit, alles zu tun, was er für mich und meine Mutter tun konnte.

»Ich liebe dich, Dad.« Er weiß, was ich damit meine – da bin ich mir ganz sicher. Liebevoll tätschelt er mir den Kopf.

»Ich liebe dich auch, du rührseliger Schwachkopf«, erwidert er, tätschelt mich noch einmal und löst sich von mir. »Und jetzt mache ich dir Toast mit Bohnen.«

Lächelnd nehme ich sein Angebot an. Er tapert in die Küche und kommt nicht viel später mit zwei Tellern wieder. Auf dem einen stapelt sich Käse, und den nimmt er sich selbst.

Wie ich sehe, hat er meine Bohnen in der Mitte des Tellers aufgehäuft, damit der in Dreiecke geschnittene Toast nicht direkt mit der Tomatensoße in Berührung kommt. Als Kind habe ich mich immer beschwert, wenn das Brot durchweicht war; das hat er sich gemerkt.

Die Teller nehmen wir mit in Mums Zimmer und essen in einvernehmlichem Schweigen. Schließlich küsst er mich auf die Stirn, küsst Mums Foto und geht wieder nach unten, um sich schlafen zu legen. Einen Abend lang konnte ich die durch Freddies Verlust in mir entstandene Leere fast vergessen.

Am nächsten Morgen komme ich wieder früh zur Arbeit. Bran lehnt an der Außenwand des Büros und raucht eine Zigarette. Einen Moment beobachte ich ihn unbemerkt. Jede Frau, die an ihm vorbeigeht, zieht seinen Blick auf sich, und er mustert sie von Kopf bis Fuß. Sein Anblick löst in mir kaum mehr als Widerwillen aus; es macht mich nicht einmal nervös, ihm gegenübertreten zu müssen.

Nur Augenblicke später entdeckt er mich. Panisch lässt er seine Zigarette fallen, tritt sie mit seinen schweren Stiefeln aus und kommt rasch zu mir herüber.

»Marg–«

»Kannst du dich nicht einfach verpissen?«, falle ich ihm ins Wort, verdrehe die Augen und ducke mich unter seinem Arm hindurch, den er ausstreckt, um mich zu umarmen. Ich gehe schnurstracks an ihm vorbei, und er läuft wie ein streunender Hund hinter mir her.

»Margo, warte doch! Ich will doch nur mit dir reden, komm schon. Das schuldest du mir einfach.« Damit hat er meine Aufmerksamkeit. Ich wirbele so heftig herum, dass er zusammenzuckt, als wollte ich ihn schlagen, und ich weiß, dass man mir meine Wut ansieht.

»Ich schulde dir etwas? Dir?«, fauche ich ihn an und lache kalt. »Du bist wirklich noch verblendeter, als ich dachte. Ich schulde dir nur eins, nämlich eine Rechnung, damit ich es mir leisten kann, mich von einem Therapeuten behandeln zu lassen, um die emotionalen Traumata zu verarbeiten, die du mir bereitet hast.«

Es verschlägt ihm die Sprache. Er starrt mich nur an wie ein Reh im Scheinwerferlicht, als ich ihm so dicht auf die Pelle rücke, dass er ganz sicher riechen kann, dass ich nicht sein grässliches Parfüm benutzt habe.

»Ich war so blind wegen allem mit Mum, dass ich bei dir geblieben bin, weil ich glaubte, niemand könne mich je verstehen. Ich dachte, nachdem du all das für mich getan hast, bin ich dir vielleicht tatsächlich etwas schuldig. Aber du hast meine Situation nur ausgenutzt, meine Trauer, meine Abhängigkeit von dir, für die du selbst gesorgt hast, indem du mich von jedem anderen isoliert hast. Du hast dafür gesorgt, dass ich mir wertlos vorkam. Ich habe jeden Tag mit der Frage gelebt, warum ich nicht genug für dich war. Ich habe dir alles gegeben, und dennoch bist du ausgerutscht und zwischen die Beine einer anderen Frau gefallen. Drei Mal!« Jetzt bin ich richtig in Fahrt, und mein Hass auf ihn bricht sich Bahn. Wenn ich mich noch mehr aufrege, fange ich noch buchstäblich an zu schäumen.

»Mar–«

»Halt die Klappe und lass mich reden.« Inzwischen schauen Leute zu. »Du bist das selbstsüchtigste, arroganteste Schwein, dem ich je begegnet bin. Ich hasse mich selbst dafür, dass ich nicht stark genug war, dich schon beim ersten Mal zu verlassen. Ich hasse mich dafür, dass ich dir erlaubt habe, mir so viele glückliche Jahre zu stehlen. Ich hasse mich dafür, dass ich das Gefühl hatte, es nicht besser verdient zu haben. Es verdient zu haben, dass du mir nie gesagt hast, dass ich schön bin oder klug oder witzig – oder überhaupt etwas wert. Du hast mich glauben lassen, es sei meine Schuld, dass ich betrogen wurde, weil ich dich nicht befriedigen konnte. Aber jetzt begreife ich, dass Leute wie du nie zu befriedigen sind. Und dass du es bist, der mich nicht verdient hat.«

Seine Unschuldsmiene verwandelt sich in Spott, in seine klassische abwehrende Arroganz.

»Andy hat mir erzählt, dein kleiner Zinnsoldat hat dich sitzen lassen. Hatte er nebenher auch noch eine andere? Wenigstens hat er nicht ganz so lange gebraucht, um zu erkennen, dass du die uninteressanteste und nutzloseste Frau bist, die man nur finden kann.«

Am liebsten hätte ich ihm mit einem heftigen Schlag das selbstzufriedene Grinsen aus dem Gesicht gewischt. Oder noch besser, ihm den Kopf abgerissen und den hohlen Schädel als Bowlingkugel benutzt, um auch Andy umzuhauen.

»Weißt du, Bran, wir könnten uns dort drüben auf die Bank setzen, und ich könnte dich den ganzen Tag beleidigen, ohne ein einziges Mal Luft zu holen. Aber ich habe schon sieben Jahre an dich verschwendet und habe keinen Funken Energie mehr übrig, um sie an einen Mann wegzuwerfen, der mir nicht ein einziges Mal in den ganzen sieben Jahren einen Orgasmus bereiten konnte. Komm nie wieder her. Nimm nie wieder Kontakt auf. Wenn ich nie wieder an dich denke, ist das immer noch zu früh.«

Ohne einen Blick zurück marschiere ich zur Arbeit. Im Büro angekommen, ziehe ich die Tür hinter mir zu und schöpfe einen Moment Atem, bevor ich mir selbst gratuliere, was die ganze Sache sofort sehr viel weniger cool erscheinen lässt. Erleichterung durchströmt mich. Bis zu diesem Moment hatte ich nicht einmal erkannt, was mich die ganze Zeit so furchtbar niedergedrückt hat. Plötzlich ist alles frischer, heller, leichter. Und zum ersten Mal seit über zwei Wochen lache ich, gelöst und aus tiefstem Herzen.

22. KAPITEL

Ein leises Klopfen an der Haustür lässt Cromwell aufspringen und die Treppe hinunterflitzen wie ein Wachhund, und so bleibt mir nichts anderes übrig, als darauf zu reagieren. Dad verbringt den Abend im Keys, und ich werde ihn morgen früh auf dem Weg zur Arbeit zweifellos draußen auf einer der Kanonen liegend im Tiefschlaf vorfinden. Langsam gehe ich die drei Treppen hinunter und frage mich, wer das jetzt sein könnte. Meine Adresse schließt unangemeldete Besucher aus, und mir steht aktuell definitiv nicht der Sinn danach, im Nachthemd an der Haustür mit irgendeinem Nachbarn einen Plausch abzuhalten.

Als ich die Haustür erreiche, klopft es erneut leise. Seufzend öffne ich, nur um gleich danach erschrocken nach Luft zu schnappen, als ich sehe, wer vor der Tür steht: Freddie im Kampfanzug und mit Schiffchen auf dem Kopf, eine säuberlich gefaltete identische Uniform über dem Arm. Er steht steif da, aber seine Miene ist weich, seine Augen wirken ein wenig glasig. Leicht panisch ziehe ich ihn am Arm ins Haus. Hinter seinen breiten Schultern entdecke ich sein Gewehr, das er draußen gegen den Schirmständer gelehnt hat. Ich schlage die Tür hinter mir zu, und die Erschütterung lässt die gerahmten Fotos im Flur erzittern.

Eine Wohnung in einer zehn Meter hohen Mauer bietet viel Platz in der Höhe, aber nur sehr wenig in der Breite. Infolgedessen sind die Flure unglaublich eng. Wir stehen Brust an Brust und atmen beide schwer.

»Du hier – das geht nicht«, sage ich schroff.

»Ich habe deinen Vater in der Bar gesehen. Das heißt …

draußen vor der Bar, schlafend.« Er versucht nicht etwa, witzig zu sein, verzieht keine Miene, bleibt absolut ernst.

»Ich will dich nicht sehen, Freddie. Geh bitte einfach.«

»Maggie ...« Seine Fassade bröckelt. Er hebt seine Rechte, um nach meiner Hand zu greifen, aber kaum streifen seine Finger meine Knöchel, überlegt er es sich anders, nimmt sein Schiffchen ab und knetet es in seiner freien Faust. »Bitte, lass mich wenigstens erklären. Wenn du mich danach nicht wiedersehen willst, dann soll es so sein ... Dann werde ich dich nicht wieder belästigen. Aber gib mir wenigstens eine Chance, dir die ganze Geschichte zu erzählen.«

»Was gibt es denn noch zu sagen? Und selbst wenn ich wollte, kann ich nicht. Es gibt keinen wirklich privaten Raum im Tower von London – ich weiß das besser als jeder andere. Geh einfach zurück zu deiner Verlobten.«

»Lord Nithsdale«, stößt er hervor und hebt die zweite Uniform. »Du hast mir erzählt, deine Lieblingsgeschichte über den Tower sei die von dem schottischen Lord, dessen Frau die weite Reise von den Highlands hierher auf sich genommen hat, um ihn zu befreien. Und das tat sie, indem sie ihn, diesen über eins achtzig großen bärtigen Schotten, in die Kleider einer ihrer Zofen steckte, und er spazierte einfach so aus dem Kerker, an seinem Wärter vorbei, und danach lebten sie glücklich und zufrieden bis an ihr seliges Ende.«

»Ja ...«, erwidere ich misstrauisch.

»Nun, ich ... nun, ich war mir nicht sicher, ob es besonders subtil wäre, wenn du hier mit einer eins zweiundneunzig großen Zofe in Großmutterkleidern herumspazierst. Deshalb dachte ich, es wäre vermutlich unauffälliger, dich als Soldaten zu verkleiden. Ich muss patrouillieren, und wenn jemand eine Uniform sieht, dann sieht er nur sie, aber nicht den Menschen darin. Wenn das einmal funktioniert hat, könnte es doch wieder funktionieren, oder?« Ein zaghaftes Lächeln begleitet seinen Vorschlag.

Die kalte Leere in meiner Brust füllt sich mit Wärme. Er will mich sehen, und er hat einen Plan, wie er das anstellen kann. Er hat über die Risiken nachgedacht, hat sich an die Geschichten erinnert, die ich ihm erzählt habe, hat sich so viel Mühe gegeben ... Ich zögere. Wenn es um Freddie geht, war ich schon immer eine leichte Beute, aber ich kann all meine Zweifel nicht einfach vergessen. Die Lügen, den Schmerz, die Verlobte ...

Während ich noch mit meiner Unentschlossenheit kämpfe, schießen mir die Worte der Rabenmeisterin durch den Kopf: »Geschichten ergeben nur dann einen Sinn, wenn man sie sich zu Ende anhört.« Wenn ich Freddie Gelegenheit gebe, seine Geschichte zu Ende zu erzählen, verstehe ich vielleicht besser den Sinn darin. Selbst wenn sonst nichts dabei herauskommt, wäre es doch ganz schön, zu einem wie auch immer gearteten Abschluss zu kommen. Nach meiner Auseinandersetzung mit Bran verspüre ich keine Furcht mehr und bin offen gesagt mehr als bereit, noch einem Mann zu sagen, wohin er sich seine Lügen stecken kann.

»Eine halbe Stunde«, gebe ich nach, nehme ihm die Uniform ab und verschwinde im Bad. Sie passt mir beinahe, und einen Moment ist es mir peinlich, dass ich die gleiche Größe habe wie ein Soldat, aber dann fällt mir wieder ein, dass ich etwas habe, was sie nicht haben – einen Busen –, und das nimmt mir gleich wieder einen Teil meiner Verunsicherung.

»Perfekt«, sagt Freddie, als ich schließlich aus dem Bad herauskomme. »Bis auf ...« Er greift nach dem Schiffchen und rückt es ein wenig zurecht. »Jetzt ist es gut.« Er lächelt.

Dann öffnet er die Tür, nimmt sein Gewehr an sich, und ich folge ihm nervös. Meine Haare habe ich in den Hemdkragen gestopft, und sie kitzeln an meinem Rücken, sodass ich unbehaglich herumzapple, während wir gemeinsam patrouillieren und Ausschau nach Unerwünschtem auf dem Gelände halten.

Freddie räuspert sich. »Also, du weißt, dass ich dir von meiner Familie erzählt habe und dass ich den Posten bei den Grenadieren aufgegeben habe, der mir zugedacht war ...«, beginnt er, ohne sich von seinem Patrouillendienst ablenken zu lassen. Ich murmele ein »Ja«, und er fährt fort. »Nun ja, mein Vater bestand trotzdem darauf, dass ich einen Posten in der Household Division annehme, bei den Gardisten. Jedes Regiment funktioniert auf dieselbe Weise: Der älteste Sohn des Colonels wird als Offizier in Dienst gestellt, bis er den Posten seines Vaters übernehmen kann.« Freddie verstummt und wirft mir verstohlen einen Blick zu, aber ich sehe ihn nicht an. »Der Duke of Argyll, Mhairis Vater, ist Colonel der Schottischen Garde. Mhairi ist sein einziges Kind. Als Frau kann sie nicht Gardist werden, außer im Musikkorps, und sie hat in etwa so viel Rhythmus im Blut wie ein Esel mit einem Krampfanfall.«

Es gibt also doch etwas, in dem sie nicht vollkommen ist – gut zu wissen.

»Der Duke musste also jemanden finden, der die unbesetzte Offiziersstelle antreten und eines Tages seinen Posten als Colonel übernehmen konnte, um dieses Amt für die Familie zu erhalten. Unsere Eltern sind schon mein ganzes Leben lang befreundet, also haben mein Vater und Mhairis Vater natürlich arrangiert, dass wir beide heiraten. So kann der Duke seiner Rolle gerecht werden und die Schottische Garde mit einem Sohn versorgen, der sein Nachfolger wird. Bertie wird der Colonel der Grenadier-Garde, wie er sich das immer gewünscht hat, und mein Vater lebt nicht mit der Schande, dass sein Erbe nur ein Gardist ist. Ich habe nur einmal erlebt, dass mein Vater stolz auf mich wirkte, und zwar an dem Tag, an dem ich ihm sagte, ich würde sie heiraten.«

»Eine arrangierte Ehe?«, frage ich entgeistert. Er schaut mich mit schmerzlich verzogener Miene an. »Tut mir leid! Ich, nur ... was soll ich denn dazu sagen?«, murmele ich schuldbewusst.

»Ich bin fast dreißig«, stellt er achselzuckend fest. »Ich hatte nie eine echte Liebe, und Mhairi ist eine gute Freundin. Wenn ich schon keine Frau heiraten kann, die ich liebe, dann sie. Da weiß ich wenigstens, dass ich mich nicht allein fühlen werde. Und sie ist schön, klug, witzig ...« Er stößt mir das Messer in den Leib und dreht es um, allerdings fühlt es sich eher wie ein schottisches Langschwert an, das mir mit einem Hieb die Bauchhöhle öffnet. »Und vor allem verstand sie.« Ich bekomme erst mit, wie weit wir gegangen sind, als er das Tor zum Festungsgraben öffnet, um mich hindurchgehen zu lassen; hier ist es stockdunkel, nur Freddies Taschenlampe erhellt den Weg, und ich bin froh, dass er die kleine Träne, die mir von den Wimpern auf die Uniform tropft, nicht sehen kann.

»Und das meine ich in bestmöglicher Weise, Maggie, aber als du aufgetaucht bist, hast du alles über den Haufen geworfen. Ich habe mich immer versteckt, erst hinter meinem Vater, dann hinter meiner Uniform, aber als du in mein Leben gekracht bist ...« Er hält einen Moment inne, atmet tief ein. »Du standest direkt vor mir, hast mich niedergestarrt. Ich konnte nicht nach dir greifen, aber du warst der erste Mensch, bei dem ich nicht das Gefühl hatte, er sei eine Million Kilometer von mir entfernt. Ich stellte fest, dass ich ständig an dich dachte, nach dir Ausschau hielt, deine Nähe suchte ... und das hat mir Angst gemacht. Ganz gleich, wie sehr ich mich bemühte, mich zusammenzureißen, zur Ordnung zu rufen, mich an meinen Vater zu erinnern, an Mhairi, an meine Pflichten ... Ich wollte nichts davon so sehr, wie ich dich wollte. Ich konnte mich nicht von dir fernhalten, also tat ich es nicht. Und habe mich in dich verliebt.«

Mit der Taschenlampe kratzt er sich an der Stirn, und ich genieße für einen Moment sein Schweigen. Hole Atem, verarbeite die letzten zehn Minuten. Freddie hat sich verliebt ... in mich? Er liebt Mhairi nicht, aber er muss sie heiraten. Etwas daran fühlt sich viel schlimmer an, als wenn er nur ein Arschloch von Fremdgänger wäre. Meine Liebe ist also gar nicht unerwidert ... sie ist einfach nur verboten. Wenn Freddie sich für mich entschiede, würde das sein ganzes Leben ruinieren: seine Familie, seinen Job, seinen Ruf.

Wir bewegen uns immer noch durch den Tower, und da ich nichts sage, ergreift er wieder das Wort. »Nur ein einziges Mal habe ich in meinem Job meinen Titel ausgenutzt, und zwar, um die Garde so zu organisieren, dass mein Zug immer der nächste war, der zum Tower beordert wurde. Ich bat meinen kleinen Bruder, er möge keinen anderen Grenadierzug an unserer Stelle schicken, so wie das normalerweise geschieht. Ich meldete uns freiwillig für jede einzelne Wache, verzichtete auf unsere Diensturlaube, nur um hier zu sein. Die Jungs haben mich dafür gehasst, bis ich ihnen die Gründe erklärt habe. Und natürlich könnte es auch geholfen haben, dass ich mich so oft wie nur möglich zum Patrouillendienst gemeldet habe, um sie zu besänftigen. Ich musste einfach in deiner Nähe sein. Ich stellte mich jeden Morgen zur exakt selben Zeit vor das Schilderhäuschen in der Hoffnung, dich wiederzusehen – selbst wenn ich nur einen kurzen Blick erhaschen konnte, wenn du über den Hof eiltest. Und dann hast du mich an dich herangelassen, und alles hat sich verändert. Bei dir fühle ich mich endlich wie ich selbst.«

»Einen Moment mal, du hast die Dienstpläne der gesamten königlichen Garde geändert ... nur um mich zu sehen?« Ich wende mich ihm zu, sodass wir stehen bleiben müssen, und er kratzt sich im Nacken.

»Von allem, was ich dir heute Abend erzählt habe ... überrascht dich das am meisten?« Die Nervosität in seiner Miene macht einem breiten Lächeln Platz. Er schüttelt den Kopf, und eine Locke befreit sich aus seinem Schiffchen. »Ja, das tat ich. Die Garde ihrer Majestät wurde durcheinandergebracht und neu organisiert, nur damit du mich in diesem abscheulichen Keller vor Angst erstarren lassen konntest!« Er lacht, und das erfüllt mich mit einem Gefühl von Erhabenheit, ähnlich dem, als ich zum ersten Mal auf dem südlichen Rasen stand und zum White Tower hochblickte, der im Mondlicht erstrahlte – ein kühles, erfrischendes Kribbeln am ganzen Körper.

»Ha! Ich wusste doch, dass du Angst hattest.« Mit dem Finger deute ich spielerisch anklagend auf ihn und lächle dabei. Aber noch während ich das sage, zerbricht etwas in mir, und ich lasse den Arm fallen. Nichts von all dem ändert etwas an der Tatsache, dass er heiraten wird. Platonische Liebe hin oder her, der Mann ist vergeben, und wenn es nicht zu dieser Hochzeit kommt, zerreißt es seine Familie. Ich überlege, was ich tun würde, wenn ich an seiner Stelle wäre. Wenn ich zwischen der Liebe eines Menschen, den ich erst seit ein paar Monaten kenne, und meinen Eltern zu wählen hätte, würde ich mich immer für meine Eltern entscheiden. Ich würde jedes bisschen Glück opfern, um meine Mum wiederzusehen. Um zu sehen, wie ihr Gesicht zu leuchten beginnt, wie es das tat, als ich im Alter von fünfzehn zu irgendeinem grässlichen Popsong rappte, den ich auswendig gelernt hatte. Um wie irre mit ihr durch die Küche zu tanzen. Oder sogar um zu hören, wie sie mich tadelnd dazu auffordert, mein Zimmer aufzuräumen. Niemals könnte ich Freddie bitten, das eine aufzugeben, nach dem ich mich sehne.

»Freddie ...« Mein Tonfall ist ernst, und in seinen Augen blitzt Besorgnis auf. »Wir können nicht zusammen sein. Ich könnte niemals mit mir selbst ins Reine kommen, wenn du für mich alles aufgibst.«

Er verhärtet sich, als würde er einen Schutzschild um sich errichten. »Mein ganzes Leben wird mir diktiert, Maggie.« Dabei wirbelt er scharf herum, und ich stoße mir den Kopf am Lauf seines Gewehrs. »Jeden einzelnen Tag sagt mir jemand, wann ich schlafen soll, wann ich aufwachen soll, was ich essen soll, was ich anziehen soll, wen ich verdammt noch mal heiraten soll.« Er redet mit erhobener Stimme, aber sie zittert, als müsste er mit Gewalt seine Tränen zurückdrängen. »Das Einzige, was ich mir selbst erwählt hatte, warst du.« Sein Ton wird sanfter, er steckt die Taschenlampe ein, und wir stehen im Dunkeln. Seine freie Hand legt er an meine Wange, und ich schließe meine Finger um seine, fahre mit dem Daumen über seine Knöchel.

»Freddie, ich liebe dich, aber ich habe deinen Vater auf der Gala gehört. Wenn du mich wählst, verlierst du alles, was du hast. Das kann ich nicht zulassen – du würdest mich irgendwann dafür hassen. Meine Mum gab ihr Leben auf, um meinem Dad in alle Welt zu folgen und mich großzuziehen, und ich habe miterlebt, wie sie sich so weit in sich selbst zurückgezogen hat, dass wir sie schon lange vor ihrem Tod verloren haben.« Er wischt mir eine Träne von der Wange, das Mondlicht spiegelt sich in seinen eigenen Augen. »Es tut mir leid, aber wir dürfen uns nicht wiedersehen.«

»Maggie ...«

»Bitte mach es nicht noch schwerer, als es ohnehin schon ist. Nur so können wir beide wieder in eine gewisse Normalität zurückkehren.« Ich nehme seine Hand von meinem Gesicht, setze einen sanften Kuss auf seine Fingerknöchel und lasse sie sinken. »Leb wohl, Freddie.«

Jetzt ist es an mir zu verschwinden, also gehe ich. Auf dem dunklen Pfad, den wir gekommen sind, gehe ich zurück, Tränen laufen mir in solchen Mengen heiß übers Gesicht und fallen auf den weichen Boden des Festungsgrabens, dass sie ihn glatt füllen könnten. Der Middle Tower und der Byward Tower werden von den Lichtern von South Bank beleuchtet, und die Spitze der Shard London Bridge glitzert anstelle der Sterne, die sich hinter Wolken aus Abgasen verbergen.

Ich atme immer schwerer. Jede einzelne Faser meines Körpers macht sich quälend bemerkbar. Das Etikett der Kampfanzughose kratzt unten an meinem Rücken, in den Stiefeln habe ich mir eine Blase gelaufen, meine Augen röten sich und schwellen wegen der vielen Tränen. Am liebsten würde ich meinen Körper ausziehen und wegwerfen.

Ich fühle mich wie eine Süchtige. Mein Rückzug von Freddie ruft sofortige Entzugserscheinungen hervor, und ich will nur eins: zu ihm zurückrennen. Es war nur eine kurze Begegnung, und schon bin ich wieder in meiner Sucht nach ihm gefangen.

Ohne mir zu erlauben, auch nur einmal zurückzuschauen, klettere ich aus dem Festungsgraben und stolpere übers Kopfsteinpflaster nach Hause.

Als ich die Kasematten erreiche, haben sowohl Richie als auch mein Dad es nur halb bis ins Haus geschafft, bevor sie in ihren Hausfluren zusammengebrochen sind. Richie liegt auf dem Bauch, die Beine noch vorm Haus; Dad hingegen hat es geschafft, rücklings und mit dem Kopf auf der Fußmatte einzuschlafen. Ich hole ein paar Jacken aus unserem Garderobenschrank und decke die beiden Beefeaters provisorisch damit zu, bevor ich über Dad hinwegsteige und direkt ins Bett gehe.

Cromwell hat sich mitten auf meiner Bettdecke zusammengerollt, springt aber auf, als ich das Zimmer betrete. Langsam streife ich die geborgte Uniform ab. Meine Hände zittern, als ich sie sorgfältig zusammenlege und in einer Schublade verstaue, um sie nicht mehr sehen zu müssen. Während ich meine abendliche Routine absolviere, mein Gesicht wasche, meine Zähne putze und schließlich nackt ins Bett steige, versiegen endlich meine Tränen.

23. KAPITEL

Einen Monat später ...

Lautes Klopfen an der Tür weckt mich. Ich liege ausgestreckt auf meiner Bettdecke, immer noch in den Kleidern, in denen ich Richie gestern nach Feierabend bei der Arbeit in seinem Blumenbeet geholfen habe.

»Maggie?« Mein Vater. »Maggie, Schatz, bist du wach?«
Ich grunze bejahend, und er öffnet die Tür.
»Verdammter Mist«, sagt er, als er das Bild sieht, das sich ihm bietet. »Du solltest dich dringend waschen, Kind. Bob hat mich gerade vom Haupttor aus angefunkt. Da steht jemand, der nach dir fragt. Den Namen hat sie nicht gesagt, aber es ist eine Frau. Bob hat ausdrücklich betont, dass sie sehr hübsch sei.« Schläfrig ziehe ich eine Braue hoch.

Dann fahre ich mir mit der Hand übers Gesicht, und getrockneter Schmutz bleibt daran hängen. Stöhnend erhebe ich mich von meinem Bett und schrubbe mir Hände und Gesicht am Waschbecken, bis sie ganz rot sind.

»Ich kann dich begleiten, wenn du willst? Nur für den Fall, dass sie jemand ist, mit dem du nicht reden möchtest«, schlägt Dad von der anderen Seite der Badezimmertür vor. Einen Moment spiele ich mit dem Gedanken. Für jemanden, der nicht weiß, was für ein sanfter Teddybär mein Dad wirklich ist, sieht er auf den ersten Blick ziemlich einschüchternd aus. Er gäbe einen guten Wachmann ab, aber andererseits, wenn jemand wirklich Ärger machen wollte, würde er das vermutlich nicht ausgerechnet vor dem Ort tun wollen, von dem jeder weiß, wie gut er gesichert ist.

»Danke, aber ich glaube, das schaffe ich allein. Geh du lieber zur Arbeit.« Ich lege ihm meine Hand auf die Schulter und küsse ihn auf die Wange. Dabei fällt mir auf, dass einer der Knöpfe seines Waffenrocks nicht geschlossen ist, und erledige das schnell für ihn.

»Der ärgert mich immer wieder«, sagt er lachend. »Danke, Schatz.«

Als ich einigermaßen präsentabel aussehe, gehen wir gemeinsam aus dem Haus, aber am Salt Tower trennen sich unsere Wege. Im Tower ist schon einiges los, und ich muss mich zwischen Besuchergruppen hindurchschlängeln und endlose Karawanen von kleinen Schulkindern in Signalkleidung an mir vorbeilassen, mit Rucksäcken auf dem Rücken, die größer sind als sie selbst.

Wer am Tor auf mich warten könnte, kann ich mir nicht vorstellen, aber das macht mich nicht einmal nervös. Na ja, vielleicht doch ein bisschen, aber heute steht mir der Sinn nach Kämpfen statt Fliehen. Bob winkt mir zu, als ich zwischen dem Byward und dem Middle Tower hindurchgehe.

»Ich habe sie noch nie im Leben gesehen. Wunderschönes Mädchen, sehr gepflegt und so. Dachte schon, dass uns diese Kate Middleton besucht.« Damit deutet er zu einer gertenschlanken Göttin mit mahagonifarbenen Haaren hinüber, die kerzengerade neben dem Sicherheitshäuschen steht. Mhairi. Wie Bob bereits angedeutet hat, sieht sie wunderschön aus. Sie trägt einen langen engen Rock und eine fließende rosa Bluse. Ihre Haare wirken etwas wilder als bei unserer letzten Begegnung, nicht elegant hochgesteckt, sondern rahmen ihr ovales Gesicht ein, wie ein lockerer Schleier aus goldbraunen Strähnen.

Mir rutscht das Herz in die Kniekehlen, als ich sie erblicke. Der letzte Monat ist vergangen, ohne dass ich auch nur ein Sterbenswörtchen von Freddie gehört hätte. Offenbar hat er auch aufgehört, die Dienstpläne zu beeinflussen, denn die

Grenadiere waren zwischenzeitlich nicht ein einziges Mal im Tower. Jeden Tag schlüpfe ich auf dem Weg zur Arbeit in den Byward Tower und werfe einen Blick auf den Dienstplan, bevor der Wachmann von seinem Nickerchen aufwacht. Aber jeden Tag werde ich aufs Neue enttäuscht. Täglich sitze ich auf der Bank vorm White Tower, so regungslos wie die Gardisten, die ich beobachte, bis sie sich abends zurückziehen und ich nur noch die leeren Schilderhäuschen anstarren kann, während die Nacht langsam hereinbricht. Letzte Woche habe ich damit aufgehört. Ich dachte, das würde helfen.

Ich drehe mich um und will gehen, bevor sie mich entdeckt, aber es ist zu spät.

»Maggie!«, ruft sie. Ihre Augen leuchten auf, als sie mich erblickt. Sie eilt auf mich zu, umarmt mich wie eine alte Freundin und drückt mir einen Kuss auf die Wange. Ich versteife mich in ihrer Umarmung, völlig verblüfft von ihrer merkwürdigen Vertraulichkeit. »Oh, entschuldige, tut mir leid«, sagt sie, als sie mein Unbehagen bemerkt. »Ich wollte dich schon so lange besuchen, nur um das zu tun.«

Mir schwirrt der Kopf. Was will sie mir damit sagen? Sie würde mich doch sicher am liebsten harpunieren, aber doch nicht umarmen? Vielleicht weiß sie ja immer noch nicht Bescheid. Unsicher lachend, erwidere ich: »Nun, ich fühle mich geehrt. Möchtest du hereinkommen? Ich kann dir alles zeigen.« Natürlich meine ich das nicht ernst. Obwohl ich es ihr anbiete, hoffe ich doch insgeheim, dass sie einfach gehen wird und ich mich in Ruhe wieder meiner Klage um ihren Verlobten widmen kann.

»Oh, das wäre wundervoll! Danke.« Sie hängt sich ihre Tasche über die Schulter, und Seite an Seite betreten wir den Tower. »Wie ist es dir ergangen? Ich habe es nicht geschafft, dich noch mal abzupassen, bevor du die Gala verlassen hast.«

»Ah, ja, tut mir leid ... ich wollte mich verabschieden, musste aber früh schon gehen, wegen der abendlichen Sperrstunde an diesem schönen Ort. Wie geht es dir?«, frage ich zurück, ohne wirklich zu antworten.

»Ach, Maggie, ich kann dir gar nicht sagen, wie glücklich ich bin. Ich bin so unglaublich glücklich.« Ich wünschte, es wäre anders, aber sie das sagen zu hören ist in etwa so, als müsste ich zusehen, wie sie sich bei einem reichhaltigen Festmahl den Bauch vollschlägt, während ich verhungere.

»Aber eigentlich wollte ich mit dir über etwas anderes reden ...«

Oh, Mist, jetzt kommt es. Die Umarmung sollte mich nur einlullen, dafür sorgen, dass ich in meiner Wachsamkeit nachlasse. Sie ist eine Orchideenmantis, eine Kronenfangschrecke, die ihre Opfer mit dem Versprechen einer wunderschönen Blüte anlockt, bevor sie zuschlägt und mich wie einen ahnungslosen Schmetterling tötet. Ich schlucke hart, als mir klar wird, dass sie am Verrätertor stehen geblieben ist. Catherine Howard hat hier das Gleiche erlebt. Hierhergerufen, um sich für ihren Ehebruch zu verantworten, wurde ihr die Höchststrafe zuteil, und sie bezahlte mit dem Leben für den Verrat am Herzen. Allerdings wurde sie vom König, ihrem Ehegatten, hingerichtet, während meine Hinrichtung durch tiefe Beschämung erfolgen wird, ausgeführt durch diese liebliche Frau, die ich verletzt habe, ohne jemals dem Mann, den ich liebe, auch nur annähernd so nahe gekommen zu sein, wie ich wollte.

Ich schweige, während sich mir die Kehle zuschnürt. Auch Mhairi scheint einen Moment mit sich zu kämpfen. Ihr Mund öffnet und schließt sich ein paarmal, bis er sich schließlich zu einem ... Lächeln verzieht? Bevor ich entscheiden kann, ob es das Grinsen einer geistesgestörten Schurkin ist, zieht sie mich erneut so fest in die Arme, dass ich mich nicht aus ihrem Griff befreien könnte, selbst wenn ich wollte.

»Ich kann dir gar nicht genug danken, Maggie, wirklich nicht. Danke, danke, danke.« Ihre Stimme bebt ganz nah an meinem Ohr. Verwirrt runzele ich die Stirn und befreie mich aus ihrem Griff. Tränen strömen Mhairi übers Gesicht, aber sie wirkt immer noch glücklich.

»Danke wofür?«, will ich wissen.

»Hat Freddie es dir nicht gesagt?« Sein Name trifft mich wie ein Faustschlag in die Magengrube, und ich muss gegen den immer größer werdenden Kloß in meiner Kehle schlucken, damit die salzigen Tränen, die sich in meinen Augen sammeln, nicht überlaufen. »Er ist hier, deshalb dachte ich –«

»Nein. Ich habe nichts von ihm gehört.« Um sprechen zu können, muss ich mich räuspern, und Mhairi umfasst meine Hände. Ihr laufen immer noch Tränen übers Gesicht, ohne ihrer Schönheit irgendetwas anhaben zu können.

»Oh, dieser kleine Sturkopf!«, ruft sie kopfschüttelnd. »Maggie, sieh nur«, sagt sie, dreht dabei unsere Hände um, sodass ich ihre Finger deutlich sehen kann. Der Diamantring an ihrem Ringfinger ist fort.

»D-du bist nicht ... nicht länger verlobt?«, stottere ich. Sie nickt strahlend. »Aber ... wie? Was ...?« Ich kann nicht verbergen, wie verblüfft ich bin.

»Freddie«, seufzt sie liebevoll, holt ein kleines Taschentuch aus ihrer Handtasche, um sich die Augen abzutupfen, und gewinnt sofort ihre Fassung wieder. Allen Ernstes, man sieht ihr nicht mehr an, dass sie eben noch geweint hat. »Wegen deiner – oder besser für dich«, korrigiert sie sich, »hat er unsere Verlobung rückgängig gemacht.« Ich muss mich am Zaun des Verrätertors festhalten, um sicherzugehen, dass ich nicht das Gleichgewicht verliere und ins trübe Wasser falle. »Er kam zu mir nach Schottland und erzählte mir alles. Dass er nicht weiter diese Lüge leben könne, wohl wissend, dass er sehr viel aufgeben müsste für etwas, das keiner von uns beiden wirklich wollte. Maggie, ich war sofort einverstanden, unsere Verlobung aufzulösen. Ich konnte nicht zulassen, dass er dich verliert für eine Ehe, die nur unsere archaischen Eltern glücklich machen würde. Also sind wir noch am selben Tag zu seinem Vater gegangen und haben ihm gesagt, es werde keine Hochzeit geben. Freddie hat ihm wirklich die Stirn geboten! Er sagte, er sei bereit, seinen Titel aufzugeben und sich mit einem Leben als Gardist abzufinden, in dem er sich hocharbeiten muss wie jeder andere auch, wenn er dafür mit der Person leben kann, die ihn am glücklichsten macht.«

Ich kann Mhairi nicht ansehen, während sie spricht; mein Kopf schwirrt, meine Gedanken überschlagen sich, während ich versuche zu begreifen. »Er meinte dich, Maggie. Du hast ihn erkennen lassen, wer er sein will. Du hast ihm das Gefühl gegeben, tatsächlich etwas wert zu sein, unabhängig vom Namen seiner Familie.« Um ihre Worte zu unterstreichen, schüttelt sie meine Hände, während meine Gedanken rasen.

»Er hätte das nicht tun sollen ... seine Familie. Ich habe ihm gesagt, er solle das nicht tun.« Ich rede wirr.

»Ich weiß. Genau deshalb hat er es getan, ohne es dir zu sagen, nehme ich an. Um zu zeigen, dass er genau das wollte, ob er dich damit gewinnen kann oder nicht. Maggie, ich habe noch nie erlebt, dass er seinem Vater so die Stirn geboten hat. Du hättest es sehen sollen! Der alte Mann hatte keine Ahnung, was er tun sollte. Ich denke, er wusste, dass ihm keine andere Wahl blieb, als uns beide gehen zu lassen. Zum ersten Mal hat Freddie selbst über sein Schicksal entschieden, und damit geht es ihm sehr viel besser. Glaube bitte nicht, dass du ihn gezwungen hast, ein Leben der Entfremdung von seiner Familie zu leben, denn das Leben, das er vor sich hatte, wäre fremdbestimmt gewesen. Als du in sein Leben getreten bist, hat sich alles geändert.«

»Aber ich verstehe nicht. Warum bist du so glücklich? Ich habe dein Leben ruiniert ...« Sie lacht nur über meine Reaktion.

»Du hast uns beide davor bewahrt, ein Leben im Verborgenen zu führen. Davor, für jeden zu leben außer für uns selbst.

Als ich die Erleichterung in seiner Miene sah, als ich hörte, wie er für dich kämpfte, wie er seine Liebe zu dir verteidigte, ohne sich Gedanken darüber zu machen, ob andere einverstanden waren oder nicht, hat mir das den Mut gegeben, den ich brauchte. Ich ...« Ihre Stimme verstummt, und sie errötet unter ihren Sommersprossen. »Ich bin seit dem ersten Tag an der Universität in jemand anderen verliebt.« Als sie das sagt, tritt ein verträumter Ausdruck in ihren Blick, und ich erkenne, sie denkt an ihren Liebsten. »Wir führen seit fast zehn Jahren eine heimliche Beziehung, stehlen uns gemeinsame Augenblicke, wenn niemand zusieht, genießen jede Sekunde davon, denn wir wissen nie, wann wir wieder miteinander allein sein können. Sie war – sie ist – das eine, wofür ich jeden Tag lebe. Ich habe mich so sehr bemüht, sie in mein Leben zu integrieren, sie hat mich überallhin begleitet, aber einander so nah zu sein und einander doch nicht berühren zu können war die reinste Folter.«

Ihre Miene verdunkelt sich. »Bis vor wenigen Wochen wusste nur Freddie davon. Er hat sich zu unserer Ehe bereiterklärt, weil er wusste, dass sie mich und sie vor meiner Familie schützen würde. Aber als ich gesehen habe, wie er für dich kämpft, wie er sich weigert, dich zu seinem dunklen kleinen Geheimnis zu machen, wurde mir klar, dass Katie es ebenfalls verdient, eine Partnerin zu haben, die sich ihrer nicht schämt.«

Katie. Die schöne Australierin, sitzen gelassen von ihrem Freund, Trost suchend an der Bar. Ich wusste, dass wir mehr gemeinsam haben als nur unsere Haarfarbe.

»Also ... habe ich endlich um ihre Hand angehalten. Sie hat alles erduldet, um auf mich zu warten. Obwohl sie wusste, dass ich eines Tages einen Mann heiraten würde, blieb sie. Ich kannte die Liebe, die Freddie für dich empfindet, weil ich meine eigene ein ganzes Jahrzehnt versteckt hatte.« Leichte Röte zeigt sich auf ihren Wangen; ganz offensichtlich ist sie es nicht gewohnt, über ihre Gefühle zu reden. »Ich hatte keine

Angst mehr, ob ich nun akzeptiert würde oder nicht, also haben Katie und ich meine Eltern direkt konfrontiert. Hand in Hand gingen wir in ihr Wohnzimmer, sagten ihnen, dass wir heiraten würden, und warteten nicht einmal ab, ob sie das akzeptieren würden oder nicht. Wir sind einfach gegangen, und jetzt bin ich hier. Wir leben gemeinsam in Brixton!« Sie klatscht in die Hände. »Ach ja, du musst unbedingt zu unserer Hochzeit kommen. Es wird nur eine kleine Feier werden, aber ich würde mich sehr freuen, wenn du kommst.«

Sie glüht vor Begeisterung. Wenn sie vorher hübsch war, dann wirkt sie jetzt geradezu atemberaubend. Jeder Zentimeter von ihr ist lebendig, in jeder Pore steckt Leben, und sie strahlt echtes Glück aus. Man kann sie nicht anschauen, ohne selbst von warmer Zufriedenheit erfüllt zu werden.

»Ich werde da sein«, versichere ich lächelnd, und sie umarmt mich erneut.

»Und du musst Freddie Guildford mitbringen als deinen Begleiter! Auf ausdrücklichen Befehl der Braut.«

Freddie! Mhairis Happy End hat mich so mitgerissen, dass ich noch gar nicht über mein eigenes nachdenken konnte. Er hat sich über alles und jeden hinweggesetzt ... für mich. Aber warum hat er mir all das nicht selbst erzählt?

»Er wusste, du würdest dir die Schuld daran geben, Maggie«, sagt Mhairi, als hätte sie meine Gedanken gelesen. Ihre Miene wirkt weich und mitfühlend, und sie zieht aufmunternd die Brauen hoch.

»Kannst du mich einen Moment entschuldigen?«, stoße ich hervor, als bei mir endlich der Groschen fällt. Sie nickt energisch, und ich renne los, fliege praktisch übers Kopfsteinpflaster, während ich mir einen Weg durch die Menge bahne.

»Entschuldigung. Sorry. Tut mir leid! Ich muss mal vorbei!« So renne ich am Bloody Tower vorbei und die Stufen hinauf, bis zwei Bärenfellmützen mit weißen Federn und blutrote Waffenröcke in Sicht kommen. Sie sind das Einzige, worauf ich mich konzentriere, während mein Blick sich auf sie fokussiert. Mein Herz rast, und ich spüre das in jeder Zelle meines Körpers. Ich sprinte zu ihm hoch, springe über die niedrige Umzäunung und ...

»Tiny?«, spreche ich den Teenager vor mir an, der mich aus weit aufgerissenen Augen anstarrt. Er ist derjenige mit dem Gewehr in der Hand, aber er wirkt verängstigt, weil ich ihm so nah bin. »Shit!«, murmele ich und trete hinter die Umzäunung zurück. »Tut mir leid, Tiny.«

Mein Gesicht brennt vor Hitze, und ich stöhne laut. »Hast du zufällig eine Ahnung, wo Freddie sein könnte?«, füge ich leise hinzu.

»King's House«, presst er aus dem Mundwinkel hervor, sein Gesicht glüht inzwischen fast so rot wie sein Waffenrock. Ich schaue hinüber zum King's House. Ein einzelner Gardist steht dort Wache, die Schultern gestrafft, die Haltung aufrecht, die Bärenfellmütze ganz leicht in meine Richtung geneigt. Und da sehe ich ihn. Seine Augen sind unter dem Fell der Mütze nicht zu erkennen, aber seine Lippen und das wie gemeißelt wirkende Kinn reichen mir, um diesmal gewiss zu sein.

»Danke, Tiny«, rufe ich über die Schulter zurück, während ich bereits renne. Ich nehme die Abkürzung über den Rasen, sehr zum Leidwesen des nächststehenden Beefeaters. »Das Gras des Königs darf nicht betreten werden!«, donnert er. Aber ich bleibe nicht stehen; jetzt kann mich niemand mehr von meinem Kurs abbringen. Rex und Regina nehmen Reißaus, als ich zwischen ihnen hindurchsause. Und aus dem Augenwinkel sehe ich meinen Dad, der auf seinem Posten am Bloody Tower schweigend lächelt.

Freddie lässt sein Gewehr fallen, um mich abzufangen. Binnen Sekunden pralle ich auf ihn, und er schlingt fest seine Arme um mich. Mein Atem geht schwer; mein Körper pulsiert an seinem. Ich schiebe das Fell von seinen Augen weg, um mich zu vergewissern, dass er es wirklich ist, und tränenverschleiert erwidern sie meinen Blick, diese winzigen Feuerräder aus Türkis und Salbeigrün. Ohne einen Moment zu zögern, küsse ich ihn. Vor Tausenden von Augen und Kameras küsse ich ihn, und er erwidert meinen Kuss.

EPILOG

Zwei Monate später ...

»Also, Andy kommt herein, süffisant grinsend, viel zu selbstgefällig. Sie tänzelt heran, um mir ihren Sperrbildschirm zu zeigen, und was sehe ich? Nichts anderes als den nackten Oberkörper meines Ex, mit Uhrzeit- und Datumsangabe quer über seinen Brustwarzen.« Katies Augen weiten sich, während sie versucht, ihr India Pale Ale hinunterzuschlucken, bevor sie es meterweit durch die Gegend prustet. »Ich sage dir, ich habe gelacht! Jesus, ich habe mich gekringelt vor Lachen. Ich weiß nicht, was sie von mir erwartet hat, aber jedenfalls nicht das. Also gab sie allen möglichen Scheiß von sich – von wegen, ich hätte ihn so schrecklich behandelt, und da sei es kein Wunder, dass er mich betrogen habe, und so weiter und so fort. Also stand ich auf –«

»Und hast ihr ins Gesicht geschlagen?«, unterbricht Katie mich trocken. Bei der Vorstellung muss ich lachen. Wir sitzen gemeinsam an der Bar im Keys, und mit ihrem hübschen roten Anzug passt sie perfekt hierher.

»Schön wär's. Nein, ich ging einfach. Sie wird schon merken, was sie davon hat, wenn Bran in seine alten Gewohnheiten zurückverfällt. Ich habe versucht, sie zu warnen, aber sie wollte nichts davon hören.«

Meine neue Freundin verdreht die Augen und nimmt noch einen Schluck von ihrem Ale.

»Aber es wird noch besser. In dem Moment kommt Kevin dazu. Er sagt mir, wir müssten dringend mit der Personalstelle über mein Verhalten reden – ›über Zäune springen, um einen königlichen Gardisten abzuknutschen‹. Ich weiß nicht, was über mich gekommen ist, aber ich drehte mich um, und sagte ihm, er könne sich seinen Job sonst wohin stecken. Wenn er nicht schon vollständig aus Nikotin und Red Bull bestünde, wäre ihm womöglich das Herz stehen geblieben.«

Katie juchzt triumphierend, und wir stoßen miteinander an, weil ich endlich mal Rückgrat gezeigt habe.

»Und da ich nichts mehr zu verlieren hatte, sagte ich ihm, dass es in Wahrheit die liebe kleine Samantha war, die vor Monaten allen von seiner Affäre erzählt hat, und ging einfach. Seitdem war ich nicht mehr da.«

»Ha, ich wäre bereit, eine Menge Geld dafür hinzublättern, mir die Aufzeichnung der Überwachungskamera aus dem Raum anzuschauen. Und was wirst du jetzt tun?«

»Ich habe eine Reihe von Vorstellungsgesprächen, in Museen und so, aber fürs Erste hat Trixie von nebenan mir vorübergehend eine Stelle in der Veteranenstiftung besorgt. Also beschäftige ich mich im Moment damit, ehemaligen Soldaten wieder auf die Beine zu helfen und so. Das fühlt sich alles irgendwie ... richtig an.« Ich denke zurück an die Rabenmeisterin, die ich inzwischen regelmäßig jeden Mittwochabend in ihrem Wohnzimmer besuche, um mit ihr Tee zu trinken. Woche für Woche scheint sie mehr aufzutauen, zu erzählen, sich zu entspannen, und ich lächle in meinen Drink bei diesem Gedanken. »Jetzt aber genug von mir. Ich möchte wissen, wie eure Flitterwochen verlaufen sind – in allen Einzelheiten!«

Mhairi und Katie hatten keine Zeit verloren und schnellstmöglich geheiratet. Nur einen Monat nachdem Mhairi mir die Neuigkeit überbracht hatte, bestiegen ich, Freddie und Katies Eltern den Bus nach Gretna Green, um Zeugen zu werden, wie die beiden endlich ihr Happy End fanden.

Katie erzählt mir mit Vergnügen alles über ihren Aufenthalt in einem Pariser Künstlerviertel und zeigt mir mindestens tausend Fotos auf ihrem Smartphone. Über die Aktzeichnung ihrer frisch Angetrauten huscht sie rasch hinweg und bittet Baz um einen weiteren Drink, um zu überspielen, wie sie rot anläuft.

Der Klingelton meines Telefons erspart ihr weitere Peinlichkeiten. Freddies Name taucht auf dem Display auf, und obwohl er inzwischen einen sehr vertrauten Anblick bietet, freue ich mich jedes Mal wie ein kleines Kind, wenn ich ihn sehe.

»Hallo! Ich, ähm, brauche deine Hilfe«, kommt seine Stimme kleinlaut über den Lautsprecher.

»Bin schon unterwegs«, erwidere ich und lege auf. Ich wende mich meiner Trinkkumpanin zu, die inzwischen in eine Unterhaltung über australische Politik mit Baz verwickelt ist. Als Godders sich der spontanen Fachsimpelei anschließt, entschuldige ich mich und eile meinem Freund zu Hilfe.

Sein Anblick erfüllt mich mit unbändigem Stolz. Freddie und Mo stehen am Fenster der Wachstube und machen sich gemeinsam an einer Fliege zu schaffen, die Ersterer sich um den Hals geschlungen hat. Ich habe lediglich vor, ihm kurz mein Zuhause zu zeigen und uns mit meinem Dad auf einen Drink oder zwei im Keys zu treffen, aber seine ängstliche Nervosität zeigt ganz klar, dass es ihm sehr viel bedeutet, alles richtig zu machen. Einen Augenblick halte ich inne, um ihn von ferne zu beobachten, und bei seinem Anblick wird mir warm ums Herz. Als sie mich schließlich bemerken, stößt Freddie die Hände des Corporals weg, streicht seinen Anzug glatt und verzieht dabei das Gesicht.

»Eine Fliege?« Ich muss lachen, als er beinahe schmollt vor Frust.

»Kannst du mir damit helfen?« Mit zitternder Hand fährt er sich durch die Haare, während er mit der anderen niedergeschlagen an der Fliege herumzupft.

»Vielleicht solltest du sie so zusammenlegen und dann so eine Schlaufe bilden?« Ich stehe vor ihm und versuche ebenso ungeschickt, die Fliege zu binden. Er seufzt verärgert, die Stirn so heftig gerunzelt, dass sich die Falten wie Blitze über sein Gesicht ziehen.

»Hey! Schau mich an.« Ich umfasse sein Gesicht mit den Händen und streiche mit einem Daumen über sein Kiefergelenk, bis er sich entspannt. »Es ist in Ordnung, das verspreche ich dir.«

Etwas ruhiger atmet er aus und neigt seinen Kopf leicht in meine linke Hand. »Ich darf das einfach nicht vermasseln.«

»Und das wirst du auch nicht. Meine Mum hätte niemals auf einer dummen Fliege bestanden. Vermutlich hätte sie gelacht und dir gesagt, du sähst damit aus wie ein Zauberer. Dad übrigens auch.« Ich stelle mich auf die Zehenspitzen, hauche ihm einen Kuss zwischen die Augenbrauen und lasse sein frisch rasiertes Gesicht los. Dann wende ich mich seiner Tasche zu, deren Inhalt auf seinem Bett verstreut liegt, und greife nach der blau-rot-blauen Household-Division-Krawatte.

»Wie wäre es stattdessen hiermit?«, frage ich und halte sie hoch.

»Perfekt.«

Natürlich ist ausgeschlossen, dass er nicht weiß, wie man eine Krawatte bindet, aber ich gehe trotzdem zu ihm, um das selbst zu übernehmen. Unter meinen Händen löst sich die Anspannung in seinem Körper, der in einem tadellosen Anzug steckt, mit der Wappennadel seines Regiments am Revers. Ich komme mit dem Knoten nicht zurecht und muss einen Moment innehalten und mir in Erinnerung rufen, was mein Dad mir als Kind beigebracht hat. Freddie nimmt meine Pause als Einladung, mich sanft zu küssen. Seine Lippen streifen ganz leicht die meinen, und instinktiv dränge ich mich fester an ihn. Als er sich wieder von mir löst, lasse ich lächelnd die Krawatte fallen und versetze ihm einen leichten Stoß gegen die Schulter.

»Ich muss mich konzentrieren, du Mistkerl.« Er lacht, als ich den rot-blau gestreiften Stoff wieder an mich nehme und es noch einmal versuche, diesmal erfolgreich. Als ich fertig bin, küsst er mich erneut. Sanft und intim diesmal; es gibt keine Grenzen zwischen uns, wenn er mich so küsst; wir werden dann eins.

»Besorgt ihr beiden euch bitte ein eigenes Zimmer, es sei denn, Maggie küsst mich genauso, wenn sie mit dir fertig ist!«, ruft jemand durch den Schlafraum. Freddie hält gerade lange genug inne, um Walker, der von seinem Bett in ein paar Meter Entfernung so tut, als müsste er sich gleich übergeben, ein Paar zusammengeknäuelter Socken an den Kopf zu werfen. Ich habe nicht einmal Zeit, verlegen zu werden, bevor Freddie mich noch einmal küsst.

»Wir sollten gehen«, murmelt er. Meine Miene verrät eindeutig meine Enttäuschung, denn er gibt mir noch einen letzten flüchtigen Kuss, bevor er mich sanft an den Hüften zur Tür zieht.

»Viel Spaß! Und versuche, den Kopf noch auf den Schultern zu haben, wenn du zurückkommst!«, ruft Riley.

»Ich schätze, er muss eher auf seinen Schwanz aufpassen.« Mo lacht aus voller Kehle von seinem Bett neben der Tür – wo er gerade eben nah genug ist, dass Freddie ausholen und ihm einen Klaps auf den Hinterkopf geben kann.

»Jungs, alles wird gut.« Ich grinse, als alle die Brauen hochziehen.

»Viel Glück«, raunt Walker Freddie leise zu, und Chaplin klopft ihm lächelnd auf die Schulter.

Auf Freddies Wunsch sind wir beide gekleidet, als wollten wir zur Oscarverleihung und nicht einfach meine Eltern treffen. Er ist sogar so weit gegangen, mir ein nagelneues rotes Kleid zu kaufen.

»Ich will das so machen, wie es sich gehört«, sagte er vor einem Monat zu mir, als ich im St. James's Park auf seinem Schoß herumlungerte. »Es muss einfach perfekt sein.« Ich widerstand dem Drang, ihn daran zu erinnern, dass mein Dad wie viele Hundert andere zugesehen hat, als ich in seine Arme sprang und ihm meine Zunge in den Hals steckte. Aber es ist lieb von ihm, dass er einen guten Eindruck machen will. Hand in Hand wandern wir vom Waterloo Block durch den geheimen Gang und an den Kasematten entlang zu mir nach Hause. Lucie, Merlin und Edward fliegen herbei, unmittelbar bevor wir die Haustür erreichen, und Freddie holt eine Packung Kekse aus dem Leinenbeutel, den er auf dem Weg nach draußen an sich genommen hat, lässt meine Hand los, beugt sich zu den gierigen Vögeln hinunter und füttert sie. Ich tue es ihm gleich und kauere mich neben sie, als Lucie auf mich zuhüpft und ihren Schnabel in die Falten meines Kleides steckt.

»Die hast du extra mitgebracht?«, frage ich Freddie, als die drei sich den Kropf vollgeschlagen haben und fröhlich davonhüpfen.

»Ich habe sie aus der Wachstube mitgehen lassen. Ich dachte, es kann nicht schaden, mich bei deinen Freunden einzuschmeicheln, damit sie keine Lügen über mich verbreiten.« Dabei zwinkert er mir zu, und ich ziehe ihn an mich.

Als wir schließlich meine Haustür erreichen, zögert Freddie und fährt sich wieder mit zitternder Hand durch die Locken. Ich greife nach der Hand, drücke sie leicht und stoße die Tür auf. Drinnen ist es still. Dad ist zweifellos schon in der Bar und bereitet sich auf das Treffen vor. Freddie lässt mich nicht los, als ich mit ihm zur geschlossenen Tür des Zimmers meiner Mum gehe und sie öffne.

Mitten auf dem Tisch lehnt ein Zettel an einer kleinen Schachtel Zitronenkekse und einer Packung Doppelkekse mit Vanillefüllung. Von Hand geschrieben steht darauf:

»Ich dachte, ich lasse euch ein wenig Zeit mit Mum allein. Ich habe dir deine und meine Lieblingskekse als Nachspeise gekauft. Bis bald. Hab dich lieb, Dad. PS Lass mir einen Keks übrig!«

Der Anblick der zuckrigen Leckereien erfüllt mich mit Freude, und das nicht nur, weil ich eine Naschkatze bin. Ich hätte es einfach nicht vollkommener planen können. Freddie hat mir die Arme um die Taille geschlungen, während er den Zettel über meine Schulter hinweg liest. Ich spüre, wie seine Wange sich an meinen Hals schmiegt, als er lächelt.

»Guten Tag, Ma'am. Ich bin Freddie. Ich fühle mich geehrt, hier zu sein.« Er lässt mich los, um sich meiner Mutter vorzustellen, und wendet sich an die Wand voller Fotos. Anschließend legt er seinen Leinenbeutel auf den Tisch und holt vier verschiedene Tupperdosen heraus. Als er sie öffnet, steigt vom Inhalt Dampf auf.

»Du hast gekocht?« Plötzlich drohen mir die Tränen zu kommen, aber ich halte sie zurück ... gerade so eben.

»Natürlich. Ich dachte, wir könnten mit deiner Mum zu Abend essen. Ich, ähm, habe gestern mit deinem Dad telefoniert, um ihn um Erlaubnis zu bitten, deshalb ...« Er deutet auf Dads Geschenk zum Nachtisch und schaut mich ein wenig verlegen an. »Ich habe ihn gebeten, sich dazuzugesellen, aber er sagte: ›Ich bin sicher, dass wir häufig in dem Zimmer gemeinsam zu Abend essen werden, Junge. Geh du ruhig und lerne erst meine Hilary kennen.‹ Ich hoffe, das geht für dich in Ordnung?« Die eben noch zurückgehaltenen Tränen laufen mir jetzt doch übers Gesicht. Ich wische sie mir grinsend weg und nicke.

»Die Küche, die zur Wachstube gehört, ist nicht besonders gut ausgestattet, aber ich habe mein Bestes gegeben, einen Lammbraten zustande zu bringen.« Er stellt Kartoffeln, Gemüse und Fleisch auf den Tisch, bevor er einen Topf mit Soße hervorholt.

»Danke.« Mehr kann ich nicht sagen, recke mich zu ihm hoch und küsse ihn auf die Wange. Auch beim Essen bringe ich kaum ein Wort heraus, während Freddie, in Schale geschmissen, den Wänden von sich erzählt, von uns beiden und von allem, was ich ihm von Mum erzählt habe. Meine stummen Tränen fallen auf meinen leeren Teller.

Als wir fertig sind, bringe ich die Teller hoch in die Küche, um sie rasch abzuspülen. Auf dem Rückweg nach unten höre ich ihn immer noch plaudern, etwas leiser jetzt, aber immer noch so laut, dass ich ihn hören kann.

»Falls Sie sich fragen, welche Absichten ich mit Ihrer Tochter habe ... ich möchte einfach nur, dass sie glücklich ist. Wenn sie glücklich ist, dann bin ich glücklich. Ich glaube nicht, dass ich jemals echtes Glück erlebt habe, bevor ich Maggie begegnet bin. Sie hat dafür gesorgt, dass ich einiges über mich selbst erkannt habe, darüber, wer ich war und wer ich sein wollte ... Sie hat mir das Leben gerettet. Ich könnte nicht behaupten, dass ich für sie die Welt aufgeben würde, denn sie ist die Welt für mich. Und ich werde ihr Mond sein, immer in ihrer Umlaufbahn. Wann immer Dunkelheit hereinbricht, werde ich da sein, so viel Licht in diese Dunkelheit bringen, wie ich kann, damit sie nicht blind durch die Nacht laufen muss. Was ich für sie will, ist, alles für sie zu sein, was sie für mich ist.«

Kennt ihr das Gefühl, wenn man an einem Wintermorgen nach draußen geht und zum ersten Mal einatmet? Der eisige Hauch der frischen Luft breitet sich bei jedem Atemzug im Körper aus und weckt jede einzelne Zelle. Das ist Freddie für mich; er gibt mir bei jedem Atemzug das Gefühl, ganz neu zu sein. Er ist der Wind oben auf einem schottischen Berg, in dem ich mich verliere, wenn er mich einhüllt und meine Wangen rötet.

Lächelnd lehne ich mich an den Türrahmen. Er steht in Habachtstellung da, betrachtet ein Foto von Mum am Tag meiner Geburt. Irgendwo in dem Bündel Decken bin ich, von der Geburt noch ein wenig zerknautscht. Mum wirkt strahlend, ihre wilden Locken kringeln sich noch wilder als sonst, während sie ihre Wangen streicheln, und ihre Haut leuchtet im Blitzlicht der Kamera.

»Du hast ihr Lächeln«, sagt Freddie, der meine Anwesenheit gespürt hat.

»Findest du?«

»Auf jeden Fall.«

»Du hättest sie mit dieser Ansprache zum Weinen gebracht.«

»Vor Freude?«

Ich nicke. »Wir sollten besser gehen, bevor Dad eifersüchtig wird, weil Mum mehr Zeit mit dir verbracht hat als er.« Ein letzter Salut für meine Mutter, dann greift er sich seine Jacke, und wir treten den kurzen Weg zum Keys an.

Mhairi hat sich inzwischen zu Katie gesellt – und auch sämtliche dreißig Mitglieder der Beefeater-Mannschaft einschließlich der Rabenmeisterin, die sich nur äußerst selten in der Öffentlichkeit zeigt. Mein Dad sitzt auf einem Hocker ganz hinten im Raum, und zwar so kerzengerade, dass ich fast damit rechne, dass er sich einen Muskel im Nacken zerrt. Die Hände auf die Knie gelegt, ist auch er so gekleidet, als habe er eine Audienz beim König, und seinen Blazer zieren seine vielen Orden.

Er dreht sich kurz um und fummelt am Lichtschalter der Vitrine hinter ihm herum. Im Glaskasten geht das Licht an und beleuchtet eine mächtige Axt, gekreuzt mit einer Beefeater-Partisane. Er wirkt zufrieden mit sich, glaubt vermutlich, dass er aussieht wie ein tyrannischer König aus Game of Thrones oder so.

»Was ist denn hier los?« Lachend verdrehe ich die Augen.

Freddie schluckt, sichtlich eingeschüchtert von den Beefeaters, die sich hier versammelt haben, um ihn zu begrüßen.

»Wir sind gekommen, um deinen neuen Typen im Keys willkommen zu heißen«, meldet Richie sich zu Wort. Ich mustere ihn misstrauisch.

»Und ihm zu zeigen, wie viele Leute er am Hals haben wird, wenn er dir das Herz bricht«, fügt Charlie hinzu.

»Ich bin absolut damit einverstanden, dass ihr mich im Festungsgraben verscharrt, wenn ich das jemals tue, denn das würde bedeuten, dass ich den Verstand verloren habe«, wendet Freddie sich an alle und lächelt mich an.

Mein Dad erhebt sich von seinem Platz und kommt langsam auf Freddie zu, der stocksteif stehen bleibt und seine Disziplin beweist. Ich glaube, wenn ich es darauf anlegte, würde ich vermutlich Freddies Herzschlag noch aus einem Kilometer Entfernung vernehmen können.

»Guter Junge. Und jetzt, mein Sohn, spendierst du diesem alten Mann ein Bier!« Dad lacht und zieht meinen Freund in eine grobe, einarmige Umarmung. Freddie entspannt sich deutlich, während wir beide zeitgleich den Atem entweichen lassen.

»Natürlich, natürlich.« Rasch wischt mein Freund sich den Schweiß von der Stirn. »Bier für alle?«, schlägt er vor, und noch nie habe ich sie alle sich so schnell bewegen sehen. Baz springt über die Theke, um mit dem Ausschank zu beginnen, während Freddie seine Geldbörse aus der Tasche zieht. Ihm wird ziemlich oft auf den Rücken geklopft, und ich muss praktisch gegen Godders und Lunchbox ankämpfen, um zu ihm zu gelangen.

Als ich mich neben ihn setze, reicht Freddie ein paar Geldscheine über den Tresen.

»Nun, ich glaube, das hätte kaum besser laufen können«, stellt Mhairi fest. Ihre Hand ruht stolz auf Katies Oberschenkel, und sie schauen einander verliebt an. Freddie legt mir seinen Arm um die Schultern und drückt mich an sich.

»Ich glaube, an diesem Ort ist jedes Ergebnis, bei dem man

den Kopf auf den Schultern behält, ein gutes Ergebnis«, setzt Katie hinzu und bringt uns alle zum Schmunzeln. Sie und Riley würden sich hervorragend verstehen.

In Freddies Arm geborgen, schaue ich den Beefeaters zu, die sich um die Bar drängen. Freddies Puls hat sich endlich beruhigt, und sein Herzschlag ist sanft an meinem Körper zu spüren. Mein Dad fängt meinen Blick von seinem Stammplatz zwischen Godders und Charlie aus ein, und er erhebt sein Glas auf uns beide.

Ich dachte immer, das Glück käme perfekt verpackt. Eine Topfigur, eine Kleinfamilie, blonde Haare, ein sechsstelliges Jahresgehalt, alles gekrönt von einem märchenhaften Happy End und mit einer schönen Schleife versehen. Aber jetzt stellt sich heraus, wahres Glück besteht nur in einer Bar voller Beefeaters und dem Wissen, dass jemand mich so liebt, wie ich bin.

ANMERKUNG DER AUTORIN

In seiner tausendjährigen Geschichte hat der Tower von London schon viele Bewohner gesehen, aber wir erinnern uns oft nur an die unfreiwilligen Gäste. Den meisten Menschen ist nicht klar, dass sich hinter dem Wassergraben, den Festungsmauern und den Fallgittern ein Dorf befindet, und zwar schon von Anfang an. Selbst heute noch hängen Bewohner dort ihre Wäsche zum Trocknen auf, wo einst Könige und Königinnen entlanggingen, parken ihre Autos auf ehemaligen Hinrichtungsstätten, führen ihre Hunde in einem ehemaligen Wassergraben aus, der heute viel einladender wirkt als die stinkende Jauchegrube, die er einstmals war, und treffen sich in einer Bar, wie ihre Vorgänger es in sämtlichen vorherigen Jahrhunderten taten.

Die Beefeaters selbst, wie die königlichen Leibgardisten genannt werden, sind in meinen Augen die Personifizierung des Towers von London. Ohne sie würde sein Herz aufhören zu schlagen, das Herz, das sie in den letzten fünfhundert Jahren bewahrt und gehegt haben. Sie sind eine Konstante in unserer Nation, etwas, auf das wir mit Leichtigkeit stolz sein können. Wenn man hinter die Fassade schaut, über die Tudor-Baretts und die Halskrause hinaus, entdeckt man Männer und Frauen, die den größten Teil ihres Lebens Dienst in Uniform geleistet haben. Männer und Frauen, deren Treue sie nicht reich gemacht hat, die aber dennoch mit unerschütterlicher Disziplin ihre Pflichten erfüllen – sie sind ein wichtiger Teil unserer Kultur.

Die königliche Garde steht ganz am Anfang dieses langen Dienstes. Obwohl sie als typisch britisch gelten, sind diese

Männer für viele immer noch ein Rätsel. Anders als häufig angenommen wird, sind sie keine Statuen. Sie können sprechen. Wenn sie ihre Bärenfellmützen und ihre Uniformröcke ablegen, sieht man sie als das, was sie sind: junge Soldaten, fern ihrer Heimat. Junge Leute, die immer noch Fehler machen, immer noch lernen, obwohl man sie einfach ins kalte Wasser geworfen hat. Und doch sind sie, wenn sie im Rampenlicht der Öffentlichkeit stehen, makellos, diszipliniert, ja, absolut perfekt.

Ich gehöre zu den sehr wenigen, die den Tower von London ihr Zuhause nennen können. Innerhalb seiner Mauern habe ich mein Studium abgeschlossen, mich verliebt und dieses Buch geschrieben. Alles, was ich über den Tower weiß, habe ich von meinem Vater, einem Beefeater, und seinen Kameraden gelernt. In jedem Gespräch mit ihnen lerne ich etwas Neues, ob es nun um Einzelheiten in der Geschichte eines einzelnen Mauersteins geht oder um ihre eigenen Erlebnisse und Taten in aller Welt. Mit diesem Roman möchte ich einige der bekanntesten Symbole Großbritanniens aus einer etwas anderen, neuen Perspektive zeigen. Die vielen Gardisten, die ich im Laufe der Jahre kennengelernt habe, gehörten zu den stärksten, aber auch zu den verletzlichsten Männern überhaupt. Die Beefeaters haben einen Tiefgang, den man nur verstehen kann, nachdem man sich leicht beschwipst beim Bier mit ihnen unterhalten hat. Diesen Menschen möchte ich gerecht werden, indem ich in diesem Buch so wahrheitsgetreu und genau berichte wie möglich. Dennoch ist es natürlich ein Roman, und die darin erwähnten Namen, Personen und Ereignisse entspringen allesamt meiner Fantasie. Meine ganz persönliche Geschichte im Tower ist und bleibt ein Geheimnis, das nur ich und diese Mauern kennen, die schon die Geheimnisse unserer Geschichte bewahren.

DANKSAGUNG

Diesen Roman hätte es nie gegeben ohne Molly Walker-Sharp. Du bist das Risiko mit mir eingegangen und hast an mich geglaubt, als ich selbst kaum an mich glaubte. Du hast mir eine Gelegenheit eröffnet, nach der die meisten Menschen ihr Leben lang suchen müssen, und ich kann meine Dankbarkeit nicht in Worte fassen (wenn ich es könnte, bräuchte ich ziemlich sicher deine Expertise, um sie für mich zu redigieren). Auf jedem einzelnen Schritt meines Lebens hast du mich geleitet und mir immer dann Mut gemacht, wenn ich den Wald vor lauter Bäumen nicht sehen konnte. Du hast mir nicht nur geholfen, meinen Traum, Schriftstellerin zu werden, mindestens vierzig Jahre früher zu verwirklichen, als ich das für möglich gehalten hätte. Nein, du hast mir außerdem das Selbstvertrauen vermittelt, nach dem ich mein Leben lang gesucht habe. Ein Dankeschön reicht hier wirklich nicht aus.

Es gehört so viel mehr dazu, ein Buch zu veröffentlichen, als ich mir vorstellen konnte. Danke an das ganze Team bei Avon und HarperCollins und an die Freiberufler, die mit ihm zusammenarbeiten. Maddie Dunne-Kirby, Gaby Drinkald, Ella Young, Emily Chan, Raphaella Demetris, Sammy Luton, Georgina Ugen, Hannah Avery, Emily Gerbner, Jean Marie Kelly, Sophia Wilhelm, Peter Borcsok, Caroline Young, Claire Ward, Dean Russell und Anne Rieley; ohne eure unermüdliche Arbeit hinter der Bühne könnte kein Buch verwirklicht werden, und ich wünschte, ich könnte all eure Namen neben meinem auf den Einband drucken lassen. Ein besonderer Dank geht an Helena Newton für ihr unglaubliches Talent, kein einziges falsch gesetztes Komma zu übersehen – und so viel Zeit darauf zu verwenden, die unglaublich häufige Wendung »Maggie errötet« zu beseitigen.

Auch wenn es offensichtlich ist: Ohne Mum und Dad wäre ich nicht hier. Je älter ich werde, desto mehr erkenne ich, wie viele Opfer ihr gebracht habt, um mir ein Leben zu ermöglichen, in dem mich nichts aufhalten kann. Ihr habt meine Hände gehalten auf Pfaden, die ihr nie selbst gegangen seid, habt mir meine Tränen getrocknet, wenn etwas nicht so funktionierte, wie es sollte (und auch dann, wenn es das tat), und ihr habt immer an mich geglaubt. Danke, Dad, dass du dir den coolsten Job auf diesem Planeten geangelt und mich als Untermieterin aufgenommen hast, obwohl du die letzten Jahre damit verbringen musstest, mir Tee zu bringen, während ich im Schlafanzug fluchend an meinem Laptop saß. Die meisten Menschen haben keine Ahnung, welche Opfer du in deinem Leben bringen musstest, um in einer Palastfestung zu leben, aber es vergeht kein Tag, an dem ich nicht stolz auf dich bin. Und, Mum, danke, dass du mir durch jeden einzelnen Tag hindurchgeholfen hast. Du bist meine beste Freundin. Du hast meine Harry-Styles-Fanfiction Korrektur gelesen, als ich dreizehn war, und du hast auch meine Doktorarbeit Korrektur gelesen. Deine unerschütterliche Unterstützung ist der Grund dafür, dass ich jetzt hier bin und das hier schreibe.

Ich weiß, dass ich mir Ärger einhandeln würde, wenn ich meine Familie nicht erwähnte, aber mir würde im Traum nicht einfallen, euch einfach unter den Tisch fallen zu lassen: Nanny, Grandad, die Browns, die Nortons, die Keys und Ben. Wenn ich außer euch nichts und niemanden hätte, wäre ich immer noch die glücklichste Frau der Welt. Danke, dass ihr mich gelehrt habt, bedingungslos zu lieben und sich lieben zu lassen. Und natürlich unser allerliebstes Familienmitglied: meine kleine Hündin Ethel – danke, dass du mir das Leben gerettet hast.

Den Beefeaters im Tower von London gebührt unendlicher Dank, und das nicht nur von mir. Ich könnte über jeden Einzelnen von euch Bücher schreiben und würde euch dennoch nicht gerecht werden, so interessante und wunderbare Menschen seid ihr. In euch habe ich eine Familie gewonnen, und ich kann gar nicht beschreiben, wie stolz ich bin, das sagen zu können. Ganz besonderer Dank gebührt Gary und Tamika, den besten Nachbarn und Freunden, die ich mir nur wünschen kann.

Der Schottischen Garde sage ich Danke dafür, dass ihr mich an die Garde herangeführt und mir einen so privilegierten Einblick in euer Leben gewährt habt – irgendwie habt ihr es sogar geschafft, dass mir der Klang von Dudelsäcken gefällt.

Cameron Wilson, danke, dass du meine ganz persönliche Auskunftei für alles bist, was die königliche Garde betrifft, und das zu jeder Tages- und Nachtzeit. Katie McCann, du hast das erste Kapitel für diesen Roman gelesen und mich seitdem immer wieder ermuntert, weiterzuschreiben. Dich würde ich jederzeit gern zur Schwester haben. Cai Cherry, danke, dass du immer mein größter Fan warst. Ganz gleich, was du selbst gerade durchmachst, du vergisst mich nie, und das werde ich dir nie vergessen.

George, du wirst immer meine erste Liebe sein. Danke, dass du mich zu dieser Geschichte inspiriert hast.

Vor allem aber, danke, liebe Leserinnen und Leser. Ich freue mich jeden Tag über die vielen Menschen, die Anteil an meiner Geschichte nehmen, sowohl an meinem realen Leben in den sozialen Medien als auch an meiner Romanversion. Die sozialen Medien können Segen und Fluch zugleich sein, und ich bin froh, dass mir dort so viel Mitgefühl und Liebe entgegengebracht wird. Jeden Augenblick der letzten paar Jahre habe ich als ungeheures Privileg empfunden. Es ist die Freundlichkeit von Fremden, die mich daran erinnert, warum ich das tue, und das gibt mir die Kraft, weiterzumachen.